PHILIP GWYNNE JONES stammt aus Wales, lebt aber seit 2011 mit seiner Frau Caroline in Venedig, wo er anfing, als Lehrer und Übersetzer zu arbeiten. Inzwischen schreibt er Romane, in denen seine Liebe zu Venedig deutlich mitschwingt. Er liebt die italienische Küche, Kunst, klassische Musik und die Oper, und bisweilen singt er als Bass bei den Cantori Veneziani und dem Ensemble Vocale di Venezia.

BIRGIT SALZMANN studierte Deutsche Sprache und Literatur, Anglistik und Romanistik und übersetzt englischsprachige Literatur ins Deutsche. Nach Venedig zieht es sie seit über 25 Jahren immer wieder. Sie lebt mit ihrer Familie in Marburg.

«Knorrige Charaktere, launige Dialoge und britischer Humor sind kennzeichnend für den unterhaltsamen Roman. Aber der Star ist unbestritten die Lagunenstadt, die der Waliser mit großer Liebe zu ihrer kunstgeschichtlichen Einmaligkeit beschreibt.»
(Frankfurter Neue Presse über «Das venezianische Spiel», den ersten Fall für Nathan Sutherland)

«Venedig, wie es (in den Augen seines walisischen Betrachters) leibt und lebt.»
(Wiener Zeitung über «Venezianische Vergeltung», Band zwei der Serie)

Philip Gwynne Jones

VENEZIANISCHE MASKERADE

KRIMINALROMAN

Aus dem Englischen von
Birgit Salzmann

Rowohlt Taschenbuch Verlag

Die Originalausgabe erschien 2019
unter dem Titel «The Venetian Masquerade»
bei Constable/Little, Brown Book Group, London.

Deutsche Erstausgabe
Veröffentlicht im Rowohlt Taschenbuch Verlag, Hamburg, April 2022

Redaktion Tobias Schumacher-Hernández
Karte S. 7 Peter Palm, Berlin
Covergestaltung FAVORITBUERO, München
Coverabbildung Shutterstock; P. Kaczynski/mauritius images
Satz aus der Calluna, InDesign,
bei Pinkuin Satz und Datentechnik, Berlin
Druck und Bindung GGP Media GmbH, Pößneck, Germany
ISBN 978-3-499-00696-8

Die Rowohlt Verlage haben sich zu einer nachhaltigen Buchproduktion verpflichtet. Gemeinsam mit unseren Partnern und Lieferanten setzen wir uns für eine klimaneutrale Buchproduktion ein, die den Erwerb von Klimazertifikaten zur Kompensation des CO_2-Ausstoßes einschließt.
www.klimaneutralerverlag.de

MIX
Papier aus verantwortungsvollen Quellen
FSC® C014496
FSC
www.fsc.org

Für Mum und Dad, in Liebe.

Ich habe viele Jahre gebraucht,
um *la strada giusta* zu finden.
Danke für eure Geduld.

VENEDIG
nach Mestre
Ponte della Libertà
TRONCHETTO
Hafen von Venedig
Die Questura
SANTA CROCE
Bahnhof Venezia Stazione Santa Lucia
CANNAREGIO
Chiesa della Madonna dell'Orto
Casino
Canal Grande
FRIEDHOFSINSEL SAN MICHELE
Fondamente Nove
Rialtobrücke
SAN POLO
Campo San Bartolomeo
S. Francesco d. Vigna
Bonfiglios Wohnung
Calle dei Assassini (Gasse der Mörder)
Banca Popolare
Caffè Lavena
San Marco
SAN MARCO
Caffè Florian
Biblioteca Marciana
Teatro la Fenice
Arsenale (Schiffswerft)
CASTELLO
S. Pietro Apostolo
SAN PIETRO DI CASTELLO
Chiesa San Nicolò dei Mendicoli
DORSODURO
Ponte dell'Accademia
Anglikanische Kirche St. Georges
Lockwoods Wohnung
Chiesa di San Giorgio Maggiore
Bacino di S. Marco
Canale della Giudecca
SAN GIORGIO MAGGIORE
Giardini
SACCA FISOLA
SACCA SAN BIAGIO
Die kommunistische Bar
Il Redentore
GIUDECCA
SANT' ELENA
LAGUNE VON VENEDIG
N
S
0 250 500 m
TORCELLO
Basilica di Santa Maria Assunta
Baldans Haus
Ponte del Diavolo
Vaporetto-Station
0 300 m

La commedia è finita!
(Das Spiel ist aus!)

Schlusszeile aus Ruggero Leoncavallos *I Pagliacci*

– 1 –

Napoleon Bonaparte schubste mich zur Seite und marschierte die Calle Caotorta entlang. Die eine Hand in seinen Uniformmantel geschoben, trieb er die Passanten rechts und links genauso lässig auseinander, wie er einst die mächtigsten Armeen Europas aus dem Weg geräumt hatte. Nur sein Zweispitz, der leicht verrutscht war und unter dessen Krempe ein Preisschild hervorlugte, deutete darauf hin, dass es sich bei ihm um einen moderneren «Attila für Venedig» handelte.

Ich hob protestierend die Hand und wollte ihn zur Rede stellen, doch der «kleine Korporal» war kurz darauf schon im Nebel verschwunden. Federica legte mir die Hand auf den Arm.

«Lass es gut sein, *tesoro*.»

«Herrje!» Ich warf verärgert die Hände in die Luft. «Blöder Tourist.»

«Du warst selbst mal ein Tourist, *caro mio*. Und das ist noch gar nicht lange her.»

«Ich weiß, ich weiß. Aber ich bin nicht durch die Gegend gelaufen und habe Einheimische aus dem Weg geschubst, die ihren alltäglichen Geschäften nachgingen. Typen wie der schaden Venedig mehr als dieser Schwachkopf von echtem Napoleon und … ich steigere mich wohl schon wieder rein, was?»

Sie nickte.

«Tut mir leid.»

«Heute ist dein Geburtstag, Nathan – versuch, ihn zu genießen.»

«Das tue ich, ganz bestimmt. Sobald ich einen Spritz intus habe, genieße ich ihn sogar noch mehr.»

Sie hakte sich bei mir unter und tätschelte mir die Hand. Dann stieß sie mich in die Rippen.

«Autsch!»

Sie verlangsamte nicht ihren Schritt. «Das hier ist mein Geschenk, vergessen? Gib dir Mühe, dankbar zu sein.»

Ich blieb stehen und rieb mir über den Brustkorb. Dann lächelte ich. «Das bin ich. Ehrlich. Und aufgeregt. Carnevale macht mich bloß ein bisschen ...» Mir fehlten die passenden Worte, also entschloss ich mich zu einem grummeligen Knurren, auf das mein Kater Gramsci stolz gewesen wäre.

Dichter Nebel lag über der Stadt, und Napoleon war schon längst im Dunst verschwunden, als wir den Campo San Fantin betraten. «Spritz?», fragte ich.

Federica sah mich verdutzt an. «Wirklich? Ich hatte angenommen, du würdest direkt reingehen wollen. Um das Erlebnis voll auszukosten.»

«Eigentlich schon, aber leider sind die Mengen, die sie da drin ausschenken, ziemlich bescheiden. Es ist zwar ganz nett, da zu sein und die Leute zu beobachten, aber alle tun dasselbe: auf ein trauriges kleines Glas Prosecco blicken und sich wünschen, sie wären in eine richtige Bar gegangen, um einen ordentlichen Drink zu sich zu nehmen.»

Federica lachte. «Und ich dachte, es dreht sich nur um die Musik.» Sie steuerte die Bar al Teatro an. Als wir die Tür öffneten, trafen uns Licht und Hitze, als wechselten wir mit einem Schlag von Schwarzweiß auf Technicolor. Napoleon hatte es vor uns an den Tresen geschafft und stand mit hochrotem Gesicht und einem kleinen Glas Rotwein in der Hand da. Im Rest des Lokals drängten sich außergewöhnlich hübsche junge Frauen mit Domino-Masken und schneidige ragazzi in Cape und Dreispitz. Ich blickte genervt auf die Menschenmenge, die uns von unserem Drink trennte.

«Ich hasse Carnevale», sagte ich.

«Nicht doch.»

«Es ist bloß diese schreckliche, aufgesetzte …»

«… und geschmacklose Inbesitznahme eines traditionellen venezianischen Festes …»

«Genau! Und außerdem …»

«Oder», sie drückte meine Hand, «sind es vielleicht nur nette Menschen, die Venedig besuchen, sich verkleiden und ihren Spaß haben?»

«Oje.» Ich sah sie an. «Bin ich etwa schon wieder grantig?» Sie nickte. «Das liegt nur daran, dass ich mich sorge.»

«Ich weiß, Nathan. Das tust du ständig. Du sorgst dich mehr als die Venezianer.»

«Es ist bloß … eigentlich ist es mir ja egal, weißt du, aber die Stadt ist jedes Mal so schrecklich voll.» Ich sah auf die Uhr. «Wir haben nur noch zwanzig Minuten, nicht mal genug Zeit, um es rechtzeitig bis zur Theke …»

«… zu schaffen», beendete sie meinen Satz. «*Spritz al bitter*?» Ich nickte. Irgendwie war es ihr gelungen, uns durch das Gedränge zu manövrieren.

Napoleon leerte sein Glas und sah mich vom anderen Ende der Theke aus an. Dann nickte er mit einem angedeuteten Lächeln, wie um zu signalisieren, wir sollten die Vergangenheit doch ruhen lassen, schob die rechte Hand in seine Uniformjacke und schritt davon, um neue Territorien zu erobern. Oder vielleicht auch Josephine.

Fede und ich stießen an. Sie gab mir einen Kuss auf die Wange. «Happy Birthday, *tesoro*.»

«Danke, *cara*. Ich bin ein Glückspilz, weißt du das?»

«Ich weiß.»

«Nicht, dass es ein bedeutender Geburtstag wäre.»

«Bedeutend?»

«Weder Null noch Fünf in der Jahreszahl.»

«Sie lachte und gab mir noch einen Kuss. «Na dann, alles Gute zum unbedeutenden Geburtstag, Liebling.»

«Weißt du, wenn ich nur vierundzwanzig Stunden später geboren worden wäre, hätte ich gemeinsam mit Tony Iommi Geburtstag.»

«Mit wem?»

«Tony Iommi. Der Gitarrist von Black Sabbath. Und das ohne die komplette Fingerausstattung. Wusstest du das?»

Sie schüttelte den Kopf. «Du warst gestern Abend mit Dario unterwegs, stimmt's?»

Ich grinste. «Ist das so offensichtlich?»

«Also, wenn schon nicht Tony von Black Sabbath, gibt es vielleicht sonst noch jemanden, der mit dir Geburtstag hat?»

Ich schüttelte den Kopf. «Ich hatte ja auf Roger Waters gehofft. Oder nein, Dario hatte wahrscheinlich auf Roger Waters gehofft. Mir hätte auch Bach genügt. Wagner. Sogar Monteverdi. Jedenfalls hatte ich mein neues Smartphone dabei, und wir haben nachgeguckt, und ...»

«Und?»

«Yoko Ono.»

Fede sagte einen Augenblick nichts. Dann: «Ernsthaft?»

«Ernsthaft.»

«Das ist doch großartig!»

«Wirklich?»

«Natürlich ist es das. Viel cooler als irgendwer von Black Sabbath.»

Ich musste verärgert ausgesehen haben, doch bevor ich etwas sagen konnte, legte sie mir lächelnd einen Finger auf die Lippen. Da lächelte ich auch, und wir stießen noch einmal an.

«Also, erzähl mir von heute Abend.»

«Ich hab dir schon alles darüber erzählt.»

«Erzähl es mir noch mal. Beim ersten Mal habe ich nicht richtig zugehört. Ich weiß nur, dass er dir sehr viel bedeutet.»

Ich stellte meinen Spritz ab. «Monteverdi. Vierhundertfünfzig Jahre. *L'incoronazione di Poppea*. Lockwood. Baldan.» Ich schaute nach rechts und nach links. Der Platz reichte gerade, um Fede hochzuheben und herumzuwirbeln, bevor ich ihr einen Kuss auf den Mund drückte. «Das beste Geburtstagsgeschenk aller Zeiten», erklärte ich.

«Das freut mich. Auch wenn du hier so eine Show abziehst. Aber erzähl weiter.»

«Hier nahm es seinen Anfang. Alles. Sicher, es wurden schon vorher Werke geschrieben, die man als *opera lirica* bezeichnen könnte. Sogar von Verdi selbst. Aber *Poppea* ist anders. Da steckt Dramatik drin. Richtig viel Dramatik. Und, natürlich ...» Ich hielt inne.

«Natürlich?»

«Gewinnen die Bösen. Das gefällt mir irgendwie.» Ich leerte mein Glas und stellte es auf die Theke. Dann sah ich auf die Uhr. «Wir sollten gehen.»

Fede packte mein Handgelenk und drehte es um. «Wir haben noch jede Menge Zeit», sagte sie, als sie die Uhrzeit überprüft hatte. Dann sah sie mein Gesicht und fing an zu lächeln. «Aber du wirst verrückt, wenn wir nicht sofort aufbrechen, oder?»

Ich nickte entschuldigend.

«Na schön, dann komm. Schließlich soll es ein perfekter Abend für dich werden.»

Wir drängelten uns so rücksichtsvoll wie möglich aus der Bar auf den *campo*. Die Kälte war unangenehm, aber nur im ersten Moment, während wir die wenigen Meter bis zum Fenice hinüberliefen. Wir stiegen die Treppe hinauf, und ich griff lächelnd nach den Eintrittskarten in meiner Manteltasche. Baldan. *Poppea*. Da fiel mein Blick auf einen Papierstreifen, der quer über das Plakat für die heutige Aufführung geklebt worden war. Ich blieb wie angewurzelt stehen.

Fede ergriff meinen Arm. «Was ist denn?»

«Das glaube ich jetzt nicht. Das glaub ich einfach nicht!» Ich legte die Hände auf das Plakat. Dann schlug ich mehrmals vorsichtig den Kopf dagegen. «Nein, eigentlich glaube ich es doch. Denn genau das passiert jedes verflixte Mal.»

«Was meinst du damit?»

«Sie hat abgesagt.» Ich richtete mich auf und atmete tief durch. Es kostete mich tatsächlich Mühe, nicht zu weinen. «Jedes Mal. Jedes einzelne Mal, wenn ich sie sehen wollte, wurde ihr Auftritt abgesagt. Ich habe es so satt.»

Fede legte mir die Hand auf den Rücken. «Das tut mir leid, *caro*. Das tut mir schrecklich leid. Sicher wird es trotzdem gut, oder?»

Ich nickte. «Oh, das wird es. Vielleicht sogar noch besser. Ich würde sie bloß gerne sehen, weißt du. Nur einmal. Isotta Baldan. Sie ist so was wie eine Legende.»

«Tut mir leid.» Fede steuerte mich durch den Sicherheits-Check, wo unsere Tickets gescannt wurden, und die Treppe hinauf bis in unsere Loge. «Es wird trotzdem gut», sagte sie noch einmal.

Ich setzte mich und schaute mich um. Einen so guten Platz hatte ich seit Jahren nicht gehabt. Normalerweise stand ich oder saß hinter einer Säule oder teilte mir, wie bei einer gewissen denkwürdigen Gelegenheit, die Loge mit einem soziopathischen Mörder.

«Arcangelo Moro?» Federica las offenbar meine Gedanken. Ich erstarrte, doch dann entspannten sich meine Schultern, und ich fing an zu lachen.

«Stimmt.»

«Mittlerweile schon drei Jahre unter der Erde.»

«Ich weiß. Trotzdem, ich sollte ihm in gewisser Weise dankbar sein.» Ich drückte ihren Arm und lächelte sie an. «Das war die gruseligste Oper, die ich je erlebt habe. Aber er hatte hervorragende Plätze. Wirklich hervorragend.»

«Zu mehr hat's heute leider nicht gereicht, *caro*, sorry. Bedauerlicherweise verfüge ich nicht über die finanziellen Mittel eines korrupten Kunstdiebs.»

«Es ist wunderbar hier.» Mein Blick wanderte zur Decke. «Es ist wirklich großartig.»

«Na dann.» Fede hielt inne. «Obwohl wir heute Abend ohne deine Lieblingssängerin auskommen müssen?»

Ich schüttelte den Kopf. «Sie ist nicht meine Lieblingssängerin. Ganz und gar nicht. Es ist nur ... na ja, sie ist Venezianerin, also wäre das ein großer Auftritt für sie gewesen. Monteverdi in seinem Jubiläumsjahr. Verstehst du?»

«Verstehe. Aber sie ist doch noch jung, oder? Sie wird noch viele Gelegenheiten haben.»

«Da bin ich mir nicht so sicher. Sie behaupten, ihre Stimme ließe nach.»

«Sie?»

«Die von der Musikpresse.»

«Und was denkst du?»

«Was ich denke?» Vermutlich klang ich erstaunt.

«Ja, was denkst du?»

Mir entging nicht ein leicht herausfordernder Unterton in ihrer Stimme. «Ich finde es schade, dass ich sie nie auf der Höhe ihres Könnens erlebe. Selbst wenn ihre Stimme nicht mehr das ist, was sie einmal war, ist sie immer noch eine gute Schauspielerin. Und ...»

Fede sagte kein Wort, nickte jedoch, als sollte ich fortfahren.

«... und ... na ja, sie ist ziemlich hübsch.»

«Hübsch?» Sie zog eine Braue hoch.

Ich gab es auf, ihr etwas vorzumachen. «Schön», sagte ich.

«Schön, aber unzuverlässig. Das hätte nie funktioniert, Nathan.»

Ich wollte protestieren, doch sie beruhigte mich. «Das war nur ein Scherz. Also, erzähl mir von Mr. Lockwood.»

«Lockwood. Thomas Joshua Lockwood, genau gesagt. Ich besitze jede Menge Aufnahmen von ihm. Ein paar davon auch mit Isotta Baldan übrigens. Es gibt niemanden, der Monteverdi besser kennt.»

«Na, also. Immerhin er ist hier.»

«Bei meinem Pech hat er wahrscheinlich auch abgesagt.»

«Hör auf damit.»

Ich setzte mich und legte die Arme auf die gepolsterte Brüstung. Mein Blick wanderte zur rosa-blauen Decke hinauf und in die Logen um mich herum, die sich nach und nach füllten. Und da merkte ich, wie sich langsam die Spannung in meinen Schultern löste. Es war schön. Kitschig, nachgemacht, unvollkommen, aber das spielte keine Rolle. Isotta Baldan hin oder her. Das hier war *Poppea* in zwei Akten, am 450. Geburtstag Claudio Monteverdis, dirigiert von Thomas Joshua Lockwood. Grinsend lehnte ich mich in den Zuschauerraum hinaus, um mir einen besseren Überblick zu verschaffen. Dann wandte ich mich wieder zu Fede.

«Früher war er ein Scheusal, weißt du. Ich bin ihm in England einmal begegnet. In Cardiff, St. David's Hall. Damals waren wir natürlich beide noch viel jünger. Abgesehen davon war ich mit dem Bus aus Aberystwyth gekommen, während er wahrscheinlich dorthin chauffiert oder eingeflogen wurde, wer weiß. Jedenfalls dirigierte er die *Zauberflöte* für die Welsh National Opera. Und es war das Beste, was ich je gehört hatte.

Dabei mag ich Mozart nicht mal besonders. Es war einer jener Abende, an dem ich dauernd auf die Uhr sah, bloß um sicherzugehen, dass es noch lange nicht vorbei war. Hinterher hab ich mich am Bühnenausgang rumgedrückt. Ich hatte zwar nichts dabei, was er hätte signieren können. Keine CDs oder so. Nur mein Programmheft hatte ich vermutlich mit, aber es ging mir auch nicht um ein Autogramm. Ich wollte mich schlichtweg nur bedanken. Und dann ...»

«Und dann?»

«Hat er mich einfach zur Seite geschubst. Wahrscheinlich war es nicht mal seine Absicht, unhöflich zu sein. Er hat einfach nicht zur Kenntnis genommen, dass ich da war. Als zählten die kleinen Leute gar nicht. Er drängte sich an mir vorbei und stieg in seinen Wagen.»

«Nicht gerade ein freundlicher Mensch also?»

Ich schüttelte den Kopf. «Damals jedenfalls nicht. Es kursierten üble Geschichten über ihn. Dass reihenweise Leute einen Hass auf ihn hätten. Er besaß genug Macht, um Karrieren zu fördern oder sie zu zerstören. Ich glaube, es existieren mehrere Ex-Ehefrauen. Und dann ...»

«Dann?»

«Hat er sich offenbar gewandelt. Inzwischen ist er wohl ziemlich handzahm geworden. Keine Ahnung warum. Wie schon gesagt, ich bin nicht auf dem Laufenden, was die Musikpresse betrifft. Schscht, da kommt er.»

Das Orchester hatte – auf der Bühne statt im Orchestergraben – seine Instrumente fertig gestimmt, und Joshua Lockwood marschierte ein. Er war deutlich gealtert, seit ich ihn das letzte Mal gesehen hatte. Seine Haare waren dünner geworden, und seine Gesichtszüge weicher. Früher hatte er streng und asketisch gewirkt, während er jetzt einer freundlichen, wohlgenährten Eule ähnelte. Er trug ein dunkelgrünes Knautschsamtjackett und gerüschte Hemdsärmel, was ihm irgendwie die Erscheinung eines gealterten Gentleman-Spions verlieh.

Als die Musiker zur Ouvertüre ansetzten, wurde mir klar, wie die Inszenierung ablaufen würde. Anstatt Chor und Musiker zwischen Orchestergraben und Bühne aufzuteilen, nahmen sie einen gemeinsamen Raum ein. Vielleicht, um die Untrennbarkeit von Wort und Musik im lyrischen Drama zu betonen. Oder es war einfach etwas billiger. Wie auch immer.

Glück, Tugend und Liebe traten an den vorderen Bühnenrand und erörterten, wer den größten Einfluss auf den menschlichen Lebenslauf habe. Mir gefiel die Vorstellung, dass es die Liebe war. Auch das Glück hätte es von mir aus sein dürfen. Aber hoffentlich nicht die Tugend.

Die drei Gottheiten verließen die Bühne und machten Platz für Ottone, der über seine aussichtslose Liebe zu Poppea klagte. Gut gesungen und gespielt, aber nicht so beeindruckend, dass ich das Bedürfnis hatte, mir den Künstler im Programmheft näher anzusehen. Ich wartete im Grunde nur gespannt auf Poppea, um sie mit Baldan vergleichen zu können. Erschreckenderweise merkte ich, dass ich mich im Geist von der Bühne entfernte. Ich blickte mich im Zuschauerraum um. Bis auf den letzten Platz besetzt natürlich. Als ich auf die Zuschauer im Parkett herunterschaute, wurde ich ein bisschen neidisch auf ihre ausgezeichnete Sicht. So schön die Logen auch waren, der Blick auf die Bühne war – zumindest von den seitlichen aus – immer ein bisschen eingeschränkt, denn man musste den Hals drehen, um alles gut sehen zu können. Ein Wagner-Abend konnte daher leicht zu durchaus ernsthaften Verspannungen führen.

Ich versuchte, meine Aufmerksamkeit zurück auf die Bühne zu lenken, aber da war irgendetwas im Zuschauerraum, das nicht ganz stimmte. Anfangs konnte ich nicht sagen, was es war, doch dann stach es mir plötzlich ins Auge. In der Loge direkt uns gegenüber saß niemand. Ich blickte mich noch einmal im Saal um. Nirgendwo war ein weiterer freier Platz zu sehen. Und so fiel die leere Loge auf wie eine Zahnlücke. Vier Sitzplätze mit hervorragender, uneingeschränkter Sicht. Ich dachte daran, wie oft ich versucht hatte, Geld zu sparen, indem ich Plätze mit eingeschränkter Sicht buchte. Und wie oft ich am Ende eine Säule zwanzig Zentimeter vor der Nase gehabt hatte. Dann dachte ich daran, wie viel Geld Fede für die Eintrittskarten ausgegeben haben musste, und mich überkam das schlechte Gewissen, weil ich nicht aufpasste. Ich nahm ihre Hand und drückte sie, während ich meine Aufmerksamkeit wieder Richtung Bühne zwang.

Nero wurde von einem Countertenor gesungen, der mit einer traumhaften Stimme gesegnet war und – nicht weniger wichtig – mit einem wunderbar schmierig-vulgären Äußeren. Physisch vielleicht nicht überzeugend genug für seine jüngere, attraktivere Poppea, aber er besaß das Charisma, um die Sache durchzuziehen. Ich warf rasch einen Blick ins Programmheft und hatte, nachdem es inzwischen abgedunkelt war, Mühe, den Namen der Sängerin zu erkennen, die die zukünftige *imperatrice* von Rom darstellte. Sartorelli. Maria Giulia Sartorelli. Sehr hübsch. Schöne Stimme. Gute Schauspielerin. Hervorragend in so gut wie jeder Hinsicht, und dennoch, sie war nicht Isotta Baldan. Ich versuchte, ein Seufzen zu unterdrücken. Es spielt doch keine Rolle, sagte ich zu mir selbst. Na schön, okay, spielte es doch. Nur ein bisschen. Aber das würde ich Federica nicht sagen. Es war eine wunderbare Überraschung gewesen, als sie mir erzählte, wohin wir gehen würden, und ich hatte nicht vor, die zu verderben. Nichtsdestotrotz merkte ich, wie meine Aufmerksamkeit wieder abschweifte.

Die Loge gegenüber wurde aus dem Gang kurz von einem Lichtstrahl erleuchtet. Ein paar Nachzügler. Zwei Personen, einer davon mit Hut und langem Mantel oder Umhang. Seltsamerweise nahmen sie nicht in der vorderen Reihe Platz, sondern weiter hinten, wo die Sicht nicht optimal war. Wahrscheinlich erwarteten sie noch Freunde. Sehr großzügig von ihnen, nicht die besten Plätze für sich selbst in Anspruch zu nehmen, dachte ich.

Auf der Bühne lagen Nero und Seneca im Streit, ein Szenario, das übel für den alten Philosophen enden sollte. Verärgert über mich selbst, schüttelte ich den Kopf. Ich vergeudete den Abend. Federica strich mir über die Wange und sah mich fragend an. Ich antwortete mit einem Lächeln, fest entschlossen, diesen Abend zu genießen, und wäre es nur um ihretwillen.

Wir kamen zum Ende des ersten Aktes. Und auch wenn mein Geburtstag bisher nicht ganz so perfekt gewesen war, wie ich vielleicht gehofft hatte, so war er dennoch herrlich. Anders als erwartet ging das Licht nicht an, sondern blieb gedämpft. Wir saßen im Halbdunkel, während die Sänger, die Musiker und als Letzter Lockwood langsam von der Bühne gingen.

Vereinzelt wurde applaudiert, doch Lockwood wandte sich zum Publikum und hob beschwichtigend die Hände, um für Stille zu sorgen. Vielleicht lächelte er dabei ein bisschen, ich war mir nicht ganz sicher. Der alte Lockwood hätte erzürnt auf alles reagiert, was auf so unkultivierte Weise seinen kleinen *coup de théâtre* gestört hätte. Der neue tat nichts weiter, als ein wenig mit den Händen zu fuchteln, wie ein älterer Schullehrer, der seine zappelige Lieblingsklasse beruhigen wollte.

Er verbeugte sich kurz – dieses Mal war das Lächeln nicht zu übersehen –, bevor er sich umdrehte, um die Bühne zu verlassen. Dann blieb er plötzlich stehen und blickte noch einmal ins Publikum. Nein, nicht nur das. Er richtete den Blick in die Loge uns gegenüber. Daraufhin schüttelte er den Kopf, wischte sich über die Stirn und verschwand hinter den Kulissen.

Ich tastete in meinem Jackett nach dem Opernglas. Das unförmige Ding, von dem ich wegen seines Gewichts annahm, dass es eigentlich nur für militärische Zwecke vorgesehen war, hatte ich vor Jahren einmal in Russland gekauft. Ich brachte es immer mit, ohne es jemals zu benutzen. Während ich an der Schärfeeinstellung friemelte, richtete ich den Blick auf die Loge gegenüber.

Die Gestalt mit Hut und Mantel oder Umhang stand aufrecht im Hintergrund und hatte den rechten Arm erhoben. Sie hatte etwas in der Hand – einen Umschlag vielleicht, oder ein Buch –, das sie langsam hin- und herschwenkte. Ich drehte an dem Stellrädchen, um mehr zu erkennen, und zuckte zusammen. Das Gesicht war irgendwie verzerrt, hatte etwas Fratzenhaftes.

«Was ist denn, Nathan?»

«Nichts.» Ich drehte noch einmal an der Schärfeneinstellung, doch die Gestalt war weg. Außer dem hellen Rechteck, das die zum Gang offene Tür bildete, war nichts mehr zu sehen. Mein Blick wanderte zurück zur Bühne, aber auch Lockwood war verschwunden.

– 2 –

«Alles in Ordnung, *caro*? Du siehst aus, als hättest du ein Gespenst gesehen.»

Ich schüttelte den Kopf. «Hm, weiß nicht. Aber hast du Lockwood gesehen? Ist dir aufgefallen, wohin er geschaut hat?»

«Er hat einfach ins Publikum geschaut. Und ich dachte mir, wie glücklich er doch wirkt. Ganz anders, als du ihn beschrieben hast, gar nicht so furchtbar verbissen.»

«Ja, aber danach?»

«Dann hat er sich umgedreht und ist von der Bühne gegangen.»

«Ist dir nicht aufgefallen, dass er einen Moment innehielt? Hast du nicht gesehen, wie er kurz in die Loge gegenüber geschaut hat?»

«Ja, aber nur ganz kurz. Ich nahm an, dass er jemanden erkannt hat.» Sie sah zu der Loge hinüber. «Aber da ist doch sowieso niemand.»

«Jetzt nicht mehr. Aber vorhin war kurz jemand da. Hinten im Dunkeln. Er hat etwas über dem Kopf geschwenkt.» Ich imitierte die Bewegung, doch Fede zog behutsam meine Hand auf ihren Schoß. Einige der Zuschauer im Parkett sahen zu mir hinauf.

«Ich kann es mir vorstellen, Nathan. Du brauchst es nicht zu demonstrieren.»

«Entschuldige. Aber da war noch etwas. Sein Gesicht – oder ihr Gesicht. Es sah irgendwie grässlich aus. Es war …» Ich hielt inne.

«Sprich weiter.»

«Ich weiß nicht recht. Ich habe es zwar nur eine Sekunde gesehen, vielleicht weniger. Er stand im Halbdunkel, und er hatte außerdem einen Hut auf. Aber dieser Blick, es lag etwas Bösartiges darin.»

Wir schwiegen einen Moment. «Du brauchst einen Drink, *tesoro*», sagte Federica dann.

«Kann gut sein.»

«Wie lange haben wir?»

«Ich sah auf die Uhr. «Noch fünfundzwanzig Minuten.»

«Dann komm. Zurück ins *Al Teatro*.»

Ich nahm meinen Mantel, und wir verließen die Loge, um uns erneut durchs Gedränge zu kämpfen …

«Negroni?»

Ich schüttelte den Kopf. «Spritz, denke ich.»

«Bist du sicher? Du siehst aus, als könntest du was Stärkeres gebrauchen.»

«Ich trinke lieber später bei den Brasilianern einen. Außerdem will ich möglichst für die zweite Hälfte wach bleiben.»

«Ah. Dann amüsierst du dich also gut?»

Ich lächelte. «Natürlich tue ich das.»

«Ich war mir nicht sicher, weißt du. Nachdem du dein persönliches Phantom der Oper erblickt hast.»

«Phantom der Oper. Das gefällt mir. Würde einen großartigen Buchtitel abgeben.» Ich zerkaute die Olive aus meinem Spritz und warf den Cocktailspieß in den Mülleimer. «Aber im Ernst, da war irgendwas.»

«Nicht einmal irgendwer, sondern *irgendwas*?» Fede seufzte. «Lass mich mal einen Blick auf dein Opernglas werfen.» Ich griff in meine Jacketttasche und reichte es ihr. Sie wog es in der Hand. «Das Ding wiegt ja so viel wie ein Backstein. Warum benutzt du es überhaupt noch?»

«Irgendwie mag ich diese Teile. Sie stammen aus sowjetischen Armeebeständen, weißt du?»

«Man hielt es für nötig, die Rote Armee mit Operngläsern auszustatten?»

«Das hat der Mann in dem Laden mir gesagt. Möglich ist es. Die Russen sind ein sehr gebildetes Volk.»

Federica hielt sich das Fernglas vor die Augen und drehte das Rädchen zur Schärfeeinstellung erst nach rechts, dann nach links. «Also, ich kann hierdurch überhaupt nichts erkennen.»

Ich warf meinen Olivenkern in den Mülleimer. «Ich eigentlich auch nicht.»

Fede seufzte. «Also, davon mal abgesehen, Mr. Sutherland. Wie gefällt dir die Vorstellung?»

«Oh, großartig. Sie ist wirklich gut. Die Poppea, ich meine – Sartorelli. Besser als Baldan höchstpersönlich wahrscheinlich. Es ist nur ...»

«Nur dass sie keine Legende ist?»

«Du sagst es. Mag sein, dass sie die bessere Sängerin ist, aber sie ist nicht Isotta Baldan. Klingt das vielleicht ein bisschen pathetisch?»

«Ein bisschen.» Fede lächelte. «Aber ich kann es verstehen.» Sie sah auf ihre Uhr und leerte ihren Spritz. «Komm, wir müssen zurück.»

Lockwood wirkte nervös und angespannt, als er zum zweiten Akt zurückkehrte, doch kaum hatte er seinen Taktstock erhoben, schien er wie verwandelt. Keine Ahnung, woran es lag, aber der zweite Akt fesselte mich irgendwie mehr als der erste. Sartorelli sang hingebungsvoller, Lockwood dirigierte leidenschaftlicher, während das unaufhaltsame Drama auf sein grausames Ende zusteuerte.

«Fantastisch. Einfach fantastisch.»

Fede lächelte. «Bist du glücklich?»

«Nein. Mehr als glücklich. Das ist der beste Geburtstag, den ich je hatte.» Sie antwortete mit einem Lächeln, das den ganzen Zuschauerraum hätte zum Strahlen bringen können. «Wobei glücklich bei diesem Werk vielleicht nicht ganz das passende Wort ist.»

«Weil schreckliche Menschen ungestraft schreckliche Dinge tun?»

«Genau.»

«Warum verbringst du dann deine Zeit damit, so etwas anzuhören?»

Ich zuckte mit den Schultern. «Wenn ich das nicht täte, würde ich die ganze Zeit nur Jethro Tull hören. Ah, Moment, sie kommen noch mal auf die Bühne.»

Wir applaudierten höflich, während Lockwood und die Mitwirkenden noch einen Schlussapplaus entgegennahmen. Und dann noch einen und noch einen. «Wie viele denn noch?», flüsterte Fede.

«Pavarotti hat sich in Berlin angeblich hundertfünfundsechzig Mal beklatschen lassen.»

«Du machst Witze!»

«Keineswegs.»

«Wie viele sind es dann noch?»

«Hunderteinundsechzig, glaube ich. Aber so viele werden es wohl nicht werden. Es war zwar gut, aber nicht *so* gut.»

Lockwood nickte lächelnd dem Publikum zu. Dann wandte er sich zu seinem Orchester, ging die Instrumentengruppen nacheinander durch und gab den Solisten jeweils ein Handzeichen, sich zu erheben und ihren ganz persönlichen Applaus entgegenzunehmen. Anschließend drehte er sich wieder zum Publikum, nahm Sartorellis Hand und zog sie an die Lippen.

Plötzlich erstarrte er.

Selbst aus der Entfernung konnte ich sehen, dass er Sartorellis Finger so fest drückte, dass sie vor Schmerz zusammenzuckte. Lockwoods freie Hand wanderte zu seinem Gesicht und beschirmte seine Augen, als wollte er hinter dem grellen Licht der Bühnenscheinwerfer etwas erkennen.

Er schwankte einen Moment, während Sartorelli ihre Hand aus seiner befreite und ihm den Arm um die Schulter legte. Dann begann sie zu schreien, ein perfektes hohes C, das den Applaus der Zuschauermenge durchschnitt. *Mein Gott*, dachte ich. *Er hat einen Herzinfarkt.* Doch dann fasste Lockwood sich wieder, und ich merkte, dass sie nicht zu ihm sah, sondern zu der Loge uns gegenüber. Jetzt verbargen sich die Operngäste dort nicht mehr im Halbdunkel. Einer von ihnen war auf seinem Platz vornübergesackt, und seine Arme baumelten schlaff über den Logenrand, während seine Wange auf dem weichen rosa Polster der Brüstung ruhte, als schliefe er selig. Von dem anderen war nichts mehr zu sehen.

Das Schreien hielt an, wobei das hohe C inzwischen trillernd und heiser klang. Ich sprang auf und reckte den Kopf aus der Loge. Noch immer nicht in der Lage, etwas zu erkennen, griff ich nach meinem Opernglas und fingerte so lange an der Schärfeneinstellung, bis das Bild, wenn auch nicht gestochen scharf, in mein Blickfeld glitt.

Sein Gesicht war von langen graublonden Haaren verdeckt. Schlief er vielleicht? Unmöglich, bei dem Lärm. Ein Herzschlag womöglich? Da bemerkte ich ein paar dunklere Strähnen auf seinem Kopf und einen roten Fleck, der sich auf seinem Hemd ausbreitete.

Ich ließ das Opernglas sinken. Sartorelli hatte aufgehört zu schreien, aber dafür hatten andere aus dem Publikum den Refrain aufgenommen. Fede umklammerte meinen Arm und sah mich an.

«Na ja», sagte ich, «zumindest *war* es der beste Geburtstag, den ich je hatte …»

– 3 –

«Erstochen», sagte Dario. Er faltete raschelnd seinen *Gazzettino* zusammen und beförderte ihn mit einem geschickten Wurf in das Fach mit den anderen Lokalblättern zurück.

«Offenbar.»

«Sonst war es aber gut?»

«Oh, großartig bis dahin. Die *prima donna* hat zwar abgesagt, aber es war trotzdem fantastisch. Ich meine, wirklich fantastisch. Absolut der richtige Ort für diesen Abend: Monteverdis 450. Geburtstag. *Poppea* im La Fenice. Lockwood am Dirigentenpult.»

«Mann in der Loge gegenüber brutal ermordet.»

«Na ja. Abgesehen davon.»

«Bei einem Pink-Floyd-Konzert wäre das nicht passiert.»

«Ehrlich gesagt, Dario, ist das auch bei Opern nicht an der Tagesordnung. Sie drucken keinen Haftungsausschluss für so was auf die Eintrittskarte.»

Dario lachte und sah auf seine Uhr. «Okay, *vecio*, danke fürs Mittagessen, aber ich muss jetzt los. Was machst du nächste Woche?»

«Federica fährt ein paar Tage nach Florenz. Irgendeine Tagung über neue Methoden beim Restaurieren. Sie hält dort einen Vortrag über», ich versuchte, mich zu entsinnen, «Vergoldungstechniken in der venezianischen Renaissance. Zumindest glaube ich, dass es darum geht.»

Er nickte beeindruckt. «Sie ist ganz schön schlau, was?»

«Stimmt.»

«Fragst du dich nicht manchmal, warum sie sich mit dir abgibt?»

«Ständig. Also, Gramsci und ich sind jedenfalls ein paar Tage Strohwitwer.»

«Dann lass uns was unternehmen. Alle drei. Ich ruf dich an.»

«Sehr gut. Du bist doch heute Nachmittag in Venedig, stimmt's? Ich bin den ganzen Tag zu Hause, schau doch bei den Brasilianern vorbei, wenn du Zeit hast.»

«Ich versuch's. Bin allerdings ziemlich beschäftigt.» Ich zog die Augenbrauen hoch, doch er schüttelte den Kopf. Er nahm sein Portemonnaie heraus und legte einen Geldschein auf den Tresen.

«Eigentlich bin ich dran», protestierte ich, aber er schüttelte wieder den Kopf.

«Komm Nat, wir gehen zu Fuß.» Er hatte während des ganzen Mittagessens angespannt und abwesend gewirkt und schien irgendwie beunruhigt. Wir verließen das Bacarando, und ich schlug zum Schutz vor dem feuchtkalten Nebel den Kragen hoch, während wir zum Campo San Bartolomeo liefen. Dort blieb Dario stehen und lehnte sich an das Geländer am Fuß der Statue von Carlo Goldoni.

Ich nickte in Richtung Campo San Salvador. «Ich muss da lang.»

Er neigte den Kopf kaum merklich in Richtung des *sotoportego*, der weiter hinein ins *sestiere* Castello führte. «Ich gehe da lang. Calle del Cafetier.»

«Gut.» Mir war nicht ganz klar, worauf er hinauswollte und warum er das Bedürfnis hatte, noch bei mir stehen zu bleiben, nachdem wir gerade die Bar verlassen hatten. Ich verspürte das Bedürfnis nach meiner After-Spritz-Zigarette, was Dario garantiert nicht gefallen würde.

«Nur zu, Nat.» Er hatte offenbar gesehen, wie meine Hand in Richtung Jackentasche zuckte.

«Wirklich?»

Er nickte. Das war ein schlechtes Zeichen. Ich zog ein Päckchen MS aus meiner Jacke.

«Was ist los, Dario?»

«Ich gehe zur Calle del Cafetier, *vecio*.»

«Und?»

«Sagt dir das gar nichts?» Ich schüttelte den Kopf. Um uns herum drängten sich lachende Touristen in Masken und Capes auf dem Weg zur Rialtobrücke.

«Calle del Cafetier. Du weißt doch, wo die Bäckerei Boscolo ist? Beziehungsweise war.»

Ich nickte. «Natürlich, die Bäckerei, die kürzlich verkauft wurde ...» Ich stockte.

«Die meine ich», antwortete Dario.

«Oh, verdammt.»

«Genau.»

Diese Bäckerei war in den letzten Wochen häufig in der Zeitung gewesen. Sie wurde noch immer von denselben beiden Brüdern geführt, die sie vor vierzig Jahren eröffnet hatten. Als vor Kurzem ihr Vermieter starb, hatte sein Sohn das Haus geerbt, in dem sie sich befand. Sämtliche Verträge und jeglicher Mieterschutz, den die Brüder vorher besessen hatten, waren plötzlich nicht mehr gültig. Und der Sohn wollte sie raushaben, damit er das Gebäude verkaufen konnte.

«Was soll denn aus dem Haus werden?», fragte ich.

Dario zuckte mit den Schultern. «Hotel. Ferienwohnungen. Eins von beidem.»

«Und», ich zögerte einen Moment, «deine Firma wickelt die Sache ab?»

«Wir kümmern uns um den Verkauf, ja.»

Ich zündete mir mit dem Stummel der ersten eine zweite Zigarette an. Dario sagte kein Wort. Die schlechten Vorzeichen mehrten sich. «Das tut mir leid», sagte ich.

Er seufzte und starrte auf seine Schuhe. «Ist ein schmutziger Job manchmal, mein Freund.» Ich wollte ihn unterbrechen, doch er ließ mich nicht. «Nein, nein. Es ist wirklich ein schmutziger, mieser Job manchmal. Als ich noch ein kleiner Junge war, bin ich nach der Schule immer zu den Boscolo-Brüdern gegangen, weißt du, und hab Brot gekauft, um es nach Hause zu *Mamma* zu bringen. Und jetzt – jetzt bin ich der Kerl, der für die *agenzia* arbeitet, der das Haus verscherbelt, in dem sie die letzten vierzig Jahre gelebt und gearbeitet haben. Und wozu? Damit noch ein Hotel daraus wird? Weil diese Stadt ja, weiß Gott, unbedingt noch mehr davon braucht.» Er hakte sich bei mir ein und steuerte mich sanft, aber bestimmt durch das Gedränge zum Schaufenster der *farmacia*, die sich gegenüber des Goldoni-Denkmals befand. Er tippte gegen die Scheibe und deutete auf eine rote LED-Anzeige im Zentrum der Auslage. Ich wusste schon, was jetzt kommen würde. Seit fast zehn Jahren präsentierte die Farmacia Morelli als stumme Mahnung für die Stadtverwaltung nun schon die aktuelle Einwohnerzahl in ihrem Schaufenster, die sich unaufhaltsam nach unten bewegte.

«Vierundfünfzigtausend, neunhundert und dreiundfünfzig. Nicht einmal mehr fünfundfünfzigtausend Venezianer übrig. Wie viele waren es, als du hergezogen bist, *vecio?*»

«Keine Ahnung. Über sechzigtausend jedenfalls.»

«Genau. Also haben wir fast zehn Prozent der Bevölkerung verloren in den letzten, wie viel, weniger als zehn Jahren?» Ich nickte. Er drehte sich um und lehnte sich mit dem Hinterkopf an die Scheibe. «Und ich bin Teil des beschissenen Problems. Meine Firma verdient Geld damit, ein nützliches Geschäft zu verkaufen, damit ein nutzloses daraus wird. *Ich* verdiene Geld damit.» Er kicherte, hohl und freudlos. «‹Selling Venice by the Pound› würde einen ziemlich guten Albumtitel abgeben.»

So hatte ich ihn noch nie erlebt. Beschwichtigend legte ich ihm meine Hand auf den Arm. «Dario, hör auf damit. Es ist nicht deine Schuld. Wenn deine Firma es nicht machen würde, dann ...»

«Würde es jemand anderes tun. Ich weiß, Kumpel. Ich weiß. Sie würden Schlange stehen. Schlange stehen, um die Nägel in den Sarg zu schlagen.» Er schnäuzte sich.

«Ist vielleicht eine dumme Frage, aber ... würde dir vielleicht eine Zigarette guttun?»

Er wischte sich die Augen, aber dann lachte er. «Ja, das ist wirklich eine dumme Frage, und nein, würde es nicht. Und glaub bloß nicht, dass du jedes Mal mit dem Qualmen durchkommst, bloß weil der alte Dario gerade einen Moralischen hat, klar?» Dann wurde er wieder ernst. «Es ist nur ... ich weiß, vor ein paar Jahren bin ich nach Mestre gezogen, spiele aber manchmal schon mit dem Gedanken zurückzukehren. Und ich hab immer gehofft, Emily könnte es eines Tages tun. Und jetzt frage ich mich, ob es überhaupt noch eine Stadt geben wird, in die sie zurückkehren kann, wenn sie erwachsen ist.»

Ich zertrat meinen Zigarettenstummel auf dem Boden. Noch eine dritte, und mir würde übel werden. «Komm schon, Dario. Wie viele Seuchen habt ihr Venezianer überlebt? Ihr habt Napoleon ausgehalten. Sogar Pink Floyd und die ‹Night of Wonders› habt ihr überstanden. Ihr werdet fortbestehen. Das habt ihr immer getan.»

Er schüttelte den Kopf. «Dieses Mal nicht, Nat. Dieses Mal nicht. Dieses Mal ist es ...»

In dem Moment leuchtete die rote LED-Anzeige kurz auf, und die Zahl änderte sich. Ich boxte Dario in den Arm. «Guck mal, Dario!»

«Was denn?»

«Die Anzeige! Eben stand da doch noch vierundfünfzigtausend, neunhundert und dreiundfünfzig, stimmt's?»

«Ach ja?»

«Ja! Und jetzt steht da vierundfünfzigtausend, neunhundert und vierundfünfzig.»

«Du meinst …?»

«Es ist einer mehr geworden! Wir leben – ich lebe – in einer Stadt mit Bevölkerungsexplosion.»

«Großartig!» Er hob mich hoch und gab mir einen Kuss auf beide Wangen. «Du bringst mir immer Glück, Nathan, weißt du das?» Er setzte mich wieder ab, und ich schnappte nach Luft. «Also, ich würde am liebsten den ganzen Tag hier stehen und die Anzeige beobachten. Vielleicht würden wir Zeugen, wie noch ein paar neue Einwohner dazukommen. Aber ich muss jetzt leider wirklich zur Arbeit. Bis bald, okay? *Ciao vecio.*»

Er drehte sich um, marschierte davon und verschwand unter dem *sotoportego*. Ich blickte nach oben zu Goldonis Denkmal. Der große Stückeschreiber schritt, einen prächtigen Dreispitz auf dem Kopf und von jeglicher Sorge frei, Richtung Campo San Salvador. Ich lächelte zu ihm hinauf und nahm dieselbe Richtung.

– 4 –

Aus dem Fabelhaften Brasilianischen Café fiel warmes Licht. Dichter Nebel lag über der Straße der Mörder, und ich dachte, es wäre nett, auf einen *caffè corretto* haltzumachen. Zwei Touristen saßen draußen, dick eingemummelt zum Schutz vor der Kälte, und tranken mit behandschuhten Händen heiße Schokolade. Ihr Anblick brachte mich zum Lächeln. Was sie machten, war natürlich verrückt, denn die Temperatur lag nahe dem Gefrierpunkt, aber irgendwie hatte es auch etwas. Die Zeit für einen Kaffee mit einem Schuss Grappa konnte ich mir nehmen. Drinnen werkelte Eduardo an der Bar vor sich hin. Ich legte die Hand auf die Klinke, hielt dann jedoch inne.

Vom Ende der *calle* aus sah mich jemand an. Er trug einen knielangen Mantel und hatte einen Fedora auf dem Kopf, sein Gesicht war im Nebel aber nicht zu erkennen.

Dann trat die Gestalt einen Schritt vor und lüftete kurz den Hut. «Hallo, Nathan.»

«Vanni?» Ein Lächeln legte sich auf mein Gesicht. «Was machst du denn hier?»

«Ach, ich kam zufällig vorbei und dachte, es wäre nett, ein bisschen zu plaudern.»

«Vanni, du kommst nie durch San Marco. Was ist los?»

«Na ja, für einen Spritz in der Bar F30 ist es eindeutig zu kalt, da stimmst du mir doch sicher zu?»

Ich nickte. «Es gibt noch andere Alternativen.»

«Stimmt. In die *Questura* wollte ich dich jedenfalls nicht bestellen. Ein bisschen Diskretion fand ich besser.»

«Stecke ich etwa in Schwierigkeiten?»

«Ach, Nathan.» Vannis dichter Schnauzbart konnte sein Lächeln nicht verbergen. «Wann steckst du mal nicht in Schwierigkeiten, *caro mio*?»

«Komm lieber mit rauf.» Ich schloss die Haustür auf und ging mit ihm nach oben. Gramsci brachte maunzend sein Missfallen zum Ausdruck. Ich war offenbar fünf Minuten zu lang fort gewesen und brachte auch noch einen ungeladenen Gast mit. «Komm rein, Vanni. Kann ich dir einen Kaffee anbieten?»

«Das wäre sehr nett, danke, Nathan.» Er bückte sich und streckte die Hand aus …

«Nicht!»

Blitzschnell riss er die Hand wieder zurück.

«Er hat's nicht so mit Fremden. Tut mir leid.»

«Offensichtlich.» Er saugte an seinen Fingern.

«Es ist schon besser geworden. Ehrlich. Komm ins Büro.»

Ich zog meinen Stuhl neben Vannis, der angesichts meiner relativ teuren Espressomaschine anerkennend nickte. Er legte seinen Hut auf den Schreibtisch. Gramsci sprang hinauf und fuhr die Krallen aus, und ich konnte Vannis Kopfbedeckung gerade noch rechtzeitig wegnehmen. Die Aufschrift auf dem Hutband fiel mir ins Auge. «Borsalino.» Ich pfiff durch die Zähne. «Ein original Borsalino. Vornehm geht die Welt zugrunde, was, Vanni?»

Er grinste. «Von meiner Frau. Ein Geschenk zum Fünfzigsten.»

«Nicht übel. Aber du hättest es mich wissen lassen sollen.» Er wischte meinen Protest mit einer Handbewegung fort. «Ich hänge ihn mal außer Reichweite.» Ich ging zurück in den Flur und legte den Hut auf den Garderobenständer. «Wann war er denn – dein Geburtstag, meine ich?»

«Also, den Hut hat Barbara mir vorige Woche gekauft. Aber mein eigentlicher Geburtstag», er lächelte, «ist heute.»

«Tony Iommi!»

«Wie bitte?»

«Ach, egal. Jedenfalls hast du einen Tag nach mir. Wir hätten was zusammen unternehmen können.»

«Das nächste Mal.» Er lächelte. «Hast du denn etwas Nettes an deinem Geburtstag gemacht, Nathan?»

«Federica hat mich in die Oper ausgeführt.»

«Davon hörte ich.»

Ich schob mit einem befriedigenden *Klack* eine Kaffeekapsel in die Maschine und drückte den Startknopf. «Ach, was?»

«Nun ja, wir haben natürlich die Kontaktdaten sämtlicher Personen, die dort gewesen sind.»

«Natürlich.» Ich nahm seine Tasse unter dem Auslauf heraus, stellte sie auf einen Unterteller und schob sie ihm über den Tisch. «Zucker?»

Er schüttelte den Kopf und strich sich über den Bauch. «Barbara meint, ich müsste ein bisschen abnehmen.»

«Wenn ich mit fünfzig noch so gut aussehe wie du, bin ich froh, glaub mir, Vanni.» Ich machte mir selbst auch noch eine Tasse. Dann schüttete ich ein Beutelchen Zucker hinein und setzte mich neben ihn. «Also, was soll das Ganze?»

«Na ja, du warst gestern Abend in der Oper.»

«Wie du bereits weißt.»

«Und du hast gegenüber der Loge gesessen, in der der Mann ermordet wurde.»

«Ja, das habe ich deinen Leuten schon gesagt. Obwohl ihr das auch selbst hättet rausfinden können. Das Fenice hat doch vermutlich Daten.»

Er nickte. «Also hattest du einen prima Blick. Was hast du gesehen?»

Ich zuckte mit den Schultern. «Nicht besonders viel, ehrlich gesagt. Ich weiß noch, dass mich während des ersten Aktes irgendwas genervt hat. In der Loge gegenüber gab es ein Kommen und Gehen. Die Tür ging auf, Licht fiel herein. Das hat abgelenkt, verstehst du, während ich versucht habe, mich zu konzentrieren.»

Er nickte wieder. «Sonst noch etwas?»

Ich rührte meinen Espresso um. «Ja. Einer von ihnen wirkte merkwürdig. Zuerst dachte ich, er hätte bloß einen Hut auf, aber sein Gesicht ... ich konnte es nicht richtig erkennen, aber es schien irgendwie sonderbar.»

«So vielleicht?» Vanni holte einen Umschlag aus seiner Tasche und zog ein Foto heraus. Eine Maske, die auf einem Sitz mit rotem Samtbezug lag. Ein breitkrempiger Hut, ein grünlich-graues Gesicht, ein Schnabel, der unter zwei ausdruckslosen Augenhöhlen hervorstand. Ich nahm das Bild in die Hand und betrachtete es. Dann legte ich es auf den Schreibtisch zurück und sah Vanni an.

Der Pestdoktor.

Der Schwarze Tod hatte Venedig zum letzten Mal während der großen italienischen Pestepidemie von 1630 heimgesucht, als Truppen bei ihrer Rückkehr aus dem Dreißigjährigen Krieg sie einschleppten. Innerhalb nur eines Jahres tötete sie fast ein Drittel der Bevölkerung, und die Erlauchteste Republik sollte nie wieder ganz zu ihrer wirtschaftlichen und politischen Macht zurückfinden. Während die Seuche die Stadt in die Knie zwang, zogen die Pestdoktoren von Haus zu Haus. Weniger, um zu heilen oder zu lindern, sondern schlichtweg, um Ausmaß und Ausbreitung der Krankheit zu erfassen.

Dabei kleideten sie sich in das Pendant moderner Infektionsschutzanzüge. Ein gewachster schwarzer Umhang, der bis zu den Knöcheln reichte, während der Arzt durch gläserne Linsen in einer bizarren vogelartigen Maske blickte, deren Schnabel mit Kräutern gefüllt war, um den Gestank der schwärenden Wunden fernzuhalten. Das Letzte, was die sterbenden Menschen sahen, war häufig «Doktor Schnabel», der durch diese leeren Glaslinsen auf sie herabblickte. Aus Gründen, die sich mir nie ganz erschlossen, war später genau diese Kluft zu einem der beliebtesten Kostüme im *Carnevale* geworden.

«Der Pestdoktor», sagte ich.

Vanni lächelte. «Doktor Schnabel höchstpersönlich. Ziemlich angesagt um diese Jahreszeit.»

Ich nickte. «Ergibt Sinn. Sein Gesicht konnte ich nicht erkennen. Nur dass es irgendwie grotesk wirkte und dass er einen Hut trug. Aber er hatte das nicht an, oder? Der Tote, meine ich.»

Vanni schüttelte den Kopf. «Nein. Wir haben es in der Loge gefunden. Lag da einfach auf dem Sitz.»

«Oha.» Ich wusste, was als Nächstes kam. «Ein Karnevalsbesucher also? Ein Brite, stimmt's?» Ein britischer Staatsbürger, und folglich der ganze Papierkrieg und Verwaltungskram, der damit verbunden war, die Leiche nach England zu überführen. Ganz zu schweigen von den Scherereien, wenn erst die Presse darauf aufmerksam wurde.

«Nein.» Vanni schüttelte den Kopf. «Das dachten wir auch. Aber es ist kein Brite. Tatsächlich ist er gar kein *straniero*. Er ist – oder war – Venezianer.»

«Wirklich?»

«Wir haben seine Papiere überprüft. Sein Name ist Matteo Zambon.» Er hielt kurz inne. «Sagt dir das etwas, Nathan?»

Ich schüttelte den Kopf. «Nie von ihm gehört. Tut mir leid.»

«Bist du sicher?» *Professor* Matteo Zambon. Hat im *conservatorio* gearbeitet.»

Ich dachte einen Moment nach. «Nein, ehrlich. Ich habe noch nie von ihm gehört.»

«Hmm. Gut. Es ist bloß, er scheint schon von dir gehört zu haben.»

«Wie meinst du das?»

Statt zu antworten, griff Vanni wieder in den Umschlag und zog noch ein Foto heraus, dieses Mal die Aufnahme einer Visitenkarte. Ich sah näher hin. Ziemlich billig gemacht, mit einem recht kitschigen Union-Jack-Motiv bedruckt. Auf der unteren Hälfte war «Fachübersetzungen Englisch» zu lesen und quer über dem waagrechten Streifen der Fahne prangte der Name *Nathan Sutherland*.

- 5 -

«Woher stammt die?»

«Aus seiner Brieftasche. Neben verschiedenen anderen Dingen. Bist du sicher, dass du noch nie von ihm gehört hast?»

Ich schüttelte den Kopf. «Hundert Prozent sicher. Also, fast. Zambon ist kein ungewöhnlicher Nachname. Kann sein, dass ich mal etwas für jemanden übersetzt habe, der so hieß, aber an einen Matteo erinnere ich mich definitiv nicht.»

«Du hast doch sicher irgendwelche Belege?» Ich antwortete mit einem matten Lächeln. «Für steuerliche Zwecke?»

«Aber ja. Klar. Natürlich. Allerdings müsste ich lügen, wenn ich behaupten würde, sie wären gut geordnet, vor allem wenn der Auftrag schon ein paar Jahre zurückliegt.»

«Na schön. Aber wie kannst du sicher sein, dass er ein paar Jahre zurückliegt, wenn du dich gar nicht an ihn erinnerst?»

Ich zog die oberste Schublade meines Schreibtischs auf und beförderte eine kleine Pappschachtel zutage. Ich öffnete sie und nahm eine Visitenkarte heraus. «Das Design meiner Visitenkarten habe ich schon vor über zwei Jahren geändert. Der ganze Union-Jack-Schnickschnack erschien mir ein bisschen zu übertrieben. Kann schon sein, dass *signor* Zambon vor Jahren mal Kunde bei mir gewesen ist, aber wenn das je der Fall war, dann erinnere ich mich wirklich nicht an ihn.»

Vanni trommelte mit den Fingern auf den Schreibtisch. «Schade.»

Ich rieb mir übers Gesicht. «Lass mich noch mal nachdenken. Er hat am *conservatorio* gearbeitet, sagst du?» Er nickte.

«Okay, ich hab früher mal ein paar Musiksachen gemacht. Auf der Giudecca wohnt so ein Typ, ein Komponist, für den habe ich vor einigen Jahren ein bisschen was erledigt. Ich wollte ihm einen Gefallen tun. Irgendein Stümper hatte ihm eine Website erstellt und *Messa in re minore* als ‹Requiem für einen kleinen König› übersetzt.» Wir lachten beide. «Sein Name ist zwar nicht Zambon, aber er kannte ihn wahrscheinlich. Vielleicht hat er meine Visitenkarte weitergegeben.»

Aus dem Flur war ein Kratzen zu hören. «Verflucht.» Ich rannte gerade noch rechtzeitig hinaus, um Vannis Borsalino vor Gramsci zu retten, der fieberhaft versuchte, sich an der Wand hochzukrallen, um an ihn heranzukommen. Ich nahm den Hut mit zurück ins Büro und legte ihn auf den Aktenschrank. Gramsci sprang hinterher, und ich brachte das gute Stück seufzend erneut in Sicherheit. Ich hielt ihn Vanni hin. «Hör zu, tut mir leid, aber vielleicht ist es einfacher, wenn du ihn einfach …»

«Aufsetzt?»

Ich nickte. «Ja. Tut mir leid.»

«Kein Problem.»

«Siehst du, das ist der Grund, warum ich nie Hüte trage.»

Vanni setzte sich den Hut auf den Kopf und schob ihn zurecht. Er war wirklich äußerst elegant.

«Wir sind sowieso schon fast fertig. Darf ich dich bitten, noch mal deine Unterlagen durchzusehen? Nur um sicherzugehen.»

«Klar. Wenn du meinst, das bringt etwas.»

«Man kann nie wissen.»

«Okay, ich überprüfe sie. Aber an jemanden vom *conservatorio* würde ich mich wahrscheinlich erinnern. Das klingt interessanter als die Aufträge, die bei mir normalerweise so reinkommen. Außerdem könnte es ja sein, dass er gar kein richtiger

Kunde war. Vielleicht habe ich ihm die Visitenkarte nur so gegeben. Für den Fall der Fälle. Du weißt doch, wie das ist.»

«Ich weiß. Wirf trotzdem noch mal einen Blick darauf. Und ruf vielleicht diesen Mann auf der Giudecca an. Gibst du mir dann Bescheid?»

«Mach ich.» Vanni erhob sich und lächelte.

«Also, ähm, kannst du mir vielleicht sonst noch etwas darüber erzählen?»

«Oh nein. Ganz bestimmt nicht.»

«Eine meiner alten Visitenkarten ist der einzige Anhaltspunkt, den ihr habt?»

«Nicht ganz. Der unglückselige *signor* Zambon hatte die ganze Loge reserviert. Laut Fenice wurde aber nur eine Eintrittskarte benutzt. Es könnte etwas bringen, mit den anderen Kartenbesitzern zu reden, falls wir sie finden.»

«Nur eine? Aber ich habe eindeutig zwei Personen gesehen. Ist denn nichts auf den Überwachungskameras?»

Vanni seufzte. «Das sollte man eigentlich annehmen, was? Sie haben Kameras im unteren Bereich und im Zuschauerraum. Keine in den Gängen. Zumindest keine, die funktioniert haben.»

«Was ist mit den Mitarbeitern? Oder den Feuerwehrleuten? Von denen sind doch da immer jede Menge unterwegs.»

«An die haben wir gedacht. Sie machen ihre Runden nach einem bestimmten Zeit- und Ablaufplan. Wer immer die Tat begangen hat, er muss ihn gekannt haben. Von alldem hab ich dir natürlich nie etwas erzählt, klar?»

Ich tippte mir an die Nase. «Ich schweige wie ein Grab, Vanni.» In dem Moment hörte ich die Wohnungsschlüssel im Schloss. «Fede?»

«*Ciao tesoro.*» Gramsci maunzte zur Begrüßung. «Hallo, kratzbürstiger Kater.»

Sie kam ins Büro, knöpfte ihren schwarzen Trenchcoat auf und schenkte Vanni ein Lächeln.

Er strahlte. «*Mia dottoressa*. Ich freue mich, Sie wiederzusehen.» Vanni stand auf und verbeugte sich, um ihr die Hand zu küssen. Als er ihren Gesichtsausdruck sah, änderte er jedoch seine Meinung und machte ein Händeschütteln daraus.

«Ganz meinerseits. Schöner Hut übrigens.» Sie zog ihren Mantel aus und legte ihren Schal ab. «Es muss schon über ein Jahr her sein. Ich sage Nathan dauernd, dass Sie einmal zum Abendessen kommen müssen.» Sie drückte mir mit ihren immer noch eiskalten Lippen einen Kuss auf die Wange.

«Nein, nein, nein. Sie müssen einmal zu uns kommen. Sie haben sicher meine Frau noch nicht kennengelernt.»

«Ich glaube nicht, nein.»

Es entstand ein kurzes Schweigen, während Vanni nickte und noch ein bisschen weiterstrahlte. «Nun ja, ich muss los. Denk darüber nach, was ich dir gesagt habe, Nathan. Und ruf mich an, jederzeit.»

«Wird gemacht, Vanni. Bis bald.»

«Eine alte Visitenkarte? Und er denkt, das wäre ein Anhaltspunkt?»

«Möglicherweise ist sie das. Auf jeden Fall hat er mich gebeten, über die Sache nachzudenken. Auf der Guidecca wohnt dieser Kunde von mir. Für den habe ich vor Jahren mal gearbeitet. Auch ein Musiker. Ich rufe ihn morgen an.»

«Nicht jetzt gleich?»

«Nicht jetzt gleich, *cara mia*. Jetzt gehen wir runter zu den Brasilianern und trinken einen Negroni. Und dann koche ich uns etwas Fantastisches zum Essen.»

«Ah, gut. Wie fantastisch?»

«Genial.»

«Klingt aufregend. Gibst du mir einen Tipp?»

«Nein. Weil ich mir noch nichts überlegt habe.» Ich ging in die Küche und machte den Kühlschrank auf. «Pancetta. Radicchio. Sieht nach Pancetta-Radicchio-Risotto aus.»

«Sehr schön.»

Ich nahm eine Plastikdose Gemüsebrühe aus dem Gefrierfach und stellte sie in die Spüle. «Ein Negroni, dann kann sie schon mal ein bisschen auftauen. Komm.» Ich zog meinen Mantel über.

«Ist das wirklich alles, was Vanni hat? Eine alte Visitenkarte von dir?»

Wir gingen die Treppe hinunter und nach draußen. «Nicht ganz. Da war noch etwas anderes. Sie haben eine Pestdoktor-Maske in der Loge gefunden.»

«Was die Liste der Verdächtigen auf ungefähr zwanzigtausend reduziert.»

Ich grinste. «Allerdings.»

Wie zum Beweis lief eine Gruppe maskierter Partygänger an uns vorbei; mehrere junge Frauen in schwarzen Halbmasken, die sie bestimmt an einem Souvenirstand gekauft hatten, und ein paar Schritte dahinter die deutlich imposantere Gestalt eines Pestdoktors.

«Na bitte», flüsterte ich. «Vielleicht sollte er der Polizei bei ihren Ermittlungen helfen.»

Der Pestarzt blieb stehen und drehte sich um, obwohl ich mir sicher war, dass er mich nicht gehört haben konnte. Ich blickte in seine ausdruckslosen Augen, bis er sich wieder umwandte und durch die Straße der Mörder der Gruppe kichernder Mädchen folgte, die nun im Nebel verschwand. Ich starrte ihm nach.

Fede stieß mich zwischen die Rippen. «Komm, *caro*. Unsere Drinks warten.»

Lächelnd schob ich meinen Arm unter ihren, und wir betraten das Fabelhafte Brasilianische Café.

– 6 –

«*Ciao Gian. Ci sentiamo.*»

Ich legte auf und sah lächelnd Federica an, die sich auf dem Sofa ausgestreckt hatte und die morgendliche *La Nuova* las.

«Du wirkst zufrieden. Gute Neuigkeiten?»

«Auf jeden Fall. Gianandrea bringt ein paar neue Aufnahmen raus. Ich soll für ihn die Covertexte übersetzen.»

«Wie schön. Und was ist mit der Visitenkarte?»

Ich schüttelte den Kopf. «Negativ. Aber er kannte den Mann. Wie Vanni schon sagte, hat er im *conservatorio* gearbeitet. Er hat dort über zwanzig Jahre lang Renaissance- und Barockgesang unterrichtet.»

«Stimmt.» Sie nickte Richtung Zeitung. «Das steht hier auch.»

«Ach, ist da noch ein richtiger Nachruf drin?»

«Ja. Sieh ihn dir an.» Sie faltete die Zeitung zusammen und warf sie mir zu. Ich streckte die Hand danach aus, doch Gramsci schnappte sie mir in letzter Sekunde weg, beförderte sie unter den Tisch und setzte sich drauf.

Ich seufzte. «Du kannst mir nicht vielleicht einfach die wichtigsten Punkte erzählen?»

«Da gab es nicht viele. Es war bloß ein kurzer Lebenslauf und jede Menge Würdigungen von ehemaligen Studierenden, alten *compagni* und dergleichen.»

«*Compagni*?» Ich horchte auf.

«Ja. Er war ein langjähriges Mitglied der Kommunistischen Partei.»

«Erinnerst du dich an irgendwelche Namen?» Jetzt war ich wirklich hellhörig geworden.

«Nein. Ich dachte nicht, dass ich sie mir merken müsste.»

«Sergio Cardazzo? Lorenzo Bonzio?»

Sie schüttelte den Kopf. «Ich bin mir nicht sicher. Ist das wichtig?»

«Sergio. Lorenzo. Meine alten Freunde aus der kommunistischen Bar auf der Giudecca. Wenn er Parteimitglied gewesen ist, dann kannten sie ihn wahrscheinlich. Und nicht nur das. Sie hatten beide meine alte Visitenkarte. Nur um in Kontakt bleiben zu können, verstehst du, nachdem diese Moro-Sache vorbei war.»

«Ach so. Dann rufst du sie an?»

«Besser noch.» Ich gab ihr einen Kuss auf die Stirn und setzte mich in Bewegung. «Ich fahre rüber und besuche sie in der Bar.»

«Werden sie denn da sein?»

«Sie sind da. Vermutlich wohnen sie da.»

«Warum liest du nicht noch mal in der Zeitung nach?» Ein Geräusch drang unter dem Tisch hervor. Als unsere Blicke zeitgleich dorthin wanderten, sahen wir, wie Gramsci gerade genüsslich die *La Nuova* zerfetzte. «Na schön. Vielleicht doch nicht.»

Ich zog meinen Mantel über. «Bin dann mal weg, ja?»

«Glaub nicht, dass ich das auflese!»

«Das übernehme ich später. *Ciao cara.*»

Ich brauche einen wärmeren Mantel, dachte ich, während ich mich über den Campo Santo Stefano und die Accademia-Brücke durch die Horden von maskierten Touristen kämpfte. Jedes Jahr wieder vergaß ich, wie kalt es im Winter in der Stadt werden konnte. Vier Monate später würde ich mich dann über die unzureichende Klimatisierung in der Wohnung beklagen, und Federica würde mich drängen, den Sommer mit ihr in den Bergen zu verbringen. Doch momentan war Venedig feuchtkalt und lag nur halb sichtbar unter einer Nebeldecke.

Ich war über den Rio Terrà Foscarini unterwegs zu den Vaporetto-Haltestellen an den Zattere. Der schlechteste Straßenmusiker aller Zeiten war nicht da, um ihm eine Münze zuwerfen zu können. Mir fiel auf, dass ich ihn schon eine ganze Weile nicht gesehen hatte. Hoffentlich ging es ihm gut. Er war in all meinen Jahren in Venedig irgendwie zu einer festen Institution geworden und hatte erstaunlich viel Geld von mir bekommen, wenn man bedachte, dass er bestenfalls ein halbes Musikstück beherrschte. Vielleicht hatte er sich ja zur Ruhe setzen können?

Ich stieg ins nächste Boot nach Palanca. Obwohl es nur eine Haltestelle war, ging ich in die Kabine, um mich aufwärmen zu können. Die Fenster waren beschlagen, und ich wischte meines mit dem Ärmel frei. Eine schiefergraue Lagune unter schiefergrauem Himmel. Ich fuhr mir mit der Hand durch die feuchten Haare. Wie lange war ich nun schon nicht rübergefahren, um die *compagni* zu sehen? Nach dem Moro-Fall hatten wir zunächst den Kontakt gehalten, doch aus den wöchentlichen Treffen, um *scopa* zu spielen, waren nach und nach monatliche geworden. Irgendwann trafen wir uns nur noch alle zwei Monate. Und bald schon nur noch wenige Male im Jahr. Letzten Sommer. Es war letzten Sommer gewesen.

Kaum war ich auf der Giudecca ausgestiegen, wehte ein feiner Schneeregen über die Lagune, und der kalte Wind blies mir beißend ins Gesicht. Vor der kommunistischen Bar blieb ich einen Moment zögerlich stehen. Die Warhol-mäßigen Bilder von Antonio Gramsci, Karl Marx, Enrico Berlinguer *et al.* im Fenster waren noch dieselben wie immer, nur dass sich jetzt eine rot blinkende Lichterkette darum wand, um einen Hauch kommunistischer Karnevalsstimmung zu verbreiten.

Die Bar war wie immer leer, bis auf Sergio, Lorenzo und einen älteren Barmann mit weißem Walrossbart. Es herrschte einen Moment Schweigen, als ich eintrat. Sergio sah mich an und blickte wieder zurück auf seine Karten. Dann legte er sie auf den Tisch und stand auf.

«Nathan, der Privatermittler.» So nannte er mich seit dem Moro-Fall.

«Sergio.» Ich lächelte. «Lorenzo.»

Sergio erwiderte mein Lächeln nicht. Lorenzo wirkte verlegen und wandte sich schnell wieder dem Blatt auf seiner Hand zu.

«Wir haben dich hier lange nicht gesehen, *Eccellenza.*»

«Tut mir leid. Ich hatte ziemlich viel zu tun.»

«Zu viel für die *compagni*? Zu große Nummer, um mit ein paar alten Kameraden in ihrer alten Bar 'ne Runde Karten zu spielen?»

Ich hob beschwichtigend die Hände. «So ist es nicht, Sergio, es ist bloß ...»

Er fiel mir ins Wort. «Oder hattest du vielleicht einfach keine Lust mehr, jede Woche beim *scopa* eine Schlappe zu kassieren?» Wieder einen Moment Schweigen, dann fing er an zu grinsen und breitete die Arme aus.

Ich beugte mich herunter, um ihn zu umarmen. Sergio war klein und kräftig gebaut, aber es war nicht zu übersehen, dass er ein wenig abgenommen hatte. Lorenzo, schon immer die größere, asketischere Erscheinung, hatte sich nicht von seinem Stuhl erhoben, sondern nickte mir nur lächelnd zu. Während ich von einem zum anderen blickte, überkam mich kurz das schlechte Gewissen. Ich hatte sie über ein halbes Jahr nicht gesehen, und sie waren beide sichtlich gealtert. Eines Tages vielleicht würde ich zu einer Runde *scopa* vorbeikommen wollen und feststellen, dass es sich ausgespielt hatte. Ich nahm mir fest vor, sie regelmäßiger zu besuchen.

«Setz dich, *investigatore*, und trink etwas.»

«Spritz?», fragte ich.

Sergio seufzte. Lorenzo grinste. «Sergio meint immer noch, das sei ein Luschengetränk für verweichlichte Adelige. Dabei sage ich ihm immer, dass es nur ein Getränk ist. Keine Revolutionswaffe.»

Sergio schüttelte den Kopf und zeigte dem Barmann drei Finger. «Einen Krug Roten, drei Gläser.»

Ich zog mir einen Stuhl an den Tisch. «Ist er neu hier?» Ich machte eine Kopfbewegung Richtung Theke.

Sergio nickte. «Lorenzos Papa.»

Mein Blick wanderte von Lorenzo zu dem Barmann und wieder zurück. Über die siebzig war Lorenzo wahrscheinlich schon lange hinaus. «Du machst Witze?»

«Klar mach ich Witze. Aber er ist der Einzige hier, der noch älter ist als wir. Also nennen wir ihn Lorenzos Papa.»

«Arbeitet er schon lange hier?»

«Ein halbes Jahr. Wird aber wohl bleiben. Ist ein richtiger Genosse. Anders als die jungen Kerle, die wir sonst so abbekommen.»

Der alte Knabe kam herübergetrottet, den Weinkrug in der einen, drei Bechergläser in der anderen Hand. Als ich ihm mit dem Krug behilflich sein wollte, schüttelte er den Kopf und winkte ab, wobei der Wein gefährlich ins Schwappen geriet. Laut klirrend setzte er die Gläser ab. Sergio klopfte ihm auf die Schulter. «*Grazie*, Marco.» Er schenkte uns ein. «*Cin cin.*» Wir stießen an.

Sergio schob die Karten auf dem Tisch zusammen und mischte sie. «Also spielen wir ’ne Runde?» Er zögerte. «Oder gibt es einen anderen Grund für Privatermittler Nathan, hier zu sein?» Beide sahen mich an.

Ich legte die Ellbogen auf den Tisch und hielt mein Glas Wein mit beiden Händen. «Ja, du hast recht. Den gibt es.»

«Du ermittelst?» Lorenzo grinste.

«Nicht direkt. Also eigentlich gar nicht. Es ist bloß, mein Freund Vanni – ihr wisst schon, der Polizist – na ja, der hat mich etwas gefragt.»

«Über den Mord im La Fenice?» Lorenzo grinste weiter.

«Wie bitte?»

«Den Mord im La Fenice. Über den sämtliche Zeitungen berichtet haben. Sogar *Il Manifesto*.»

«Richtig. Aber ich verstehe nicht …»

Lorenzo schnitt mir das Wort ab. «Du willst dich nach Matteo Zambon erkundigen, stimmt's?»

«Stimmt.» Jetzt grinsten beide. «Ihr verdammten Mistkerle. Warum habt ihr nichts gesagt? Oder mich einfach angerufen?»

«Wir trauen keinem Polizisten, mein Freund», erklärte Sergio. «Auch nicht einem wie Vanni. Abgesehen davon», er nahm seine Brille ab und putzte sie mit dem Hemdsärmel, um mich nicht ansehen zu müssen, «dachten wir, dann wäre die Wahrscheinlichkeit größer, dass du mal wieder hier rüberkommst.»

«Ach je», antwortete ich. «Jetzt hab ich ein schlechtes Gewissen.»

«Das solltest du auch», grummelte Sergio, bevor er die Gläser wieder auffüllte. Dann erhob er seins und prostete mir zu. «Also, *compagno*, was willst du wissen?»

- 7 -

«Ich nehme also an, ihr kennt – kanntet – Zambon?», fragte ich.

«Dass wir ihn kannten, würde ich nicht direkt sagen», antwortete Lorenzo. «Er war uns zumindest nicht unbekannt.»

Sergio schnaubte.

«Aber er war in der Partei, oder? Ist er nie auf eine Runde Karten hier vorbeigekommen oder um über den Klassenkampf zu diskutieren?»

Sergio schnaubte wieder und schwenkte seinen Wein im Glas. Er hatte offenbar keine sonderlich hohe Meinung vom verstorbenen *signor* Zambon. Ich wandte mich zu Lorenzo und hob fragend die Brauen. Er würde mir wahrscheinlich eher in ausformulierten Sätzen antworten.

«Das war er. Früher mal. Aber dann kam es zu gewissen Schwierigkeiten.» In Erwartung eines weiteren Schnaubens drehte ich mich wieder zu Sergio, doch der beschränkte sich jetzt auf ein heftiges Kopfschütteln. Er murmelte ein einziges Wort: «Spalter.»

Ich nickte. «Ah, ich glaube, ich verstehe.»

«Bestimmt tust du das. Damals, 1991 – das große Schisma, nennt Sergio es –, war Matteo einer von denjenigen, die der PDS beigetreten sind. Du weißt, was die PDS ist?»

«*Partito Democratico della Sinistra.* Die Nachfolgerin der alten Kommunistischen Partei?»

Es entstand ein unangenehmes Schweigen. Statt etwas zu antworten, nahm Sergio nur eine ungesund rote Hautfarbe an. Lorenzo klopfte ihm auf den Arm und hüstelte leicht verlegen.

«Ähm, nun ja, eine davon vielleicht. Sergio und ich sind in der alten Partei geblieben. Matteo und viele andere – die Mehrheit …»

«*Guida Iscariota*», murmelte Sergio.

«Na ja, es stimmt doch, Sergio. Mag sein, dass es uns nicht gefällt, aber es stimmt. Matteo und die anderen waren die Mehrheit. Wir sind bei der PRC, der Neugründung der Kommunistischen Partei, geblieben, also abgesehen von denen, die später noch die CU gegründet haben. Aber die meisten sind zur PDS gegangen.»

Ich verlor langsam den Überblick über die Abkürzungen. «Und aus der PDS wurde dann die PD – die *Partito Democratico*?»

«Oh nein. Erst war da noch die DS – *Democratico della Sinistra*. Und danach erst die PD.»

«Okay. Also die PCI hat sich einerseits in die PRC und die CU und andererseits in die PDS, aus der die DS und dann die PD wurde, aufgespalten? Hab ich das richtig verstanden?»

Lorenzo grinste. «Mehr oder weniger. Wir haben allerdings die PdUP und die DP noch nicht erwähnt, ganz zu schweigen von der SEL.»

«Ach, sollten wir das?»

«Na ja, sie gehören alle zu der überaus spannenden Periode der vor- und nachkommunistischen Geschichte in Italien und …»

Sergio legte seinem Kameraden sanft, aber entschieden die Hand auf den Mund. «Nein», sagte er. «Das sollten wir nicht.»

«Okay. Danke. Ehrlich. Ich vermute also, dass ihr nicht sonderlich viel mit Matteo Zambon zu tun hattet in den vergangenen – wie vielen Jahren?»

«Seit dem 3. Februar 1991 habe ich nicht mehr mit ihm gesprochen.»

«Aha. Ein Vierteljahrhundert also. Junge, Junge, ihr seid wahre Meister im Nachtragendsein, was?»

Sergio zuckte mit den Schultern. «Wenn es drauf ankommt. Zambon hat also seit dem 2. Februar 1991 keinen Fuß mehr in die Bar gesetzt.»

«Nicht seit dem 3. Februar?»

«Das war ein Sonntag. Damals hatten wir sonntags nicht auf.»

«Aha.»

«Jedenfalls ist, wie du schon sagtest, mehr als ein Vierteljahrhundert vergangen, in dem er nicht hier war. Und dann spaziert er vor zwei Wochen seelenruhig hier rein, als wäre nichts gewesen, und bestellt sich einen Aperol Spritz. Ich kann dir sagen, *investigatore*, Marco da drüben musste mich gewaltsam von ihm wegzerren.»

Ich sah zur Bar hinüber. Marco saß zusammengesackt auf einem Stuhl, hatte das Gesicht mit einer Ausgabe von *Il Manifesto* bedeckt und schnarchte vor sich hin. Er sah nicht gerade aus wie ein Ringrichter.

«Was wollte er denn?»

Lorenzo hüstelte. «Er wollte mit uns reden. Vor allem mit mir.»

«Er hatte nach fünfundzwanzig Jahren beschlossen, die Vergangenheit Vergangenheit sein zu lassen?»

«Nicht direkt. Er dachte, ich könnte ihm helfen.»

«Aber ihr hattet ewig nicht miteinander gesprochen.»

«Seit neuntausend, vierhundert und siebenundneunzig Tagen, um genau zu sein», antwortete Sergio.

Schweigen am Tisch. «Sergio nimmt solche Dinge ziemlich ernst», erklärte Lorenzo.

«Offensichtlich.»

«Er wollte auch nicht mit Sergio sprechen. Er wollte mit

mir sprechen. Ich war mit ihm in Kontakt geblieben.» Sergio strafte seinen Freund mit einem finsteren Blick. «Guck mich nicht so an, *compagno*», zischte Lorenzo, «schließlich hatten wir früher zusammengearbeitet. Manchmal steht das wahre Leben der reinen Gesinnung eben im Weg.» Er wandte sich wieder mir zu. «Er hat am *conservatorio* unterrichtet, weißt du. Ich habe da selbst mal ein paar Kurse gegeben. Semiotik von Opernlibretti.»

«Donnerwetter!»

Er lächelte und setzte sich ein bisschen aufrechter hin. «Ein ziemlich spezielles Gebiet, aber nicht unwichtig. Na, jedenfalls haben wir, wie ich schon sagte, über die Jahre den Kontakt gehalten, aus beruflichen Gründen. Und er bat mich, ihm einen Übersetzer zu empfehlen. Da habe ich natürlich sofort an dich gedacht. Ich hab ihm deine Visitenkarte gegeben und ihm gesagt, er soll dich anrufen.»

«Danke. Hat bedauerlicherweise zu nichts geführt, aber trotzdem danke. Was wollte er denn übersetzt haben?»

«Weiß ich nicht.»

«Ah.»

«Er hat nur erzählt, dass er sich mit ein paar alten Handschriften in der Biblioteca Marciana beschäftigt. Kennst du die?»

Ich nickte. «Natürlich kenne ich die. Aber ich war noch nie drin.»

«Gab vielleicht noch keinen Grund. Also, Matteo sprach eigentlich gut Englisch. Aber für diese Handschriften würde es nicht reichen, sagte er. Er bräuchte einen richtigen Übersetzer. Und nicht nur das, es müsste auch jemand sein, auf dessen absolutes Stillschweigen er sich verlassen könnte. Und da habe ich, wie ich schon sagte, selbstverständlich an dich gedacht.»

«Ich fühle mich geehrt. Weißt du vielleicht, worüber ich Stillschweigen bewahren sollte?»

«Keine Ahnung. Tut mir leid. Hat er sich nie bei dir gemeldet?» Ich schüttelte den Kopf. «Schade. Ob wir es nun jemals erfahren werden? Aber was für ein großartiges opernhaftes Ende.»

«In der Tat. Das war es auf jeden Fall.»

«Und denk doch bloß mal an den Mörder. Wie verzweifelt der gewesen sein muss, dass er jemanden so mitten in der Öffentlichkeit umbringt. In dem Wissen, dass ihn über tausend Menschen dabei sehen könnten.»

«Verdammt großes Risiko, auf jeden Fall.»

«Trotzdem ist jemand dieses Risiko eingegangen. Also», Lorenzo trommelte mit den Fingern auf den Tisch, «jetzt weißt du genauso viel wie wir. Was unternehmen wir jetzt?»

«Wir?»

Er lächelte. «Genau wie letztes Mal.»

Ich schüttelte den Kopf. «Lorenzo, als wir das letzte Mal etwas zusammen *unternommen* haben, wurde ein Mensch getötet. Ich gebe diese Informationen jetzt einfach an Vanni weiter und überlasse es der *Questura,* sich darum zu kümmern.»

«Ach. Wie schade!»

«Kann sein. Aber für alle Beteiligten das Beste. Ich bin in der Vergangenheit schon zu oft in Schwierigkeiten geraten. Hier halte ich mich jetzt einmal raus.» Ich zögerte einen Moment. Eins ging mir nicht aus dem Kopf. «Aber wieso ist er hergekommen? Er hätte sich doch einfach eine Liste mit Übersetzern aus dem Internet oder von den *Pagine Gialle* besorgen können. Warum in eine Bar gehen, in der er über fünfundzwanzig Jahre nicht gewesen war, und obendrein riskieren, vermöbelt zu werden?»

Lorenzo seufzte. «Er hatte ein paar Enttäuschungen im Leben hinter sich, Nathan. Musste früh in Rente gehen. Er hatte sich mit 'ner Menge Leute überworfen.» Ich hob die Brauen.

«Geld», murmelte Sergio.

«Geld, ja. Aus verschiedenen Gründen war ich scheinbar der Einzige, mit dem er sich nicht verkracht hatte. Er glaubte, er könnte mir vertrauen.»

«Du meinst, du wolltest mir einen Kunden mit zweifelhafter Kreditwürdigkeit vermitteln? Vielen Dank auch.»

«Ach, das hätten wir schon irgendwie geregelt. Stimmt's, Sergio?»

Sergio starrte auf die Tischplatte. «Geld», sagte er. «Die Wurzel allen Übels.»

«Das ist falsch zitiert, Sergio, und das weißt du. «Es heißt: *Geldgier ist die Wurzel allen Übels.*»

«Das ist dasselbe.» Er rieb sich die Augen und sah auf seine Uhr. «Ich muss los, *compagni.*» Er klopfte mir auf die Schulter. «Lass nicht wieder so viel Zeit vergehen, *investigatore.*» Dann griff er in seine Jackentasche.

«Den Wein übernehme ich, Sergio», sagte ich.

Wieder klopfte er mir auf die Schulter. «Nein, tust du nicht.» Er legte ein paar Geldscheine auf den Tresen. «Gebt die Marco, wenn er aufwacht. Bis morgen, Lorenzo.» Er nickte uns noch einmal zu, klappte sich den Kragen hoch und marschierte, mit einer Hand seinen Hut auf dem Kopf festhaltend, hinaus in Wind und Graupel.

«Ist alles in Ordnung mit ihm, Lorenzo? So habe ich ihn noch nie erlebt.»

«Er ist okay. Es ist bloß merkwürdig für ihn, das ist alles. Weißt du noch, was ich über Geld gesagt habe?» Ich nickte. «Sergio hat im letzten Jahr Zambons Miete bezahlt.»

«Ich dachte, sie haben seit fünfundzwanzig Jahren nicht miteinander gesprochen?»

«Haben sie auch nicht.»

«Also ...» Ich ließ die Frage in der Luft hängen.

«Er hatte davon gehört, dass Zambon Geldprobleme hatte. Große Geldprobleme. Er wollte nicht, dass er auf der Straße landet. Manche Dinge sind wichtiger als die Partei.» Er lächelte. «Selbst für Sergio.»

Ich blickte aus dem Fenster, aber Sergio war schon lange weg. «Verstehe.» Ich zog meinen Mantel an. «Danke, Lorenzo. Ihr hört von mir.»

«Hast du nicht gesagt, du wirst nichts in der Sache unternehmen?»

«Oh, das werde ich auch nicht. Auf keinen Fall. Ich werde jetzt nach Hause gehen und Vanni anrufen und anschließend alles vergessen.» Ich machte eine kurze Pause. «Allerdings könnte ich vielleicht einen kleinen Zwischenstopp bei der Marciana einlegen.»

Lorenzo grinste.

- 8 -

Ich nahm das nächste Boot nach San Zaccaria und steuerte zur Piazzetta San Marco. Ich ging zwischen den beiden riesigen Granitsäulen hindurch, die den Eingang zum schönsten Salon Europas markierten. Einst war hier der einzige Ort Venedigs gewesen, an dem man legal dem Glücksspiel nachgehen konnte und wo, weniger erfreulich, die öffentlichen Hinrichtungen stattfanden. Auf einer der Säulen posierte Sankt Theodor auf dem Rücken eines wenig überzeugend wirkenden Krokodils. Auf der anderen brüllte der Löwe von Venedig, das Symbol des heiligen Markus, der den unglückseligen Theodor als Schutzpatron der Stadt abgelöst hatte. Theodor war vor allem vom östlichen Christentum verehrt worden, und eine neue aufstrebende Macht wie die erlauchteste aller Republiken brauchte einen Heiligen, der eher ihrem eigenen Geschmack entsprach. Und wozu sich mit einem unbedeutenden kleinen Heiligen wie Theo abgeben, wenn man einen ausgewachsenen Evangelisten haben konnte? Selbst wenn sie dazu seine Überreste aus Alexandria stehlen mussten.

Theodor blieb trotzdem auf seiner Säule und seinem Krokodil, inzwischen so weit in Vergessenheit geraten, dass anscheinend niemand mehr genau wusste, welcher Heilige er eigentlich einmal war.

Zu meiner Rechten erhob sich der Dogenpalast, und links von mir die eleganten Arkaden, die als Fassade der von Jacopo Sansovino gestalteten Biblioteca Marciana dienten, die von keinem Geringeren als Andrea Palladio als das schönste Gebäude seit der Antike beschrieben worden war. Ein grandioses Bauwerk, in dem ich noch nicht ein einziges Mal gewesen war.

Der Eingang befand sich zwischen einem Imbiss und dem Gran Caffè Chioggia. Ein paar maskierte Touristen trotzten der Kälte und saßen im Freien, um einem winterfesten Pianisten im Smoking zu lauschen, der «We Have All the Time in the World» spielte. Andere hatten in den warmen holzvertäfelten Räumen im Inneren Platz genommen, tranken Kaffee und heiße Schokolade und spähten durch die beschlagenen Fenster nach draußen. Lächelnd dachte ich an meinen ersten Besuch hier zurück. Damals war ich noch verheiratet gewesen und noch nicht lange in Venedig. Jean und ich hatten uns an einen Tisch draußen gesetzt, einen Blick in die Karte geworfen und waren buchstäblich wieder von unseren Plätzen geschossen, als wir den Preis für einen Gin Tonic gesehen hatten. Noch bevor uns ein Kellner ansprechen konnte, ergriffen wir die Flucht und fragten uns, ob die Preise auf der Karte nicht vielleicht noch in *lire* statt in Euro angegeben waren.

Ich lief an den vier heroischen Statuen vorbei, die den Eingang zur Bibliothek bewachten, und ging durch die Flügeltür, die zu den Lesesälen führte.

«Ich würde gerne einen Benutzerausweis beantragen», sagte ich zu dem jungen Mann hinter dem Schalter.

«Selbstverständlich, *signore*. Sind Sie in Venedig wohnhaft?»

«Bin ich.» Ich reichte ihm meinen Ausweis, und er begann, etwas auf seiner Tastatur zu tippen.

«Sie sind Übersetzer?» Ich nickte. «*Laureato*? Promoviert?»

«Laureato.»

«Danke. Welche Hochschule?»

«University of Aberystwyth.»

Er stutzte. «Könnten Sie das buchstabieren?»

«Könnte ich. Ist es denn wichtig?»

«Na ja, nicht wirklich. Ich könnte das Feld auch frei lassen.»

«Das wäre vermutlich das Einfachste.»

«Gut. Dann brauchen wir nur noch ein Foto.» Er richtete eine kleine Kamera auf mich aus, die am Rand seines Computerbildschirms befestigt war. «Cheeese.» Ich war mir nicht sicher, ob er scherzte. Ein paar Sekunden vergingen, dann materialisierte sich, wie von Zauberhand, ein laminierter Bibliotheksausweis vor meinen Augen. Er reichte ihn mir. «Finden Sie sich zurecht?»

Ich war seit meinen Studententagen nicht mehr in einer Bibliothek gewesen. «Nein», musste ich zugeben.

Er machte ein betrübtes Gesicht. «Na schön.» Er deutete auf die verglaste Wand hinter sich. «Was Sie da hinter der Scheibe sehen, ist der Lesesaal. Alle Bücher, die dort stehen, sind zur freien Benutzung. Kataloge, PCs und Mikrofiche-Geräte befinden sich am anderen Ende des Saals. Wenn Sie ein Buch gebracht haben möchten, füllen Sie bitte eins hiervon aus.» Er zeigte auf ein weißes Formular. «Die sind für neuzeitliche Bücher, ab 1850.»

«Klingt nicht besonders neuzeitlich.»

Er zeigte ein verhaltenes Lächeln. «Für uns schon. Für ältere Bücher oder Handschriften füllen Sie bitte das gelbe Formular aus. Alles klar?»

«Vollkommen.» Wahrscheinlich. «Sie waren mir eine große Hilfe. Nur eine Sache noch. Ein Kollege von mir hat kürzlich hier gearbeitet. Ob Sie mir wohl sagen könnten, welche Bücher er sich angesehen hat?»

«Warum?» Er runzelte die Stirn.

«Ich bin sein Übersetzer und muss wissen, woran er saß.»

«Aha. Ich kann natürlich nachsehen. Aber vermutlich geht es schneller, wenn Sie ihn einfach kurz anrufen.»

«Das könnte schwierig werden. Er ist vor zwei Tagen gestorben.»

«Oh, das tut mir leid.» Eine unausgesprochene Frage schwebte im Raum.

«Ich würde nur gerne wissen, was er sich angesehen hat. Damit ich seine Arbeit zu Ende bringen kann.» Ich beschloss, einen kleinen Witz zu wagen. «An mein Honorar zu kommen, könnte allerdings schwierig werden.» Es folgte peinliches Schweigen. Falsche Entscheidung, Nathan.

Er wandte sich dem Bildschirm zu und tippte etwas auf der Tastatur. «Name?», fragte er.

«Sutherland. Nathan Sutherland.»

«Der Ihres Freundes, Sir.»

«Ah, Entschuldigung. Matteo Zambon.»

Er blickte von seinem Computer hoch. «Zambon? Der Zambon, der in der Oper ermordet wurde?» Mein neuer Bekannter hielt sich offensichtlich über die *cronaca nera* in den Zeitungen auf dem Laufenden.

«Genau der.»

«Das tut mir leid», sagte er noch einmal. «Kannten Sie ihn gut?»

«Überhaupt nicht. Es war rein geschäftlich.» Zumindest das entsprach im Prinzip der Wahrheit.

Er tippte wieder weiter. «Wie lange zurück soll ich suchen?»

«Ähm ...» Darüber hatte ich mir gar keine Gedanken gemacht. «Nur den vergangenen Monat, bitte.»

«Wollen wir mal sehen.» Er tippte weiter. «Ein Band aus dem geschlossenen Magazin. Wenn Sie sich den ansehen wollen, müssen Sie einen Bestellschein ausfüllen, dann wird einer meiner Kollegen Ihnen das Buch bringen. Dafür benutzen Sie bitte das gelbe Formular.»

«Könnten Sie mir sagen, um welches Buch es sich handelt?»

Er drehte den Bildschirm, sodass er halb zu mir zeigte. «Tut mir leid, mein Englisch ist nicht besonders, vielleicht lesen Sie besser selbst?»

«Danke.» Ich reckte den Hals. *Die Tagebücher Thomas Rowlansons, Sekretär von Sir Isaac Wake, durch König Karl zum Botschafter für die allerdurchlauchtigste Republik Venedig ernannt.* Die Namen sagten mir nichts. Mit Ausnahme von König Karl.

«Soll ich es Ihnen bringen lassen?»

«Ja, vielen Dank.» Ich trug rasch meinen Namen und die Signatur auf dem gelben Formular ein, das er mir reichte. Dann ging ich Richtung Lesesaal.

«Tut mir leid, Sir, einen Moment noch», kam es von hinten, als ich gerade die Tür öffnen wollte. Der freundliche Bibliotheksmitarbeiter deutete auf meine Schultertasche. «Alles, was Sie mit in die Bibliotheksräume nehmen wollen, muss sich in einem Klarsichtbeutel befinden. Sicherheitsgründe, Sie verstehen. Alles andere muss in einem Schließfach bleiben.»

«Natürlich.»

Er reichte mir einen Schlüssel. «Ein *documento* brauche ich auch noch. Reisepass, Führerschein, Personalausweis. Das bekommen Sie beim Verlassen des Hauses wieder zurück. Sonst vergessen die Leute nämlich immer, den Schlüssel abzugeben, wenn sie nach Hause gehen.»

«Verstehe.» Ich übergab ihm meinen Personalausweis. Dann schob ich meine Tasche in das Schließfach, rollte meinen Mantel zusammen und legte ihn obendrauf. Ich nickte dem Bibliothekar zu. «Narrensicher, was?»

Er lächelte mich an. «Absolut narrensicher, Sir.»

Ich schloss das Schließfach ab, ließ den Schlüssel in meine Jacketttasche gleiten und marschierte in den Lesesaal.

– 9 –

Das Innere der Bibliothek glich einer Art umgekehrter TARDIS, denn es schien kleiner zu sein, als es von außen wirkte. Ein Effekt, der durch die Aufteilung des Raumes in einen zentralen Lesesaal und kleinere, ringsum liegende Bereiche zum Fotokopieren und für Katalogrecherchen entstand. Durch eine Glastür am einen Ende gelangte man zu einer Steintreppe, die hinauf in die Abteilung mit den wertvollen Handschriften führte. Der Zutritt zu diesem Bereich war beschränkt, worauf ein Schild mit der Aufschrift «accesso riservato» hinwies.

Das verglaste Dach erweckte den Eindruck, dass man sich zugleich im Freien und drinnen befand. Die graue Farbe des Himmels und des Mauerwerks goss die oberen Galerien in Halbdunkel, ganz anders dagegen der Lesesaal selbst, wo die Lampen auf jedem der holzwurmbefallenen Tische alles in ein warmes gelbes Licht tauchten. Am Ende des großen Saals stand ein Marmordenkmal des berühmten Dichters Francesco Petrarca, der mit Lorbeer bekränzt war und mit beiden Händen ein Buch an die Brust drückte.

Sämtliche Tische waren mit konzentriert wirkenden jungen Menschen besetzt, Studierende von einer der beiden Universitäten der Stadt, nahm ich an. Ich blickte mich um und war mir bewusst, dass ich der Einzige war, der nicht genau wusste, was er hier tat. Im ganzen Saal schienen nur noch zwei Plätze frei zu sein. Studenten waren offenbar auch nicht mehr das, was sie zu meiner Zeit einmal waren. Andererseits, hätte die

Bibliothek meiner früheren Universität so ausgesehen, hätte ich vielleicht auch mehr Zeit dort verbracht.

Ich setzte mich zwischen zwei junge Frauen, von denen eine neben einem Stapel Büchern über die Mosaike der Basilika von San Marco an ihrem Laptop arbeitete. Die andere tippte rechts von mir munter Textnachrichten in ihr *cellulare*, während sie gleichzeitig einen altertümlichen braunen Band aufgeschlagen hielt, dessen Seiten vom Alter schon ganz fleckig waren. Ich versuchte zu erkennen, worum es in dem Buch ging, aber die kleine Druckschrift erlaubte es nicht. Als die Frau bemerkte, dass ich sie ansah, wendete ich rasch lächelnd den Blick ab. Und sie drehte sich leicht genervt weg.

Plötzlich störte ein Knacksen die Stille, und alle an den Tischen um uns herum blickten hoch. Der junge Mann schräg gegenüber ließ seine Fingerknöchel knacken. Er sah aus wie eine jugendliche, attraktivere Version von Karl Marx und hielt tatsächlich so etwas wie eine Graphic Novel über Che Guevara in der Hand. Er beugte sich über den Tisch und flüsterte dem jungen Mädchen zu meiner Rechten etwas ins Ohr, worauf sie beide ein leises Kichern von sich gaben und zu mir herüberschauten. Wieder lächelte ich und gab vor, etwas in meiner Jacketttasche zu suchen. Plötzlich wurde mir klar, dass ich etwas zu lesen brauchte, und ich blickte mich suchend um. Die nächstgelegenen Regalfächer waren mit «*Relazioni Ambiasciatori*» beschriftet. Ich ging hinüber, zog wahllos einen Band heraus, setzte mich wieder hin und lächelte den beiden zu. *Seht ihr, ich betreibe auch richtige Forschung*. Ich schlug die erste Seite auf. Das Buch stammte aus dem späten neunzehnten Jahrhundert und gehörte zu einer Reihe von Nachdrucken der Briefe und Berichte von Mitgliedern des venezianischen diplomatischen Dienstes, aus jenen längst vergangenen Tagen also, als die Republik noch ein diplomatisches Korps brauchte.

Ich blätterte den ersten Teil durch, die Erinnerungen Lodovico Faliers, Botschafter am Hof von Heinrich VIII. von 1528 bis 1531. Heinrich führte offenbar schon so einiges gegen Rom im Schilde und wollte unbedingt Katharina von Aragon loswerden, aber Lodovico war schon, kurz bevor die Sache richtig interessant wurde, nach Venedig zurückbeordert worden.

Hinter meinem Rücken hüstelte es leise. Als ich mich umdrehte, sah ich einen der Bibliothekare mit einem schmalen ledergebundenen Band hinter mir stehen. «Ihr Buch, *signore.*» Er überprüfte den gelben Bestellschein. «Rowlanson, Thomas?»

Ich nickte. «Danke. Dann stellte ich die Memoiren Lodovico Faliers ins Regal zurück und wandte mich den Erinnerungen Thomas Rowlansons zu.

Mein Vorgänger in Venedig hatte offenbar eine ruhige, ereignislose Zeit verlebt. Vielleicht hatte er aber auch seinen Job zu gut gemacht. Zu diplomatisch, könnte man sagen. Henry Wotton hingegen, der erste Botschafter in der Republik, schien eine wunderbare, aufregende Zeit gehabt zu haben, in der er Werke von Tizian und Tintoretto erstanden, mit Paolo Sarpi über Theologie parliert und bei einer Gelegenheit Thomas Coryat mit der Gondel vor einem wütenden Rabbi gerettet hatte, der nicht erbaut darüber gewesen war, dass der versucht hatte, ihn zum Konvertieren zu überreden. Rowlanson wiederum hatte es als hier ansässiger Botschaftssekretär im Dienste Sir Isaac Wakes deutlich beschaulicher gehabt. Oder man hatte nur Sir Isaac zu den besten Festlichkeiten eingeladen, denn Rowlansons Tagebücher waren offenbar nichts weiter als Aufzeichnungen über die Termine, die sein Dienstherr wahrgenommen hatte.

Und trotzdem waren sie irgendwie anrührend. Rowlanson mochte nicht das spannendste Leben gehabt haben, aber er war ein ehrenwerter Mann gewesen, der seinem ehrenwerten Beruf nachging, so gut er konnte. Nur dass es zufällig in Venedig war. Auf gewisse Weise kam ich so etwas wie einem Nachfolger von ihm ziemlich nah. Vielleicht dachte er, seine Niederschriften – Aufstellungen von Speisen- und Getränkelieferungen, Listen mit den besten Restaurants, den billigsten Marktständen und den am besten Englisch sprechenden Diplomaten in Venedig – könnten jenen, die ihm nachfolgen würden, als Hilfe und Anleitung dienen. Während ich, fast vierhundert Jahre nachdem mein Vorgänger aus der Geschichte verschwunden war, im warmgoldenen Licht der Biblioteca Marciana saß, merkte ich, dass er mir sympathisch war.

Bei dem Tagebuch handelte es sich zwar nur um einen schmalen Band, doch Rowlansons unleserliche Handschrift und das Frühneuenglisch, in dem sein Text verfasst war, erschwerten die Lektüre. Kein Wunder, dass Zambon das Bedürfnis gehabt hatte, einen professionellen Übersetzer zu beauftragen. Dennoch versuchte ich zu erkennen, was er wohl in den leicht geschwollen formulierten Lebenserinnerungen eines lange verstorbenen englischen Diplomaten entdeckt haben könnte.

Irgendwann sah ich auf die Uhr. Es wurde langsam spät, und ich würde die Lektüre auf keinen Fall heute noch zu Ende bringen können. Das komplette Bändchen durchzulesen, würde mindestens drei Tage in Anspruch nehmen, und ich wusste nicht einmal, ob es die Mühe wert war. Zum raschen Durchsehen war das Buch nicht geeignet, und die vergilbten Seiten knisterten, als ich sie umblätterte.

Da fiel mir plötzlich etwas ins Auge.

16. April 1630. Es war ein Vergnügen, kürzlich die Hochzeit von sig'ra Giustiniana im wunderbaren Palazzo Mozzenigo zu feiern, wo Proserpina rapita, *das Werk des großartigen sig. Claudio Monteverdi, aufgeführt wurde. Nie zuvor war mir dieser schöne Ort so wunderbar erschienen wie in dieser Nacht. Sig. Monteverdi sprach noch am selben Abend mit mir. Er brachte sein Bedauern darüber zum Ausdruck, dass sein Freund Sir Isaac, mein Dienstherr, nicht bei uns sein konnte. Er würde für seine baldige gesunde Wiederkehr beten, so Gott will, sagte er. Woraufhin er mich küsste, Sir Isaac eine gute Reise wünschte und mir als Geschenk für meinen Herrn bei seiner Ankunft in der Republik die Partitur von* Proserpina *in die Hand drückte.*

Aha.

Palazzo Mozzenigo. Vielleicht meinte Rowlanson den Palazzo Mocenigo. Aber welchen? *Proserpina rapita*? Ich schüttelte den Kopf. Der Titel sagte mir nichts. Wie viel wusste ich über Monteverdi? Genauer gesagt, wie viel über Monteverdi hatte ich vergessen? *Orfeo. Ulisse. Poppea.* Von *Proserpina rapita* hatte ich noch nie gehört.

Aber egal. Das war nichts, worüber ich mir jetzt Gedanken machen musste. Oder überhaupt. Ich sah noch einmal auf die Uhr. Ein bisschen Zeit blieb mir noch, bevor ich mich auf den Heimweg machen musste. Ich würde unterwegs ein paar *frittelle* für Federica und mich mitnehmen. Und dann würden wir vielleicht auf einen Negroni zu den Brasilianern runtergehen, während ich mir überlegen würde, was ich zum Abendessen koche.

Das wenige noch verbliebene natürliche Licht verblasste mittlerweile. Ich schaltete eine der Tischlampen an. Rowlansons Handschrift war trotzdem schwer zu lesen. Brille. War ich etwa in ein Alter gekommen, in dem ich eine Lesebrille brauchte? Während ich den Kopf tiefer über den Text beugte, nahm ich ein leises Kratzgeräusch auf dem Platz gegenüber wahr, gefolgt von einem Hauch Parfümduft. Ein Schatten legte sich auf das Buch, während sich eine schlanke, juwelengeschmückte Hand mit lackierten Nägeln im Tigerstreifenlook danach ausstreckte. Irritiert blickte ich hoch und schreckte so verdutzt auf meinem Stuhl zurück, dass er zum deutlichen Verdruss der anderen Benutzer am Tisch laut über den Boden schrammte.

Das Gesicht war unverkennbar. Ich hatte es schon unzählige Male gesehen. Diese langen dunklen Haare und diese zarte helle Haut. Wunderschön. Ich kannte es aus Musikzeitschriften und von den Titelseiten der Boulevardpresse. Aber bedauerlicherweise nicht von der Bühne.

Isotta Baldan strahlte mich mit einem Eine-Million-Euro-Lächeln an. «Darf ich fragen», sagte sie, «ob Sie mit dem Buch bald durch sind?»

– 10 –

Bleib ruhig, Nathan, sagte ich mir. Bleib ganz ruhig. Nicht stammeln.

«Grundgütiger!» Noch nie in meinem ganzen Leben hatte ich das Wort «Grundgütiger» verwendet. «Du meine Güte. Ach, du meine Güte.»

Ich war – mit ziemlicher Sicherheit – am Stammeln.

Sie strahlte mich weiter an, und falls dem Lächeln jetzt ein paar Euro fehlten, fiel es mir jedenfalls nicht auf. «Mr. Sutherland?»

«Nathan Sutherland. Ja. Das bin ich.»

«Ich bin ...»

«Oh, ich weiß, wer Sie sind.» Ich merkte, wie meine Wangen rot anliefen. «Selbstverständlich weiß ich, wer Sie sind. Aber woher um alles in der Welt kennen Sie meinen Namen?»

«Die Aufsicht hat ihn mir gesagt. Als ich nach diesem Buch suchte.»

«Ah, verstehe.» Mochte sein, dass das nicht ganz den Vorschriften entsprach, aber Isotta Baldan, die Erfahrung sollte ich selbst bald machen, war niemand, dem man so leicht etwas abschlug.

Wir achteten nicht mehr darauf, *sotto voce* zu sprechen, und ein paar Leute von den angrenzenden Tischen beschwerten sich. Als wir uns umsahen, erschien wie aus dem Nichts plötzlich der Aufsichtsbibliothekar. Seine ausgesuchte Höflichkeit ließ zwar nicht vermuten, dass er sich in so etwas Würdeloses wie einen Streit einmischen würde, doch der leicht gequälte

Ausdruck in seinem Gesicht reichte schon, um uns zu signalisieren, dass er doch etwas enttäuscht von unserem Verhalten war.

Baldan zog kaum merklich einen Schmollmund. «Vielleicht sollte ich besser gehen. Ich kann ja morgen wiederkommen.»

«Ach ... sind Sie sicher?» Das Stammeln, fürchtete ich, würde gleich wieder losgehen. Ich holte, so leise ich konnte, tief Luft. «Für heute bin ich eigentlich fertig, denke ich.» Ich schob das Buch langsam zu ihr hinüber. «Sie können es sehr gerne haben. Bitte schön.»

Sie schüttelte den Kopf. «Nein, ich glaube, wir stören die Leute.» Der junge Mann mit dem Karl-Marx-Bart sah sie kopfschüttelnd an. Er grinste. Als er daraufhin von der jungen Frau ihm gegenüber einen finsteren Blick erntete, wischte er sich schnell das Lächeln aus dem Gesicht und versuchte, ernst zu schauen.

Baldan nahm mir das Buch aus der Hand und strich dabei mit ihren Fingern ganz leicht über meine. «Kommen Sie», flüsterte sie. «Besser, wir gehen.»

«Wir?»

Jetzt wirkte sie zum ersten Mal leicht ungeduldig. «Ja, natürlich. Ich glaube, wir sollten reden.» Damit stand sie auf und begab sich zum Ausgang des Lesesaals, ohne abzuwarten, ob ich ihr folgte. Ich schob schrammend meinen Stuhl zurück und blickte mich nach dem Bibliothekar um. Dann machte ich eine Art Schreibbewegung in der Luft, als wollte ich im Restaurant die Rechnung bestellen. Er nickte, ging zu seinem Schreibtisch und brachte mir das gelbe Formular, auf dem ich per Unterschrift bestätigen musste, dass ich auch alles ordnungsgemäß zurückgegeben hatte. Ich sah zum Ausgang hinüber. Baldan stand an der Türschwelle und rührte sich nicht. Ohne den Blick von ihrem abzuwenden, kritzelte ich etwas Unleserliches auf das gelbe Formular und schob es dem Bibliothekar über den Tisch. Dann ging ich zur Tür und gab mir die größte Mühe, nicht loszuhasten. Der junge Karl Marx zwinkerte mir zu, sehr zum Missfallen seiner Freundin, die genervt stöhnte und Richtung Regale davonstolzierte.

Baldan wartete auf mich. Ich fingerte mit meinem Schließfachschlüssel herum, zerrte meinen Mantel aus dem Fach und kämpfte mich hinein. Dann nahm ich meine Tasche heraus und schlang sie über die Schulter.

Isotta Baldan trug einen schwarzen Blazer, darunter einen Rollkragenpulli, dazu kniehohe Stiefel und Designerjeans. Sie war fast so groß wie ich, von majestätischer Statur, und dabei schön. Oh ja. Auf jeden Fall wunderschön. Sie sah mich erwartungsvoll an.

«Ähm, haben Sie denn keinen Mantel dabei?», fragte ich. «Draußen ist es ziemlich kalt.»

«Ihr Mantel, *signora*.» In dem Moment trat ein junger Mann aus einem Büroraum, um ihr in einen knöchellangen schwarzen Pelzmantel zu helfen. Einen Mantel aus echtem Pelz. Wenn man lange genug in Venedig lebt, erkennt man ziemlich bald den Unterschied. Er reichte ihr ein passendes Stirnband, das sie über den Kopf streifte. Sie fuhr sich mit den Fingern durch die Haare, schob es hierhin und dorthin, so lange, bis sie mit dem Ergebnis zufrieden war.

«Sind Sie so weit, Mr. Sutherland?», fragte sie dann.

«Jawohl.» Wir gingen Richtung Ausgang.

«Der Schlüssel, Sir», sagte der Bibliotheksmitarbeiter am Empfangstresen.

«Ach, Entschuldigung.» Ich griff in meine Jackentasche, fischte den Schließfachschlüssel heraus und reichte ihn hinüber. «Vielen Dank für alles, *buona serata*.»

Kaum war ich an der Tür, rief er mir nach. «Ihr Ausweis,

Sir!» Als ich mich umdrehte, sah ich ihn mit meinem Personalausweis winken.

«Ah. Ja.» Doch nicht ganz so narrensicher, das Ganze. Er beugte sich über den Tresen, um mir das Dokument auszuhändigen. Vielleicht lächelte er dabei sogar ein wenig. Daraufhin drehte ich mich um und folgte Isotta Baldan, die mir schon die Tür aufhielt und wieder ihr gelassenes Eine-Million-Euro-Lächeln aufgesetzt hatte.

Vor dem Gran Caffè Chioggia spielte noch der Pianist. Mir fiel auf, dass er fingerlose Handschuhe trug, und ich konnte kaum glauben, dass er überhaupt noch einen Rest Gefühl in den Gliedern hatte. Etwas an der Melodie erweckte meine Aufmerksamkeit. Moll, ziemlich schwermütig. Irgendwoher kannte ich sie, konnte sie jedoch nicht richtig einordnen. Da merkte ich, dass Baldan mit mir sprach.

Ich wandte den Blick zu ihr. Sie hob kaum merklich die Brauen und wirkte leicht verärgert. «Tut mir leid», sagte ich. «Ich war kilometerweit weg.»

«Das ist mir nicht entgangen. Ich hatte gefragt, ob Sie Lust haben, einen Kaffee trinken zu gehen?»

«Das wäre nett. Danke. Verzeihen Sie, ich hatte nur gerade dem Klavierspieler zugehört. Die Melodie kommt mir bekannt vor, aber ich komme nicht darauf, was es ist.» Ich lachte. «Das passiert Ihnen sicher nie.»

Ihr Gesichtsausdruck entspannte sich, und sie lächelte. «Sie würden sich wundern. Kaffee also. Aber nicht hier. Zu viel Ablenkung womöglich?»

Ich erwiderte ihr Lächeln. «Zu viel Ablenkung. Na schön, was schwebt Ihnen vor? Florian? Quadri?»

Ich scherzte nur, aber sie schien meine Vorschläge ernst zu nehmen. Sie schüttelte den Kopf. «Nein. Nicht heute. Kommen Sie mit.» Zu meiner Überraschung hakte sie sich bei mir ein und führte mich durch die Arkade, in der glitzernde Lichtvorhänge hingen, auf die eigentliche *piazza*.

Der Platz war voll mit kostümierten Menschen, die alle eine spätnachmittägliche *passegiata* unternahmen, deren Sinn und Zweck offenbar lediglich darin bestand, von anderen kostümierten Touristen gesehen und fotografiert zu werden.

Baldan seufzte. Ein langgezogenes helles Seufzen. «Ich liebe *Carnevale.*»

«Wirklich?» Es gelang mir nicht, das Erstaunen zu verbergen.

«Ja, natürlich.» Sie sah mich von der Seite an. «Sie etwa nicht?»

Ich zuckte mit den Schultern. «Wenn ich ehrlich sein soll, ich verstehe es einfach nicht.» Ich deutete mit meiner freien Hand auf die maskierte Menschenmenge. «Ich meine, es ist mir ein Rätsel, was das Ganze soll. Alles wirkt so aufgesetzt, so künstlich.»

«Nun ja, das ist es auch. Das ist ja das Wunderbare daran. Es ist reine Maskerade. All diese Leute. Wenn sie nach Hause gehen, was sind sie dann schon? Banker, Steuerberater, Hausfrauen?»

«Übersetzer?», fügte ich hinzu.

«Wer weiß. Vermutlich sind von denen einige zu ernst, Mr. Sutherland. Aber manchmal vielleicht sogar die. Und jetzt sind sie alle hier, auf der Piazza San Marco, und sie sind Prinzen und Prinzessinnen und Könige und Dämonen.» Ein kleiner Junge im Spidermankostüm rannte vor uns her und stolperte. Isotta fing ihn auf, bevor er hinfiel, und stellte ihn wieder auf die Beine. «Und Superhelden.» Sie folgte ihm mit dem Blick, als er davonrannte, um seine *mamma* zu suchen. «*Che carino.*»

«Sie sprechen davon, als sei es ein Theaterstück.»

«Weil es genau das ist. Das Ganze hier ist die Bühne. Die

größte Bühne der Welt.» Wir hatten den Platz halb überquert und waren vor der Basilika angekommen, wo in Erwartung von *aqua alta* eine Reihe *passerelle* als provisorischer Steg aufgebaut worden waren. «Wissen Sie», fuhr sie fort, «ich könnte in diesem Moment da hinaufspringen und anfangen zu singen, und niemand würde etwas dabei finden. Wer weiß, ob es überhaupt jemand registrieren würde.»

«Ach, das glaube ich schon.»

«Nun ja, vielleicht. Aber es käme niemandem merkwürdig vor, oder? Es würde einfach zu den Dingen gehören, die die Leute so machen im *Carnevale*. Alles Teil des Theaters. Alles Teil der großen Oper.»

Keine Ahnung, woher ich den Mut nahm, aber ich blieb abrupt stehen und hielt sie sanft fest. «Dann tun Sie es doch.»

«Wie bitte?»

«Tun Sie es. Steigen Sie auf eine der *passerelle* und fangen Sie an zu singen.»

Sie nahm die Hand vor den Mund, blickte nach rechts und nach links und fing an zu lachen. Dann sah sie mich an, und die feinen Linien in den Winkeln ihrer blauen Augen legten sich in Fältchen. «Heute nicht. Vielleicht ein anderes Mal.»

Wir setzten unseren Weg über den Platz fort, schlängelten uns durch die Menschenmenge und zwischen den Verkaufsbuden hindurch, die billige Masken und Dreispitze feilboten. Nichts, was im Umkreis von tausend Kilometern um Venedig angefertigt worden wäre. Über uns kreisten Tauben und Möwen in der Hoffnung oder der Erwartung, jemand würde ihnen etwas zu fressen hinwerfen. Ein junger Mann in abgetragener grauer Fleecejacke und Wollmütze drängte sich vor uns und versuchte, mir eine rote Rose in die Hand zu drücken. «Für die Dame.»

Ich wollte ihn abwimmeln, doch er hielt mir die halb verwelkte Blume ständig weiter hin. Ich wusste, wie das lief. Sobald ich sie berührte, würde er sie als verkauft betrachten und so lange Aufhebens machen, bis ich ihm etwas Geld gab. Ich streckte ihm abwehrend die Handfläche entgegen und schüttelte den Kopf. «Kein Interesse», sagte ich.

Er nickte und steckte die Rose in eine Tasche mit ähnlich traurig aussehenden Artgenossinnen, ohne zu bemerken, dass ein paar welke Blütenblätter zu Boden segelten. Er schob die Blumen beiseite und deutete auf das, was darunter lag. Kleine Plastiktüten mit Körnern. Taubenfutter.

«Wollen Sie die Tauben füttern? Zehn Euro?»

«Nein, das will ich nicht.»

«Sie sind doch in Venedig.»

«Es ist verboten.»

Er schüttelte den Kopf. «Es ist Tradition.»

Bevor ich noch etwas antworten konnte, hatte Baldan ihren Arm unter meinem herausgezogen und den Mann mit beiden Händen so fest vor die Brust gestoßen, dass er rückwärts stolperte. Ein paar Blumen purzelten aus seiner Tasche, und gerade, als er das Gleichgewicht wiedergefunden hatte, stürzte sie sich erneut auf ihn, und er taumelte nach hinten. Dieses Mal ließ er seine Tasche fallen und Rosen und Taubenfuttertüten fielen auf den Boden. Bevor er sich bücken konnte, um sie aufzuheben, hatte meine Begleiterin ihn schon am Jackenkragen gepackt. «Verschwinde aus meiner Stadt, du Dreckstück», zischte sie ihm ins Gesicht. «Oder soll ich die Polizei rufen, damit sie deine *documenti* prüft? Willst du, dass sie deine *permesso* kontrolliert? Dich nach Hause schickt? Zurück in dein beschissenes Land?» Sie kickte seine Tasche quer übers Pflaster, sodass sich der restliche Inhalt überall verteilte. Der Mann hastete hinterher, sammelte alles wieder ein und rannte davon.

Ich blickte mich um. Passanten waren stehen geblieben und zeigten auf uns. Zwei Polizisten am Torre dell'Orologio sahen in unsere Richtung. Einer legte dem anderen die Hand auf die Schulter und sagte etwas. Dann fingen beide an zu lachen.

Isotta Baldan nahm die Hände vors Gesicht und atmete tief durch. Sie rieb sich die Augen. Dann holte sie einen silbernen Kamm aus ihrer Handtasche und toupierte sich die Haare hierhin und dorthin, bis sie mit ihrer Frisur zufrieden war. Anschließend schob sie ihren Arm wieder unter meinen, und wir setzten unseren Weg fort. «Tut mir leid», sagte sie, «aber so etwas kotzt mich wirklich an.» Es klang irgendwie disharmonisch, sie mit ihrer schönen Stimme so fluchen zu hören.

Sie führte mich ins Caffè Lavena, das einzige mir bekannte Café an der Piazza, wo man etwas *al banco* trinken konnte, ohne gleich eine Hypothek aufnehmen zu müssen. Kaum stand Isotta Baldan vor der Theke, stand dahinter ein *barista* parat. Sie drehte sich zu mir um. «Also, ich brauche jetzt etwas Stärkeres als Kaffee. Was hätten Sie gerne?»

Ich ging im Geist die verschiedenen Möglichkeiten durch. Ein Prosecco um diese Uhrzeit war nicht ganz das Richtige, aber ein Negroni schien mir doch etwas zu heftig. Außerdem wollte ich Federica nicht erklären müssen, dass ich den Nachmittag Cocktail trinkend mit einer glamourösen, international bekannten Sopranistin verbracht hatte. «Einen *spritz al bitter*», antwortete ich also.

«*Spritz al Campari, spritz al Cynar per favore.*» Ein Cocktail auf Artischockenbasis. Ich hatte mal einen probiert, aber bei dem einen Mal war es geblieben. Sie bemerkte meinen Blick und lächelte. «Ist besser für die Stimme als Campari», sagte sie.

«Wirklich?»

«Das rede ich mir jedenfalls ein.»

Mir fiel auf, dass ihre Hände zitterten. «Würden Sie sich gerne setzen?» Ich blickte mich um, aber alle Plätze waren belegt. «Wir müssten allerdings draußen Platz nehmen.»

Sie schüttelte den Kopf. «Zu teuer. Selbst für mich. Erstens muss man den Service durch den Kellner bezahlen. Zweitens zahlt man für die Musik. Wussten Sie, dass Wagner regelmäßig hierherkam?»

«Wusste ich. Und wissen Sie was, ich würde den Bedienservice nicht mal bezahlen, wenn der jetzt persönlich am Klavier säße und die *Wesendonck-Lieder* klimpern würde.»

Sie lachte und berührte kurz meinen Arm. «Mögen Sie Wagner?»

«Aber ja. Ich bin ein großer Fan von ihm. Schrecklicher Mensch, aber ich verehre ihn trotzdem.»

«Ich auch. Es wäre schön, wenn ich in der Lage wäre, Wagner zu singen, aber meine Stimme.» Sie legte sich die Fingerspitzen an die Kehle.

«Passt nicht ganz?»

«Nein. Meine Mutter hätte gerne eine wagnerianische Tochter gehabt, aber ich wusste schon immer, dass ich nie diese Art Stimme haben würde.»

«Ihre Mutter? Ah, daher der Name?»

«*Esatto.*» Sie nippte an ihrem Artischocken-Spritz.

«Also, *signora* Baldan, darf ich Sie fragen, warum Sie sich dieses Buch ansehen wollten?»

Sie schaute nach links und nach rechts. «Das ist aber streng geheim», flüsterte sie mir dann in pseudokonspirativem Tonfall zu.

«Geheimnisse zu bewahren, ist mein Spezialgebiet.»

«Ach ja?»

«Ich bin Honorarkonsul, wissen Sie.»

«Mein Gott. Dann sind Sie ein Diplomat?»

«Kein Diplomat, aber diplomatisch verschwiegen.»

«Wenn das so ist.» Wieder sah sie nach rechts und nach links, dann lächelte sie.

«Es geht um Monteverdi. Kennen Sie Monteverdi?»

«Nicht persönlich. Seine Musik gefällt mir aber sehr.»

«Und was von seiner Musik kennen Sie?»

Ich holte tief Luft. «Die Madrigale. Die Vespern. Die Opern. Über den Menschen selbst weiß ich zugegebenermaßen nicht viel. Er wurde in Mantua geboren, stimmt's?»

Sie schüttelte den Kopf. «Cremona. In Mantua hat er sich einen Namen gemacht.»

«Na schön. Und dann kam er nach Venedig und wurde der *maestro di capella* von San Marco.»

«Nachfolger Giulio Cesare Martinegos. Der leider nicht besonders gut war. Monteverdi hat alles wieder auf Vordermann gebracht, *grazie al cielo*. Und sonst, die Opern?»

«*Orfeo. Ulisse. Poppea.*»

«Und?»

«Und … noch ein paar andere. Leider verschollen.»

«Höchstwahrscheinlich.» Sie hielt inne. «Erzählen Sie mir von Matteo Zambon.»

Ich stellte meinen Spritz auf die Theke. «Dem Mann, der im Fenice ermordet wurde?»

«Genau der. Haben Sie nicht für ihn gearbeitet?»

«Nein. Er hatte meine Visitenkarte, das ist alles. Ich glaube, er brauchte jemanden, der ihm etwas übersetzt.»

«Er hat Sie nicht angerufen? Nie eine E-Mail geschrieben?»

«Nein.»

«Und dieses Buch, das Sie für ihn übersetzen sollten? Das Buch, das Sie sich gerade angesehen haben?»

«Eine Art Tagebuch, vor fast vierhundert Jahren von einem bescheidenen englischen Apparatschik verfasst. Meinem Vorgänger, wenn Sie so wollen.»

Sie lächelte. «Erzählen Sie mir davon.»

«Er hat ein paar prachtvolle Feste besucht. Er hat jede Menge Fisch gekocht. Er war in so mancher Hinsicht ein Mann nach meinem Geschmack. Aber Sie stellen ziemlich viele Fragen, *signora* Baldan.»

Sie berührte meinen Arm und lachte. «Ich muss schrecklich penetrant erscheinen. Nur eins noch. Dann höre ich auf, versprochen. Hat Ihr Apparatschik jemals Claudio Monteverdi getroffen?»

«Das hat er. Bei der Premiere von ...» Ich kratzte mich am Kopf und versuchte, mich zu erinnern, «einer Oper, von der ich noch nie etwas gehört habe.»

«*Le nozze d'Enea*?»

«Nein, das war es nicht.»

«*Proserpina rapita*?»

«Das ist sie. Mr. Rowlanson hat sie bei einem Hochzeitsbankett gesehen. Und nicht nur das, Monteverdi persönlich hat seinem Dienstherren die Partitur geschenkt. Wie gesagt, ich kenne sie nicht.»

Einen Moment lang wirkte sie zugleich verärgert und enttäuscht. «Kaum jemand kennt sie. Sie ist seit Jahrhunderten verschollen.» Ihr strahlendes Lächeln kehrte zurück. «Proserpina wird vom Gott Pluto entführt. Ein symbolischer Raub aus Anlass einer Hochzeitsfeier.»

«Damals herrschten wohl andere Zeiten.»

«Nicht anders genug, denke ich manchmal. Aber wie glücklich Rowlanson sich doch schätzen konnte. Wie viele Menschen haben wohl *Poppea* gehört? Hunderttausende, Millionen. Und wie viele haben jemals *Proserpina* hören dürfen? Ein paar Hundert, ein paar Tausend bestenfalls. Was für ein Glückspilz er doch war.»

«Es schien ihm jedenfalls gefallen zu haben.»

«Auch wenn er natürlich nicht wusste, welches Privileg es war, das zu erleben. Also, Mr. Sutherland. Wir müssen uns unbedingt ausführlicher unterhalten, über Monteverdi. Und Matteo Zambon. Aber nicht hier.»

«Es wäre mir ein Vergnügen. Mein Büro ist nur zehn Minuten entfernt.»

Sie schüttelte den Kopf. «Nein. Nicht jetzt. Ich rufe Sie an.» Ich holte meine Geldbörse hervor und reichte ihr meine Visitenkarte. «Nathan Sutherland.» Sie sprach es auf die italienische Art aus, mit kurzem «ey» in der ersten Silbe.

«N*eey*thun», korrigierte ich sie. Und dann nahm ich zum zweiten Mal an diesem Nachmittag all meinen Mut zusammen. «Wissen Sie eigentlich, dass Sie mir vorgestern Abend das Herz gebrochen haben?»

«Habe ich das? Ach, Sie Armer, was habe ich getan?»

«Sie haben nichts getan. Das war es ja.» Ich hielt kurz inne. «Ich war in der Oper.»

Sie schlug sich die Hände vors Gesicht. «Oh, das tut mir leid. Das tut mir schrecklich leid. Aber ich konnte wirklich nicht singen. Ich hatte furchtbares Fieber, und meine Stimme war nicht zu gebrauchen.»

«Ist schon okay.»

«Nein, ist es nicht. Ganz und gar nicht. Ich mache es wieder gut, versprochen.»

«Ach, keine Sorge. Die andere Sopranistin, *signora* Sartorelli, war ...» Ich verstummte.

Isotta Baldan legte den Kopf zur Seite. «Sie war?»

«Sie war ... recht gut.» Wir lachten beide. Ich sah auf meine Uhr. Es wurde wirklich Zeit, nach Hause zu gehen.

«Sie müssen los?»

«Ja. Ich muss Bälle für meinen Kater werfen. Und ich muss Abendessen für meine bessere Hälfte kochen.»

«In dieser Reihenfolge?»

«Oh ja. Sonst wird Schreckliches geschehen.»

«Für mich wird es auch Zeit. Ich habe zwar keinen Kater, aber ich muss auch für meine bessere Hälfte kochen.»

Ich knöpfte meinen Mantel zu. «Also, ich muss sagen, es war ein sehr schöner Nachmittag.» In dem Moment schoss es mir durch den Kopf. Ich schlug mir mit der Hand vor die Stirn. «Natürlich. *Eye in the Sky*!»

«Wie bitte?»

«*Eye in the Sky*. Von Alan Parsons Project. Das hat der Pianist vor dem Café gespielt.»

«Was in aller Welt ist das Alan Parsons Project?»

«Äh, das war eine britische Progressive-Rock-Band. Sie kennen sie wahrscheinlich nicht. Aber vielleicht das Stück.» Ich sang ein bisschen vom Refrain.

Sie hielt sich die Hand vor den Mund und lachte ihr helles Lachen. «Sie sind lustig. Aber Sie sollten wirklich nicht singen.»

«Ach. Gar nicht?»

«Nein. Gar nicht. Unter keinen Umständen.» Damit beugte sie sich vor und gab mir einen Kuss auf die Wange. «Aber Sie sind wirklich amüsant. Bevor wir hereinkamen, war ich ziemlich angespannt. Das hat sich jetzt verflüchtigt. Auf Wiedersehen, Mr. Sutherland.»

«Nennen Sie mich Nathan. Bitte.»

«Nathan dann. Und Sie müssen mich Isotta nennen. Lassen Sie uns in Kontakt bleiben.»

Wir traten in die kalte Abendluft hinaus. Ich sah ihr nach, wie sie über die *piazza* davonging und schließlich im Nebel verschwand. Dann drehte ich mich um und setzte mich in Richtung Calle dei Assassini in Bewegung, nach Hause.

Ich dachte an Federica, die in unserer Wohnung saß, ihren

Vortrag schrieb und einen kratzbürstigen Kater bei Laune hielt. Dieser Nachmittag würde ein gewisses Maß an Erklärung erfordern.

- 11 -

«Du wirkst zufrieden», stellte Fede fest. Sie saß noch immer auf dem Sofa, wo ich sie am Morgen verlassen hatte, tippte vor sich hin und hatte ein halb gegessenes Sandwich neben sich liegen.

«Das bin ich. Allerdings», antwortete ich, hängte meinen Mantel auf und kickte einen Schaumstoffball für Gramsci durch den Flur.

«Dann erzähl mal.»

«Erst einen Spritz?»

«Natürlich.»

Ich ging in die Küche, um die Drinks zu mixen. Gramsci trottete in der Hoffnung auf Futter hinter mir her und maunzte so lange, bis er welches bekam. Das Rezept für einen schlichten guten Spritz war einfach. Drei Sekunden lang Weißwein ins Glas füllen. Drei Sekunden Campari ins Glas füllen. Zwei Eiswürfel dazugeben. Den Rest mit Mineralwasser aufgießen. Daneben gab es noch den *spritz royale*, bei dem der Weißwein durch Prosecco ersetzt wurde. Ich hatte ihn noch etwas weiterentwickelt, indem ich den Anteil Wasser ebenfalls durch Prosecco ersetzte. Spritz Nathan. Ich trug die Gläser hinüber.

«*Cin cin.*» Wir stießen an, und ich erzählte Federica von meinem Treffen mit Sergio und Lorenzo und meinem Besuch in der Biblioteca Marciana.

«Und dann?», fragte Fede.

«Und dann? Ich verstehe nicht.»

Fede sah mich über den Rand ihrer Brille hinweg an. «Nathan, nach einem Treffen mit ein paar alternden Marxisten und einem Nachmittag in der Bibliothek sieht niemand dermaßen zufrieden aus.»

«Ach, und *dann.*» Ich lief rot an. «Na ja, dann ist mir gewissermaßen eine Berühmtheit über den Weg gelaufen.»

«Eine Berühmtheit?»

«Eine richtige, echte Berühmtheit.» Ich hielt kurz inne. «Isotta Baldan.»

«Du lieber Himmel. Na ja, dass es Francesco da Mosto war, hatte ich auch nicht angenommen. Bei dem würdest du wahrscheinlich nicht so rot werden.»

«Ich werde nicht rot», antwortete ich und errötete.

«Natürlich nicht, *caro*. Das ist bestimmt nur der Spritz.» Sie zog die Knie an. «Sprich weiter. Erzähl mir von deinem Date.»

«Das war *kein* Date ...», wollte ich mich verteidigen, doch dann verstummte ich, denn ich sah, dass Federica lächelte. «Weißt du, sie wirkte, na ja, ganz normal.»

«Normal?»

«Ja. Und, nun ja, nett.»

«Nett?»

«Ja. Das ist tatsächlich erstaunlich. Sie ist nie in irgendeiner Top-Ten-Liste der nettesten Sopranistinnen aufgetaucht. Oder der nettesten Menschen. Dass man sie nicht *Draculetta* nennt, liegt angeblich nur daran, dass der Name schon vergeben ist.»

«Nett und normal also. Vermutlich ist jeder ein bisschen lockerer, wenn er nicht gerade arbeitet. Ist sie hübsch im realen Leben?»

«Ach, nicht so, dass es mir direkt aufgefallen wäre.» Fede griff nach einem von Gramscis Bällen und warf ihn nach mir. Er prallte an meiner Nase ab. «Autsch. Also gut, ja, ist sie. Sehr hübsch. Ausgesprochen hübsch. Schön, muss man sagen.»

«Ich denke, ich habe eine Vorstellung, *caro*. Und was wollte sie?»

«Abgesehen von meinem Körper, meinst du?»

«Abgesehen davon.»

«Sie wollte über Matteo Zambon reden.» Fede zog eine Augenbraue hoch. «Der Text, den er übersetzt haben wollte, war in Frühneuenglisch. Schwer zu entziffern. Noch schwerer für jemanden, der kein Muttersprachler ist. Außerdem wollte sie sich über Claudio Monteverdi und eine verschollene Oper unterhalten, von der ich noch nie gehört hatte.»

Sie nickte. «Aha.» Sie wartete kurz. «Der Matteo Zambon, der vorgestern Abend ermordet wurde?»

«Genau der.»

«Und was wirst du jetzt tun?»

«Genau das, was ich im Moro-Fall und im Paul-Considine-Fall hätte tun sollen. Ich gehe zu Vanni und erzähle ihm alles, was ich weiß.»

«Alles?»

«Absolut und ausnahmslos alles. Wegen dieser Sache ist vermutlich schon jemand ermordet worden; ich werde nicht riskieren, dass das noch irgendwem passiert. Nicht schon wieder. Dieses Mal bin ich vernünftig.»

Sie lehnte ihren Kopf an meine Schulter. «Gut so, *tesoro.*» Dann blickte sie auf die Überreste ihres armseligen *paninos*. «Weißt du, ich habe den ganzen Tag kaum etwas gegessen. Wenn du mir ein nettes Abendessen kochst, verspreche ich dir, dein Date mit der glamourösen Sopranistin zu vergessen.»

Ich grinste. «*Pasta alle Norma*? Wir haben zwar nur Supermarkt-Auberginen da und keine italienischen, aber trotzdem ...»

«Angemessen opernhaft, *caro mio*. Angemessen opernhaft.»

– 12 –

Vanni wirkte müde und angespannt und hatte gerötete Augen. Mir war klar, dass es etwas Ernstes sein musste, denn er wollte, dass wir uns in der *Questura* treffen statt in der Bar F30.

«Vanni, du siehst ganz schön mitgenommen aus. Als hättest du in deinen Klamotten geschlafen.»

«Vielen Dank auch, Mr. Sutherland, aber nur um mir das mitzuteilen, hättest du nicht den weiten Weg hierher machen müssen.»

«Ich dachte, du wolltest wissen, wie Zambon an meine Visitenkarte gekommen ist.» Er nickte müde, und ich berichtete ihm von meinem kleinen Abenteuer am Tag zuvor.

Er machte sich ein paar Notizen, riss die oberste Seite des Notizblocks ab, hielt sie sich vors Gesicht und las das Geschriebene noch einmal. «Das ist alles?»

«Das ist alles.»

Er knüllte das Blatt Papier zu einer Kugel zusammen und warf sie gegen die Tür, wo sie abprallte und in den Papierkorb sprang.

«Liege ich richtig mit der Annahme», sagte ich, «dass du dir mehr erhofft hattest?»

Er rieb sich die Augen, lehnte sich auf seinem Stuhl zurück und gähnte. Dann klopfte er auf eine dicke Mappe, die auf seinem Schreibtisch lag. «Das hier», sagte er, «sind die Unterlagen über alle, denen Zambon Geld schuldete.»

Ich nahm die Mappe und wog sie in der Hand. Beachtlich. «Mein lieber Scholli», sagte ich.

«Es gibt haufenweise Leute mit einem Motiv», erklärte Vanni. «Mehr als uns lieb ist.» Dann kam ihm offenbar ein Gedanke. «Einer dieser Kommunisten, sagst du, hat seine Miete bezahlt?»

«Sergio, ja.»

«Nachname?»

«Cardazzo.» Da begriff ich, was ich da gerade tat. «Moment mal, Vanni, Sergio hat mit der Sache nichts zu tun.»

«Bestimmt nicht, Nathan, aber sein Name kommt trotzdem auf die Liste.»

«Nein, das ist nicht fair. Das kannst du nicht machen.»

«Doch, ich kann.» Er nahm seinen Stift, schrieb etwas auf ein Blatt Papier und heftete es ein.

Ich sah ihn böse an. «So läuft das nicht, Vanni. Ich bin hier, um zu helfen, vergessen?»

«Ich weiß. Sorry.»

«Was ist mit Isotta Baldan? Und Monteverdi?»

«Was soll mit ihnen sein?»

«Glaubst du nicht, dass sie etwas mit der Sache zu tun haben könnten?»

Er seufzte. «Unmöglich ist es nicht. Aber so viele haben ein Motiv. Leute, die den Vorzug haben, dass sie noch leben. Ich denke, wir überprüfen zuerst die, bevor wir uns Ms. Baldan und Monteverdi widmen.»

«Na schön. Dann lasse ich es also auf sich beruhen?»

«Ich verstehe nicht.»

«Die Sache mit der Übersetzung. Schließlich ist es ziemlich unwahrscheinlich, dass ich dafür bezahlt werde.»

«Nein, nein.» Er zögerte kurz und tippte mit seinem Stift auf den Schreibtisch. «Nein. Ich denke, du solltest es machen. Nur für den Fall. Eine Sache weniger, um die ich mich kümmern muss.»

«Kein Problem. Man kann ja nie wissen, könnte interessant sein. Vielleicht entdecken wir sogar etwas.» Mir schoss ein Gedanke durch den Kopf. «He. Heißt das, dass ich als verdeckter Ermittler arbeite?»

Vanni hörte auf, mit seinem Stift zu tippen und sah mich durchdringend an. «Nein.»

«Och. Kriege ich etwa keine Dienstmarke?»

«Du kriegst keine Dienstmarke.»

«Oder eine Waffe?»

«Und du kriegst ganz sicher keine Waffe.»

«Weder Dienstmarke noch Waffe. Ich muss schon sagen, Polizeiarbeit ist nicht das, was ich erwartet habe.»

Vanni atmete hörbar aus und setzte an, um etwas zu antworten. Dann sah er meinen Gesichtsausdruck und ließ es.

«Vanni, du bist ja todmüde. Komm. Lass uns wenigstens einen Kaffee an der Ecke trinken, ja?» Ich sah auf meine Uhr. «Ich lade dich zum Frühstück ein.»

Er nickte und zwang sich ein Lächeln ins Gesicht. «Danke, Nathan. Ja, lass uns das machen.»

Vanni trank einen doppelten Espresso und kippte sich zwei Tütchen Zucker hinein. Ich sorgte dafür, dass er ein Croissant aß und hoffte, der Zuckerschub würde ihn wenigstens für die nächsten paar Stunden über Wasser halten. Dann machte ich mich auf den Heimweg, mit Zwischenstopp am Rialtomarkt, wo ich zwei *passarini* – venezianische Schollen – fürs Abendessen mitnahm.

Federica war unterwegs, um ein paar Recherchen im Palazzo Querini Stampalia zu erledigen. Ich warf einen Blick in den Kühlschrank, um mich zu vergewissern, dass ich auch alles hatte, was ich für diesen Abend brauchte. *Passarini* mit Parmesankruste, dazu Radicchio in Orangen-Walnussdressing. Ich mochte Samstage. Da hatte ich immer genug Zeit, ausgiebig in der Küche zu werkeln.

Vor Kurzem hatte ich die Anzahl meiner Sprechstunden von zwei auf drei pro Woche erhöht. Nicht ohne Grund. Der Brexit erwies sich als belebend fürs Geschäft. Woche für Woche vereinbarten besorgte Auslandsbriten Termine und saßen dann in der Hoffnung vor mir, ich würde ihnen versichern, dass alles gut wird. Was ich auch tat. Natürlich war ich mir da keineswegs sicher. Niemand war das. Trotz all meiner Beschwichtigungen wusste ich ganz genau, dass keiner wirklich wusste, was passieren würde.

Außerdem brachte mir der Brexit einen stetigen Zulauf an Kunden, die Dokumente übersetzt haben wollten, weil sie sich dazu entschlossen hatten, an dem zwei Jahre dauernden Verfahren teilzunehmen, um die italienische Staatsbürgerschaft zu erlangen. Die zusätzliche Arbeit begrüßte und verabscheute ich zugleich, profitierte ich doch von den Ängsten anderer Leute. Um die Sache vor mir selbst zu rechtfertigen, sagte ich mir, wenn ich es nicht täte, dann würde es jemand anderes tun, und ich machte meine Arbeit wenigstens anständig.

Samstage jedoch waren, wie es sich gehört, freie Tage. Ich sah meine CD-Sammlung durch. Da gab es nur eine Wahl. *Poppea* natürlich, die Thomas-Joshua-Lockwood-Aufnahme von 2012, mit Isotta Baldan in der Titelrolle. Inzwischen war ich mir ziemlich sicher, dass ich sie nie live auf der Bühne erleben würde, aber das hier war immerhin das Zweitbeste. Damit konnte ich leben. Schließlich gab es wahrscheinlich nicht viele, die von sich behaupten konnten, einen Spritz mit ihr getrunken zu haben.

Ich schob die CD in den Player, streckte mich auf dem Sofa aus und schloss die Augen. Plötzlich lautes Kratzen am Sofabezug. Ich schlug die Augen wieder auf. Gramsci saß auf der Rückenlehne und sah von oben auf mich herunter. Mir war klar, wohin das führte. Er würde dort in der Hoffnung lauern, dass ich einschlafe, um dann mit ziemlich ulkigen Konsequenzen auf mich zu springen. Ich streckte die Hand aus und versuchte, ihn zu mir herunterzuheben. Wütend jaulend grub er seine Krallen in den Stoff.

Ich gab auf. Sollte er tun, was er nicht lassen konnte. Ich schloss wieder die Augen und lauschte der Diskussion zwischen Glück, Tugend und Liebe, wie ich es drei Abende zuvor im Fenice getan hatte. Federica würde erst am frühen Abend zurück sein. Ich würde mir den ersten Akt anhören und dann auf einen Spritz und ein *panino*-Mittagessen zu den Brasilianern runtergehen. Dann wieder rauf, um den Rest der *Poppea* zu hören, und wahrscheinlich bliebe noch genug Zeit für ein Nickerchen, bevor ich anfangen musste, zu kochen. Mir fiel ein, dass ich nichts für Sonntag eingekauft hatte. Ach, egal. Im Kühlschrank würde schon irgendetwas zum Improvisieren sein. Und im Notfall konnte man immer noch Pizza bestellen.

Gerade, als ich wegdämmerte, klingelte es. Gähnend rappelte ich mich auf.

«Hallo?» An der Türsprechanlage meldete ich mich immer auf Englisch, für den Fall, dass es jemand war, der sich mit einem dringenden Problem an den Honorarkonsul wenden wollte.

«Mr. Sutherland? Mein Name ist Lockwood. Darf ich raufkommen?»

«Mr. Lockwood.» Ich zog eine Augenbraue hoch. «Natürlich», antwortete ich und ließ ihn ein.

Mein Blick wanderte zum Sofa, wo Gramsci es sich auf meinem Platz gemütlich gemacht hatte. «Nun denn, Miezekater. Wir haben einen hochrangigen Gast. Also benimm dich lieber, klar?» Ich überlegte einen Moment, ob ich die Musik ausstellen sollte, entschied mich aber, sie nur leise zu drehen.

Dann hielt ich Mr. Lockwood die Wohnungstür auf, während er die Treppe hinaufgestiegen kam. Er trug einen *tabarro*, den typisch venezianischen Cape-Mantel, und eine Persianermütze. Es hätte äußerst elegant gewirkt, wäre nicht seine Brille beschlagen gewesen, was ihm ein leicht komisches Aussehen verlieh. Außerdem, so konnte ich nicht umhin zu bemerken, führte er einen riesigen Schäferhund an der Leine.

«Mr. Sutherland?»

«Der bin ich. Freut mich sehr, Sie kennenzulernen, Sir. Und, äh?» Ich deutete auf den Hund.

Er lächelte. «Nennen Sie mich Thomas, bitte. Und das ist Karajan. Haben Sie etwas dagegen, wenn ich ihn mit hereinbringe? Das Wetter ist scheußlich.»

«Versteht er sich mit Katzen?»

«Oh, er liebt sie.» Plötzlich bemerkte er die Hintergrundmusik und nickte mir lächelnd zu. «Eine von meinen.»

«Die habe ich wirklich gerade gehört. Ich habe sie nicht extra eingelegt, um Sie zu beeindrucken, Ehrenwort.» Wir lachten beide. «Darf ich Ihnen Ihren Umhang abnehmen?»

«Danke.» Er schälte sich aus seinem *tabarro* und gab ihn mir. Mir fiel beim Aufhängen sein Gewicht auf. Edler Stoff. Sehr teuer. Er reichte mir seinen Hut. Ein Borsalino, genau wie Vannis. Ich hängte ihn ganz oben an den Garderobenständer.

Gramsci kam angetrottet und musterte uns kritisch von oben bis unten. Dann näherte er sich dem Garderobenständer und beäugte Lockwoods *tabarro*, der knapp in seiner Reichweite hing. Er nahm mit zuckenden Muskeln eine geduckte Haltung ein und machte sich bereit zum Sprung.

Karajan gab ein leises lang gezogenes Knurren von sich.

Gramsci erstarrte; offenbar hatte er den Hund erst jetzt bemerkt. Sein Blick zuckte hin und her, und er taxierte ihn, um seine Chancen abzuwägen. Dann streckte er sich zu seiner vollen Länge aus und fing an zu fauchen.

Karajan knurrte weiter, wobei Gramsci langsam, aber entschieden rückwärtstapste, bis er das Bücherregal erreichte. Er drehte sich kurz um, ging in die Hocke und schätzte die Entfernung ab. Dann sprang er mit einem Satz, der das ganze Regal zum Wackeln brachte, obendrauf. Hastig hielt ich es fest. Mein Kater blickte giftig fauchend auf uns herab, bevor er sich hinlegte und uns verächtlich den Rücken zukehrte.

«Also schön. Nun ja, folgen Sie mir doch bitte in mein Büro. Und vielleicht könnten Sie Karajan auch mitbringen. Kann ich Ihnen einen Espresso anbieten?»

«Das wäre nett.» Ich steckte eine Kapsel in die Maschine, und sie brummte los. Lockwood nickte anerkennend. «Klasse Geräte, nicht wahr? Ich hätte auch gerne eins, aber Isotta kommt so etwas einfach nicht ins Haus. Sie sagt, das sei *una bestemmia*, eine Beleidigung für den richtigen Kaffee, und ein Espressokocher für den Herd täte es auch.»

«Isotta?» Ich verzog keine Miene. Das hatte ich gar nicht gewusst.

«Ja. Sie haben sie ja kennengelernt.»

«Erst gestern.»

«Sie war ziemlich beeindruckt von Ihnen.»

«Ich fühle mich geschmeichelt.» Dann kam mir plötzlich ein Gedanke. «Oje. Ich hoffe, es war nicht mein Gesang.»

Lockwood schmunzelte. «Nein, nein. Obwohl sie mir davon erzählt hat.» Er trank einen Schluck von seinem Kaffee und stieß einen kleinen zufriedenen Seufzer aus. Es fiel mir schwer, die sympathische Erscheinung vor mir mit der Person unter einen Hut zu bringen, die vor über zwanzig Jahren in der Konzerthalle in Cardiff so rüpelhaft an mir vorbeigedrängt war. Andererseits, dachte ich, konnten zwei Jahrzehnte einen Menschen ziemlich verändern.

«Ich hoffe, es geht nicht um Konsulatsgeschäfte, Mr. Lockwood – Thomas. Ich meine, Sie wurden hoffentlich nicht bestohlen oder haben Ihren Ausweis verloren oder etwas in der Art?»

«Nichts in der Art. Nein, es handelt sich eher um einen Privatbesuch. Ich habe überlegt – wir haben überlegt, ob Sie vielleicht Lust hätten, morgen zum Abendessen zu uns zu kommen?»

«Du liebe Güte. Ich muss zugeben, dass ich damit nun nicht gerechnet habe. Aber es wäre mir ein Vergnügen. Es wäre uns ein Vergnügen. Das heißt, wenn ich meine Partnerin mitbringen dürfte?»

«Das müssen Sie natürlich unbedingt. Mit meinen Kochkünsten ist es nicht weit her, aber Isotta ist diesbezüglich ein kleines Juwel. Sie lässt fragen, ob es irgendetwas gibt, das Sie nicht essen.»

«Wir essen eigentlich alles. Bis auf Austern. Austern könnten mich tatsächlich umbringen.»

Er schmunzelte wieder. «Also, das würden wir nicht wollen. Es ist eine Art Einzugsparty. Da wäre es vermutlich ungünstig, einen der Gäste zu vergiften, was? Das könnte einen gewissen Schatten auf die Feier werfen. Keine Austern also.»

«Sehr freundlich von Ihnen. Alles andere ist nicht tödlich. Ein Einzug, sagen Sie?»

«Korrekt.» Ich merkte, wie er darauf wartete, dass ich ihn fragte, wo. Es würde natürlich irgendwo am Canal Grande sein.

«*Canal Grande*?» Ich lächelte.

Er schien überrascht und ein bisschen verstimmt. «Um Himmels willen, nein. Nein, ich brauche etwas viel Ruhigeres.» Er legte zur Betonung eine kurze Pause ein. «Torcello.»

«Im Ernst?»

«Im Ernst.» Er lächelte wieder. «Wir besitzen da ein kleines Anwesen, und ich habe seit ein paar Tagen meinen offiziellen

Wohnsitz hier. Wir denken daran, permanent in Venedig zu wohnen, sobald das Haus ein bisschen hergerichtet ist und noch ein paar andere Dinge erledigt sind.»

«Gratuliere, aber warum Torcello? Ist das nicht ein wenig abgelegen? Ich meine, es ist die allerletzte Haltestelle.»

«Genau das gefällt uns. Zeit und Ort zum Schreiben und Komponieren. Und was die Tourneen betrifft, nun ja, die meiste Zeit lebt man da sowieso aus dem Koffer. Ich brauche einen Ort, den ich Zuhause nennen kann. Und Torcello ist mir da genauso recht, wie London es wäre.»

Ich fragte mich, ob die einsamste Insel in der Lagune von Venedig, eine Insel, die bis vor zwei Tagen noch eine Einwohnerzahl von zwölf hatte, ganz der richtige Ort für Isotta Baldan wäre, aber das behielt ich natürlich für mich. «Also, vielen Dank, Thomas, es ist uns eine Ehre», sagte ich. «Um welche Uhrzeit sollen wir kommen?»

«Ach, kommen Sie ruhig schon am Nachmittag. Das Wetter soll schön werden, da können wir einen netten Rundgang machen. Es wird Ihnen guttun, mal den ganzen Trubel der Stadt hinter sich zu lassen. Und bitte bleiben Sie über Nacht. Wir haben mehrere Gästezimmer, und man hat mir versichert, dass sie inzwischen recht bewohnbar sind.»

«Sind Sie sicher?»

«Absolut. Sonst müssten Sie mit der Nachtlinie zurückfahren und wären erst in den frühen Morgenstunden zu Hause. Nein, kommt nicht infrage. Wir würden uns freuen, wenn Sie bleiben könnten.»

«Die Freude ist ganz auf unserer Seite. Vielen Dank, *maestro*.» Er schwenkte tadelnd den Zeigefinger, doch man sah ihm an, dass er sich durch den Titel geschmeichelt fühlte.

Er holte seine Visitenkarte hervor und reichte sie mir. «Bitte rufen Sie mich an, wenn Sie auf der Insel eintreffen, dann hole ich Sie ab. Wie Sie wissen, ist Torcello nicht besonders groß, und viele Häuser stehen dort nicht mehr, aber man kann sich trotzdem verlaufen. Ich selbst habe das ein paar Mal geschafft.»

«Das mache ich.» Ich warf einen Blick auf die Karte. «Zwei Adressen?»

«Wir haben noch eine Wohnung an den Zattere. Nur bis auf Torcello alles klar Schiff ist.»

Da ich annahm, die Unterhaltung wäre zu Ende, stand ich auf. Er jedoch machte keine Anstalten, sich zu erheben. Peinlich berührt versuchte ich sofort, meine Bewegung in etwas anderes zu verwandeln als in den Hinweis, er möge gehen. Ich schnippte mit den Fingern. «Bitte entschuldigen Sie mich einen Moment.» Dann ging ich ins Wohnzimmer und kam mit der *Poppea*-CD zurück. «Ob Sie die wohl für mich signieren könnten?»

«Sehr gerne.» Er schüttelte den Einleger aus der Hülle und griff nach dem Stift auf meinem Schreibtisch. Seine Hand hielt kurz inne. «Darf ich?»

«Natürlich.»

Er nahm ihn und schrieb seinen Namen quer darüber. Seine Handschrift war forsch, schwungvoll und elegant. Wie seine Art zu dirigieren. Er steckte das Booklet wieder in die Kunststoffhülle, wobei er darauf achtete, nicht die Ecken zu knicken, und gab sie mir zurück. «Bringen Sie sie morgen mit. Ich sage Isotta, sie soll auch unterschreiben.»

«Danke.» Ich nickte Richtung Wohnzimmer. «Ich habe noch mehr, wissen Sie. Aufnahmen von Ihnen.»

«Bringen Sie die auch mit. Wie viele sind es? Ich habe eine ganze Menge gemacht.»

«Eine Menge.»

Er grinste. «Na schön, dann vielleicht nicht alle.» Er erhob sich. «Wir sehen Sie beide dann morgen.»

«Kann ich irgendetwas mitbringen?»

«Nur Sie selbst.» Wir schüttelten uns die Hände und gingen in den Flur, wo Karajan und er kurz stehen blieben und aufs Regal blickten. «Ihren liebenswerten Kater vielleicht lieber nicht, falls das kein Problem ist?»

«Kein Problem. *Vaporetto* fahren ist nicht so sein Ding.» Ich schüttelte bei der Erinnerung daran den Kopf. «Stimmt's, Grams?»

Gramsci setzte seinen stummen Protest fort. Ich würde, das war mir klar, später für die Sache bezahlen müssen.

Lockwood warf sich den *tabarro* um und setzte seinen Hut auf. Dann drehte er sich um und lächelte mich an. «Eins sollte ich übrigens noch erwähnen. Seien Sie darauf gefasst, etwas zu arbeiten.»

«Wie bitte? Ach, ist es so eine Party, bei der alle beim Renovieren helfen und am Ende Champagner trinken und Fish and Chips aus Zeitungspapier essen?»

«Nichts in der Art. Ganz und gar nichts in der Art.» Er lächelte noch einmal und klopfte mir auf die Schulter. «Wir gehen auf Schatzsuche, Mr. Sutherland.»

- 13 -

«Was sagst du nun?», fragte ich. «Sag nicht, ich würde nie mit dir irgendwohin fahren.»

«Na schön, *bis jetzt* bist du noch nie mit mir irgendwohin gefahren.»

«Hmm. Okay. Hart, aber möglicherweise fair.»

«Ich meine, als du gesagt hast, ich soll für morgen Abend packen, dachte ich, wir würden vielleicht in die Berge verreisen. Und als du dann verkündet hast, dass es nach Torcello geht, dachte ich, was für ein Glückspilz ich doch bin, dass mein wunderbarer Freund mit mir zur Locanda Cipriani fährt.»

«Tut mir leid, *cara*, dieses Mal nicht. Vielleicht zu deinem nächsten Geburtstag. Ähm, wann war dein Geburtstag noch mal?»

«Nächsten Monat.»

«Okay, vielleicht an dem darauffolgenden Geburtstag. Aber immerhin handelt es sich um eine Einladung von einem der berühmtesten Dirigenten seiner Generation und seiner glamourösen Freundin.»

«Ja. Darüber habe ich nachgedacht. Gib mir mal die CD, ja?» Ich reichte ihr die *Poppea*-CD. Sie schob die Fingernägel unter das Booklet, um es herauszuziehen, wobei die Ecken sich langsam umbogen.

«Vorsichtig!»

«Ich bin vorsichtig. Hab es schon.» Sie blätterte das Booklet durch, bis sie zu einem Schwarz-Weiß-Foto von Isotta Baldan kam. «Sie ist wirklich eine Schönheit, nicht wahr?» Ich wollte etwas sagen. «Du brauchst nicht zu antworten.» Sie blätterte zu einer anderen Seite, auf der Lockwood abgebildet war.

Leicht derbe Gesichtszüge, dicke Hornbrille und ein weißer Haarschopf. Sie blätterte wieder zu dem Foto von Baldan und dann zurück zu Lockwoods.

Mir war klar, was sie dachte. «Die Aufnahme stammt aus dem Jahr 2012. Inzwischen sieht er noch um einiges älter aus.»

«Mmm. Ich frage mich, was da los ist.»

«Na ja, er ist ein Genie. Du kennst doch den Spruch: Intelligenz macht sexy.»

«So intelligent kann niemand sein.»

«Oje, wie zynisch die reizende Federica Ravagnan doch ist. Baldan hat wahrscheinlich mehr Geld als er. Thomas Joshua Lockwood hat es auf jeden Fall nicht nötig, teure Uhren zu inserieren.»

«Und worum geht es dann bei dieser Schatzsuche?»

«Isotta erwähnte ein verschollenes Werk von Monteverdi. Ich glaube, sie versuchen, es zu finden.»

«Ernsthaft?»

Ich zuckte mit den Schultern. «Möglich ist es. Oder zumindest nicht unmöglich. Es könnte in irgendeinem Regal in einem Archiv liegen, nicht gekennzeichnet, von allen übersehen. Irgendwo in Venedig oder Mantua oder Cremona. Wo es nur darauf wartet, entdeckt zu werden. Das Problem ist, dass das unendlich viel Zeit und Geduld erfordern würde.» Ich erhob mich. «Also, ich muss jetzt Schollen filetieren.»

Fede nickte Richtung Küche. «Erst einen Spritz?»

Hinter dem Sofa war ein Maunzen zu hören. «Nur wenn du Gramsci bespaßt.» Sie wollte protestieren, aber ich winkte ab. «Du kennst unsere Abmachung.»

«Pffft.»

Ich mixte zwei Spritz und brachte einen Federica, die angefangen hatte, für einen teilnahmslosen Gramsci Schaumstoffbälle zu werfen.

«Wie lange muss ich das machen?»

«Bis er sich langweilt.»

«Er langweilt sich jetzt schon.»

«Nein, tut er nicht.» Sie hörte mit dem Werfen und Wieder-Aufheben auf. Zehn Sekunden später fing Gramsci an zu maunzen und am Sofa zu kratzen. «Siehst du?»

«Aber er hat doch gar nichts gemacht.»

«Doch, hat er. Er hat zugesehen, wie du etwas geworfen hast und dich bücken musstest, um es aufzuheben. In seiner fiesen kleinen Vorstellung kennzeichnet das ein Spiel.»

Bevor sie weiter protestieren konnte, ging ich zurück in die Küche. Dort nahm ich meine zwei schärfsten Messer und wandte mich den beiden dicken *passarini* zu, die im Kühlschrank warteten. Auf dem Schneidebrett des Fischhändlers sahen diese Fische immer prächtig aus, und wenn man sie filetierte, erkannte man, dass das täuschte, was die Menge essbaren Fischs betraf. Aber egal. Schließlich waren Paniermehl und Parmesan erfunden worden, um spärlichen Fleisch- oder Fischstücken ein angemessenes Volumen zu verpassen. Ich ließ sie in Olivenöl und Butter braten, während ich einen Kopf Radicchio schnippelte, ein paar gehackte Walnüsse dazugab und alles mit etwas Olivenöl und frisch gepresstem Orangensaft vermischte.

Fede kam herüber und nahm sich ein Glas Wein. Sie warf einen Blick auf den brutzelnden Fisch und schlang die Arme um mich.

«Wunderbar.»

«Ich hoffe. Sie sind ein bisschen klein.»

«Deshalb werden sie heutzutage nicht mehr so oft gegessen. Macht nichts. Ich frage mich, was wir wohl morgen serviert bekommen?»

«Alles, bis auf Austern. Isotta ist offenbar ein kleines Juwel in der Küche.»

Fede runzelte die Stirn. «Ein *kleines Juwel*?»

«Ich glaube, Lockwood ist ein bisschen altmodisch.»

«Offensichtlich. Also, glaubst du, er hat wirklich etwas gefunden?»

«Und sämtliche Archive Norditaliens und darüber hinaus durchgekämmt?» Ich schüttelte den Kopf. «Unmöglich. Aber wenn doch, dann ...»

«Glaubst du, wir würden dankend erwähnt?»

«*Proserpina rapita*. Die Sutherland-Ravagnan-Fassung. Das gefällt mir.»

«So vielleicht. Oder: die Ravagnan-Sutherland-Fassung. Das gefällt mir noch besser.»

– 14 –

Von Venedigs *centro storico* bis nach Torcello ist es nicht weit. Luftlinie jedenfalls. Das Problem ist, per Luftlinie kommt man nicht hin. Sondern mit der ACTV, der venezianischen Verkehrsgesellschaft. Um diese Jahreszeit gab es am Nachmittag keine direkte Verbindung, weshalb man zuerst ein Boot von den Fondamente Nove nach Burano nehmen musste, um dort umzusteigen und den Rest der Strecke über die Lagune bis nach Torcello zurückzulegen. Eine ziemlich ermüdende Fahrt, was teilweise erklärte, warum die Einwohnerzahl der Insel – zumindest bis zur Ankunft Lockwoods und Baldans – seit ungefähr tausend Jahren zurückging.

Wir marschierten Richtung Fondamente Nove, beide zum Schutz vor der feuchten Kälte des dichten Nebels, der sich auf die Stadt senkte, dick eingemummelt. Die maskierten Nachtschwärmer auf der Piazza San Marco würden sich kaum gegenseitig erkennen können. In den Sommermonaten würde das Boot nach Burano wieder brechend voll mit Touristen sein, die sich auf den Weg zur hübschesten Insel der Lagune machten. Und an den Wochentagen würden sogar noch die Schulkinder dazukommen, die keine *scuola superiore* auf ihrer Heimatinsel hatten. An einem neblig-kalten Sonntagnachmittag wie diesem hielt sich das Ganze jedoch in Grenzen. Wir bekamen sogar einen Sitzplatz nebeneinander. Federica döste über ihrer Zeitung, bis ich sie sanft anstupste, als wir uns Burano näherten.

Es war schon Jahre her, seit ich das letzte Mal hier draußen gewesen war. Vier Jahre, fast auf den Tag genau. Im letzten Jahr unserer Ehe hatte Jean mich an meinem Geburtstag zum Abendessen hierher eingeladen. Ich hatte im Il Gatto Nero die besten Sardinen meines Lebens verspeist, während wir mit einem freundlichen Kellner plauderten, der Englisch in Leith gelernt hatte. Anschließend hatten wir das Boot nach Hause genommen und kaum ein Wort miteinander gesprochen. Nicht etwa, weil wir böse aufeinander waren, sondern einfach, weil wir uns langsam nichts mehr zu sagen hatten.

Fede rieb sich den Schlaf aus den Augen, während wir ausstiegen und die *fondamenta* entlang zur Haltestelle für das Boot nach Torcello gingen. Ein feiner grauer Nebel hing über der Lagune, doch selbst das konnte die fröhliche Ausstrahlung der bunt gestrichenen Häuser unterwegs nicht beeinträchtigen.

Wir warteten ungefähr zehn Minuten, bis das Vaporetto ankam, um uns die kurze Strecke bis nach Torcello zu bringen, wo mit uns noch einige Fahrgäste ausstiegen, während die anderen sitzen blieben, bis das Boot gewendet hatte, um wieder zurück zum *centro storico* zu fahren.

Zwei Nonnen machten sich plaudernd auf den Weg zu dem Pfad entlang des Kanals, der mitten durch die Insel verlief. Ein schon etwas betagter Priester blieb stehen und versuchte vergeblich, seine Pfeife anzuzünden, bis ich ihm mein Feuerzeug anbot, woraufhin er dankbar nickte. Und der andere Fahrgast war ein älterer Mann in knöchellangem Mantel, der sich umblickte, als wäre er nicht sicher, wohin er gehen sollte. Merkwürdig, wo es doch auf Torcello nur eine einzige Richtung gab, die man einschlagen konnte. Sicher ein Tourist, dachte ich bei mir, in Anbetracht der Tatsache, dass es ziemlich unratsam war, in der *aqua alta*-Saison einen langen Mantel zu tragen.

Federica gähnte und fasste mich am Arm. «Rufst du jetzt deinen Freund an?»

Ich nickte und holte mein *telefonino* hervor. Fede hatte entschieden, dass es endlich Zeit für mich wurde, im 21. Jahrhundert anzukommen, und mir deshalb ein günstiges Smartphone zu Weihnachten geschenkt. Ich vermisste zwar mein gutes altes Nokia, musste allerdings zugeben, dass ich es langsam praktisch fand.

«Ruf Lockwood an», sagte ich ins Handy.

Federica stupste mich an. «Tu das nicht», sagte sie.

Mir blieb keine Zeit zu antworten, bevor Lockwood schon sprach. «Mr. Sutherland?»

«Nathan, bitte.»

«Sind Sie gerade angekommen?»

«Wir stehen an der *vaporetto*-Station. Wollen Sie uns vielleicht den Weg beschreiben?»

«Nicht nötig. Warum treffen wir uns nicht einfach an der Basilika? Bis dahin kann man sich gar nicht verlaufen.»

Er hatte recht. Auf Torcello gab es nur einen richtigen Weg, nämlich den entlang des Kanals, der zu den Überresten des Zentrums einer Stadt führte, in der vor langer Zeit einmal zwanzigtausend Menschen gelebt hatten.

«Prima. Bis gleich.» Ich legte auf. «Was nicht tun?», fragte ich Federica.

«Lass dieses Sprachbefehl-Ding.»

«Aber es gehört zur Ausstattung des Handys. Ich dachte, du wolltest, dass ich mit diesem Kram auf dem neusten Stand bin?»

«Ja, aber mit dem Handy zu reden ist bloß etwas für junge Leute. Wenn du über dreißig bist, sieht das aus, als wärst du ein Spinner.»

«Aha. Na schön. Lass uns gehen.»

«Hätten Sie etwas dagegen, wenn ich mich Ihnen anschließe?» Die Frage kam von dem Mann in dem langen Mantel. Er legte mir seine Hand auf den Arm. «Ich habe zufällig mitgehört.

Wenn ich richtig verstehe, sind Sie hier, um Tom Lockwood zu treffen.»

«Das stimmt.»

«Großartig. Genau wie ich.» Er besaß eine wohlklingende, leichte Baritonstimme, die mich annehmen ließ, dass er wahrscheinlich ein guter Sänger war. «Ich kenne den Weg leider absolut nicht und wäre Ihnen wirklich sehr dankbar, wenn Sie mich mitnehmen würden.»

Ich antwortete mit einem Lächeln. «Also, wenn Sie sich immer Richtung Basilika halten, ist es praktisch unmöglich, sich zu verlaufen. Aber, ja, natürlich nehmen wir Sie mit.» Mir fiel auf, dass er leicht humpelte und einen Stock zum Gehen benutzte, also verlangsamten Federica und ich unseren Schritt. Der ältere Priester hingegen marschierte in erstaunlichem Tempo los und war bald schon außer Sichtweite.

Wir liefen den kleinen Weg am Kanal entlang. Torcello war zwar nie so von Touristen überlaufen wie das *centro storico*, aber im Hochsommer machten immer eine ganze Reihe Boote hier fest, und Leute picknickten und genossen den Sonnenschein abseits des Trubels im Stadtzentrum. Heute jedoch schaukelten kaum ein halbes Dutzend *motoscafi* im Wasser, und das Plätschern der Wellen war das Einzige, was außer unseren Schritten zu hören war.

«Was für ein Unterschied zur Stadt, nicht wahr?», sagte unser neuer Begleiter. «Da liegt ja wirklich in jedem Kanal ein Boot neben dem anderen. Wie schwer es da wohl sein wird, einen Anlegeplatz zu ergattern?»

«Das Letzte, was ich hörte, war, dass der Bestechungspreis, um auf die Warteliste zu kommen, bei tausend Euro anfängt, je nach Dringlichkeitsgrad», antwortete ich.

Er kicherte. «Sie wollen mich sicher auf den Arm nehmen, Mr. Sutherland?»

Ich fragte mich, woher er meinen Namen kannte, ließ es aber unkommentiert. «Stimmt. Aber nur ein bisschen. Inzwischen sind es vielleicht schon über fünfzehnhundert, Mr. …»

«Maitland.» Einen Vornamen nannte er nicht.

«Freut mich, Sie kennenzulernen. Das ist *dottoressa* Federica Ravagnan.»

«Hocherfreut.» Er tippte sich an den Hutrand, und Federica lächelte ihn an. «Es ist so unglaublich still hier», fuhr er fort. «Man möchte die ganze Zeit flüstern. Nicht einmal ein Vogel zwitschert.»

«Das liegt vermutlich daran, dass Hemingway sie alle totgeschossen hat», antwortete Fede.

Torcello besaß einen Straßenmusiker von bescheidener, aber nicht nervtötender Qualität, der hier im Frühling und Sommer seinem Geschäft nachging. In den Wintermonaten hatte er wegen der zu erwartenden geringen Einkünfte seine Aktivitäten jedoch anderswohin verlegt. Die Restaurants am Kanal blieben geöffnet, mehr von Hoffnung getragen als von der Erwartung. Auf eines davon wies ich Maitland hin. «Der beste Fisch in der ganzen Stadt.»

Er lächelte höflich und deutete auf eine niedrige Steinbrücke direkt vor uns. «Die sieht ja ziemlich merkwürdig aus. Ganz ohne Geländer.»

«Das ist die *ponte del diavolo*», antwortete Federica. «Wahrscheinlich nach einer Familie mit dem Nachnamen Diavoli benannt. Zumindest ist das die eine Erklärung.»

«Und die andere?»

«Dass sie ist, was der Name besagt. Die Brücke des Teufels.» Sie senkte die Stimme, damit es dramatischer klang. «Eine junge Frau, so munkelt man, schloss einst einen Pakt mit einer Hexe. Ihr Liebhaber, ein Soldat der österreichischen Armee, war im Feld gefallen. Die Hexe versprach, einen Handel mit dem Teufel zu machen und ihn wieder zum Leben zu erwecken. Der Preis jedoch wären die Seelen von sieben Christenkindern, die ihm am Weihnachtsabend gebracht werden müssten.»

«Du liebe Güte. Das klingt ja grauenvoll. Ich hoffe, es ging gut aus.»

«Gewissermaßen. Ein junger Mann hörte zufällig, wie die Hexe mit dem Teufel sprach. Natürlich war er entsetzt. Er folgte ihr nach Hause und brachte sie um, bevor sie die Kinder holen konnte. Das hat der Teufel jedoch nie erfahren. Also sitzt er bis heute an jedem Weihnachtsabend da und wartet in Gestalt einer großen schwarzen Katze auf die Hexe.»

Maitland zeigte ein scherzhaftes Schaudern. «Fabelhaft. Obwohl ich von einer Teufelsbrücke noch etwas Eindrucksvolleres erwartet hätte.»

Wir setzten unseren Weg fort, bis wir das einstige Stadtzentrum erreichten. Venedigs Niedergang war nichts im Vergleich mit dem dieser abgelegenen Insel, die einmal reicher und mächtiger als die Serenissima selbst gewesen war. Bis eines Tages die Pest sie erreichte. Und dann wieder zurückkehrte. Und noch einmal zurückkehrte. Und während das Areal um die Insel immer mehr versumpfte und die Anzahl der Mücken wuchs, zogen sich die Einwohner resigniert auf die anderen Inseln zurück und trugen auf Torcello alles an Baumaterial ab, das ihnen nützlich sein konnte.

Heute lag die Insel in einer Gegend, die *laguna morta*, tote Lagune, genannt wird. Sie als Geisterinsel zu bezeichnen, wäre allerdings unzutreffend. Tagsüber kamen immer Besucher her, und so wurde selbst hier ein Verkaufsstand für Getränke und Erfrischungen gebraucht, und die streunenden Katzen, die einen klapprigen Zufluchtsort aus Pappkartons bewohnten, sahen stets wohlgenährt aus.

Ein Hauch von Melancholie lag über dem Ort, besonders an

einem kalten, grauen Tag wie diesem. Vielleicht war es die Absurdität, dass eine Insel, auf der die Einwohnerzahl auf einige wenige geschrumpft war – und wo die Katzenpopulation die der Menschen überstieg –, mit einer Kathedrale, einer Pfarrkirche samt Priester und einem Provinzmuseum aufwarten konnte. Vielleicht lag es auch daran, dass die Insel als stummes *memento mori* an Venedig selbst diente. Sei dir deiner Sterblichkeit bewusst.

«Was ist das?» Maitland zuckte mit dem Daumen in Richtung eines Objekts, das einem großen steinernen Sessel ähnelte.

«Das, Mr. Maitland, ist Attilas Thron», erklärte Federica.

Er betrachtete den Thron von oben bis unten, war aber scheinbar wenig beeindruckt. Zumindest erweckte er demonstrativ diesen Anschein. «So etwas Ähnliches wie die Teufelsbrücke, was? Von Attila, dem Hunnen, hätte ich doch etwas mehr erwartet.»

Federica zuckte mit den Schultern. «Na ja, er gehörte wahrscheinlich auch nicht ihm. Bis hierher hat Attila es nie geschafft. Es handelt sich wohl eher um einen Bischofsthron. Oder er wurde zur Amtseinführung von Friedensrichtern benutzt. Man weiß es nicht genau.»

Inzwischen fiel ein feiner Nieselregen. Draußen vor der Kirche Santa Fosca versuchte der ältere Priester wieder, seine Pfeife anzünden. Er sah mich hoffnungsvoll lächelnd an.

«Einen Moment.» Ich klopfte Fede kurz auf den Arm und eilte zu ihm hinüber. Ich holte mein Feuerzeug hervor. «Bitte schön, *padre*.»

Er nahm einen festen Zug und beschirmte dabei den Pfeifenkopf, so gut er konnte, vor dem Regen, bis der Tabak glühte. «Danke.»

«Gern geschehen.»

Ich sah mich um. Keine Spur von zur Messe strömenden Gemeindemitgliedern. Er bemerkte meinen Gesichtsausdruck und lächelte wieder. «Nur ich, Schwester Assunta und Schwester Magdalena.» Die beiden Nonnen vom Boot. «Nicht schlecht für einen verregneten Februarsonntag.»

«Nicht?»

«Oh nein. Manchmal halte ich den Gottesdienst vor einer leeren Kirche ab.»

«Das tut mir leid.»

«Nicht doch. Sie sind herzlich eingeladen, zu uns zu stoßen, wenn Sie möchten.»

«Ach. Also, das würde ich gern, aber meine Freunde und ich haben eine Verabredung, und ...»

«Ich scherze, *signore*.»

«Ah. Ah, verstehe. Aber wir treffen wirklich jemanden. Vielleicht haben Sie von ihnen gehört. Ein englischer Dirigent und eine venezianische Sängerin. Sie ist ziemlich berühmt.»

«Isotta Baldan.» Er stieß ein leises, raues Raucherhüsteln aus, zusammen mit einem blauen Rauchwölkchen.

«Sie kennen sie?»

«*La Baldan*. Ich kenne sie. Ich habe sie getauft.»

«Sie haben sie *getauft*?»

Er nickte. «Ich glaube, es war die letzte Taufe, die hier stattfand. Somit die letzte auf Torcello. Und ich glaube, es war das letzte Mal, dass sie in diese Kirche gekommen ist.» Er schüttelte schmunzelnd den Kopf. «Sie ist hier aufgewachsen, wissen Sie.»

«Mir scheint, sie zieht gerade wieder auf die Insel zurück. Vielleicht wird sie ja wieder hier ansässig?»

«Und vergrößert die Gemeinde um fünfzig Prozent. Vielleicht. Man darf ja träumen.»

«Nathan?!» Federica rief nach mir. Ich drehte mich nach den

beiden anderen um und fuhr mir mit der Hand durch die Haare. Es fing jetzt richtig an zu regnen.

«Entschuldige!», rief ich. Dann wandte ich mich wieder meinem neuen Freund zu. «Tut mir leid, *padre*, aber ich glaube, ich muss gehen.»

Er nickte und lächelte. «Schöne Grüße an Isotta. Sagen Sie ihr, Don Andrea hat nach ihr gefragt.» Ich winkte ihm zum Abschied kurz und eilte zu Federica und Maitland zurück.

«Überlegst du zu konvertieren?»

«Nicht direkt. Er hat mir bloß ein bisschen leidgetan. Muss ein ziemlich undankbarer Job sein, an einem Tag wie diesem.» Ich sah zum schiefergrauen Himmel hoch. «Wir sollten lieber Schutz suchen, bevor es einen Wolkenbruch gibt.»

Normalerweise erwartete die Besucher der Basilika ein besetzter Kassentisch, aber wer immer an diesem Tag zuständig war, hatte schon Feierabend gemacht und war nach Hause gegangen. Es blieb nur noch eine gute halbe Stunde Tageslicht, und wer jetzt noch käme, würde den Innenraum sowieso nicht mehr in seiner ganzen Pracht sehen können.

Wir gingen hinein, wo die Atmosphäre gleich freundlicher erschien, vielleicht eine Auswirkung des elektrischen Lichts, das von den riesigen goldenen Mosaiken reflektiert wurde. Unser Atem kondensierte in der feuchten Luft. Federica hopste ein paar Mal in die Luft, um ihre Füße ein bisschen aufzuwärmen, während Maitland sich mit der Hand durch seine langsam dünner werdenden Haare fuhr und sich ehrfürchtig umblickte. Ohne jeden Versuch aufgesetzter Lässigkeit diesmal. Fede lächelte, teils zufrieden, dass Maitland nichts Abschätziges zu sagen hatte, aber mehr noch vermutlich aus Freude, jemanden vor sich zu haben, der die Basilika zum ersten Mal sah.

Schon seit dem siebten Jahrhundert hatte an diesem Platz eine Kirche gestanden, die in Erwartung des Weltuntergangs im Jahr 1000 eiligst neu gestaltet worden war. Die Apokalypse stand noch aus, doch die komplette Westwand, die nun ein Mosaik des Jüngsten Gerichts zierte, vermittelte schon einmal einen Vorgeschmack darauf, wie es werden könnte.

Ganz oben auf der Wand saß Christus zu Gericht, während die Seelen der Verstorbenen gewogen wurden. Die als unzulänglich Befundenen wurden von einer Gruppe leidvoll aussehender Engel hinab in einen Feuerfluss gestoßen, wo ein kindhafter Antichrist, auf dem Knie des Teufels sitzend, die Verdammten mit dem Hauch eines Lächelns auf den Lippen in die Hölle schickte. In eine Hölle aus Flammen, abgetrennten Körperteilen und grinsenden, von Würmern besiedelten Schädeln.

Über tausend Jahre lang war dies das Letzte gewesen, was die Gläubigen auf dem Weg aus der Kirche zu Gesicht bekommen hatten. Eine Warnung. Denkt daran und fürchtet euch.

Das Mosaik des Jüngsten Gerichts.

– 15 –

Maitland schüttelte staunend den Kopf. Trotz der Grausamkeiten, die dort dargestellt waren, zog ein Lächeln über sein Gesicht. Federica ging zu ihm und legte ihm sanft ihre Hand auf die Schulter.

«Zum ersten Mal hier?», fragte sie. Er nickte. «Sie Glücklicher.»

«Macht ganz schön was her, oder? Ich bin wahrscheinlich schon in fast jeder Kirche Venedigs gewesen, aber das hier, das ist schon etwas Besonderes.»

«Angeblich haben die Griechen es geschaffen. Aber wir werden es wohl nie mit Sicherheit wissen. Für mich steht es San Marco jedenfalls in nichts nach. Wir schauen allerdings in die falsche Richtung.»

«Ich verstehe nicht.»

«Wir schauen in die falsche Richtung. Wenden Sie sich einmal um.» Sie drehte ihn behutsam 180 Grad um die eigene Achse. «Das Mosaik des Jüngsten Gerichts schön und gut. Aber das wahre Meisterwerk befindet sich dort drüben.» Sie deutete auf die goldene Kuppel der Apsis, deren unteren Teil Mosaiken der Apostel zierten. Darüber stand, losgelöst in der Mitte dieser prächtig glänzenden Halbkugel, die Gestalt der heiligen Jungfrau mit dem Christuskind auf dem Arm.

«Die Jungfrau *Theotokos*. Die *Dei Genetrix*, die Gottesgebärerin.»

Eine große schlanke Frau, allein, bis auf ihr Kind. Die den Betrachter mit einem Blick kaum beherrschbaren Leids anblickte. Während die Darstellung des Jüngsten Gerichts ganz aus Gewalt und Aktion bestand, fand sich hier nur Schweigen und Stille. Die Wirkung jedoch war auf ihre Weise nicht weniger eindrucksvoll.

Maitland schlug staunend die Hände zusammen. «Das ist wunderschön. Wirklich überwältigend», flüsterte er.

«Ja, nicht wahr?» Die Stimme kam vom zweiten Lettner, der uns vom Altarraum trennte. Ich zuckte ein wenig zusammen, aber ich erkannte sie. «Ich habe Sie hereinkommen hören. Aber ich wollte Sie nicht unterbrechen. Es ist wirklich ein ganz besonderes Erlebnis, es zum ersten Mal zu sehen. Finden Sie nicht auch, Nathan?»

«Isotta?» Wir durchquerten das Hauptschiff und gingen unter dem Lettner hindurch. Hinter dem Altar befanden sich Backsteinstufen, die halbkreisförmig angeordnet waren, ähnlich wie in einem Amphitheater. Baldan saß auf halber Höhe und hatte mit ausgebreiteten Armen die Hände neben sich auf die Stufen gelegt. Die Pose verlieh ihrer Erscheinung etwas Majestätisches, das von ihrem langen dunkelblauen Mantel mit weißem Pelzbesatz noch betont wurde. Sie wirkte fast so erhaben wie die Himmelskönigin über ihr.

«Hallo, Nathan.» Sie wartete einen Moment, als wollte sie uns allen Zeit geben, die Mühe, die sie sich gemacht hatte, zu würdigen, dann stand sie auf und stieg vorsichtig die Stufen herunter. Sie küsste mich auf beide Wangen und wandte sich zu Fede.

«Federica Ravagnan.»

«*Piacere.*» Isotta küsste sie ebenfalls. Dann drehte sie sich zu Maitland und runzelte kaum merklich die Stirn. «Ich wusste gar nicht, das wir drei Gäste erwarten?»

«Mein Name ist Maitland. Christopher Maitland. Ich bin ein Freund von Tom.»

«Tom? Ah, *Thomas.*» Sie hielt kurz inne. «Tut mir schrecklich leid, aber er hat offensichtlich vergessen, Sie zu erwähnen.»

«Also, das ist auf jeden Fall ein Freund von mir. Und er ist auf meine Einladung hier.» Lockwoods Stimme polterte aus dem vorderen Teil der Kirche, und als wir uns umdrehten, sahen wir ihn vor dem Mosaik des Jüngsten Gerichts stehen. Er kam grinsend auf uns zu und breitete die Arme weit aus.

«Christopher. Mein lieber Freund.»

«Tom. Wie schön, dich wiederzusehen.»

Die beiden Männer umarmten sich. «Tut mir wirklich leid, Liebling», sagte Lockwood und wandte sich zu Baldan. «Vielleicht hätte ich etwas sagen sollen. Aber es sollte eine Überraschung werden. Christopher wird uns nämlich eine wertvolle Hilfe bei unserer kleinen Schatzsuche sein.»

«Schatzsuche? Du klingst ja noch mysteriöser als sonst, Tom.»

«Ja, nicht wahr?» Lockwood klopfte seinem Freund auf die Schulter. «Du wirst bald schon sehen. Also, kommen Sie doch bitte alle. Lassen Sie uns anfangen. Ich weiß, es ist wirklich schön hier, aber das alles ist morgen früh auch noch da, und wir haben viel zu besprechen.» Er schob seinen Arm unter Isottas und steuerte mit ihr Richtung Ausgang.

Ihre Miene war versteinert. «Ach, ich weiß, was du denkst, Liebling, aber wir haben doch jede Menge Platz, und ich habe schon ein Bett für Christopher gemacht. Darum brauchst du dich also nicht zu kümmern.»

«Und das Abendessen?» Ihre Stimme klang tonlos und beherrscht.

«Nun ja, ich gebe zu, dass ich daran nicht gedacht habe. Aber das bekommst du sicher wunderbar hin.» Er drehte sich zu uns um. «Sie ist ein Juwel in der Küche, wissen Sie. Ein richtiges kleines Juwel.» Ohne uns eines weiteren Blickes zu würdigen, wandte Baldan sich um und stolzierte mit laut auf dem Mosaikboden klackernden Absätzen durch den Mittelgang davon. Lockwood, der sie noch immer untergehakt hielt, musste sich beeilen, um mit ihr Schritt zu halten; genau wie Mr. Maitland.

«Das könnte ein ziemlich langer Abend werden», flüsterte Federica mir zu. Ich nickte. Derselbe Gedanke war mir auch schon gekommen.

Vor der Kirche blieb Lockwood stehen, um Karajan loszumachen, der mit der Leine an einem Zaun festgebunden war. Maitland wollte ihn hinter den Ohren kraulen, besann sich jedoch eines Besseren, als der Hund anfing zu knurren.

Wir liefen den kleinen Weg zum Kanal zurück, während die Glocken von Santa Fosca läuteten, um die Gemeinde der Gläubigen herbeizurufen, die nie erscheinen würde. Inzwischen hatte es beinah aufgehört zu regnen, nicht viel mehr als ein zarter feuchter Nebel legte sich auf unsere Gesichter. Lockwood erzählte Maitland die Geschichte von der Teufelsbrücke, und der klopfte seinem Freund nickend auf die Schulter, als hörte er sie zum ersten Mal.

Kurz hinter der Brücke bogen wir rechts auf einen Feldweg ab, der uns durch offenes Gelände führte. Federica blieb stehen und nahm meinen Arm. Sie zog mich herum, und ich folgte ihrem Blick. Am Fuß der Brücke saß eine große schwarze Katze. Sie sah uns einen Moment an, dann huschte sie darüber und verschwand zwischen den Bäumen.

«Er ist früh dran dieses Jahr», sagte Fede.

Unser Weg führte uns vielleicht einen halben Kilometer auf einer schmalen, aber befestigten Straße entlang, die quer durch Marschland verlief. Die Luft war kühl, und der Nebel wurde dichter. Ich war dankbar, dass Lockwood nicht auf die Idee gekommen war, uns im Hochsommer einzuladen, wenn es in dem sumpfigen Gebiet nur so von Mücken wimmelte.

Wir kamen durch ein rostiges Eisentor. Danach war der Weg nicht mehr befestigt, sondern matschig und von ein paar kümmerlichen Bäumen gesäumt. Er führte zu einem zweigeschossigen Steinhaus, das sich dunkel vom grauen Himmel abhob.

Maitland, Lockwood und Baldan blieben vor der Haustür stehen, und Isotta kramte in ihrer Handtasche nach dem Schlüssel. Sie sperrte auf, öffnete die Tür und wartete auf der Schwelle. Dabei präsentierte sie uns ihr strahlendes Lächeln.

«Willkommen in meinem Haus», sagte sie.

«Und lassen Sie etwas von dem Glück da, das Sie mit sich tragen», flüsterte ich Federica zu.

«Was ist das?», fragte sie.

«Das stammt aus Dracula.»

Sie kicherte und stieß mich zwischen die Rippen, doch Isotta schien mich nicht gehört zu haben. Wir traten ein – der Türklopfer, bemerkte ich unwillkürlich, hatte die Form einer Skeletthand –, und ich schloss, dankbar, aus der Kälte und der Feuchtigkeit zu kommen, die Tür hinter uns.

Das Erdgeschoss bestand aus einem großen offenen Raum, der von einem gewaltigen Esstisch dominiert wurde. Im rückwärtigen Teil befand sich der Küchenbereich. Rechts von uns hingen zwei gekreuzte Schwerter über einem prunkvollen Kamin, dessen Sims zwei ziemlich tuntenhaft aussehende Figuren mit Lendenschurz stützten und dessen Aufsatz ein Flachrelief zweier Horn blasender Engel zierte. Die Wirkung wurde durch einen Elektrokamineinsatz etwas geschmälert, doch offene Feuer waren selbst auf Torcello schon lange verboten. Links von uns führte eine Steintreppe zu einer Galerie hinauf.

Ich stieß einen leisen Pfiff der Bewunderung aus, obwohl

sich mir angesichts meiner Atemwolke in der Luft der Gedanke aufdrängte, dass es verdammt schwierig sein musste, hier zu heizen. Isotta lächelte mich an, als wüsste sie, was ich dachte. «In dieser Jahreszeit dauert es ein Weilchen, bis das Haus warm ist.» Sie griff in ihre Tasche und holte eine Thermosflasche hervor. «Aber ich habe vorgesorgt. Etwas heiße Schokolade hilft da bestimmt.»

«Sie denkt wirklich an alles.» Lockwood grinste.

Isotta nahm fünf Becher aus einem Schrank über dem Herd. Dann stellte sie sich auf die Zehenspitzen, um besser hineinschauen zu können, und runzelte die Stirn. «An fast alles. Ich dachte, wir hätten noch ein bisschen Brandy im Haus. Aber da müssen wir wohl mit Grappa vorliebnehmen.»

«Umso besser», sagte ich.

Sie schenkte fünf Becher heiße Schokolade ein und gab jeweils einen Schuss Grappa aus einer Flasche dazu, die, soweit ich es erkennen konnte, nicht die Sorte Grappa enthielt, die man im Supermarkt kaufte. Federica hob gerade noch rechtzeitig die Hand. «Für mich nicht», sagte sie.

«Mögen Sie so etwas nicht?»

«Heiße Schokolade ja. Grappa nein. Das ist Teufelszeug.»

«Verstehe.» Isotta lächelte. «Und davon haben wir ja heute vielleicht schon genug gesehen.»

«Unsterbliche Seelen und alles, was dazugehört», bemerkte Lockwood kichernd, der heute vor guter Laune überzuschäumen schien. Es fiel mir schwer, die drollige, kugelrunde Gestalt vor mir mit der humorlosen Legende in Einklang zu bringen, die die Hälfte der europäischen Musiker in Angst und Schrecken versetzt hatte, und nicht wenige Zuschauer dazu.

«Ich riskiere es», sagte ich, und wir stießen lachend mit unseren Bechern an. Die Hitze des Gefäßes brachte langsam das Gefühl in meine Hände zurück. Und nachdem ich einen

Schluck getrunken hatte, spürte ich die Wärme durch meinen Körper fließen und das sanfte Schwirren des Alkohols im Kopf.

Die Tür klapperte kurz. Isotta lächelte wieder. «Das ist der Wind über der Lagune. Hier ist es überall so flach. Und nichts im Haus passt richtig zusammen. Nicht mehr jedenfalls. Es ist alles noch Baustelle, könnte man sagen.»

Wir leerten unsere Becher. «Christopher, du schläfst heute Nacht hier unten», sagte Lockwood dann. «Du hast leider das kleinste Zimmer, aber es ist sicher ganz gemütlich.»

«Bestimmt, Tom. Aber wir müssen auch unbedingt einmal reden.»

«Nach dem Abendessen, alter Freund, nach dem Abendessen.»

«Federica, Nathan. Wenn Sie mir folgen würden. Ich zeige Ihnen Ihr Zimmer», sagte Isotta. «Vorsicht auf der Treppe, sie ist tückisch.» Ich sah, was sie meinte. Es gab kein Geländer. Sie führte uns in den ersten Stock hinauf und auf der Galerie entlang, von wo aus wir in den großen Raum hinabblicken konnten. Lockwood und Maitland unterhielten sich immer noch angeregt. Isotta seufzte leise.

«Liebling?»

«Ja, Schatz?» Lockwood sah zu uns hinauf.

«Bring doch bitte Mr. Maitlands Gepäck in sein Zimmer und zeige ihm, wo alles ist.»

«Natürlich. Natürlich.» Er klopfte Maitland auf die Schulter. «Komm, alter Junge, wir schaffen hier mal Platz, ja?»

Isotta schüttelte den Kopf und murmelte etwas vor sich hin. Dann sah sie wieder uns an, und ihr Lächeln kehrte zurück, als ließe es sich beliebig einschalten. «Kommen Sie. Bitte.»

Federica tippte ihr auf die Schulter. «Entschuldigen Sie. Nur einen Moment bitte.» Sie blickte bewundernd auf ein Gemälde an der Wand. «Ist es das, was ich denke, dass es das ist?»

Die Einfahrt zum Canal Grande. Ein Blick, den ich schon zigmal gesehen hatte, sowohl im realen Leben als auch auf Gemälden. Gondeln und *traghetti*, die vor der Salute-Kirche auf und ab fuhren. Ich sah mir die winzigen Gestalten auf der *fondamenta* und an Bord der Boote näher an. Sicherlich nicht? Nur ein einziger venezianischer Künstler hatte jemals derart perfekte Miniaturfiguren gemalt.

«Giovanni Antonio Canal.» Isotta legte Federica ihren Arm um die Schulter. «Canaletto.»

«Das ist ein Original, nicht wahr?»

Isotta nickte. «Selbstverständlich. Es ist das Wertvollste, das meine Familie je besessen hat. Wertvoller noch als dieses Haus.»

Ich stieß einen leisen lang gezogenen Pfiff aus. «Nicht übel.»

«Wenn Sie etwas zurücktreten, wirkt es noch besser.»

Ich machte einen Schritt rückwärts und legte die Hand auf das Geländer. Es wackelte, ein bisschen mehr, als mir lieb war. Ich wurde blass und ließ es schnell los. «Ein anderes Mal», antwortete ich.

Isotta bemerkte meinen Gesichtsausdruck und lächelte wieder. «Wir sollten das Bild umhängen», sagte sie, «oder vielleicht ist es einfacher, das Geländer zu reparieren. Der gute Thomas ist allerdings nicht sehr praktisch veranlagt.»

Sie ging weiter, ohne sich noch einmal zu uns umzudrehen. Ich rüttelte probehalber erneut am Geländer und schauderte, als es wieder unter meiner Hand nachgab.

Die Hausherrin führte uns in ein kleines Schlafzimmer, welches von einem Himmelbett beherrscht wurde, das ein paar fantasievolle Bewegungsabläufe erfordern würde, damit wir es umrunden konnten, ohne uns in die Quere zu kommen. Am Fußende stand eine schlichte Holztruhe und in der Ecke ein blumengemusterter Schrank. Auf einem kleinen Tisch befanden sich eine Nachttischlampe und ein gerahmtes Foto.

Eigentlich war nichts Besonderes daran, doch irgendwie erregte es meine Aufmerksamkeit. Ich nahm es in die Hand. Nur ein verblasstes Polaroidbild in einem unscheinbaren Rahmen. Eine auffallend schöne Frau mit leuchtend roten Haaren und einer einfachen schwarzen Halbmaske, lächelnd, vor der Basilika von San Marco. Mein Blick wanderte von dem Foto zu Isotta und wieder zurück.

Sie nickte. «Meine Mutter.»

«Die Ähnlichkeit ist nicht zu übersehen.»

«So schöne Haare hatte ich nie. Bedauerlicherweise. Das Foto wurde im *Carnevale* 1987 aufgenommen. Da war ich zehn. Damals war es noch ein Fest für die Venezianer. Fast jedenfalls. Mutter erzählte mir immer, wie die Leute sich maskiert und kostümiert auf der *piazza* trafen und aßen und tranken und die alten Lieder sangen. Mittlerweile jedoch ... *pffft.*» Sie klang eher traurig als wütend. «*Mamma* starb, glaube ich, nur zwei Jahre nachdem dieses Foto aufgenommen wurde. Ich war noch sehr jung damals.»

«Das tut mir leid.»

Sie zuckte mit den Schultern und strich ihrer Mutter sanft übers Gesicht. «Aber ich sollte es lieber in mein Zimmer stellen. Ich habe es erst vor Kurzem gefunden, als wir ausgepackt haben.»

«Isotta.» Fede klang zögerlich. «Sie sagten vorhin etwas über das Gemälde. Dass es das Wertvollste sei, was Ihre Familie besaß. Wertvoller noch als das Haus.» Isotta nickte. «Darf ich fragen, was passiert ist?»

«Natürlich. Nachdem *Mamma* gestorben war, haben wir das Haus verloren. Meinen Vater hat das schwer getroffen. Wir sind von hier weggezogen. Raus auf den Lido. Ich war nie glücklich dort. Wenn man an einem Ort ohne Autoverkehr aufwächst, fällt es einem schwer, sich umzugewöhnen.»

«Ihr Vater?» Fede ließ die Frage in der Luft hängen.

«Wir sprechen nicht mehr miteinander. Ich weiß nicht einmal, ob er noch am Leben ist.»

«Das tut mir leid.»

«Das braucht es nicht.» Ihre Stimme klang spitz, und sie schien plötzlich ganz angespannt. Dann wanderte ihre Hand an ihre Stirn, und sie rieb sich die Nasenwurzel. Sie schloss einen Moment die Augen, und als sie sie wieder aufschlug, war ihre Anspannung verschwunden. «Abendessen gibt es in einer Stunde. Oder sagen wir, in ungefähr einer Stunde. Reicht Ihnen die Zeit?»

«Kommt darauf an. Sollten wir uns umziehen?»

«Um Gottes willen, nein.»

«In diesem Fall sind wir sofort fertig.»

«Na schön. Eine Stunde. Können Sie Polenta rühren, Nathan?»

«Das beherrsche ich perfekt.»

«Wenn das so ist, darf ich Sie dann bitten, in zwanzig Minuten herunterzukommen?»

«Dürfen Sie.» Ich machte eine leichte Verbeugung.

«Gut.» Sie wandte sich an Federica. «Das wird ein ganz besonderer Abend. Der erste Abend, an dem ich wieder in meinem eigenen Haus für Freunde koche. Verstehen Sie? In meinem eigenen Haus.» Sie nahm Federicas Hand. «Wir werden wunderbare Freunde werden, ganz sicher. Wir alle.» Und dann war sie mit einem weiteren strahlenden Lächeln schon verschwunden.

Wir warteten darauf, dass ihre Schritte sich entfernten. Federica setzte sich aufs Fußende des Bettes und ließ die Beine baumeln. Wir warteten noch einen Augenblick länger, bis wir Isotta die Steintreppe hinuntergehen hörten. Dann ließ Fede sich mit weit ausgebreiteten Armen rücklings aufs Bett fallen.

«Also. Was denkst du?», fragte ich.

«Ich denke, dass sie ein etwas seltsames Paar sind.»

«Hm, mag sein. Aber womöglich sagen die Leute dasselbe über uns?»

«Oh, das tun sie.»

«Das tun sie?» Ich setzte mich am Kopfende aufs Bett und blickte fragend auf sie hinunter.

«Ja. Aber keine Sorge. Ich stehe jederzeit für dich ein.» Sie grinste mich an.

«Und was noch?»

«Ich denke außerdem, dass sie *ziemlich* nett zu sein scheint, dass ich es mir lieber nicht mit ihr verderben würde und dass der arme Mr. Lockwood eine Menge Ärger bekommt, weil er seinen Freund eingeladen hat, ohne sie zu informieren.»

«Das ist aber auch wirklich ärgerlich. Wenn sie ein Essen für vier vorbereitet hat und jetzt eine Person mehr satt werden muss.»

Fede schüttelte den Kopf, sodass sich ihre Haare auf der Bettdecke ausbreiteten. «Da steckt mehr dahinter. Ich glaube, sie hat nicht ein einziges Mal direkt mit ihm gesprochen, seit sie sich begegnet sind. Ach, und da ist noch etwas ...»

«Ich höre, *dottoressa*?»

«Torcello ist teuer. Sehr teuer. Selbst für venezianische Verhältnisse. Also frage ich mich, wer wohl für den Rückkauf des Familienanwesens verantwortlich ist.»

«Du bist ganz schön zynisch.»

«Erzähl mir nicht, du hättest nicht dasselbe gedacht.»

«Ich habe dasselbe gedacht.»

«Und außerdem?»

Ich beugte mich vor und legte den Ellbogen aufs Bett, sodass mein Gesicht nur ein paar Zentimeter von ihrem entfernt war. «Ich denke, dass es verdammt schwer sein muss, diese Bude hier sauber zu halten.»

«Mm-hmm. Sonst noch etwas?»

Ein Windstoß ließ die Fensterläden klappern. «Und ich denke, dass es ziemlich schwierig werden wird, heute Abend nicht zu frieren.»

«Ach, *caro*. Du wirst den ganzen Abend damit verbringen, Polenta zu rühren. Ich glaube nicht, dass du dir deswegen Sorgen machen musst.»

«Polenta rühren? Oje.»

Ich machte ein langes Gesicht, aber nur so lange, bis sie wieder zu mir hinauflächelte.

– 16 –

Maitland und Lockwood stießen an und plauderten, während ich Polenta rührte. Fede hatte recht gehabt. Am Herd zu stehen und ununterbrochen den Kochlöffel kreisen zu lassen, hatte mich mehr aufgewärmt als nötig.

«Wie kommen Sie zurecht, Nathan?», fragte Isotta.

«Ganz gut», log ich und wechselte von meiner rechten Hand und einer Bewegung im Uhrzeigersinn zu meiner linken und einer Bewegung gegen den Uhrzeigersinn, eine Methode, so hatte Federicas Onkel Giacomo mir einmal gesagt, die Geschmack und Beschaffenheit des Gerichts unwiederbringlich ruinieren würde. Aber Onkel Giacomo hatte dezidierte Ansichten, was vieles anbetraf, zudem war er nicht hier.

«Existiert nicht so etwas wie Zwei-Minuten-Polenta?», merkte ich an.

Isotta schüttelte den Kopf. «Das ist nicht dasselbe. Glauben Sie mir. Schön weiterrühren.» Sie schaute zum Tisch hinüber. «Ich glaube, wir müssen die reizende Federica retten.» Ich folgte ihrem Blick. Fede wirkte in der Tat ein wenig gelangweilt.

«Fede? Könntest du mir hier kurz zur Hand gehen?», rief ich.

Sie lächelte Maitland und Lockwood kurz entschuldigend an, ohne dass die es überhaupt bemerkten, und kam zu uns an den Herd. «Danke», flüsterte sie.

«Alles in Ordnung?», fragte ich leise.

«Bis zu einem gewissen Punkt ging es. Jetzt reden sie über ihre Zeit in Cambridge, Studentenstreiche und so weiter.» Sie senkte die Stimme noch ein wenig. «Werden Leute wie ihr denn nie erwachsen?»

Ich zuckte die Schultern. «Manche nicht.»

«Du sprichst selten über deine Studienzeit.»

«Ich habe sie auch an einem weniger spektakulären Ort verbracht. Da versucht man das eher zu vergessen.»

«Federica, meine Liebe», unterbrach Isotta uns behutsam. «Wir haben ein kleines Problem.» Sie schwenkte einen Bratspieß vor Fede, auf den ein paar kleine Vögel gespießt waren. *Spiedo di Quaglie*. In Pancetta gewickelte Wachteln, jeweils durch eine Scheibe *ciabatta* getrennt zum Braten auf einen Spieß gereiht. «Eigentlich sollten wir nur zu viert sein. Also zwei Wachteln für jeden. Und nun sind wir fünf. Was machen wir jetzt nur?»

Fede drehte sich um und sah kurz zum Tisch. «Ganz einfach», antwortete sie.

«Ganz einfach?»

«Natürlich.» Sie warf einen näheren Blick auf den Inhalt meines Topfes.

«Ganz einfach? Wie denn?»

«Fünf Personen. Drei Männer. Zwei Frauen. Acht Vögel. Logischerweise bekommen die Männer zwei und wir jeweils einen.»

«Verstehe.» Isotta schien ein wenig enttäuscht.

«Nur dass das selbstverständlich Unsinn ist. Erstens machen Sie die ganze Arbeit. Zweitens», sie blickte wieder in meinen Topf, «besteht der Hauptgang aus *polenta pastizada*. Sie denken sich also, ich bin Sängerin, ich brauche das Eiweiß für meine Stimme?»

Isotta nickte.

«Dann», fuhr Fede fort, «bekommen Sie zwei. Thomas», sie warf einen Blick über die Schulter, «also, er scheint mir zwar ziemlich wohlgenährt, aber er ist unser Gastgeber. Er bekommt auch zwei. Über Mr. Maitland weiß ich nichts. Kann sein, dass er aussieht, als könnte er eine ordentliche Mahlzeit brauchen. Andererseits ist er der unangemeldete Gast.»

«Der ungeladene Gast», murmelte Isotta.

«Der Dreizehnte am Tisch. Was auch immer. Er muss ebenfalls zwei Wachteln bekommen. Bleiben Nathan und ich mit jeweils einer. Ich sage einfach, ich sei auf Diät. Und Nathan», sie tätschelte mir den Bauch, «behauptet dasselbe.»

«Vielen Dank auch, *cara*, was für eine brillante Idee», sagte ich.

Sie gab mir einen Kuss auf die Wange. «Gern geschehen, *tesoro*.» Dann wanderte ihr Blick wieder zu dem Topf, in dem ich gerade rührte, und sie packte meine Hand. «Nicht gegen den Uhrzeigersinn! Du ruinierst den Geschmack.»

Ich zog den letzten kleinen Knochen der Wachtel zwischen meinen Zähnen hervor und knabberte genussvoll den salzig-knusprigen Pancettastreifen, der sie umhüllt hatte. Sehnsüchtig sah ich zu Maitland und Lockwood hinüber, die beide noch einen fetten kleinen Vogel übrig hatten.

«Also, erzählen Sie mal, Thomas, wie haben Sie und Mr. Maitland sich ...»

Maitland lutschte das Fleisch vom Knochen eines winzigen Wachtelschenkels und wedelte mit der Hand. «Christopher, bitte.»

«Wie haben Sie und Christopher sich kennengelernt?»

«Wir waren zusammen in Cambridge. Magdalene College. Ich war Orgelschüler. Christopher hat irgendwas furchtbar Schwieriges studiert, ich weiß nicht mehr genau was», erklärte Lockwood so, als wüsste er es noch ganz genau.

«Geschichte und Altitalienisch», sagte Maitland.

«Stimmt. Und eines Tages – wir müssen beide so um die zwanzig gewesen sein – hat er mich in Monteverdis Marienvesper gelotst.» Er lächelte Federica an. «*Vespro della Beata Vergine*», fügte er hinzu. «Ich glaube, ich hatte damals eine ganz nette leichte Tenorstimme. Aber mit Christopher war das etwas anders. Er war schon immer ein bisschen speziell. Stets *il miglior fabbro*.»

Maitland grinste und langte über den Tisch, um Lockwood die Hand zu tätscheln. «Aber am Ende sind wir doch am selben Punkt angelangt, alter Freund. Wir haben zwar verschiedene Wege eingeschlagen, aber wir sind beide ins Ziel gekommen.»

Isotta hatte unauffällig den Tisch abgeräumt und kam mit einer gewaltigen Steinplatte golden dampfender Polenta mit geschmolzenem Käse, Kalbfleischstücken, *sopressa* und Pilzen zurück. Sie platzierte sie in der Mitte des Tisches und verteilte fünf schwere, mit der Prägung des Löwen von San Marco verzierte Keramikschalen. Die Pranke des Löwen ruhte auf einem Buch, das die Legende *Pax tibi Marce, evangelista meus* enthielt. Friede sei mit dir, Markus, mein Evangelist. Das aufgeschlagene Buch symbolisierte eine Zeit des Friedens. Das war hoffentlich ein gutes Omen.

Isotta steckte einen großen hölzernen Servierlöffel in den Polentaberg, und wir bedienten uns selbst, als zögen wir Excalibur aus dem Fels. Ich probierte eine dampfend-heiße Gabel voll und rang wegen der Hitze nach Luft, während ich gleichzeitig vor Entzücken angesichts des fleischig-käsigen Genusses am liebsten freudig losgelacht hätte. Um meine brennende Zunge abzukühlen, nahm ich einen kräftigen Schluck Wein. Es war ein roter *vino sfuso*, der in rustikalen braunen Keramikbechern gereicht wurde. Billiger Rotwein als Begleitung für ein veritables Festessen. Isotta Baldan war tatsächlich eine wahre Venezianerin.

Sie selbst trank einen deutlich kleineren Schluck und stellte ihren Becher behutsam auf den Tisch. Dann legte sie Messer und Gabel auf ihren Teller und faltete die Hände. Sie sah Maitland mit diesen unheimlich blauen Augen an. «Nun, Christopher. Sie und Thomas sind also am selben Punkt angelangt?»

Maitland tupfte sich den Mund mit seiner Serviette ab und lächelte. «Na ja. Es scheint so.»

«Thomas dirigiert gerade das Orchester des Fenice mit den drei Monteverdi-Opern.»

«Ich weiß.» Maitland nickte. «Es ist fantastisch. Wirklich fantastisch.»

Isotta hielt inne, nur ganz kurz, bevor sie mit Worten scharf wie Klingen fortfuhr. «Und was führt Sie nach Venedig, Christopher?»

«Mich? Ach, ich bin mit meinem Chor hier.»

«Wie nett.» Sie schwieg wieder einen Moment. «Woher?»

«Saint Wddyn's.»

Erneutes Schweigen. Jedes kurze Innehalten extra betont, um die größtmögliche Wirkung zu erzielen. Das war es vermutlich, was sie zu einer so großartigen Künstlerin machte. Ich entschloss mich, Maitland ein bisschen zur Seite zu stehen. «Saint Wddyn. Ein eher unbekannter walisischer Heiliger. Na ja, eigentlich sehr unbekannt. Aber es ist eine staatliche Schule von exzellentem Ruf. In der Nähe von Shrewsbury, richtig?»

Maitland nickte und sah mich dankbar an. «Das ist richtig.»

«Ein Schulchor», säuselte Isotta. «Wie reizend.» Wieder legte sie eine Pause ein. «Und wo, mein lieber Christopher, werden die Kinder singen?»

«Nun ja, es sind eigentlich keine Kinder, *signora* Baldan ...»

«Isotta, bitte.»

«Isotta. Sie besuchen alle die sixth form.» Isotta sah ihn verständnislos an. «Es handelt sich um Oberstufenschüler. Wir singen in St. George's.»

Isotta klatschte in die Hände. «Ach, das ist ja wunderbar. Das ist eine meiner Lieblingskirchen in Venedig. Sie müssen mir unbedingt sagen, wann das Konzert stattfindet; wir kommen auf jeden Fall, nicht wahr, Liebling?» Sie wandte sich zu Lockwood.

«Natürlich, mein Schatz, natürlich.»

«Tatsächlich», sie wandte sich wieder zu Maitland, «ein netter Ort für ein Konzert. Im Sommer ziehe ich mich gern dorthin zurück. Um den Menschenmassen zu entfliehen. Um einfach nur dazusitzen und die wunderbaren Werke Tintorettos zu betrachten.»

«Tintoretto?» Maitland hatte schon freudig gelächelt, doch jetzt verfinsterte sich sein Gesicht. «Entschuldigen Sie, Isotta, aber ich glaube, Sie haben mich nicht richtig verstanden. Ich meine nicht San Giorgio Maggiore. Ich meine St. George's. Die anglikanische Kirche.»

Isotta schüttelte den Kopf. «Tut mir leid. Die anglikanische Kirche. Ich vergesse immer, dass es eine in Venedig gibt. Wo ist die noch mal?»

«Zwischen der Accademia und dem Guggenheim. Campo San Vio.»

«Ach, da. Natürlich. Ich vergesse immer, dass das eine richtige Kirche ist. War es nicht mal eine Lagerhalle?»

«Ich glaube, das Gebäude gehörte früher einmal der Familie Salviati.» Ich wandte mich zu Maitland, der leicht errötet war. «Der mosaikverzierte Palazzo am Canal Grande. Das war ihrer.»

Maitland nickte. «Den kenne ich.»

«Sie erwarben ihren Reichtum mit Glas. Ende des neunzehnten Jahrhunderts wurde ihr Lagerhaus an die anglikanische

Kirche verkauft. Mittlerweile sieht es aber wirklich nicht mehr wie ein Lagerhaus aus.»

Isotta legte den Kopf zur Seite, als wäre sie nicht überzeugt. «Das klingt, als wären Sie ein regelmäßiger Besucher dort, Nathan?»

Federica hätte sich fast an ihrem Wein verschluckt. «*Magari*! Sie müssten hören, wie er jammert, wenn er mit zum Weihnachtsgottesdienst soll.»

«Ich mag den Weihnachtsgottesdienst. Wirklich. Aber ich gehe nur Weihnachten hin, und an Ostern. Ach, und am Remembrance Sunday. Zu der Gelegenheit muss ich einfach da sein. Der Lange Priester fragt mich ständig, ob ich Stammbesucher werde, aber ...» Ich schüttelte den Kopf.

«Die anglikanische Chormusik hat eine wunderbare Tradition», erklärte Lockwood. «Sie ist einzigartig. Etwas Vergleichbares hat die italienische Kirche nicht zu bieten. Hilf mir auf die Sprünge, Christopher, was führt ihr noch mal auf?»

«Stanford. *Magnificat* und *Nunc Dimittis*. Und die drei Motetten.»

«Ach, die gefallen mir», sagte ich. «Sie sind wirklich wunderschön.»

Maitland lächelte mich an und summte ein Stückchen aus *Beati Quorum Via*, während er mit der rechten Hand kleine Muster in die Luft malte. «Etwas schwierig ohne weibliche Stimmen, aber wir haben das Glück, ein paar junge Contratenöre dabeizuhaben.»

Isotta runzelte die Stirn. «Stamford?»

«Sta*n*ford. Charles Villiers Stanford.»

«Tut mir leid, den kenne ich nicht.»

«Ein irischer Komponist. Aber ziemlich englisch in vieler Hinsicht», erklärte ich.

«Auf jeden Fall sind es schöne Stücke, Liebling», sagte Lockwood. «Wir müssen wirklich hingehen. Selbst du könntest noch etwas lernen.»

«Natürlich.» Sie lächelte. «Wenn wir es zwischen den Proben im La Fenice einschieben können.» Sie schob ihren Stuhl zurück und stand auf. «Federica, meine Liebe, würden Sie mir helfen, den Tisch abzuräumen?» Fede warf mir einen düsteren Blick zu, erhob sich jedoch.

Kurz darauf kam Isotta mit einer Platte s-förmiger Kekse und einer Flasche Vin Santo zurück. «Für ein richtiges Dessert fehlte mir die Zeit. Ich hoffe, die sind in Ordnung.»

«*Essi Buranèi*», sagte ich und gab mir Mühe mit dem venezianischen Namen. «Haben Sie die etwa selbst gebacken?»

Sie lachte. «Oh nein. Ich koche liebend gerne, aber zum Backen ist das Leben, finde ich, zu kurz.»

Ich tauchte einen der Kekse in mein Glas Vin Santo, um ihn ein wenig aufzuweichen. Das venezianische Pendant zur britischen Sitte, den Keks in seinen Tee zu tunken. Ich biss ein Stückchen davon ab. «Sie sind trotzdem köstlich.»

«Na ja, ich habe sie auch eigenhändig gekauft.» Isotta kicherte und warf kokett den Kopf nach hinten. Ich drückte Federicas Hand unter dem Tisch. Wir aßen eine Weile schweigend weiter, während ich darüber nachdachte, wie ich die Unterhaltung von englischer Musik und den Vorzügen von St. George's fortlenken könnte.

Als wir die Kekse aufgegessen hatten, schob Lockwood die Platte beiseite und wischte den Platz vor sich mit seinem Jackettärmel sauber. Dann schenkte er allen nach und erhob sein Glas. «Ein Trinkspruch, denke ich. Auf neue Freunde und alte. Auf dass neues Leben in dieses Haus einzieht. Auf meine wundervolle Isotta.» Wir beugten uns über den überdimensionalen Tisch und stießen an. «Und nun kann ich, denke ich, den wirklichen Grund verraten, warum wir heute alle hier sind.»

Maitland kicherte. «Mein lieber Tom, theatralische Auftritte sind wirklich schon immer dein Ding. Wirst du gleich verkünden, dass einer von uns ein Mörder ist? Oder springt jeden Moment einer auf, greift sich an die Kehle und kippt aus den Latschen?»

«Besser noch, Christopher. Viel besser. Es geht um eine Schatzsuche.»

– 17 –

«Ich bin gleich wieder da.» Lockwood stand auf ging die Treppe hoch.

Maitland trommelte leise mit den Fingern auf den Tisch. «Nun gut. Also, ich frage mich, was das alles soll. Hat jemand eine Ahnung?»

Ich sah zu Isotta hinüber. Sie legte sich einen Finger auf die Lippen und signalisierte mir, still zu sein.

Lockwood kam die Treppe so schnell wieder heruntergehastet, dass er fast den Halt verloren hätte. Mir blieb beinah das Herz stehen, aber er fand rasch das Gleichgewicht wieder und eilte zum Tisch zurück. Er hatte eine abgenutzte Ledermappe in der Hand. Er platzierte sie vor sich und öffnete den Verschluss. Dann zog er ein Bündel in Seidenpapier gehüllte Blätter heraus und nahm das oberste davon ab. Es war vom Alter ganz vergilbt und voller Stockflecken. Er legte es vor Maitland hin, der in sein Jackett griff und eine Brille herauszog. Er ließ den Blick darüber schweifen und wandte sich dann Lockwood zu, der ihn über den Tisch hinweg anstrahlte.

«Erkennst du es?»

«Natürlich.» Maitland nickte. «Das Titelblatt des Librettos von *Proserpina rapita*.»

«*Proserpina rapita*. Claudio Monteverdis berühmte verschollene Oper.» Lockwood ließ sich die Worte auf der Zunge zergehen.

«Interessant.» Maitland nahm seine Brille ab und legte sie auf den Tisch.

«Interessant. Ist das alles, was dir dazu einfällt?»

«Woher hast du das?»

«Das erzähle ich dir gleich. Aber hast du sonst nichts dazu zu sagen?»

«Hast du auch den Rest?»

Lockwood legte die Hand sanft auf den Stapel Blätter. «Alles. Jede einzelne Seite. Den kompletten Text von Giulio Strozzi.»

Maitland nahm seine Brille wieder zur Hand, putzte sie an seinem Hemdsärmel und beugte sich wieder über das Manuskript, als hätte er etwas übersehen. Er schüttelte den Kopf.

«Schau noch mal hin, Christopher.»

Maitland sah es sich erneut an, dann erhellte sich sein Gesicht. «Ah, jetzt erkenne ich es. Wie interessant. Es ist nicht von Strozzi signiert. Oder doch, aber er benutzt das Pseudonym, das er manchmal verwendet. Luigi Zorzisto.»

«Ganz genau. Sonst noch etwas?»

Maitland bewegte die Hand über dem Blatt bis zum unteren Rand. Dann hielt er inne und berührte beinahe ehrfürchtig das Papier. Lockwood grinste ihn freudestrahlend an.

«Monteverdis Unterschrift?»

«Monteverdis Unterschrift. Wir haben hier das vollständige Libretto von *Proserpina rapita* vor uns, unterzeichnet von Monteverdi persönlich und mit Strozzis *nom de plume*.»

«Mein Gott. Also, das ist erfreulich, Thomas. Höchst erfreulich.» Man merkte Maitland an, dass er sich bemühte, höflich zu sein.

Lockwood schien enttäuscht. Er hatte offensichtlich etwas mehr erwartet. «Ist das alles?»

Maitland zuckte mit den Schultern und bemühte sich zu lächeln. «Wie ich schon sagte, es ist erfreulich. Äußerst interessant für die Forschung. Aber», und an der Stelle zögerte er kurz, «es ist doch nur das Libretto, oder?»

«Was meinst du mit ‹nur das Libretto›?»

«Tom, bei aller Begeisterung, wir haben hier keine Noten. Es ist nur der Text. Nichts weiter als die Handlung. Es ist schon jahrelang bekannt, dass davon Exemplare existieren. Meine Güte, das weißt du doch auch. Das Original liegt in der Marciana. Eine Kopie davon in München, glaube ich. Wahrscheinlich findet man noch weitere, wenn man sich die Mühe macht, danach zu suchen.»

«Monteverdi persönlich hat es signiert. Und Strozzi benutzt aus irgendeinem Grund sein Pseudonym.»

«Nun ja, das macht es, das gebe ich zu, ganz interessant. Aber letztendlich handelt es sich doch nur um den Text.» Er lachte. «Tut mir leid, aber einen Moment lang habe ich tatsächlich gedacht, du hättest das ganze Werk gefunden.»

Lockwood lächelte nur.

«Was willst du mir sagen, Tom?»

Lockwoods Blick wanderte zu Isotta, die lächelnd seine Hand nahm, sie küsste und darüberstrich, wie um ihm Mut zu machen. Er griff erneut in die Dokumentenmappe und zog ein paar weitere Blätter heraus, die ebenfalls sehr alt aussahen.

«Was ist hiermit?», fragte er.

Maitland betrachtete sie. «*Come dolce hoggi l'auretta*. Lied für drei Stimmen. Das einzige erhaltene Fragment.» Er sah Lockwood an. «Tom, das weißt du.» Langsam mischte sich Neugier in seine Stimme.

Lockwood verzog keine Miene. «Hast du dieses Exemplar schon mal gesehen, Christopher?»

Maitland schüttelte den Kopf. «Nein.»

«Bist du sicher? Ganz sicher?»

«Thomas, ich bin absolut sicher. Ich kenne jede noch erhaltene Fassung von *Come dolce hoggi l'auretta*. Jede einzelne. Und das hier ist keine davon. Du hast also ein weiteres Exemplar entdeckt. Gratuliere. Und dazu noch das Libretto, reichlich Material für die Forschung. Aber ...»

«Aber nichts, Mr. Maitland.» Isottas Stimme war eisig. «Zeig es ihm, Liebling. Hör auf, mit ihm zu spielen.»

Lockwood griff ein drittes Mal in die Ledermappe. Dieses Mal nahm er zwei vergilbte Papierbögen heraus. Er legte sie auf den Tisch und hielt kurz inne. «Sieh dir die an, Christopher. Sieh sie dir an und sei ehrlich zu mir, absolut ehrlich. Was ist das?»

Maitland wirkte inzwischen etwas müde, als würde das Ganze ihn langsam langweilen, aber er rieb sich über den Nasenrücken und setzte seine Brille wieder auf. Fünf Minuten lang sagte er gar nichts, während er den Kopf immer wieder von einem Blatt zum anderen wandte. Lockwood strahlte wie ein stolzer Vater, während auf Isottas Gesicht ein Ausdruck reinen Triumphes lag.

Maitland nahm seine Brille wieder ab und legte sie auf den Tisch. Er rieb sich über die Stirn. Plötzlich wirkte er zehn Jahre älter.

«Mein Gott», war alles, was er sagte.

Lockwood legte ihm den Arm um die Schulter. «Was siehst du, Christopher?»

«*Quanto nel chiaro mondo*. Das ist der letzte Tanz.»

«Und?»

«Und er gilt als verschollen. Für immer verschwunden. Nur dass ...»

«Ja?»

«Nur dass er das ist.»

«Bist du dir sicher? Hundertprozentig sicher?»

«Es ist nicht Monteverdis Handschrift. Wer immer es übertragen hat, hat auch *Come dolce* aufgeschrieben. Aber die Noten, die Noten sind wie ein Fingerabdruck.» Ihm versagte beinah die Stimme. «Mein Gott, Tom. Du hast es geschafft! Du hast ein verschollenes Fragment von Monteverdi entdeckt.» Er sprang auf und schlang Lockwood die Arme um den Hals. «Das ist großartig. Mein Lieber, das ist wirklich großartig.»

Lockwood erwiderte seine Umarmung. «Erzähl ihm den Rest, Liebling», sagte Isotta und schwenkte den letzten Schluck ihres Rotweins im Glas.

«Es ist nicht nur dieses Fragment, Christopher. Es ist noch mehr. Viel mehr. Wir haben alles gefunden. Das ganze verdammte Ding. Wir haben die komplette Partitur von *Proserpina rapita* entdeckt.»

– 18 –

Maitland verschlug es anscheinend die Sprache.

«Sie scherzen sicher», sagte ich.

Isotta lächelte, und Lockwood schüttelte den Kopf. «Ich meine es – *wir* meinen es – todernst.» Seine Stimme senkte sich zu einem Flüstern, während er sich über den Tisch beugte und jeden von uns ansah. «Libretto und Partitur. Strozzis Text. Monteverdis Musik. Das ganze Paket.»

«Tom.» Das kam von Maitland, dessen Stimme sich erholt hatte. «Ich muss es sehen. Das ganze Werk. Hast du jemandem davon erzählt? Es muss eine Pressemitteilung geben. Sie werden Schlange stehen, um es aufzuführen. Und …» Er setzte sich wieder hin und tupfte sich die Augen ab. «Herrje, sieh mich nur an. Mir fehlen die Worte. Das ist einfach wunderbar, phänomenal. Oh, wann kannst du mir die ganze Oper zeigen?»

Es folgte ein kurzer Moment Schweigen.

«Bald, hoffe ich», antwortete Lockwood dann.

«Aber du hast sie doch? Du hast gesagt, du hast sie?»

«So gut wie», sagte Isotta.

«So gut wie?», fragte Federica, die bis jetzt gar nichts gesagt hatte und außerdem die Einzige war, die auf ihrem Stuhl sitzen geblieben war.

«Genau.»

«Erzählen Sie uns mehr. Wie haben Sie sie bloß gefunden?»

«Matteo Zambon?», fragte ich. Sie nickte. Maitland schien verwirrt. «Matteo Zambon», wandte ich mich an ihn. «Ehemaliger Musikdozent am Benedetto Marcello *Conservatorio*. Ein

Mann, der mehr über Claudio Monteverdi vergessen hat, als die meisten je wussten.»

Maitland schüttelte irritiert den Kopf. «Ich weiß, wer er ist. Wir sind uns ein paar Mal begegnet.»

Ich wandte mich wieder an Isotta. «Was haben Sie gemacht? Ihn angestellt, damit er sämtliche Archive in Cremona, Mantua und Venedig durchforstet?»

«Nichts dergleichen», antwortete Lockwood. «Tatsächlich hat er Kontakt mit Isotta aufgenommen. Er sagte, er hätte die vollständige Partitur – oder genauer gesagt, er behauptete, er könnte die vollständige Partitur beschaffen – und würde sie uns verkaufen. Zu einem wirklich mehr als vernünftigen Preis. Der arme *signor* Zambon war ziemlich in Geldnot, und es war ein Leichtes, ihn herunterzuhandeln. Eine bescheidene Summe Geld für etwas beinah Unbezahlbares.»

«Nur», Federica zögerte kurz, «dass Sie die Partitur nicht haben.»

Lockwood lief einen Moment rot an, dann seufzte er und schüttelte den Kopf. «Nicht das ganze Werk. Nein. Nur diesen kleinen Auszug.»

«Und jetzt ist Zambon tot. Vor vier Tagen im Fenice ermordet.»

Maitland fuhr sich mit der Hand durch die schütteren Haare. «Irgendwie komme ich nicht mehr ganz mit. Ermordet? Tom, in was bist du da nur hineingeraten?»

«Zambon schuldete offenbar einem Haufen Leuten einen ziemlichen Haufen Geld», sagte Lockwood. «Angeblich war er ein Spieler.»

«Er hatte etliche Feinde», erklärte Isotta. «Oder zumindest gab es jede Menge Leute, bei denen er verschuldet war. Und einer davon hat wohl am Mittwochabend beschlossen, seine Schulden einzufordern.»

Kurzes Schweigen, dann meldete Federica sich zu Wort. «Nein», war alles, was sie sagte.

«Was soll das heißen, Ms. Ravagnan?», entgegnete Lockwood deutlich verwirrt.

«Genau was ich sage. Nein. Das ergibt keinen Sinn.»

«Erzählen Sie uns mehr, *cara dottoressa*», bat Isotta Federica übertrieben freundlich und mit übermäßiger Betonung ihres Titels.

Fede zuckte mit den Schultern und schwenkte den Wein in ihrem Glas. Sie atmete langsam seinen Duft ein und trank einen kleinen Schluck. Ich wusste genau, was sie machte, und ich liebte sie dafür. Einfach alle warten lassen, damit die volle Aufmerksamkeit auf ihr lag. Isotta mit ihren eigenen Waffen schlagen. «Ein Mann mit jahrelangen Spielschulden kommt dank Mr. Lockwood plötzlich zu Geld, habe ich recht?»

«Durchaus, ja», antwortete Lockwood.

«Zu einem ordentlichen Batzen Geld? Sagen Sie mir, was *eine bescheidene Summe* heißt.»

«Nun ja, es hängt davon ab, was Sie mit ...» Isotta blitzte ihn an. «Eine bedeutende Summe Geld würde es wohl genauer treffen.»

«Und in dem Moment soll einer seiner Gläubiger beschließen, ihn umzubringen – beziehungsweise ihn umbringen zu lassen –, gerade als er langsam die Mittel zusammenbekommt, um seine Schulden zurückzuzahlen? Und nicht nur das, er lässt ihn auch noch an einem der prominentesten Orte Venedigs erledigen, zufällig kurz nachdem es ihm gelungen ist, ein Manuskript zu verkaufen, das tatsächlich vielleicht unbezahlbar ist?» Sie trank wieder einen Schluck von ihrem Wein. «Nein. Zu viele Zufälle. Viel zu viele Zufälle. Zambon wurde genau deshalb getötet, weil er im Besitz der Partitur von *Proserpina rapita* war.»

«Niemand sonst wusste davon.» Isottas Stimme war eisig.

«Aber irgendwer hat es herausgefunden. Und war bereit, dafür zu töten. An einem öffentlichen Ort vor mehr als tausend Zeugen zu töten.» Federica nippte wieder an ihrem Wein. «Jemanden, der gerade eine verschollene Oper entdeckt hat, in einem Opernhaus umzubringen. Das ist schon was. Und – wenngleich ich zugebe, dass ich keine direkte Erfahrung darin habe – nichts, was man wegen ein paar schmutzigen kleinen Spielschulden macht.»

Isotta und Lockwood setzten beide dazu an, etwas zu entgegnen, während Maitland sie mit einer Handbewegung zu beruhigen versuchte. «Das mag schon sein, aber sicher ist doch der entscheidende Punkt – der alles entscheidende Punkt –, wo ist das Manuskript jetzt?»

Die Frage hing in der Luft.

«Das wissen wir nicht», räumte Lockwood ein.

«Noch nicht», sagte Isotta, wobei sie das Wort *noch* förmlich ausspuckte.

«Obwohl es kaum auszuhalten ist. Schon so nah dran zu sein.»

«An der Stelle kommt Mr. Sutherland ins Spiel», erklärte Isotta und zwang sich wieder zu einem Lächeln.

«Ich? Das verstehe ich nicht.»

«Wir wissen, dass Zambon Sie als Übersetzer beauftragt hatte.»

«Ich bin ihm nie begegnet. Geschweige denn, dass wir miteinander gesprochen hätten.»

«Wir wissen auch, dass Sie an dem Abend, an dem er ermordet wurde, in der Oper waren. Und wir wissen, dass Sie eine Art Diplomat sind.»

«Eine Art? Nun ja, das dehnt den Begriff bis an die Schmerzgrenze. Worauf wollen Sie hinaus?»

«Zambons Unterlagen. Seine ganzen Forschungen. All seine Aufzeichnungen. Seinen Computer. Das wird alles die Polizei haben. Und irgendwo darin findet sich der Hinweis, den wir brauchen.»

Lockwood hüstelte. «Und deshalb, Mr. Sutherland, dachten wir, Sie könnten uns vielleicht behilflich sein. Falls die Polizei etwas gefunden hat, könnten Sie es in Erfahrung bringen.»

«Tut mir leid, aber das ist unmöglich. Mit mir würden sie genauso wenig reden wie mit Ihnen.»

«Aber Sie sind doch der Honorarkonsul? Sie haben Kontakte bei der Polizei? Wenn Sie denen erklären, dass Zambon ein Kollege von Ihnen war, dann werden sie doch bereit sein zu helfen.»

«Ich habe Kontakte, das stimmt. Aber hier geht es um eine laufende Ermittlung. Da kann ich mich nicht einschalten. Tut mir leid.»

«Aber Mr. Sutherland – Nathan –, Sie verstehen doch sicher, was hier auf dem Spiel steht?»

Ich nickte. «Das verstehe ich. Glauben Sie mir, das tue ich. Trotzdem kann ich nicht aktiv werden. So gut ist mein Verhältnis zur Polizei auch wieder nicht. Und es ist noch nicht einmal ein britischer Staatsbürger involviert.»

«Ich bin involviert!» Lockwood, inzwischen rot angelaufen, stieß sich mit dem Daumen in die Brust. Einen unangenehmen Moment lang dachte ich, gleich kämen die Worte: «Wissen Sie eigentlich, wer ich bin?», doch Isotta hob beschwichtigend die Hände.

«Das verstehen wir, Nathan.» Lockwood hob an, etwas zu sagen. «Schscht, Liebling. Wir müssen uns nur noch ein bisschen gedulden.» Wieder wollte er etwas entgegnen, und wieder signalisierte sie ihm, still zu sein. «Nur noch ein bisschen», wiederholte sie. Dann griff sie nach dem Vin Santo und füllte unsere Gläser auf. «Und jetzt beruhigen wir uns alle. Lassen Sie uns den Rest des Abends genießen.»

Ein paar Minuten lang schwiegen wir. Dann, als ich es für unbedenklich hielt, sagte ich etwas. «Isotta, Thomas. Es gibt noch eine andere Möglichkeit. Wir wissen, was Zambon sich in der Marciana angeschaut hat. Wir gehen zurück zu den Anfängen und verfolgen seine Schritte. Glauben Sie mir, mir ist genauso sehr daran gelegen, eine verschollene Monteverdi-Oper zu finden, wie Ihnen.» Ich bemerkte den Ausdruck in Lockwoods Gesicht. «Fast genauso», korrigierte ich mich. «Ich helfe Ihnen. Versprochen.»

Isotta lächelte; dieses Mal, so schien es mir, mit echter Herzlichkeit. «Danke, Nathan. Sie haben recht. Wir müssen nur seine Schritte nachverfolgen.»

Lockwood schloss die Augen und nickte zustimmend. «Für Ihren Zeitaufwand entschädige ich Sie selbstverständlich.»

Ich nickte.

Maitland meldete sich zu Wort. «Ich helfe auch mit, Thomas. Ich tue alles, was ich kann.» Er kicherte. «Und über eine Bezahlung für mich brauchst du dir natürlich keine Gedanken zu machen.» Ich sah verärgert zu ihm, doch als unsere Blicke sich trafen, schaltete ich schnell auf ein möglichst freundliches Lächeln.

Isotta hob ihr Glas. «Danke, Nathan. Danke, Mr. Maitland. Ein Hoch also auf unser großes Abenteuer.»

«Wenn Sie das für klug halten», sagte Fede.

«Wie meinen Sie das, *dottoressa*?»

Fede zuckte mit den Schultern. «Wie ich schon sagte, *mia cara* Isotta. Ich glaube, jemand war bereit, für die Sache zu töten. Also nur zu, stürzen wir uns ruhig alle in ein Abenteuer. Wenn Sie denken, das sei eine gute Idee.»

– 19 –

«Ich bin sehr stolz auf dich, weißt du?», sagte ich.

Federica legte ihr Buch ab und schob ihre Brille auf dem Nasenrücken nach unten, um mich besser ansehen zu können. «Bist du?»

«Aber ja. Das bin ich natürlich immer. Heute Abend allerdings besonders.»

Sie griff hinter sich, um ihr Kissen hochzuziehen. «Danke. Aber warum?»

«Na ja, ich fand dich ganz schön mutig. Isotta ist ein bisschen furchteinflößend. Finde ich zumindest.»

«Nur furchteinflößend?»

«Nur furchteinflößend.»

«Ah, ja. Ziemlich begabt ist sie aber auch, oder? Als Schauspielerin. Und Regisseurin.»

«Wie meinst du das?»

«Na ja, wie das Ganze inszeniert war.» Der Wind rüttelte an den Fenstern, und Federica zog die Bettdecke enger um sich. «Alle in einem einsamen Landhaus zu versammeln, um das große Geheimnis zu lüften. Das war schon eine großartige Vorstellung.» Sie klopfte auf ihr Buch. «Lady Agatha hätte es gefallen.»

«Das hätte es allerdings.» Ich warf einen Blick auf das Buchcover. Eine behandschuhte Hand stieß gerade ein Messer durch ein Pikass. *Cards on the Table*. Federica hatte sich angewöhnt, auf Englisch zu lesen, weil sie dachte, die Übung würde ihr guttun. Ich hatte gehofft, sie würde sich auch angewöhnen, wie eine Detektivin aus den dreißiger Jahren zu sprechen, aber dazu war es leider noch nicht gekommen.

Wieder klapperten die Fenster, und ich hörte unten ein Geräusch. Ein Türenknallen. Dann noch einmal.

«Ich hoffe, da hat niemand Streit», sagte ich.

«Hmm. Die Stimmung war zeitweise etwas frostig, nicht? Aber ich höre keine Stimmen. Und irgendwie glaube ich nicht, dass Isotta Baldan eine von der leisen Sorte ist.»

«Ich auch nicht. Eher eine, die herumschreit und Geschirr zertrümmert, oder?»

«Genau. Insgesamt deutlich opernhafter.»

Die Tür schlug weiter. Ich seufzte und schwang die Beine aus dem Bett.

«Wo gehst du hin?»

«Vermutlich ist die Haustür aufgeflogen. Das verflixte Ding wird uns die ganze Nacht wachhalten.»

«Mach keinen Unsinn, sollen sich doch die anderen darum kümmern.» Plötzlich flackerte das Licht einen kurzen Moment. Wir sahen uns an. «Mr. Maitland ist doch unten, oder? Er steht sicher gleich auf und regelt das.»

«Vielleicht hat er einen festen Schlaf.» Ich schlüpfte in meine Hose und zog ein T-Shirt an. Wieder flackerte das Licht, dann wurde es dunkel. «Herrje! Was soll denn das nun?»

«Das ist der Wind, *caro*. Reg dich nicht auf. Es geht sicher jeden Moment wieder an.»

Die Tür schlug weiter. «Wahrscheinlich hast du recht. Aber ich kümmere mich jetzt um diese Tür. Maitland schläft offenbar wie ein Stein.»

«Hoffen wir mal, dass das alles ist.»

«Du meinst ...?» Das Licht an ihrem Handy ging an, und ich sah, wie sie auf das Cover ihres Buches tippte. Ich lachte. «Ah, verstehe.» Ich nahm mein eigenes Handy aus der Tasche und schaltete die Taschenlampe ein. Der Lichtstrahl war nicht besonders hell, aber es würde reichen. «Bin gleich wieder da.»

Sie stieg aus dem Bett. «Warte auf mich.»

«Was? Mach keinen Quatsch.»

Sie zog ihre Jeans an und griff nach ihrer Bluse. «Ich komme mit.»

«Nein, kommst du nicht. Das ist zu viel Lady Agatha.»

«Vergiss Lady Agatha. Allein fällst du mir womöglich noch hin und brichst dir den Hals.» Sie schloss ihren letzten Blusenknopf. «Komm, auf geht's.»

Im Schein unserer Taschenlampen schlichen wir uns die Galerie entlang und die Treppe hinunter. Die Haustür war tatsächlich aufgeflogen und schlug gleichmäßig im Wind. Ich durchquerte das Wohnzimmer etwas schneller als im Dunkeln angebracht und hatte sie fast schon erreicht, als ich auf etwas ausrutschte. Wäre Federica nicht dagewesen, um mich festzuhalten, wäre ich gestürzt.

«Tut mir leid», flüsterte ich.

«Ich hab doch gesagt, du brichst dir noch den Hals.»

Ich lenkte den Strahl der Taschenlampe auf den Boden. Schneebestäubte Blätter waren von draußen hereingeweht und wirbelten im Wind. «Du lieber Himmel, es schneit. Was, wenn der Weg unpassierbar wird?»

Federica streckte den Kopf aus der Tür. «Es ist kaum etwas. Bis morgen früh ist das bestimmt schon wieder weg. Der Wetterbericht hatte ein bisschen Schnee vorausgesagt. Was denkst du, warum ich meine Stiefel mitgebracht habe?»

Ich blickte auf meine Turnschuhe herab. «Daran hätte ich vielleicht denken sollen. Ich habe morgen früh Sprechstunde. Was, wenn wir nicht zurückkommen?»

«Dann wird sich das Land wohl ohne dich durchwursteln müssen, *caro*. Und ich muss, wie du weißt, den Zug nach Florenz erwischen.» Ihr Atem kondensierte in der Luft. «Himmel, ist das kalt. Komm, wir gehen wieder ins Bett.»

Ich nickte und machte die Tür zu. Sie fiel mit einem deutlich vernehmbaren Klonk ins Schloss. «Das ist ein ordentliches Schloss. Die Tür hätte eigentlich nicht auffliegen dürfen.»

«Dann hat irgendwer sie wohl nicht richtig zugezogen, Mr. Holmes.» Fede hopste von einem Fuß auf den anderen, um wieder etwas warm zu werden. «Komm. Ins Bett. Sofort.»

«In Ordnung. Was ist mit dem Licht?»

Plötzlich machte es klick, es folgte ein Brummen, und dann wurde der Raum von Licht durchflutet.

«Besser so?», fragte jemand hinter uns. Als ich mich umdrehte, erblickte ich Maitland, der in seinem Morgenmantel vor dem Schrank unter der Treppe stand. «Irgendwas muss rausgeflogen sein. Hat ein bisschen gedauert, den Sicherungskasten zu finden. Dann habe ich einfach überall gedrückt, bis das Licht wieder da war. Wie man hört, passiert so was oft mit der Stromversorgung in italienischen Häusern.»

«Tut es», bestätigte Federica. «Man sollte nie eine Tasse Tee kochen und gleichzeitig den Staubsauger anstellen.» Sie lächelte Maitland an. «Sie haben doch um diese Zeit nicht etwa Staub gesaugt, hoffe ich?»

«Um Gottes willen, nein.» Der Wind rüttelte wieder an der Haustür. «Klingt, als würde sich da ein Unwetter zusammenbrauen. Wahrscheinlich hat es etwas damit zu tun.»

«Ganz bestimmt.» Fede lächelte wieder. Wir standen einen Augenblick stumm beieinander. «Also, gute Nacht, Mr. Maitland.»

«Gute Nacht. Schlafen Sie gut.»

«Das werden wir sicher», antwortete ich, und damit verschwanden wir die Treppe hinauf und ins Bett.

- 20 -

Der Schnee war, wie Federica vorausgesagt hatte, am nächsten Morgen fast völlig verschwunden. Heftiger Regen hatte ihn fortgespült. Maitland verkündete, er würde später ins *centro storico* zurückfahren, nachdem er auf dem *campanile* gewesen sei und sich im Museum umgeschaut habe. Seine nächste Probe fände erst am Nachmittag statt. Chorknaben, erklärte er, seien, genau wie alle anderen Schüler, montagmorgens noch nicht ganz bei der Sache.

Wir stapften durch Schneematsch und Schlamm, bis wir den Hauptweg erreichten. Ich hatte Füße wie Eisklumpen, als das *vaporetto* ankam, und platschte durch die fast leere Kabine, um mich nach hinten zu setzen. Ich wischte das mit Kondenswasser beschlagene Fenster mit dem Ärmel ab, damit ich auf der Fahrt wenigstens erkennen konnte, wo wir gerade waren. Dann blickte ich auf meine durchnässten Schuhe, wischte mir das Regenwasser aus den Haaren und machte mir trostlose Gedanken über nasskalte venezianische Straßen. Gramsci würde jetzt gerade überlegen, welcher Sessel wohl der bequemste und welcher Heizkörper der wärmste wäre. Ich hatte ihm bis zum Mittag ausreichend Futterpellets dagelassen, wobei es keine Garantie gab, dass er sie nicht schon komplett verputzt hatte, um etwas zu haben, weswegen er rechtschaffen ärgerlich sein konnte, wenn ich nach Hause kam.

«Du könntest dir ruhig mal ein paar ordentliche Gummistiefel zulegen», unterbrach Fede meinen Gedankenfluss.

«Ich besitze ein paar ordentliche Gummistiefel. Bloß, dass ...»

«... daran zu denken, sie auch anzuziehen, der schwierigere Teil der Sache ist?» Ich nickte. Der Regen trommelte noch immer gegen das Fenster. «Und außerdem gibt es diese Dinger namens Regenschirm, weißt du?»

«Ich mag keine Regenschirme. Das weißt du. Die muss man überall herumtragen. In engen Gassen hat man ein Problem. Und am Ende vergisst man sie doch irgendwo.»

«Na schön. Du hast recht.» Sie schaute auf ihre Stiefel und tätschelte ihren Regenschirm. «Wird ein ganz schön langer Fußweg werden von den Fondamente Nove bis nach Hause, bei diesem Wetter. Sie lächelte mich an, und ich antwortete mit einem düsteren Blick. «Komm schon, alter Griesgram, bald bist du wieder daheim, und dein reizender Kater wird sich freuen, dich zu sehen.»

«Er ist nicht reizend, und die einzige Gelegenheit, bei der er sich freut, mich zu sehen, ist, wenn er zu verhungern droht. Hätte er opponierbare Daumen, käme er prima ohne mich aus.»

«Jetzt komm schon. Warme Socken und heißen Kaffee kriegst du auch.» Sie legte mir lächelnd ihren Kopf auf die Schulter und zuckte kaum merklich zusammen, als eiskaltes Wasser von meinen Haaren auf ihre Wange tropfte. «Was hältst du – und das ist ohnehin viel wichtiger – von Mr. Maitland?»

«Ganz allgemein oder mit Bezug auf etwas Bestimmtes?»

«Mit Bezug auf gestern Abend.»

«Das dachte ich mir. Glaubst du, er hat es getan? Die Tür aufgesperrt und den Strom ausgeschaltet?»

«Der Gedanke kam mir durchaus. Isotta war ihm gegenüber ziemlich unverschämt. Wegen seines Chors und seines beruflichen Werdegangs. Und dann haben wir angefangen, über *Proserpina rapita* zu reden. Über jemanden, der bereit wäre, dafür zu töten. Anschließend sind wir alle zu Bett gegangen, in einem einsamen Haus mitten in einem Unwetter. Ja, ich habe mich tatsächlich gefragt, ob er es getan hat. Einfach in der Hoffnung, ihr Angst einzujagen. Allerdings ...»

«Allerdings?»

«Es ist dumm. Mehr noch, es ist kindisch. Und was immer Maitland auch sein mag, er ist nicht kindisch.»

Ich nickte. «Eine andere Möglichkeit wäre also, dass die Tür wirklich nicht richtig verschlossen war und die Sicherung durch das Gewitter herausgesprungen ist. Was noch die angenehmere Alternative wäre. Die zweite besteht darin, dass jemand anderes ins Haus eingedrungen ist, den Strom abgestellt und beim Gehen die Tür aufgelassen hat. Bloß als Zeichen. Nur um zu demonstrieren, dass er es kann. Und dieser Gedanke ist mehr als nur ein bisschen beängstigend ...»

Ramschhändler, wie ich sie nannte, lebten davon, nun ja, mit Ramsch zu handeln. Leuchtende Kunststoffpfeile und bunte Platsch-Bälle waren inzwischen auf gewisse Weise ebenso zu einem Venedig-Souvenir avanciert wie ein Mitbringsel aus nachgemachtem Muranoglas. Billige Selfiesticks verkauften sich gleichbleibend gut, nachdem sie vor einiger Zeit in die Angebotspalette aufgenommen worden waren. Liebesschlösser hatten an Popularität verloren, denn Einwohner, die wenig erfreut darüber waren, sie an historischen Brücken hängen zu sehen, nahmen immer öfter das Gesetz in die eigene Hand und entfernten sie mit Bolzenschneidern. Die geschäftstüchtigeren unter ihnen verscherbelten sie anschließend als Altmetall weiter. Rosenverkäufer gehörten eher zur nächtlichen Spezies, während Vogelfutterhändler ganz im Geheimen agierten. Taschenhändler mussten körperlich fit sein, denn mit einer schweren Ladung Schmuggelware auf dem Rücken vor der Polizei wegzurennen, erforderte schon ziemliche Anstrengung.

Bei Regen jedoch verwandelten sich die Ramschhändler in wahre Schatzhändler, weil sie Einmalregenschirme für fünf Euro das Stück feilboten. Diese Regenschirme, so viel muss gesagt werden, waren allerdings nicht als Einmalware deklariert. Freundlich ausgedrückt konnten sie als runderneuert bezeichnet werden. Runderneuert im Sinne von zusammengerollt und in eine Plastikhülle gesteckt. Immerhin bekam man das, wofür man bezahlte: einen kleinen Regenschirm, dem höchstwahrscheinlich ein paar wesentliche Teile fehlten, der einen aber halbwegs trocken nach Hause brachte. Jemand wie ich jedenfalls, der den Einsatz eines hochwertigen Regenschirms verschmähte, war beim Anblick eines Ramschhändlers, der sich an einem Regentag in einen Schatzhändler verwandelt hatte, immer hocherfreut.

Federica, die noch einige Dokumente ausdrucken und ein paar Folien für die Tagung in Florenz vorbereiten musste, verabschiedete sich Richtung Copyshop am Campo San Luca. Ich lief weiter bis zur Calle dei Assassini, ging die Treppe hinauf und warf den inzwischen nutzlos gewordenen Schirm in den Mülleimer. Gramsci legte sich auf den Rücken, wedelte mit den Pfoten und gab sich Mühe, wie ein reizender Kater zu wirken. Allerdings schaffte er es nicht lange, den Schein zu wahren, und schnappte nach meinen Fingern, als ich ihm den Bauch kraulen wollte. Ich wusste, dass das nur eins bedeuten konnte, und ging in die Küche, wo ich die Packung mit seinen Futterpellets vom Schrank nahm und seinen zwangsläufig leeren Napf füllte.

«Ich muss dich auf Diät setzen, fetter Kater», sagte ich, während zufriedene Knusperlaute zu mir hinaufdrangen. Das würde ich natürlich mit ziemlicher Sicherheit nicht tun. Einen fitteren, schlankeren, noch aktiveren Gramsci wollte ich mir lieber gar nicht erst vorstellen.

Ich ging ins Büro hinüber, fuhr den Computer hoch und

stellte die Espressomaschine an. Dann nahm ich zwei Sätze Unterlagen aus dem Aktenschrank und legte sie nebeneinander auf den Schreibtisch. Bei dem ersten handelte es sich um eine einfache Schritt-für-Schritt-Anleitung zur Erlangung der italienischen Staatsbürgerschaft. Irgendwann, dachte ich, würde ich vielleicht selbst mit diesem Verfahren beginnen. Doch allein schon der Gedanke daran, mich auf einen Vorgang einzulassen, der wohl mindestens zwei Jahre in Anspruch nehmen würde, vermieste mir die Sache. Das andere war ein Ratgeber mit dem Titel «Brexit und wie er Sie betrifft», obwohl ich diesen, ehrlich gesagt, auch einfach durch ein Schild mit der Aufschrift «Nur keine Panik. Keiner blickt durch.» hätte ersetzen können. Trotzdem fanden die Leute ihn irgendwie beruhigend. Das hoffte ich zumindest.

Der Regen prasselte ununterbrochen gegen die Scheiben. Ich warf einen Blick nach draußen. Kein Anzeichen dafür, dass es aufklaren könnte. Unwahrscheinlich, dass heute Vormittag irgendwer bei mir erscheinen würde. Es war ein Tag, an dem Touristen lieber drinnen blieben, sich in eiskalten Kirchen zusammendrängten oder sich in Galerien aufwärmten.

Plötzlich klingelte es. Seufzend warf ich einen weiteren Blick aus dem Fenster. Zwei Gestalten, beide in wasserdichten Jacken, beide mit Rucksack auf dem Rücken. Gestohlener Ausweis oder gestohlene Bankkarte? Eins von beidem. Ich ließ sie ein, hängte ihre Jacken zum Trocknen auf und bot ihnen Espresso an.

Die beiden schienen kaum älter als fünfundzwanzig. Sie war blond und hatte ein von der Kälte gerötetes Gesicht. Er sah etwas jünger aus, mit Wuschelkopf und Bart. Vielleicht noch Studenten? Sie wirkten beide ziemlich aufgeregt. Andererseits gehörte es zu den Kehrseiten meines Jobs, dass die meisten meiner Besucher einen solchen Eindruck machten.

«Tut mir leid», sagte ich, «Sie haben ein paar üble Tage für Ihren Venedigbesuch erwischt.» Sie nickten. «Dann erzählen Sie mal. Was kann ich für Sie tun?»

Die junge Frau griff in ihre Handtasche und holte ihr Portemonnaie hervor. Sie zog eine Quittung heraus und schob sie mir über den Tisch. Als ich den Namen des Lokals darauf sah, war mir sofort klar, worum es hier ging. Um eins der berühmtberüchtigtsten Restaurants der Stadt.

«Oje», rutschte es mir heraus, und ich wünschte auf der Stelle, das wäre nicht passiert, denn beide sahen mich nun mit einer Mischung aus Erstaunen und Argwohn an. Doch als mein Blick auf die Summe auf der Quittung fiel, konnte ich mich nicht mehr beherrschen. «Oh, verflucht noch mal.»

«Sie wissen von der Sache?»

Ich nickte. «Ja. Aber bitte erzählen Sie doch, was passiert ist.»

Die Geschichte war mir langsam allzu vertraut. Eines der Billigrestaurants in der Nähe der Piazza San Marco machte in den letzten Monaten ein dickes Geschäft, indem es Touristen abzockte. Ein freundlicher Türsteher, der die Leute auf hundert Meter als solche erkannte, führte sie hinein, wo ein ebenso freundlicher Kellner sie zu einem Tisch geleitete und sie mit einem Glas Prosecco dort platzierte. Aber ja, natürlich gibt es eine Speisekarte für Touristen (laminiert mit Fotos sämtlicher Gerichte und fehlerhaft in fünf verschiedene Sprachen übersetzt), aber heute haben wir wunderbaren frischen Fisch anzubieten. Natürlich haben wir einen Hauswein, aber wenn ich etwas empfehlen dürfte, das gut zu Meeresfrüchten passt? Vielleicht ein paar gemischte Antipasti vorweg, typisch venezianisch? Als Dessert dann ein Tiramisu, in unserer Küche frisch zubereitet? Kaffee? Limoncello?

Ja, mein Herr, es ist viel Geld, aber der Fisch wird hundertgrammweise berechnet. Und es war eine außergewöhnliche

Flasche Wein. Der Limoncello ist hausgemacht. Und das hier? Das ist *il coperto*, der Preis für Brot und Gedeck. Das wird überall berechnet.

Langsam war ich es wirklich leid, mich um dieses Problem zu kümmern. Ich warf einen weiteren Blick auf die Rechnung. Es fehlte nicht mehr viel zu sechshundert Euro. Sechshundert Euro für ein schlechtes Essen in einem der schäbigsten Lokale der Stadt.

Der junge Mann erzählte mir ihre Geschichte, die fast eins zu eins der glich, die ich noch im Kopf hatte. Ich tippte mit dem Stift auf die Rechnung, in der Hoffnung auf irgendeine Eingebung. Irgendetwas, was ich wirklich tun konnte.

«Was ist dann passiert? Nachdem Sie die Rechnung bekommen haben?»

Er zuckte mit den Schultern. «Wir haben gesagt, es müsse ein Fehler vorliegen. Und dass wir das nicht bezahlen würden. Daraufhin fing der Kellner an zu schreien und ...» Er verstummte.

«... hat damit gedroht, die Polizei zu rufen?»

Er nickte. «Also haben wir bezahlt.»

Ich tippte weiter mit meinem Stift. Was sollte ich den beiden nur sagen? Ich konnte ihnen den Rat geben, niemals in Lokalen mit laminierten Speisekarten zu essen, oder wo man auf der Straße versuchte, sie hereinzulocken. Dafür war es jetzt allerdings ein bisschen zu spät. Ich konnte mich erkundigen, ob sie wenigstens auf Tripadvisor nachgesehen oder den Namen des Restaurants gegoogelt hatten. Dann fiel mir jedoch ein, dass das betreffende Lokal dem aus dem Weg ging, indem es das Schild über seiner Tür entfernt hatte.

«Es tut mir wirklich sehr leid, dass das passiert ist», sagte ich.

«Aber können Sie auch irgendetwas tun?», fragte die Frau.

Ich seufzte und legte meinen Stift weg. «Ich könnte dem Bürgermeister schreiben.»

«Bringt das denn etwas?»

Damit hatte ich es inzwischen schon mehrmals versucht. Das letzte Mal hatte er mir immerhin geantwortet. Er hatte mir mitgeteilt, dass die betreffenden Touristen Geizhälse wären, die gefälligst mal ein bisschen *Veneziano* lernen sollten, wenn sie in Zukunft nicht mehr über den Tisch gezogen werden wollten. Das war vermutlich nicht, was die beiden hören wollten.

«Wahrscheinlich nicht. Aber ich versuche es. Tut mir leid.»

«Es tut Ihnen leid? Uns tut es leid! Es tut uns leid, dass wir jemals hergekommen sind.» Der Frau versagte die Stimme, und sie schüttelte wütend den Kopf. «Wir haben uns vor einer Woche verlobt, und diese Reise sollte etwas ganz Besonderes sein. Drei Tage Venedig, zum Karneval. Es hat fast die ganze Zeit geregnet; und jetzt noch das. Wieso können die das machen? Wieso kommen die mit so was davon?» Sie schüttelte wieder den Kopf, als versuchte sie, all die schlechten Erlebnisse herauszuschütteln.

Ich entschloss mich, ehrlich zu sein. «Sie wissen eben, dass sie sich eines endlosen Nachschubs an Touristen sicher sein können. Es spielt keine Rolle, wie viele negative Beurteilungen sie bekommen. Schlechte Werbung macht nicht den geringsten Unterschied. Sie können es sich leisten, den Leuten miserables Essen anzubieten und Wucherpreise dafür zu berechnen. Sie wissen genau, dass Sie nie wiederkommen, aber Tausende andere Schlange stehen werden.»

«Da haben Sie allerdings recht», sagte die Frau. «Keinen Fuß setzen wir mehr da rein!» Ihr Partner legte ihr beschwichtigend die Hand auf den Arm, doch sie schob ihn weg. Die Tränen liefen ihr jetzt übers Gesicht. «Die sollten dankbar sein, dass wir hier sind. Angeblich braucht Venedig doch die Touristen. Und dann behandeln die uns so!»

«Es tut mir l…»

«Sagen Sie nicht, es täte Ihnen leid!» Ich ließ sie einen Moment weinen, und ich schob ihr so behutsam wie möglich eine Box Taschentücher über den Tisch. Sie riss eins heraus und putzte sich die Nase. Dann holte sie ein paar Mal tief Luft und schlug die Box weg, sodass sie in hohem Bogen durch die Luft flog.

Einen Moment lang saßen wir schweigend da. Dann wandte ich mich an ihren Begleiter. «Darf ich Sie fragen, wie lange Sie noch in der Stadt sind?»

«Bis morgen», antwortete er.

«Na schön. Also, ich weiß, dass das kein Ausgleich sein kann, aber ich kenne ein paar gute Restaurants hier. Ich könnte Ihnen etwas empfehlen und einen Tisch für Sie reservieren, wenn Sie möchten. Damit Sie an Ihrem letzten Abend ein schönes Erlebnis haben. Vielleicht kann ich auch einen kleinen Preisnachlass für Sie erreichen.»

Mir wurde sofort klar, dass ich das Falsche gesagt hatte. «Einen kleinen Preisnachlass?» Jetzt war auch der Mann wütend. «Was soll das? Jemand kommt mit einer Beschwerde zu Ihnen, und Sie schicken ihn ins Lokal Ihres Kumpels, oder was? Und dann machen Sie wohl halbe-halbe?»

«So ist es keineswegs. Ich versuche nur zu helfen.» Ich schob ihm Stift und Papier über den Schreibtisch. «Hören Sie, hinterlassen Sie wenigstens Ihren Namen und Ihre Adresse, dann kann ich Sie kontaktieren, falls etwas Erfreuliches vom Bürgermeister kommt.»

«Machen Sie sich keine Mühe. Vergessen Sie es einfach. Wir verschwenden hier unsere Zeit.» Er erhob sich. Seine Freundin schnappte sich die Restaurantrechnung, zerknüllte sie, stopfte sie in ihre Handtasche und tat es ihm nach. Dann änderte sie ihre Meinung, fischte sie wieder heraus und warf sie nach mir. Die Papierkugel prallte an meiner Brust ab, hüpfte über den Schreibtisch und landete punktgenau im Papierkorb.

Die Frau wiederholte, was schon ihr Verlobter gesagt hatte. «Wir verschwenden unsere Zeit hier. Genau wie in dieser beschissenen Stadt.»

Die beiden warteten nicht, bis ich sie hinausbegleitete, und kurz darauf hallte schon das Zuknallen der Tür durch die Wohnung.

Ich verschränkte die Arme auf dem Schreibtisch, legte die Stirn darauf und genoss die Stille. Bis jemand mit einem leisen Plumps neben mir landete. Ich hob den Kopf. Gramsci sah mich mit seinen großen, bernsteinfarbenen Augen an.

«Das hätte besser laufen können, denkst du, stimmt's?» Er maunzte. Ich lehnte mich auf dem Schreibtischstuhl zurück und sah zum Papierkorb. Erst halb voll. Ich hob den Zeigefinger. «Zum Glück fällt mir da was ein.» Ich griff nach dem Stapel Brexit-Überlebensratgebern und nahm das oberste Blatt. Ich zerknüllte es zu einer Kugel und warf sie in den Papierkorb. «Mir fällt da etwas ein», wiederholte ich. «Etwas, nach dem es mir gleich besser gehen wird.» Ich nahm noch ein Blatt, und dann ein weiteres. Und noch eins, und noch eins, und noch eins. Bis der Stapel aufgebraucht war und der Papierkorb randvoll.

Gramsci beobachtete schweigend, wie ich den Papierkorb in der Mitte des Zimmers positionierte. Dann ging ich so weit rückwärts, wie ich konnte, holte ein paar Mal tief Luft und rannte darauf zu. Ich versetzte dem Behälter einen so heftigen Tritt, dass die Papierkugeln in alle Richtungen flogen und der Korb selbst durch die Luft wirbelte und kopfüber an der hinteren Zimmerwand zum Liegen kam. Gramsci stieß ein leises

Freudengejaul aus, tapste schnell hinüber und sprang obendrauf.

Ich setzte mich wieder hinter meinen Schreibtisch, und wir sahen uns schweigend an. Ich hatte es satt. Ich hatte es so satt, mich dauernd für diese Stadt einsetzen zu müssen. Sagen zu müssen, es wäre alles nicht so schlimm, wenn es das so offenkundig doch war.

Schlüssel rasselten am Türschloss, und Federica kam herein. Sie sah uns beide an. Und dann den Fußboden, der jetzt mit zusammengeknüllten Papierkugeln übersät war.

«Wie schön», sagte sie. «Habt ihr zwei ein neues Spiel erfunden?»

Statt zu antworten, machte ich ein finsteres Gesicht.

«Lass mich raten? Brexit?»

Ich schüttelte den Kopf. «Schlimmer?»

«Das Restaurant? *Das* Restaurant?»

Ich nickte.

«Oje.» Sie stellte sich hinter mich und legte mir die Arme um die Schultern. «Fühlst du dich jetzt besser?»

«Ja.»

«Und wenn du die ganzen Papierkugeln wieder aufhebst, wirst du dich noch besser fühlen?»

«Ja.»

«Wirklich?»

«Nein.»

Sie griff in ihre Tasche und holte eine Papiertüte hervor. «Würden ein paar *frittelle* vielleicht helfen?»

Ungewollt musste ich lächeln. «Ja. Das würden sie ganz bestimmt.»

«Ich hab eine Viertelstunde bei Tonolo angestanden.»

«Das hilft noch mehr. Die Tatsache, dass sie von Tonolo sind, meine ich. Nicht, dass du anstehen musstest.»

Sie zuckte mit den Schultern. «Das Anstehen gehört ja dort dazu. Besonders in dieser Jahreszeit.»

Ich rieb mir die Hände. «Also dann. Kaffee und *frittelle*. Kannst du dir ein nahrhafteres Mittagessen vorstellen? Welche Sorte hast du genommen?»

«*Veneziane*.»

Lächelnd ging ich in die Küche und füllte den Espressokocher. «Ich glaube, ich bin zu dem Schluss gekommen, dass das die besten sind.» Und das waren sie. Wenn ich eins am Karneval bedingungslos genoss, dann war es die Tatsache, dass zu dieser Zeit *frittole* oder *frittelle* verkauft wurden. Krapfen auf venezianische Art, die mit Schokolade, Zabaione oder Sahne gefüllt sein konnten. Zum Ärger der Puristen hatte man mancherorts begonnen, sie mit Nutella zu füllen. Ich bevorzugte die ursprüngliche Version, ungefüllt, mit Rosinen und Pinienkernen im Teig und in Zucker gewälzt. In der Form zählten sie bestimmt als eine Portion der «5-am-Tag».

Ich brachte zwei Tassen Kaffee und zwei Teller mit ins Büro, und wir setzten uns zum Essen an den Schreibtisch.

«Nennen wir das jetzt Mittagessen?», fragte Fede.

«Das sollten wir wohl. Da sind sicher genug Kalorien drin, um uns über den Tag zu bringen. Wahrscheinlich über die nächsten zwei Wochen.» Ich leckte mir die Finger ab. «Ich muss die Tabelle aktualisieren.»

«Tabelle?»

«Meine *frittelle*-Tabelle.»

«Du führst eine Tabelle über *frittelle*?»

«Selbstverständlich. Es ist wichtig, den Überblick zu behalten. Sonst haben wir es am Ende bis nächstes Jahr vergessen, welche die besten sind. Sie ist gewissermaßen mein Lebenswerk.»

Fede schüttelte den Kopf. «Du bist verrückt. Und gibt es eine *pasticceria*, die wir noch nicht getestet haben?»

«Angeblich schwärmen alle von Rosa Salva in Mestre.»

«Stimmt. Aber das ist ganz schön weit weg.»

«Du hast recht.» Ich schwieg einen Moment. «Am Mittwoch kommst du doch zurück, oder?» Sie nickte.

«Dann hast du am Donnerstag frei?» Sie nickte. «Und?» Ich ließ die Frage in der Luft hängen.

«Und da könnte ich doch den ganzen Weg nach Mestre rüber fahren, um dir *frittelle* zu besorgen, meinst du das?»

«Nein, nein. Nicht nur mir. Du könntest dir selbst auch ein paar kaufen.»

«Sehr großzügig, vielen Dank auch. Ich werde schon vor der Tür stehen, bevor sie überhaupt aufmachen.»

«Das ist sehr lieb von dir. Danke.» Ich wischte mir den Zucker von den Lippen. «Alles weg?»

Sie sah mich einen Moment an, dann küsste sie mich. «Jetzt.»

Ich hob Gramsci vom umgekippten Papierkorb und begann, die Papierkugeln aufzusammeln. «Was meinst du? Sollte ich dem Bürgermeister noch mal schreiben?»

«Vielleicht. Was glaubst du, wie er reagiert?»

«Ich nehme an, er wird mir wieder eine Abfuhr erteilen.»

«Also wozu dann?»

«Na ja, wahrscheinlich wird er sich ärgern. Das ist es doch wert, oder?»

«Bestimmt.» Sie sah auf ihre Uhr. «Gut, ich muss packen, und dann muss ich los.»

«Um welche Zeit kommst du zurück?»

«Früher Nachmittag. Den *Frecciarossa* zahlen sie uns nicht, also wird es eine ziemlich lange Fahrt.»

«Okay. Ich habe am Mittwoch keine Sprechstunde, da kann ich meine Zeit in der Küche vergeuden und dir ein schönes Abendessen kochen.»

Sie lächelte. «Das wäre nett. Und jetzt muss ich mich beeilen.» Ihr Blick schweifte über den Boden, auf dem immer noch Papierkugeln lagen. «Du schaffst es doch, die in der Zwischenzeit alle aufzulesen, oder?»

– 21 –

Ich brauchte vielleicht fünf Minuten, um den Papierkorb wieder zu füllen, und Federica kaum länger zum Packen. Gramsci fing an zu maunzen, als sie ihren Rollkoffer an der Tür abstellte.

«Schon gut, kratzbürstiger Kater, jetzt hast du Nathan zwei Tage ganz für dich allein.» Sie ging in die Küche, und ich hörte sie den Kühlschrank öffnen. «Viel Essbares ist nicht mehr da. Wirst du zwei Tage auskommen?»

«Ich habe überlebt, bevor ich dich traf, weißt du. Wenn auch zugegebenermaßen als hohläugiges menschliches Wrack.» Ich zögerte einen Moment. «Was meinst du mit ‹nicht viel Essbares›?»

«Ein bisschen Käse. Ein paar Lasagneblätter. Und eine Tüte Walnüsse habe ich noch irgendwo gesehen.»

«Sehr gut. Ich sehe Käse-Walnuss-Lasagne vor mir.»

«Siehst du nicht.»

«Nein?»

«Nein. Das ist eins meiner Lieblingsgerichte.»

«Aha. Na gut, dann koche ich es eben für dich, wenn du wieder zurückkommst. Und ich lebe die nächsten Tage von *cicheti*. Abgemacht?»

«Abgemacht.» Sie kam wieder aus der Küche und lächelte mich an. «Und, was hast du heute noch vor? Willst du noch mal in die Marciana?»

«Ich denke, eher nicht.»

«Nein?» Sie schien enttäuscht.

«Morgen vielleicht. Kann sein, dass ich Mr. Maitland anrufe. Es könnte hilfreich sein, wenn wir beide dort ein bisschen Zeit miteinander verbringen. Und heute Nachmittag habe ich schon etwas vor.» Ich ging zum CD-Regal und nahm eine CD von *Vespro della Beata Vergine*, Monteverdis Marienvesper, heraus. Die Einspielung von Jordi Savall. Ich schob sie in den Player, und der Eingangsversikel erklang: *Deus in adjutorium meum intende*. Dann legte ich mich wieder aufs Sofa, schloss die Augen und lauschte dem *Gloria Patri*.

Jemand tippte mir an die Stirn, und ich schlug die Augen wieder auf. Fede blickte zu mir herunter. «Das ist alles? Das ist dein Plan?»

Seufzend griff ich nach der Fernbedienung und hielt die Musik an. «Das ist mein Plan.»

«Auf dem Sofa liegen und ein Nickerchen machen?»

Ich hob beschwichtigend den Zeigefinger. «Nein, nein. Das ganze Rätsel beginnt und endet doch mit Monteverdi, oder nicht? Also muss ich mich in ihn hineinversetzen.» Ich drückte wieder auf den Play-Button. «Ich hab ihn mal live erlebt, weißt du. Jordi Savall. Beim Edinburgh Festival, *Orfeo*. Er schritt als Monteverdi verkleidet durch den Zuschauerraum, in voller Montur, inklusive Bart. Daher mein Gedanke – wenn wir ein Monteverdi-Rätsel lösen wollen, dann müssen wir anfangen, so zu denken wie er. Das heißt, wir beginnen mit den Vespern.» Ich schloss wieder die Augen.

«Das ist dein Ernst, oder?»

Ich schlug ein Auge auf. «Voll und ganz.»

«Wenn ich am Mittwoch zurückkomme, hast du also alles geklärt?»

«Wahrscheinlich. Vielleicht hab ich dann sogar den Bart.»

«Einen Bart zu tragen, erlaube ich dir nicht. Jetzt komm, *carissimo*, ich muss los. Verdient deine reizende Freundin nicht einen Kuss zum Abschied?»

«Auf alle Fälle.» Ich sprang auf. «Und eine Umarmung dazu?»

«Gern, wenn das noch drin ist.»

«Wird bestimmt etwas merkwürdig, weißt du. Wenn du weg bist.»

Sie umarmte mich. «Es sind doch nur zwei Tage. Wenn ich Zeit habe, suche ich etwas ausgefallenes Florentinisches für dich zum Kochen.»

Ich nahm sie in den Arm und gab ihr einen Kuss. «Hervorragend. Hab dich lieb.»

«Ich dich auch.» Ich legte mich wieder aufs Sofa und schloss erneut die Augen. Ihre Schlüssel rasselten im Schloss. «Nathan?»

Ich öffnete ein Auge. «Ja, *carissima*?»

«Du verbringst doch nicht die ganze Zeit mit Schlafen?»

«Keineswegs.» Ich klappte das Auge wieder zu. «Das sind Nachforschungen.»

Mehrere Stunden später wachte ich auf dem Sofa wieder auf, nachdem ich – meiner Berechnung nach – irgendwann während *Pulchra es* eingenickt sein musste. Es war in vielfacher Hinsicht ein angenehmer Nachmittag gewesen, aber es ließ sich nicht leugnen, dass ich bei dem Vorhaben, mich in Claudio Monteverdi hineinzuversetzen, auf ganzer Linie versagt hatte.

Gramsci sprang auf die Sofalehne und setzte sich zwischen meine Füße.

«Also schön, Miezekater. Angenommen, du besitzt ein Exemplar – das einzige Exemplar – einer verschollenen Oper von Claudio Giovanni Antonio Monteverdi. Was würdest du dann tun? Würdest du es der Welt einfach für lau überlassen? Was immerhin zur Folge hätte, dass dein Name über Generationen hinweg in ehrender Erinnerung gehalten würde.»

Gramsci blieb stumm.

«Oder würdest du sie insgeheim einem Mann verkaufen, der wahrscheinlich seine Seele dafür geben würde, sie zu besitzen? Was zur Folge hätte, dass du stattdessen ein sehr reicher Kater wärst. Vermutlich könntest du dir einen Kratzbaum von Versace leisten, um wie üblich nicht daran zu kratzen.»

Er machte weiterhin keine Anstalten zu reagieren, also fuhr ich fort. «Oder – und jetzt nähern wir uns der Kernfrage des Ganzen – würdest du es vorziehen, einfach darauf sitzen zu bleiben und es in tausend Stücke zu zerreißen?»

Mit einem zustimmenden Jaulen sprang er von der Sessellehne auf meine Brust und tapste darauf herum.

«Aha, ich glaube, wir haben es.» Ich schob ihn weg. «Na schön, dann ist es wohl Zeit zum Essenfassen. Für uns beide.»

Ich ging in die Küche und füllte seinen Futternapf auf. Es war immer noch Spätnachmittag. Bestimmt würde ich noch etwas zum Kochen einkaufen können. Oder ich konnte einfach zu Da Fiore gehen, ein paar *cicheti* verspeisen und es Abendessen nennen. Und anschließend könnten wir beide einfach den Abend auf dem Sofa verbringen und einen alten Horrorfilm schauen.

Guter Plan. Ich hatte mir schon den Mantel gegriffen und wollte mich gerade aus der Wohnung schleichen, während Gramsci mit Futter abgelenkt war, da klingelte mein Handy.

«Dario?»

«Ciao, Nathan. Hast du heute Abend schon was vor?»

«Gramsci und ich wollen *Das Schreckenskabinett des Dr. Phibes* gucken. Und wenn wir dann noch nicht zu müde sind, ziehen wir uns vielleicht noch *Die Rückkehr des Dr. Phibes* rein. Willst du vorbeikommen?»

«Mein Englisch ist nicht gut genug, das weißt du doch.»

«Ich stelle die Untertitel an.»

«Nee, ich hab ’ne bessere Idee. Warum kommst du nicht zum Abendessen bei uns vorbei?»

«Abendessen? Nicht bloß ein Bier in Tonis Osteria, sondern richtiges Abendessen? Bist du sicher?»

«Hundertpro. Ich hab Valentina erzählt, dass du ein paar Tage alleine bist, und sie meinte, sie sorgt sich, dass du wieder in verkommene Zustände zurückfällst. Also ja, auf jeden Fall, komm vorbei.»

«Großartig. Vielen Dank. Was soll ich mitbringen?»

«Nichts. Mach dir darüber keine Gedanken. Wenn du es schaffst, gegen sieben hier zu sein, kannst du Emily noch Hallo sagen, bevor sie ins Bett geht.»

«Oooh, wie nett. Dann bis später.»

«Prima. Ach, eins noch. Erinnerst du dich an diesen Mann, der neulich in der Oper ermordet wurde. Matteo ... wie war noch sein Nachname?»

«Zambon. Matteo Zambon.»

«Das glaubst du nie, aber als Vally den *Gazzettino* gelesen und sein Foto gesehen hat, sagte sie: ‹Ach, mit dem habe ich mal zusammengearbeitet.›»

«Ernsthaft?»

«Die Welt ist klein, was?»

«Das ist sie, in der Tat. Okay, Dario, dann bis um sieben.» Ich beendete das Gespräch.

Dann sah ich auf die Uhr. Ich sollte Valentina wirklich ein paar Blumen besorgen, aber dafür reichte die Zeit jetzt nicht mehr. Ich könnte auf dem Weg zur Piazzale Roma wenigstens noch irgendetwas Ordentliches bei Dai, dem Weinhändler, mitnehmen. Und noch eine Kleinigkeit für Emily vielleicht? Schwierig um diese Tageszeit. Mein Blick fiel auf Gramscis Korb. Genauer gesagt auf einen kleinen Plüschhasen, mit dem seit dem Tag, an dem er ausgepackt wurde, noch nie gespielt worden war. Ich hob ihn auf und klopfte ihn ab. So gut wie neu. Genau das Richtige. Ich zog meine Jacke an und verstaute ihn in meiner Tasche, während Gramsci mich ungläubig ansah.

– 22 –

Dario, Valentina und Emily wohnten am Stadtrand von Mestre, eine halbe Stunde Fahrt mit der Straßenbahn entfernt. Als ich ankam, war es fast schon sieben.

Dario drückte oben auf den Türöffner, und ich überlegte, ob ich die Treppe nehmen sollte, um mich ein bisschen zu bewegen. Doch dann fiel mir ein, dass dieser Wohnblock zu jenen gehörte, bei denen nach jedem Stockwerk noch eins mehr folgte als gedacht. Also nahm ich den Aufzug.

Valentina öffnete mir, Emily auf dem Arm, lächelnd die Tür.

«Hallo, Nathan.»

«Ciao, Valentina.» Ich gab ihr ein Küsschen auf die Wange, das sie, so gut es ging, erwiderte. «Hallo, Emily.» Ich winkte der Kleinen zaghaft zu.

Emily starrte mich unbeeindruckt an.

Also noch mal. «Hallo, Emily», wiederholte ich, jetzt mit einer übertrieben hohen Stimme, die ich speziell bei kleinen Kindern benutzte.

Nachdem sie mich einen Moment verständnislos angesehen hatte, drehte Emily sich weg und vergrub das Gesicht im Ärmel ihrer Mutter.

Valentina lachte. «Tut mir leid, Nathan, sie ist ein bisschen schüchtern. Na komm, Emily, sag Onkel Nathan Hallo.»

Als die Kleine daraufhin ihren Kopf zu mir drehte, sah ich, wie ihre Wangen rot anliefen und ihre Augen sich mit Tränen füllten. Entmutigt griff ich in die Tasche und zog Gramscis Plüschhäschen heraus. Ich schwenkte es vor ihr, sodass es mit dem Kopf nickte. «Hallo, Emily, sag guten Tag zu … zu Mister Floppy.»

Ein Lächeln breitete sich über ihr kleines Gesicht. «Mister Floppy!» Sie streckte mir die Händchen entgegen, und ich drückte ihr den frisch getauften Mister Floppy hinein.

Valentina klopfte mir mit ihrer freien Hand auf die Schulter. «Gut gemacht!»

Ich strich mir über die Stirn. «Hab ich noch mal Glück gehabt?»

«Das hast du. Sie war kurz davor zu weinen. Und jetzt sag Nathan gute Nacht, Emily.»

«Gutnacht, Nathan.» Sie streckte mir die Hand entgegen, und ich ließ sie kurz meinen Finger drücken, bevor sie sich wieder dem Häschen zuwandte.

«Schlaf gut, Emily.»

«Ich lege sie rasch hin. Zieh deinen Mantel aus und geh schon mal rein, Nathan.»

«*Ciao vecio.*» Dario stand mit einer Flasche Bier in der Hand in der Wohnzimmertür. «Willst du auch so eins?»

«Das wäre nett. Ich glaube, ich hab mir eins verdient.» Er machte eine Flasche Peroni auf und reichte sie mir. Wir stießen an, und ich grinste. «Ich hab's geschafft! Ich hab mich mit einem kleinen Kind unterhalten, und keiner von uns ist in Tränen ausgebrochen!»

Dario lachte. «Siehst du, ich wusste, dass du es kannst.»

«Aber ich kenne mich mit so was nicht aus. Das spüren sie.»

«Ach, Quatsch. Mit deinem Kater redest du doch auch, oder?»

«Ja. Über Kunst und Politik und Progressive Rock.»

Er schüttelte den Kopf. «Manchmal weiß ich wirklich nicht, ob du ernst meinst, was du so sagst. Aber egal, demnächst musst du mal für uns Babysitten.»

«Du machst Witze!»

«Nein. Mach ich nicht. Im Ernst.»

«Wahnsinn.» Ich bekam Angst und fühlte mich zugleich ein wenig geschmeichelt. «Jetzt fühle ich mich sehr erwachsen. Danke, Kumpel.» Man hörte Valentina zurückkommen. «Sag mal, Emily ist doch nicht allergisch gegen Katzenhaare, oder?»

Dario runzelte die Stirn. «Nicht dass wir wüssten. Warum?»

«Ach, nur so.»

Ich wischte mit einem Stück Brot den Rest *ragù* von meinem Teller.

«Wunderbar. Danke, Valentina.»

«Gern geschehen.»

«Wirklich, das war ein köstliches *ragù*.»

«Halb Schwein, halb Ente. Das ist der Clou, hat meine Mutter immer gesagt. Eine Dose Tomaten, Rotwein, und dann so lange köcheln, wie du magst.» Sie zögerte einen Moment. «Federica kommt am Mittwoch zurück, hast du gesagt?»

«Richtig.»

«Es ist noch ein bisschen übrig. Willst du es nicht zum Aufwärmen mitnehmen? Dann brauchst du nicht zu kochen.»

«Hmmm. Lieb von dir. Aber ich komme schon zurecht, wirklich.»

«In Ordnung. Entschuldige, ich hoffe, du denkst jetzt nicht, ich halte dich für ein bisschen ...» Sie zögerte wieder.

«Bemitleidenswert?», schlug Dario vor.

Valeria gab ihm einen Klaps mit der Serviette auf den Hinterkopf. «Bemitleidenswert habe ich bestimmt nicht gemeint. Also, dafür darfst du jetzt den Aufwasch machen.»

Dario setzte ein gespielt griesgrämiges Gesicht auf, sammelte unsere Teller ein und ging in die Küche hinüber. Valentina und ich saßen einen Moment schweigend beisammen.

«Dario sagt, du warst kürzlich in der Oper. An dem Abend, als der Mord passierte.» Ich nickte. «Schrecklich. Der arme Mann.»

«Du kanntest ihn, wie ich hörte», sagte ich.

Sie schüttelte den Kopf. «Kennen wäre zu viel gesagt. Ich habe eine Zeit lang im *conservatorio* in der Verwaltung gearbeitet, weißt du.»

«Was war er denn für ein Mensch?»

«Nett. Freundlich.» Sie seufzte. «Hatte so seine Probleme.»

«Glücksspiel?»

Sie nickte. «Wie gesagt, ich kannte ihn nicht gut. Aber es gab Leute am *conservatorio*, die schon viele Jahre dort waren. Die kannten ihn besser. Früher war er einmal ein anständiger Kerl, sagten sie, ein großartiger Mensch. Dann fing er an zu spielen. Und dann fing er an zu fehlen. Kam nicht zur Arbeit. Zuerst tageweise. Dann länger.»

Ich trank einen Schluck. «Klingt wie bei meinem Vater.»

Es folgte kurzes Schweigen. «Oje. Das wusste ich nicht», sagte sie dann. «Tut mir leid.»

«Schon gut. Also, natürlich nicht gut.» Ich lächelte sie an. «Aber du weißt schon, was ich meine.» Einen Moment sagte ich nichts. «Und er behielt trotzdem seine Anstellung?»

«Na ja. Du weißt doch, wie schwer es ist, in der akademischen Welt jemanden loszuwerden? Er hatte nur noch ein paar Jahre bis zur Rente, da dachten die in der Verwaltung sich eben, was soll's, verstehst du?»

«Hat er mal irgendwas verkauft?»

«Man munkelte so etwas. Angeblich besaß er eine ganz ansehnliche Sammlung alter Handschriften. Die er eine nach der anderen zu Geld gemacht hat. In *nero*, verstehst du. Nur gegen bar.» Sie faltete die Hände und legte das Kinn darauf. «Du interessierst dich ja ziemlich für ihn, Nathan?»

Ich lächelte. «Entschuldige. Ist eine lange Geschichte, aber es könnte sein, dass er etwas Großartiges entdeckt hat. Etwas von wirklich unschätzbarem Wert.»

Ihre Miene verdunkelte sich. «Nathan, lass dich nicht in irgendetwas reinziehen. Er kannte ein paar ziemlich üble Leute.»

«Ich lass mich in nichts reinziehen. Es ist bloß ... na ja, er hatte eine Visitenkarte von mir. Offenbar wollte er mich bitten, etwas für ihn zu erledigen. Es ging um eine Art Schatzsuche, wenn du so willst. Eigentlich ganz lustig.»

«Ganz lustig?» Sie senkte die Stimme zu einem Flüstern und beugte sich über den Tisch. «Und als Helfer denkst du wohl an Federica? Und an *ihn*?» Sie deutete Richtung Küche. «Weil du weißt, dass du Dario jederzeit rufen kannst, wenn du in der Patsche sitzt, und schon steht er parat. Also, dieses Mal nicht!» Sie lehnte sich zurück, und ihr Gesicht lief rot an.

«Entschuldige.»

Wir saßen schweigend da und lauschten Darios schiefem Vor-sich-hin-Summen in der Küche.

«Weißt du», sagte ich dann, «es wäre irgendwie toll, wenn Dario sehen würde, dass wir beide uns gut unterhalten, wenn er gleich reinkommt. Es war ein richtig schöner Abend, und ihr wart so nett zu mir. Ich bin euch dankbar. Wirklich. Und es tut mir leid.»

Ihr Gesichtsausdruck entspannte sich. «Mir auch.» Sie streckte ihre Hand über den Tisch, um meine Hand zu drücken. «Danke für das Geschenk. Emily mag Mister – wie ist noch mal sein Name?»

«Floppy. Mister Floppy.»

Wir lachten beide, während wir einer inbrünstigen, aber ausbaufähigen Interpretation von «Shine on You Crazy Diamond» lauschten, die aus der Küche herüberdrang.

Valentina lächelte. «Das ist Emilys Lieblingssong, weißt du?

Manchmal lässt sie sich nur zum Schlafen bringen, wenn ihr Papa ihr Pink Floyd vorsingt.»

In diesem Moment kam Dario aus der Küche zurück und sah uns zusammen lachen. Und ein freudiges Lächeln legte sich auf sein Gesicht.

- 23 -

Nieselregen fiel vom Himmel, während ich auf die Straßenbahn zurück nach Venedig wartete. Sie würde leer sein, wie immer. Ein paar spätabendliche Fahrgäste, vielleicht eine Gruppe lärmender Jugendlicher oder ein, zwei Betrunkene, wenn ich Pech hatte.

«Serravalle … Oberdan … Volturno … Bissuola …», zählte die eintönig klingende automatische Ansage die Haltestellen bis zur Innenstadt von Mestre herunter. Ich schickte Federica eine Textnachricht und blickte aus dem Fenster, wo die Vororte vorbeiglitten. Ich schloss die Augen und seufzte zufrieden. Es war ein schöner Abend gewesen. Jahrelang hatte ich ein angespanntes Verhältnis zu Valentina gehabt, aber jetzt waren wir offenbar einen Schritt weitergekommen. Ich schlug die Augen wieder auf und zuckte zusammen. Die Aussicht wurde kurz durch ein Spiegelbild in der Scheibe gestört. Ein maskiertes Gesicht mit schwarzen Linsen als Augen. Die mich anstarrten. Ich drehte mich um und ließ den Blick durch den Wagen schweifen.

Da, ein paar Sitzreihen entfernt, saß jemand in der Verkleidung eines Pestdoktors.

Ich hatte gar nicht bemerkt, dass er zugestiegen war. Unterwegs zu einer spätabendlichen Party in Venedig wahrscheinlich.

Mein Handy machte *pling*. Federica antwortete mir. Ich warf einen Blick auf die Nachricht, lächelte und schrieb zurück: «Dito». Wahrscheinlich existierte irgendein Emoji für so etwas, aber das fiel mir gerade nicht ein. Ich steckte das Handy zurück in die Tasche und blickte wieder hoch.

Er hatte sich umgesetzt. Nun saß er nur noch eine Reihe entfernt. Ich schüttelte den Kopf. Sicher hatte ich mich geirrt.

Die Straßenbahn fuhr in die Haltestelle im Zentrum von Mestre ein, wo eine Gruppe junger Leute zustieg. Mädchen in billigen Halbmasken. Italienerinnen. Ah, das war's also. Sie waren wahrscheinlich alle zur selben Party unterwegs.

Die Gruppe setzte sich ans andere Ende des Wagens. Verflixt. So viel zu dieser Theorie. Ich sah aus dem Fenster und behielt meinen Mitreisenden mithilfe der Spiegelung im Auge.

«Manuzio ... Cattaneo ... San Marco ...» Die Bahn hielt bei Sansovino, wo die Mädchen ausstiegen. Ich fluchte leise. Ich hatte gehofft, sie würden bis Venedig mitfahren. Als hätte ich vor, an der nächsten Haltestelle auszusteigen, erhob ich mich und ging durch den Wagen weiter nach vorne. Ich schaute mich um. In der Nähe des Führerstands saß ein älteres Paar, und ich setzte mich neben sie. Mein Blick wanderte ans andere Ende der Bahn. Doktor Schnabel hatte sich nicht gerührt.

«Molmenti ... Boerio ... Forte Marghera ... San Giuliano ...» Das Paar stand auf und ging Richtung Tür. Während sie zischend aufging, warf ich einen Blick nach draußen. Auf dem Bahnsteig war sonst niemand zu sehen. Einen Moment lang zog ich in Erwägung auszusteigen. San Giuliano war mir völlig unbekannt, aber Busse würden doch hier wohl halten. Ich könnte auch auf die nächste Straßenbahn warten. Ob um diese Uhrzeit überhaupt noch eine fuhr? Die Türen schlossen sich wieder, und die Gelegenheit war vorbei.

Nur noch eine Haltestelle, dann wären wir an der Piazzale Roma und von Menschen umgeben. Ich schüttelte den Kopf. Hör auf, dich so anzustellen, Nathan. Das ist bloß irgendein Kerl - oder irgendein Mädchen - auf dem Weg zu einer nächtlichen Party. Ich warf einen Blick über die Schulter zum Führerstand. Verschlossen natürlich.

Die Bahn fuhr auf die Ponte della Libertà, und ich sah die Lichter der Petrochemieanlagen am Hafen von Marghera in der Ferne verschwinden, während auf beiden Seiten der beruhigende Anblick der Lagune in Sicht kam. Noch fünf Minuten, dann wären wir da.

Der Doktor stand auf und drehte sich zu mir um. Er stellte sich mitten in den Wagen, griff in seinen Umhang und holte ein Paar schwarze Lederhandschuhe hervor. Langsam und bedächtig zog er sie an, hob die Hände in die Höhe und wendete sie vor seinem Gesicht hin und her, als würde er sie bewundern. Die maskierte Gestalt mit den schwarzen Handschuhen Tausender italienischer Kriminalromane.

Ich riskierte einen Blick aus dem Fenster. Zwei Minuten mindestens noch bis zur Piazzale Roma.

Doktor Schnabel kam einen Schritt auf mich zu.

Ich stand auf. Überlegte, an die Tür der Führerkabine zu hämmern. Würde der Fahrer mich überhaupt hören?

Der Doktor machte noch einen Schritt.

Verzweifelt sah ich mich um, dann hatte ich eine Idee. Ich trat an die Wagenseite und legte die Hand um den Notbremsenhebel.

Doktor Schnabel blieb stehen. Wütend starrte ich in die schwarzen Augenlinsen seiner Maske. «Noch einen Schritt weiter, und ich ziehe die Notbremse. Dann bleibt die Straßenbahn stehen. Und dann kommen Leute. Nicke, wenn du das verstanden hast.»

Er schien weiter auf mich zukommen zu wollen, da festigte ich meinen Griff um den Hebel. Daraufhin blieb er stehen und nickte langsam, während ich den Blick nicht von ihm abwandte.

In dieser Position verharrten wir, bis die Straßenbahn in die Endstation einfuhr. Die Türen gingen auf, und Menschen strömten herein. Nächtliche Partybesucher, die jetzt zurück aufs Festland wollten. Sechs Napoleons drängten sich an mir vorbei. Noch drei Stunden zuvor wäre ich genervt gewesen. Jetzt hätte ich am liebsten jedem einzelnen von ihnen die Hand geschüttelt.

Im Laufschritt hastete ich zur *fondamenta* und sprang auf ein glücklicherweise volles Boot. Doktor Schnabel war nirgends zu sehen. Ich sank auf meinen Sitz und spürte, wie sich meine Anspannung löste. Gut gemacht, Nathan. Ich sah auf die Uhr. Spät inzwischen. Zu spät, um es sich mit Gramsci gemütlich zu machen und Filme anzuschauen. Vielleicht war es besser so. Die Lust auf nächtlichen Horror war mir ohnehin vergangen.

– 24 –

«Sie sehen müde aus, Nathan», sagte Maitland.

Ich nickte gähnend. Meine zweite Tasse Kaffee an diesem Tag hatte ebenso wenig geholfen wie die erste. «Ich habe nicht gut geschlafen.»

«Tut mir leid, das zu hören.» Ich wollte nach meinem Portemonnaie greifen, doch er hielt mich davon ab. «Nein, das geht auf mich.» Er schob einen Geldschein über die Theke und lächelte. «Stimmt so.»

Wir verließen das Caffè Lavena und traten auf die bereits überfüllte Piazza. Maitland blickte sich um und schüttelte den Kopf. «Ist schon lange her, seit ich hier war. Es hat sich total verändert. Ist es immer so voll?»

«Nicht immer. Es gibt noch Zeiten, an denen man den Platz fast für sich hat. Frühmorgens, spät am Abend.»

«Er hat also noch immer etwas Magisches?»

Ich lächelte. «Ja. Manchmal.»

Er tätschelte mir den Arm. «Danke übrigens, dass Sie gekommen sind. Ich dachte, es wäre nett, wenn wir einige dieser geheimnisvollen Schriftstücke gemeinsam anschauen würden.»

«Gerne. Sie müssen allerdings offizieller Bibliotheksbenutzer werden. Gäste lassen sie nicht ein.»

«Mit Vergnügen. Ich stelle es mir sehr reizvoll vor, Besitzer eines Benutzerausweises der Biblioteca Marciana zu sein.»

«Haben Sie irgendein Ausweisdokument dabei – Reisepass, Führerschein? Etwas in der Art?»

«Habe ich. Sind sie sehr streng?»

«Sind sie. Apropos – die Schule, an der Sie arbeiten?»

«Saint Wddyn's.»

«Genau. Ist vielleicht besser, die nicht zu erwähnen. Das könnte sie vielleicht verwirren.»

Nach einigen Stunden Lektüre machten wir eine Pause und gingen nach draußen, um richtig reden zu können. Ich nutzte die Gelegenheit, mir eine Zigarette anzuzünden.

«Also, was meinen Sie?», fragte ich.

Maitland zuckte mit den Schultern. «Na ja, es ist ein Anfang. Aber alles, was wir erfahren haben, ist, dass einmal ein Manuskript von *Proserpina* im Umlauf war. Ob Mr. Zambon ein Exemplar besaß oder nicht, konnten wir nicht überprüfen.»

«Falls er eins besaß, wozu hätte er dann überhaupt die ganzen Nachforschungen anstellen sollen?»

«Provenienz, vermutlich. Um zu beweisen, dass er tatsächlich der rechtmäßige Eigentümer ist. Aber hauptsächlich interessierte ihn vermutlich, wie es kam, dass die Oper erhalten blieb. Musikwissenschaftler stehen auf so was.»

«Na schön. Dann müssen wir ihre Überlieferungsgeschichte so gut wie möglich nachverfolgen. Bis zurück zu Rowlanson also?»

Maitland antwortete mit einem dünnen Lächeln. Mir mangelte es ebenfalls etwas an Begeisterung für die Sache. Rowlanson war dazu übergegangen, seine Einkäufe, Mahlzeiten und häuslichen Angewohnheiten ausführlicher zu beschreiben, als es eigentlich nötig gewesen wäre. Und wir waren erst beim ersten Band.

«Mir kam gerade der Gedanke», sagte Maitland, «dass es vielleicht weiterhelfen könnte, einen Blick auf Wakes Briefwechsel zu werfen. Um den Mittelsmann zu überspringen, sozusagen.»

«Ja, das ergibt Sinn. Gute Idee. Aber ist es wahrscheinlich, dass sich die Briefe hier befinden?»

«Mit ziemlicher Sicherheit nicht. Wenn ich mich nicht sehr irre, liegen die in der British Library. Und es sind eine ganze Menge.»

Ich seufzte und drückte meine Zigarette aus. «Dann also zurück zu Mr. Rowlansons Wäscheliste?»

«Sieht so aus.» Er schaute auf seine Armbanduhr. «Allerdings habe ich heute Nachmittag eine Probe mit den Jungs. Was halten Sie davon, noch zwei Stunden weiterzuarbeiten und dann Feierabend zu machen? Nach einem netten Mittagessen natürlich.»

«Das macht die Aussicht beinah erträglich, würde ich sagen.»

Wir begaben uns wieder in die Bibliothek und durchliefen erneut das Einlassprozedere, händigten unsere Ausweise aus und verstauten unsere Mäntel in den Schließfächern.

Als ich die Hand auf die Klinke der Lesesaaltür legte, hielt Maitland mich zurück.

«Wegen des zweiten Bandes», sagte er, «gerade dachte ich, warum gehen Sie nicht den ersten fertig durch, während ich mich schon mal dem nächsten zuwende? Das würde die Sache ein bisschen beschleunigen.»

«Sind Sie sich sicher? Ist dann nicht die Wahrscheinlichkeit größer, dass wir etwas übersehen?»

«Nun ja, vielleicht. Aber wir könnten ja später diese Woche noch einmal wiederkommen und tauschen, nur zur Sicherheit.»

«In Ordnung. Klingt gut.»

«Na dann.» Er tätschelte mir den Arm, und wir gingen hinein.

Bildete ich mir das nur ein, oder zeigte Petrarcas Blick wirklich eine leichte Enttäuschung, als ich gähnend auf die Uhr sah? Noch zwanzig Minuten. Rowlansons Berichte über die Orte, an denen der unbedarfte Reisende das beste Essen kaufen konnte, mochten zwar ein Indiz dafür sein, dass er ein Mann nach meinem Geschmack gewesen war, sie sorgten jedoch auch dafür, dass ich Hunger bekam.

Wohin zum Mittagessen? Mir fiel wirklich nichts ein, wo man in der Nähe der Piazza San Marco eine preiswerte Pizza hätte essen können. Wenn Maitland nichts dagegen hätte, könnten wir zu den Brasilianern gehen, dann wäre es anschließend nur noch eine Viertelstunde zu Fuß bis zu St. George's für ihn.

Plötzlich spürte ich eine Hand auf der Schulter und zuckte zusammen. Maitland stand hinter mir und sah mich von oben eindringlich an. Ohne seinen Gesichtsausdruck wirklich deuten zu können, beugte ich mich wieder über das Buch, um zu demonstrieren, dass ich angestrengt bei der Arbeit war und nicht nur am Tagträumen. Seine schulmeisterliche Ausstrahlung sorgte selbst in meinem Alter noch dafür, dass ich mich in die Zeit am Gymnasium zurückversetzt fühlte.

«Nathan», sagte er leise. «Ich glaube, das sollten Sie sich mal ansehen.»

Ich folgte ihm zu seinem Platz, wo sein Buch zugeklappt auf dem Tisch lag. Er zog einen Stuhl für mich heran. «Ich habe den zweiten Band inzwischen durch. Gleicht ziemlich dem ersten. Nicht ganz uninteressant, aber sicher auch nichts, was uns weiterhilft. Aber irgendwas an dem Buch selbst stimmte nicht ganz. Lose Seiten, dachte ich zuerst, oder schlecht gebunden.» Er schlug den Band auf und sah mich an. «Und dann habe ich umgeblättert und bin hierauf gestoßen.»

Er blätterte um. Statt einer der alten, vergilbten Seiten von

Rowlansons Tagebüchern befand sich dort ein A4-Blatt Druckerpapier, das zwischen den Buchseiten eingefügt worden war.

Die Bilder darauf waren deutlich zu erkennen. Das Messingschild mit der Aufschrift *N. Sutherland, Britischer Honorarkonsul* an meinem Haus. Ein Foto von mir, wie ich vor dem Brasilianischen Café stehe, durchs Fenster aufgenommen. Federica mit den Schlüsseln in der Hand, während sie gerade die Haustür abschließt.

«Dieser Mistkerl», murmelte ich.

Maitland schloss kaum merklich die Augen, als wollte er mich dafür rügen, dass ich eine unanständige Sprache benutzte.

«Sollen wir lieber wieder vor die Tür gehen?», schlug er vor.

«Dieser Mistkerl!», wiederholte ich.

Maitland sah geduldig zu, wie ich kettenrauchend zornig auf und ab schritt.

«Hilft das, Nathan?»

Ich zog den Zigarettenstummel aus dem Mund, zertrat ihn auf dem Boden und griff nach der Packung. Maitland wollte meine Hand festhalten, doch ich schüttelte ihn ab.

«Hören Sie, Nathan, das ist sicher alles ziemlich ärgerlich ...»

«Ärgerlich? Ich habe einen Stalker. Und nicht nur das, Federica offenbar auch.» Ich zog eine Zigarette aus der Packung und versuchte mehrmals, das Feuerzeug anzumachen, das vom Wind immer wieder ausgeblasen wurde.

Maitland hob die Hand vor den Mund und hüstelte. «Wenn ich vielleicht einen Vorschlag machen dürfte?»

«Aber bitte doch.» Ich schnipste wieder am Feuerzeug, mit ähnlichem Resultat. «Legen Sie los.»

«Nun ja, wir können entweder hier stehen bleiben, und ich

schaue Ihnen zu, wie Sie erfolglos versuchen zu rauchen – was, nebenbei bemerkt, eine ekelhafte Angewohnheit ist – oder …»

«Oder?»

«Oder wir gehen wieder rein und finden heraus, wer diese Fotos in dem Buch hinterlassen hat.»

«Und wie genau finden wir das heraus?»

Er sah mich an, als wäre ich etwas beschränkt. «Mein lieber Freund, wie mir erst heute Morgen demonstriert wurde, muss man seinen Namen eintragen und unterschreiben, wenn man ein Buch aus dieser Zeit einsehen möchte.»

Ich hielt einen Moment inne, dann grinste ich. Am liebsten hätte ich ihn umarmt, doch mir fiel noch rechtzeitig ein, dass Christopher Maitland ein nicht mehr ganz junger Engländer war und als solcher wahrscheinlich nicht gewöhnt, von flüchtigen Bekannten in den Arm genommen zu werden.

«Sie sind ein Genie», beschränkte ich mich also zu sagen.

«Vielen Dank.»

Wir gingen wieder in die Bibliothek, zogen unsere Mäntel aus und betraten den Lesesaal. Ich versuchte mich zurückzuhalten und nicht ungeduldig mit dem Fuß zu tappen, während der Bibliothekar noch mit einer anderen Anfrage beschäftigt war.

Es handelte sich um denselben jungen Mann, der mir vier Tage zuvor den Bibliotheksausweis ausgestellt hatte. Das, so hoffte ich, würde die Sache erleichtern.

«*Signore?*» Er signalisierte mir mit einem kurzen Nicken, dass er mich erkannte.

«*Ciao*. Erinnern Sie sich noch an mich? Ich habe mich vor Kurzem danach erkundigt, mit welchen Büchern sich Matteo Zambon beschäftigt hat. Könnten Sie mir heute vielleicht sagen», ich schrieb ihm Titel und Signatur des zweiten Bandes von Rowlansons Lebenserinnerungen auf, «wer als Letztes dieses Buch eingesehen hat?» Er zögerte einen Moment, dann tippte er etwas auf der Tastatur vor sich.

«Der Letzte, der dieses Buch bestellt hat, Sir, war Matteo Zambon.» Er runzelte die Stirn. «Nein, warten Sie. Das kann nicht stimmen.»

«Wie meinen Sie das?»

«Das Buch wurde gestern von *signor* Zambon bestellt.»

«Was? Das ist unmöglich. Zambon ist vor fast einer Woche gestorben.»

«Das weiß ich, *signore*. Irgendetwas stimmt wohl mit den Einträgen nicht. Es ist nur ...»

«Es ist nur was?»

«Mit Sicherheit wurde sein Bibliotheksausweis benutzt. Auf der *tessera* steht ein fünfstelliger Code. Da kann kein Fehler vorliegen.»

Ich nickte. «Gut. Vielen Dank.» Er antwortete mit einem verlegenen Lächeln. Uns war beiden klar, was passiert sein musste.

Ich ging zurück in die *sala lettura*, wo Maitland auf mich wartete, vor sich den zweiten Band von Rowlansons Memoiren. Er hob eine Augenbraue.

Ich schüttelte den Kopf. «Ich glaube, wir sollten mittagessen gehen.»

«Noch nicht. Werfen Sie mal einen Blick hier drauf.» Er drehte das Buch um hundertachtzig Grad, sodass es richtig herum vor mir lag. Er blickte über seine rechte Schulter, dann über die linke, um sich zu vergewissern, dass keiner zu uns schaute, und legte anschließend die flachen Hände auf die Buchseiten, um es etwas weiter aufzudrücken. «Sehen Sie?»

Ich beugte mich darüber, konnte jedoch nichts erkennen. «Was denn?»

Er seufzte entnervt. «Herrschaft noch mal.» Dann nahm er

rasch die Brille von der Nase und reichte sie mir. Mit einem leicht verlegenen Lächeln setzte ich sie auf und schob sie nach oben, um möglichst gut sehen zu können. Dann nahm ich sie wieder ab und hielt sie näher an das Buch, um sie anschließend erneut näher an mein Gesicht zu ziehen, so als spielte ich Posaune. Maitland seufzte noch einmal. «Ach, Mr. Sutherland.» Wieder blickte er über seine linke Schulter, dann über seine rechte. Danach presste er das aufgeschlagene Buch noch fester auseinander. «Jetzt schauen Sie hin. Ganz genau. Was sehen Sie?»

«Nichts. Tut mir leid.»

«Exakt. Nichts. Und warum?»

Ich hielt die Brille näher an das Buch und lehnte mich gleichzeitig auf dem Stuhl zurück. Und da sah ich es.

«Jemand hat eine Seite herausgeschnitten», sagte ich. «Vielleicht sogar mehrere. Ich kann es nicht genau erkennen.»

«Mindestens zwei. Genau wie Sie bin ich mir nicht sicher. Aber sehr sauber herausgetrennt, möglichst dicht am Buchrücken. Damit es keinem auffällt.»

«Donnerwetter. Und was machen wir jetzt? Sollen wir es irgendwem sagen?»

Maitland schüttelte den Kopf. «Besser nicht. Noch nicht jedenfalls.»

«Und die zusätzliche Seite? Die mit den Fotos?»

«Ich schlage vor, wir lassen sie drin. Vorerst zumindest.» Er hob die Hand und nickte einer der Aufsichten zu, die ihm ein Formular reichte, auf dem er gegenzeichnen musste, dass das Buch zurückgegeben wurde.

«Und jetzt?», fragte ich.

Er streckte die Hand aus, und ich gab ihm seine Brille zurück. «Jetzt, Mr. Sutherland, wird es höchste Zeit fürs Mittagessen.»

- 25 -

Maitland lehnte den zweiten Spritz ebenso ab, wie er den ersten abgelehnt hatte. Er müsse einen klaren Kopf behalten, sagte er.

«Wie hat er es wohl gemacht, was glauben Sie?», fragte er.

Ich biss in das fade Thunfisch-Ei-*tramezzino* auf meinem Teller. Wir saßen in einer Chinesen-Bar in der Nähe der Piazza. Nichts Großartiges, aber sie schien mir am ehesten für ein Mittagessen geeignet, das nicht völlig überteuert war.

«So merkwürdig es vielleicht klingt, aber die Seiten aus dem Buch zu entfernen, war vermutlich kein Problem. Man muss nur den richtigen Moment abpassen, wenn niemand hinschaut. Ein rascher Schnitt, so dicht wie möglich am Buchrücken, und fertig.»

«Und was hat er mit den Buchseiten angestellt? Sie irgendwo in den Regalen versteckt?»

Ich schüttelte den Kopf. «Zu riskant. Wer weiß, wann sie jemand entdecken würde? Nein, ich denke, er hat einfach so lange gewartet, bis er sie zusammenknüllen und in die Tasche stecken konnte.»

«Und die Fotos?»

«Das war einfach. Alles, was man mit in die Bibliothek hineinnimmt, muss sich in einer durchsichtigen Plastikhülle befinden. Unwahrscheinlich, dass irgendwer den Inhalt kontrolliert. Und selbst wenn. Es war ja nur ein Blatt Papier mit drei Fotos darauf.» Ich zerkaute die Hälfte der Olive aus meinem Spritz und verzog das Gesicht. «Hmm. Nicht gut. Gar nicht gut.» Ich warf den Rest in den Mülleimer.

«Ich verstehe immer noch nicht, wie er sich unter Zambons Namen Zutritt verschaffen konnte.»

«Das habe ich mich auch schon gefragt. Aber mir kam da ein Gedanke. Zeigen Sie mir mal Ihren Bibliotheksausweis.» Er nahm den Ausweis aus seiner Geldbörse und reichte ihn mir. Meinen eigenen holte ich ebenfalls hervor. «Sehen Sie sich das an – die Fotos, meine ich.» Mit einer billigen Webcam aufgenommen, waren beide durch die elektrische Beleuchtung in der Bibliothek überbelichtet. Die Personen auf den Fotos waren zwar als Christopher Maitland und Nathan Sutherland zu erkennen, aber nur mit Mühe. «Wenn er Zambons Bibliotheksausweis hatte und ihm nur im Entferntesten ähnlich sah, wäre das Personal dann überhaupt stutzig geworden? Oder hätten sie einfach gedacht, na ja, ist halt ein altes Foto, und der Mann hat einen anderen Haarschnitt?»

«Und was ist mit dem Dokument, das man hinterlegen muss, um seine Identität nachzuweisen?»

«Bankkarte. Kreditkarte. Irgendetwas, wo kein Foto drauf ist.»

«Klingt alles ziemlich gewagt, Nathan. Immerhin bestand die Möglichkeit, dass irgendwer in der Bibliothek Zambon kannte.»

«Richtig. Es war ein verdammt großes Risiko. Aber er war entschlossen genug, um es einzugehen. Das ist das eine an der Sache, was mich beunruhigt.»

«Und das andere?»

«Wenn er Zambons Bibliotheksausweis hatte und seine – sagen wir – Bankkarte, ist es ziemlich wahrscheinlich, dass er sie dessen Leiche im Fenice entwendet hat.» Ich leerte meinen Spritz und zerkaute den Rest des Eiswürfels. «Meine Freundin und ich werden also von einem Mann gestalkt, der höchstwahrscheinlich ein Mörder ist und außerdem bereit, beträchtliche

Mühen in Kauf zu nehmen.» Ich wünschte, ich hätte noch einen Spritz trinken können, wusste aber, dass das keine gute Idee gewesen wäre. «Trotzdem irgendwie zum Lachen, oder?»

«Ich weiß nie genau, wann Sie es ernst meinen und wann nicht, Nathan.»

«Mein voller Ernst.» Ich griff nach meiner Geldbörse. «Das Essen übernehme ich.»

«Sind Sie sicher?»

«Ja. Immer noch mein Ernst.»

«Sehr nett von Ihnen. Danke.» Er sah auf seine Uhr.

«Ich sollte mich auf den Weg machen.»

«Gut. Schönen Nachmittag. Ich schaue später vorbei, wie versprochen.»

«Tun Sie das. Anschließend können wir uns weiter unterhalten.»

«Wie viele sind Sie? Im Chor, meine ich?»

«Dreißig Chorsänger. Ein paar davon Contratenöre, wie schon gesagt», er schüttelte den Kopf, «aber nicht genug. Die Tücken, wenn man an einer Jungenschule unterrichtet.»

«Und Sie passen auf die alle auf?»

«Um Gottes willen, nein! In meinem Alter würde mich das umbringen. Nein, wir haben Eltern dabei, Freiwillige und so weiter. Solange ich mich während der Proben um sie kümmere, kann ich den Rest der Beaufsichtigung anderen überlassen.»

«Wie schön. Dann haben Sie ja Gelegenheit, sich die Stadt ein wenig anzuschauen.» Ich hielt kurz inne und sah ihn an. Wie alt mochte er wohl sein? Mitte siebzig vielleicht? Ich überlegte einen Moment. «Haben Sie gestern noch etwas Nettes unternommen? Nach der Probe?»

Er schüttelte den Kopf. «Zu müde. Ich habe ein frühes Abendessen im Hotel zu mir genommen und bin dann zeitig ins Bett. Und Sie?»

«Ach, ich habe mit ein paar alten Freunden zu Abend gegessen. Drüben in Mestre. Ganz bequem mit der Straßenbahn zu erreichen.»

Keine Reaktion. Er war es gewesen, der mit dem zweiten Band anfangen wollte. Der die Fotos entdeckt hatte, dem die fehlenden Seiten aufgefallen waren. Ich sah ihn noch einmal an. Unmöglich. Oder?

– 26 –

Isotta hatte sich ein paar Abende zuvor bewusst abfällig über die anglikanische Kirche am Campo San Vio geäußert, aber was eins betraf, hatte sie recht.

Viele Venezianer wussten nicht einmal, dass es sie gab, und noch weniger hatten sie jemals betreten. Normalerweise öffnete sie nur einmal in der Woche, zum sonntäglichen Gottesdienst für die kleine Gemeinde der Auslandsengländer und ein paar Touristen. Tausende von Besuchern kamen täglich daran vorbei und schenkten ihr wenig Aufmerksamkeit, war sie doch nur ein weiteres von unzähligen sanierungsbedürftigen Gebäuden in einer Stadt voller sanierungsbedürftiger Gebäude. Früher einmal hatte es der Familie Salviati gehört und deren Muranoglas- und Mosaiksteinfabrik als Lagerhaus gedient, bis die anglikanische Kirche es im neunzehnten Jahrhundert kaufte.

Schon aus einigen Metern Entfernung hörte ich drinnen die Orgel spielen und einen Knabenchor inbrünstig, wenn auch etwas schief, Stanfords *Justorum Animae* singen.

Auf den Stufen unter der Gedenktafel, die an den Ersten Weltkrieg erinnerte, saßen, ungeachtet der Kälte, zwei Touristen und aßen Pizza. Ich überlegte kurz, sie zu rügen, aber was sollte das bringen? Ich hätte die Runde über sämtliche *campi* in Venedig machen können und wäre dabei überall auf Leute getroffen, die genau dasselbe taten. Ich strich sanft mit den Fingerspitzen über die Inschrift auf der bronzenen Haupteingangstür, die jene einsamen Orte aufzählte, an denen inzwischen britische Soldaten begraben lagen, dann drückte ich dagegen. Verschlossen. Während der Proben waren keine Besucher erwünscht. Also ging ich um die Ecke in die angrenzende *calle* und klopfte an die morsche Seitentür.

Niemand reagierte. Ich klopfte noch einmal. Durchaus möglich, dass mich keiner hörte. In dem Moment wurde ein Riegel zurückgeschoben.

LP, der Lange Priester, zog die schiefe Holztür auf, die laut über den Betonboden schrammte, wobei es irgendwie ulkig wirkte, wie er sich ungelenk in den niedrigen Eingang beugte. Während die Tür ächzte und quietschte, ließ er eine Reihe origineller Flüche los. Und nachdem er es unter erheblicher Anstrengung geschafft hatte, die Tür ganz zu öffnen, richtete er sich auf und sah mich an.

«Guter Gott! Nathan Sutherland. Wir fühlen uns geehrt. Wir haben Sie erst im November erwartet.»

Er trat beiseite, um mich einzulassen, bollerte anschließend gegen die Tür, bis sie sich schloss, und ruckelte so lange den Riegel hin und her, bis er sich wieder zuschieben ließ. «Das verdammte Ding ist völlig im Arsch», schimpfte er.

Pater Michael Rayner. 1,95 Meter in Socken gemessen. Dünn wie eine Bohnenstange, graue Haare, zottiger Bart. Kein Fan von Progressive Rock. Fluchte des Öfteren, aber stets originell und klangvoll. Seit drei Jahren ehrenamtlicher *cappellano* von St. George's, einer Kirche, die einen Tacken zu klein schien, um ihn zu beherbergen.

«Sollten Sie im Hause Gottes wirklich so sprechen, *padre*?», fragte ich.

«Er wird mir vergeben. Das ist seine Stärke. Also, was kann ich für Sie tun? Erzählen Sie mir nicht, Sie wollten auf unsere Seite wechseln.»

«Bedaure, nein.»

«Schade.» Er lächelte mich schelmisch an. «Ich gebe nicht auf, wissen Sie?»

«Nicht?»

«Natürlich nicht. Teil der Arbeitsplatzbeschreibung. Also, was führt Sie her?»

Ich deutete Richtung Sakristeitür. «Ich würde mich gern kurz mit Mr. Maitland unterhalten.»

«Ah, gut.» Er sah auf die Uhr. «Ich glaube, für heute sind sie fast durch mit den Proben.» Ein Knabensopran versuchte nebenan so gut wie möglich den Ton zu halten, während Rayner versuchte, ein Zusammenzucken zu unterdrücken. «Weiß Gott, das hoffe ich jedenfalls.»

«Läuft es nicht so gut?»

«Sie geben bestimmt ihr Bestes. Wollen Sie sich nicht setzen?» Er deutete auf einen Stuhl. «Bleiben Sie lieber hier, bis sie fertig sind. Mr. Maitland scheint mir ein ziemlicher Perfektionist zu sein. Als ich gestern anfing, die Gesangbücher zu ordnen, ist er furchtbar ärgerlich geworden, weil ihm das entsetzlich laut erschien.»

Ich setzte mich auf einen schwarzen Klappstuhl, der deutlich zu klein für mich war. Die Sakristei war vollgestopft und eng und musste auch noch als Miniküche dienen. Auf der einen Seite hingen Kirchengewänder in verschiedenen Formen und Farben und von vermutlich unterschiedlicher Bedeutsamkeit. Auf der anderen stand eine unverhältnismäßig große Kühl-Gefrier-Kombination neben einem kleinen Elektroherd mit zwei Kochplatten. Vielleicht hatten sie absichtlich kleine Möbelstücke ausgesucht, damit der Rest des Raumes größer wirkte?

«Kann ich Ihnen einen Kaffee anbieten, Nathan?», fragte Rayner, der über mir aufragte wie Gandalf über Frodo.

«Das wäre nett, danke», antwortete ich und legte das Kinn auf die Knie.

Rayner füllte einen kleinen Wasserkocher und stellte ihn an. Sofort ging das Licht in der Sakristei aus.

«Himmel, Ar…!»

«Ist schon gut, *padre*, keine Aufregung.»

«Nichts ist gut. Das verdammte Gebäude bröselt mir unterm Hintern weg, und jede Woche geht was anderes kaputt.» Er schüttelte den Kopf. «Keine Ahnung, wie lange ich das noch aushalte.» Er sah mich finster an. «Und nennen Sie mich nicht *padre*, das habe ich Ihnen doch schon mal gesagt.»

«Tut mir leid. Ich weiß bloß nicht, wie ich Sie sonst nennen soll.»

«Einfach Michael. Pater Michael, wenn ich im Dienst bin. Mike, wenn ich Ihnen eine reinhauen soll. Also, worum geht's denn?»

Ich zögerte. «Ähm, na ja, ich müsste mich wirklich kurz mit Mr. Maitland unterhalten.»

«Aha. Hat das vielleicht etwas mit einem, sagen wir mal, ziemlich bedeutenden musikalischen Werk zu tun, das vermisst wird?»

«O Gott! Er hat Ihnen davon erzählt? Es war vereinbart, dass wir das für uns behalten.»

«‹Thomas Joshua Lockwood und die verschollene Monteverdi-Oper›. Tut mir leid. Ich wusste nicht, dass es ein Geheimnis bleiben sollte. Das Problem mit Geheimnissen ist natürlich, dass sie nur halb so viel Spaß machen, wenn man keinem davon erzählt. Ach, und missbrauchen Sie nicht Seinen Namen. Das darf nur ich.»

«Verzeihung. Obwohl mir das ungerecht erscheint. Sie dürfen nach Belieben fluchen und ich nicht.»

«Amtsbonus, wie ich schon sagte.» Eine besonders schrill versungene Passage von Stanfords Werk drang an unsere Ohren, und er verzog wieder das Gesicht. «Hören Sie, eigentlich ist mir nicht nach einer Tasse Kaffee. Und ich verpasse, glaube ich, nichts, wenn ich nicht die ganze Probe höre. Sollen wir einfach in den Pub gehen? Maitland kann dort zu uns stoßen.»

«Sicher. Pub ist immer gut.»

«Ich sorge nur erst dafür, dass wir wieder Licht haben.» Er legte einen Schalter in dem Sicherungskasten neben der Tür um, und schon war der Strom wieder da. «Dann muss ich rasch ein paar Sachen oben im Büro sortieren. Und Maitland würde gerne unseren Drucker benutzen, aber das WLAN funktioniert offenbar nicht. Kennen Sie sich mit so was aus?»

«Leider nein.»

«Na schön. Ich schalte ihn einmal aus und wieder an. Wenn das nichts nützt, gebe ich auf. Hab schon mehr als genug Zeit damit verschwendet.»

Ich nickte. Wir gingen in den Kirchenraum hinüber, wo Rayner sich mit Mühe durch den engen, niedrigen Treppenaufgang zwängte, der zur Orgelempore und dem kleinen Büro hinaufführte. Ich setzte mich in die hinterste Bankreihe. Von der Treppe war ein Rums zu hören, gefolgt von einer Schimpftirade. Ich musste lächeln.

St. George's war beileibe nicht die Kirche in der Stadt, die ich am besten kannte. Es war nicht einmal diejenige der Kirchen in der Stadt, die dem heiligen Georg gewidmet waren, die ich am besten kannte. Große Kunstwerke gab es darin nicht zu sehen, und doch war sie auf ihre eigene bescheidene Art interessant. In der nördlichen Wand war der Grabstein von Joseph Smith, «Konsul Smith» höchstpersönlich, Förderer Canalettos, eingelassen, der schon vor langer Zeit von seiner ursprünglichen Ruhestätte auf dem Lido verlegt worden war. Vermutlich gehörte der ehrwürdige Mr. Smith auf gewisse Weise auch zu meinen Vorgängern. Sein Vermächtnis an Gemälden war der Grundstock der königlichen Gemäldesammlung gewesen. Ich war mir nicht sicher, ob ich schon irgendetwas besaß, das einem Vermächtnis gleichkam. Vielleicht würde es ja eines Tages meine *frittelle*-Tabelle sein?

Der Chor kämpfte sich tapfer durch *Beati Quorum Via*, was meine Aufmerksamkeit zurück in den vorderen Teil der Kirche lenkte, wo die Knaben unter dem Altargemälde, auf dem der heilige Georg und der heilige Hieronymus zu beiden Seiten neben Jesus standen, weiterprobten. Immerhin war es inzwischen der heilige Georg. Ursprünglich soll dort angeblich einmal der heilige Liberalis von Treviso abgebildet gewesen sein, ein anderer Kriegsheiliger. Eine Übermalung seiner Flagge im neunzehnten Jahrhundert, bei der die Abfolge der Farben vertauscht worden war, hatte ihn in den heiligen Georg verwandelt. Der Altaraufsatz hob sich golden schimmernd vom abblätternden Putz des Altarraums ab. Einige Jahre bevor wir uns kennenlernten, hatte Federica bei der Restaurierung mitgearbeitet.

Ich rutschte auf meinem Platz hin und her. In einer Stadt voller Kirchen mit unbequemen Bänken schaffte St. George's es, noch besonders hervorzustechen. Dann hörte ich Schritte die hölzerne Treppe herunterpoltern, und kurz darauf trat Pater Rayner hinter einem Vorhang hervor.

Er deutete mit der Hand eine Trinkbewegung an, auf die Maitland mit einem Lächeln und einem Kopfnicken antwortete.

«Gut. Alles erledigt. Wir können los.»

Wir gingen zurück in die Sakristei.

«Funktioniert der Drucker?»

«Natürlich nicht. Ich hole ihn später runter. Hier ist der Empfang besser.»

«Wo um Himmels willen wollen Sie den denn hinstellen?», fragte ich und blickte mich in dem beengten Raum um.

«Auf den Herd.»

«Ist das nicht etwas gefährlich?»

Er zuckte mit den Schultern. «Ich glaube nicht. Er funktioniert schon seit Jahren nicht mehr.» Damit zog er fest an der Holztür, die sich mit lautem Schrammen ruckelnd öffnete.

«Wohin gehen wir eigentlich?», fragte ich, als wir auf die *calle* hinaustraten.

«Kirchen-Pub.»

«Kirchen-Pub?»

«Sie werden schon sehen.» In dem Versuch, die Seitentür abzuschließen, drehte er seinen Schlüssel im Schloss hin und her. «Der verdammte Kirchendiener sollte sich verflixt noch mal um das Schloss kümmern», fluchte er.

«Ein Spritzer WD 40 würde wahrscheinlich reichen», schlug ich vor.

«Ach? Auf die Idee bin ich gar nicht gekommen. Seien Sie doch so gut und schauen Sie morgen früh damit vorbei, ja?» Schließlich kam ein wenig überzeugendes Klick von der Tür, und die Verriegelung schnappte zu. «Was mir Sorgen bereitet, ist, dass außer einem Panzer nichts und niemand durch die Bronzetür auf der Vorderseite kommt. Also werde ich eines Tages bestimmt feststellen, dass das Schloss an der Seitentür im Arsch ist, und das war's dann. Vierhundert Jahre anglikanische Geschichte in Venedig am Ende. Kommen Sie. Pub.»

Er führte mich durch die *calle*, vorbei an einem dieser Schnellimbissläden, die offenbar immer enttäuschend aussehende Pizzastücke an kurz darauf enttäuscht aussehende Touristen verkauften, bis zu der Bar an der Ecke.

«Zum Draußensitzen ist es wahrscheinlich zu kalt?»

Ich blickte auf zwei Touristen, die auf Barhockern an einem Tisch saßen, dessen Fuß aus einem Bierfass bestand. Ihre Gesichter waren vor Kälte ganz rot. Ich schüttelte den Kopf, und Rayner führte mich nach drinnen.

«Spritz?» Ich nickte. «*Al bitter*?» Ich nickte wieder.

Die Bar war brechend voll, aber Priester in Venedig zu sein, verlieh einem eine gewisse Präsenz. Ein Fast-zwei-Meter-Priester zu sein, erst recht. Rayner hob zwei Finger, und der Barmann, bullig, bärtig, barhäuptig, reagierte mit einem Lächeln.

«*Ciao, padre.*»

«*Ciao*, Alessandro.»

«Ach, er darf Sie also padre nennen?», murmelte ich.

«Amtsbonus.»

Ich blickte mich um. Ich war noch nie hier gewesen, eine Tatsache, die ich sofort bedauerte. Ein dunkles, gemütliches Schmuckstück von einem Pub. Auf einer Tafel war neben dem üblichen Peroni eine Auswahl von Bieren aufgelistet, zusammen mit einer Reihe verschiedener Spritz-Varianten. Rayner sah mich an und lächelte. «Sie sollten mal einen seiner Negronis probieren. Alessandro ist nicht nur der Besitzer hier, wissen Sie. Er ist ein wahrer Künstler. Er gibt fünf Tropfen Angosturabitter dazu, mit der Pipette.»

Ich pfiff durch die Zähne. «Ich glaube, das muss ich wirklich mal versuchen. Obwohl ich mich ein bisschen schlecht dabei fühle, Eduardo untreu zu werden.»

«Eduardo?»

«Mein Barmann.»

«Ah, verstehe. Nun ja. Paulus lehrt uns, dass Gott keine Versuchung über uns kommen lässt, der wir nicht standhalten können. Und wenn Sie doch in Versuchung geraten, wird er Ihnen einen Weg weisen, es zu erdulden.»

«Und der wäre?»

«Ihr nachgeben hilft, finde ich.» Alessandro kam mit unseren Drinks. «Auf Ihr Wohl, Nathan.» Wir stießen an. «Versuchen Sie die *panini*. Ich koche mittlerweile kaum noch. Die mit Porchetta und Radicchio sind wahrscheinlich die besten in ganz Venedig.»

«Mache ich, danke. Das erspart es mir, heute ein Abendessen zu machen. Also, wie heißt diese nette Bar wirklich?» Rayner trank einen Schluck und deutete auf das Schild über der Theke. «Corner Pub?» Er nickte. «Ein Pub an der Ecke. Also nicht bloß ein origineller Name? Und warum nennen Sie ihn Kirchen-Pub?»

«Es ist ein Pub in der Nähe der Kirche. Nach dem Gottesdienst gehen wir in den Pub. Ergo, Kirchen-Pub.»

«Großartig.»

«Sie wissen, wann die Kirche offen ist, Nathan.»

«Ja, aber jetzt weiß ich auch, wann der Pub offen ist.»

Ein kalter Luftzug wehte von draußen herein, und Maitland schleppte sich durch die Tür. Seufzend ließ er sich auf den Barhocker neben uns sacken.

«Ein anstrengender Tag, Mr. Maitland?», fragte Rayner.

«Das kann man wohl sagen. Ich werde langsam zu alt für das Ganze. Es ist wie einen Sack Flöhe zu hüten. Dreißig junge Burschen zum ersten Mal von zu Hause fort, in einem Land, das scheinbar nur von attraktiven jungen Mädchen bevölkert ist. Man kann praktisch hören, wie die Hormone übersprudeln.»

«Würde ein Drink vielleicht helfen?»

«Sehr sogar. Was empfehlen Sie?»

«Das Übliche.» Rayner gab Alessandro ein Zeichen, worauf der sich lächelnd an die Arbeit machte.

Maitland sah uns beide an. «Ich hoffe, ich unterbreche kein vertrauliches Gespräch?»

«Lieber Mr. Maitland, ich versuche gerade, Mr. Sutherlands verlorene Seele zu retten. Aber das hat Zeit bis zu einem anderen Mal.»

Ich wandte mich an Maitland. «Also», sagte ich, «haben Sie Lockwood nach Torcello noch einmal gesehen?»

Er schüttelte den Kopf. «Leider nein. Er scheint schrecklich beschäftigt zu sein. Wenig überraschend, nehme ich an.»

«Gut, aber einer von uns wird mit ihm sprechen müssen. Besser früher als später. Um ihm mitzuteilen, dass ein paar sehr böse Menschen in die Sache verwickelt sein könnten. Und um ihm zu sagen, dass er vorsichtig sein soll.»

Maitland trank einen Schluck von seinem Getränk. «Na dann, viel Glück. Tom wird die Sache nicht einfach auf sich beruhen lassen.» Er hielt kurz inne. «Mit Verlaub, aber keiner von Ihnen kennt ihn wirklich. Im Gegensatz zu mir. Ich kenne ihn schon seit fast einem halben Jahrhundert. Lassen Sie sich nicht von dem Gutmütiger-älterer-Herr-Image täuschen. Dahinter verbirgt sich ein eiserner Wille. Wissen Sie, dass er als junger Mann mit geschlossenen Augen dirigiert hat? Das war natürlich eine Marotte. Er wusste, dass Herbert von Karajan es genauso machte. Er wollte demonstrieren, dass er sein Orchester absolut beherrschte. Einmal erzählte er mir, er könne eine Sängerin auf der Bühne durch seine bloße Willenskraft dazu bringen, ihn anzuschauen.»

Ich schüttelte den Kopf. «Das ist verrückt.»

«Sicher, das ist natürlich Unsinn. Aber ich denke, er hat es wirklich geglaubt. Toms Problem besteht darin zu glauben, dass er etwas, wenn er es unbedingt will, Realität werden lassen könnte.»

«Verstehe.» Ich schwenkte die Eiswürfel in meinem Glas und schaute zur Theke. Worauf ich wirklich Lust hatte, war ein Negroni mit Angosturabitter. Eduardo brauchte es ja nicht zu erfahren. Ich versuchte, mich wieder auf die Sache zu konzentrieren. «Darf ich Sie fragen, was Sie von Isotta halten?»

Er lächelte etwas gequält. «Na ja, sie scheint mich nicht besonders zu mögen.»

«Ehrlich gesagt, Tom hätte erwähnen sollen, dass eine fünfte Person zum Abendessen kommt.»

Er schmunzelte. «Stimmt, stimmt. Aber sie hat etwas von einer lächelnden Mörderin, finden Sie nicht?»

«Ich denke, das trifft es ziemlich gut. Aber trotzdem ist sie äußerst attraktiv.»

«Ach, wirklich? Ist mir gar nicht aufgefallen.»

Rayner hob eine Augenbraue, sagte aber nichts.

«Sie erinnert mich an seine ersten beiden Ehefrauen», sagte Maitland. «Er scheint eine Vorliebe für jüngere, hitzige Sopranistinnen zu haben.»

Rayner schüttelte grinsend den Kopf. «Zu viele Details. Ich denke, ich lasse Sie beide allein. Aber halten Sie mich auf dem Laufenden, was passiert. Bis morgen, Christopher. Bis im November, Nathan.» Er stand auf und klopfte mir auf die Schulter. «Das war ein Scherz, als ich davon sprach, der Versuchung nachzugeben, das ist Ihnen doch klar?»

Ich winkte ihm kurz, als er sich durch die Tür duckte, und wandte mich dann wieder Maitland zu. «Also schön. Sie kennen sich mit so etwas aus, im Gegensatz zu mir. Angenommen, Sie finden das verschollene Werk eines berühmten Komponisten, was würden Sie tun?»

Er zuckte mit den Schultern. «Keine Ahnung. Es der Öffentlichkeit präsentieren wahrscheinlich. Wie immer man so etwas anstellt.»

«Sie würden es also nicht für sich behalten?»

«Nein. Natürlich nicht, wozu denn? Es ist ja nicht, als besäße man ein seltenes Buch oder ein wertvolles Gemälde. Ich könnte mir aber vorstellen, dass es Leute gibt, die gerne eine Originalpartitur hätten. Die etwas besitzen möchten, das sie in dem Wissen anschauen und berühren können, dass es aus der Feder des ehrwürdigen Haydn oder sonst wem stammt.»

«So eine autografe Partitur – sagen wir von Bach, Haydn, Wagner –, wie viel würde die einbringen?»

Maitland fing an zu glucksen und hätte sich beinah an seinem Spritz verschluckt. «Wagner ist ein schlechtes Beispiel.»

«Nur was für Psychopathen?»

«Genau. Aber im Ernst, nur mal zur Veranschaulichung, eine autografe Partitur von Mahlers zweiter Symphonie wurde vor ungefähr einem Jahr für über eine Million Dollar verkauft.»

«Donnerwetter.»

«Aber die Sache ist die: Jeder, der sich dafür interessiert, weiß, wie sie klingt. Jeder, der sich dafür interessiert, besitzt eine Aufnahme davon. So etwas ist nur für jemanden von Wert, der dermaßen besessen von Mahler ist, dass er unbedingt etwas sein Eigen nennen will, das ihm gehört hat. Das ist so was wie eine anspruchsvollere Version dieser Spinner, die eine Wahnsinnssumme für Maria Callas' Unterwäsche hinblättern. Wenn es ein verschollenes Werk wäre, was sollte man damit anfangen?»

«Angenommen, man kann Noten lesen, dann könnte man es sich immerhin anhören. Im Geist zumindest.»

Er schüttelte den Kopf. «Wozu denn? Wenn Sie ein Manuskript von *Proserpina* hätten, würden Sie die Oper doch als Aufführung hören wollen. Und *sehen.*» Er zögerte kurz, bevor er weitersprach. «Ich weiß nicht recht, ob ich Ihnen das sagen sollte, Nathan. Es ist eigentlich vertraulich.»

Ich tat so, als würde ich mit einem imaginären Reißverschluss meinen Mund verschließen, und kam mir auf der Stelle albern vor. «Ich schweige wie ein Grab, versprochen.»

«Toms zweite Frau und ich, wir standen uns ziemlich nah. Ich weiß nicht, ob Sie etwas über sie wissen?»

Ich schüttelte den Kopf.

«Die beiden waren nicht lange verheiratet. Sie hat mir einmal erzählt, er sei einer der langweiligsten Menschen, die sie je kennengelernt habe.»

«Das verstehe ich nicht. Ich meine, er ist doch großartig.»

«Stimmt. Aber er ist auch besessen. Viel mehr als die Musik existiert für Tom nicht. Was er jetzt erlebt, muss eine absolute Tortur für ihn sein. Etwas Derartigem so nahe zu sein und vor Augen zu haben, dass es ihm entgleiten könnte. Die Krönung seines Musiker-Lebens. Es ist sicher eine Qual.»

«Der Ärmste.» Meine Antwort klang lahm, aber ich wusste wirklich nicht, was ich sonst sagen sollte.

Wir tranken eine Weile schweigend.

«Und, gehen Sie jetzt zur Polizei?», fragte Maitland. «Um ihnen zu erzählen, was wir heute rausgefunden haben?»

«Wahrscheinlich nicht. Was sollte die schon unternehmen?»

Er nickte. «Ich überlege nur gerade, was wir als Nächstes tun könnten. Ich kenne ein paar Leute bei der Fondazione Monteverdi in Cremona. Wenn überhaupt jemand, dann wissen sie darüber Bescheid, ob vielleicht irgendwelche Fragmente auf einer Auktion verkauft wurden, oder so.»

«Würde es lange dauern, dort etwas in Erfahrung zu bringen?»

«Die Stiftungsarbeit scheint hauptsächlich von einem älteren Herrn erledigt zu werden. Allerdings ist er ein guter Freund von mir. Das ist sicher hilfreich.»

«Sehr gut. Sie erwähnten Wakes Briefe?»

«Da kenne ich wiederum ein paar Leute an der British Library und bei den National Archives. Es könnte ein bisschen dauern – es sind, wie gesagt, ziemlich viele –, aber wir müssen nur noch die richtigen Zusammenhänge herstellen.»

«Sie passen doch auf bei der Sache, Christopher?»

Er lachte kurz. «Wie mir scheint, sind Sie es, den sie auf dem Kieker haben, mein lieber Freund, nicht ich.»

«Danke. Das war mir nicht entfallen.»

«Tut mir leid. Schlechter Scherz. Und ich passe auf. Aber wissen Sie, neulich bei dem Abendessen – als Isotta von Toms glanzvoller Karriere und vom La Fenice erzählte? Und einen ziemlich deutlichen Vergleich mit meinem kleinen Schulchor anstellte?» Er stellte sein Glas ab und sah mir direkt in die Augen. «Nun ja, ich mag vielleicht nur ein kleiner Lehrer an einer unbedeutenden Privatschule sein, aber ich, Mr. Sutherland, werde dieses Manuskript finden. Sofern es existiert.»

– 27 –

Maitland hatte an dem Abend noch nichts vor. Vermutlich hätte ich ihn einladen sollen, zum Essen vorbeizukommen, oder zumindest den Vorschlag machen müssen, zusammen irgendwohin zu gehen, aber mir war nicht nach Gesellschaft. Also erfand ich eine Entschuldigung und erzählte irgendetwas von einer Übersetzung, die ich noch fertigzustellen hätte. Ich aß eins der *panini* mit Porchetta und Radicchio, musste zugeben, dass es wahrscheinlich wirklich die besten in Venedig waren, und machte mich auf den Heimweg. Ich hatte den Wunsch, einfach mit einem Glas Wein vor dem Fernseher zu sitzen und einen alten Film anzuschauen. Und noch mehr wünschte ich mir, Federica wäre wohlbehalten wieder zurück.

Ich schrieb ihr eine Nachricht, um ihr zu sagen, dass ich sie am nächsten Tag am Bahnhof abholen würde. Sie antwortete, das sei nicht nötig, aber ich erklärte ihr, dass es eine große romantische Geste sein sollte und dass ich es sowieso machen würde. Und wenn sie Glück hätte, wären vielleicht sogar Blumen mit im Spiel.

Ich war nicht in Horror-Stimmung, also legte ich einen alten Marx-Brothers-Film ein: *Die Marx Brothers im Krieg*. Ich machte es mir auf dem Sofa gemütlich und grinste vor mich hin, während ich mir wünschte, ich hätte noch ein zweites *panino* gekauft. Gramsci war grantig und maunzte gelegentlich um Aufmerksamkeit oder gab sich Mühe, sich möglichst direkt in mein Sichtfeld zu pflanzen. Trotz seines Namens war er noch nie wirklich ein Marxist gewesen.

Das Tolle an alten Filmen ist – abgesehen von der Tatsache, dass die Welt in Schwarz-Weiß immer besser aussah –, dass sie eine vernünftige Laufzeit haben. *Die Marx Brothers im Krieg* würde eine gute Stunde dauern. Ich überprüfte die Uhrzeit und die Menge Wein, die noch in der Flasche war. Fast zehn und zwei Gläser. Ich würde also auch noch *Liebling, ich werde jünger* anschauen und trotzdem noch zu einer vernünftigen Uhrzeit im Bett sein können. Hätte nicht ausgerechnet in dem Moment das Telefon geklingelt.

«*Pronto?*»

«Nathan, *caro mio.*»

«Isotta?»

«Natürlich. Wie geht es Ihnen, Nathan?»

«Ich weiß nicht genau. Federica ist nicht da. Es fühlt sich alles ein bisschen merkwürdig an.»

«Natürlich.» Es folgte eine kurze Pause. «Ich dachte, es wäre nett, einen Kaffee zusammen zu trinken.»

«Danke. Sehr gerne. Morgen Vormittag werde ich ziemlich beschäftigt sein, aber …»

«Ich dachte vielleicht jetzt. Heute Abend», fiel sie mir ins Wort.

«Heute Abend?» Plötzlich saß ich kerzengerade auf dem Sofa.

«Heute Abend. Ich weiß, es ist schon spät, ich hatte Probe mit Thomas. Aber ich muss Sie sprechen. Bitte, Nathan …»

«Na schön. Selbstverständlich. Wo sollen wir uns treffen? Wenn Sie im Fenice sind, kenne ich da eine Bar am Campo Santo Stefano.»

«Nein. Piazza San Marco. Im Florian.»

«Donnerwetter.»

«Sie kennen es sicher?»

«Aber ja.» Natürlich hatte ich dort noch nie einen Kaffee getrunken.

«Um wie viel Uhr?»

«Halb zwölf.»

«Haben die denn da noch auf?»

«Es ist Karneval. Außerdem lassen sie für mich auf. *A dopo*, Nathan.»

«*A dopo.*» Ich legte auf.

Gramsci und ich sahen uns schweigend über das Sofa hinweg an.

«Guck mich nicht so an, ja?»

Logischerweise antwortete Gramsci nichts.

«Es ist bloß auf einen Kaffee, das ist alles.»

Er starrte mich weiter an.

«Ja, natürlich erzähle ich Federica davon.»

Er sprang vom Sofa und schlich davon. Ich streckte mich wieder aus und schloss die Augen. Was zum Teufel sollte das Ganze? Ich hätte Federica anrufen können, beziehungsweise sollen, aber es war schon ziemlich spät. Ihr Zug morgen ging sehr früh. Außerdem wäre es schwierig, es am Telefon zu erklären. Lieber richtig darüber reden, wenn sie wieder zurück war.

Ich schaute *Liebling, ich werde jünger*, war aber nicht ganz bei der Sache. Schließlich schaltete ich den Fernseher aus, ging zur Tür und zog meinen Mantel an.

Gramsci saß mitten im Flur und sah mich an.

«Eh du's dich versiehst, bin ich wieder da, Grams, okay?»

Kaum hatte ich die Tür hinter mir zugezogen und abgeschlossen, kam von drinnen ein jämmerliches *Miiiep.* Fluchend schloss ich die Tür wieder auf. Er hatte sich nicht vom Fleck gerührt. Ich hob mahnend den Zeigefinger. «Nicht ein Wort, verstanden? Nicht ein Wort.» Dann knallte ich die Tür zu und ging die Treppe hinunter hinaus auf die Straße.

- 28 -

Ich war noch nie im *Caffè Florian* gewesen. Man konnte, so viel wusste ich, dort einfach einen Espresso für drei Euro *al banco* – im Stehen an der Theke – trinken. Das war viel Geld für einen Espresso, aber, hey, man war im Florian. Trotzdem hatte ich es noch nie gemacht. Es erschien mir wenig Sinn zu ergeben. Wenn ich einen Espresso trinken wollte, gab es jede Menge andere Cafés, die näher gelegen und vor allem billiger waren. Würde ich jemals dorthin gehen, sagte ich mir immer, dann nur für das volle Programm: in der *Sala Orientale* sitzen, aus dem feinsten Porzellan meinen Kaffee schlürfen, den Musikern lauschen und mir vorstellen, ich wäre Marcel Proust.

Ich fragte mich, was ein Negroni dort wohl kosten würde und wie viele Rasenmäher-Bedienungsanleitungen ich wohl übersetzen müsste, um mir einen leisten zu können. Wahrscheinlich gibt es dafür nicht einmal genug Rasenmäher auf der Welt, dachte ich kopfschüttelnd.

Es war ein kalter Abend, und ich zog den Mantel fester um mich. Selbst während des Karnevals waren um diese Uhrzeit nur wenige Menschen auf der Piazza. Die Musiker vor dem Café wollten offenbar gerade zusammenpacken, doch von innen schien warmgoldenes Licht heraus.

Ich stand in den Arkaden der *Procuratie Nove* und zündete mir eine Zigarette an. Meine Hände zitterten ein wenig, und das nicht nur wegen der Kälte. Die Sache hatte irgendwie etwas Aufregendes. Die Frage nach dem Warum stellte ich mir lieber nicht. Ich sah auf die Uhr. Fünf vor halb zwölf. Eine Zigarette würde mich etwas beruhigen, bevor ich hineinging.

«Sie sind früh dran.» Das war Isottas Stimme. «Warten Sie schon lange?»

«Ich bin gerade erst angekommen.» Ich deutete auf die *piazza*. «Um draußen zu sitzen, ist es zu kalt, dachte ich. Und normalerweise bin ich nicht in diesem Teil der Stadt. Da fand ich es schön, einfach ein bisschen hier zu stehen, eine zu rauchen und alles zu genießen. Und nachzudenken.»

«Und worüber denken Sie nach, Nathan?»

«Darüber, dass mein Kater in diesem Moment ziemlich sauer auf mich ist.»

Sie gab wieder ihr helles, kleines Lachen von sich. «Sie machen sich lustig über mich.» Heute Abend war sie nicht aufgedonnert, weder Pelzmantel noch Stirnband, nur eine schlichte schwarze Lederjacke. Schlicht, aber vermutlich teuer, dachte ich. Selbst im Halbdunkel war zu erkennen, dass sie kein Make-up trug. Es machte sie irgendwie jünger und nahm ihrem hübschen Gesicht die leichte Strenge.

Sie zog ein silbernes Zigarettenetui aus der Tasche. Bei manch einer hätte das affektiert gewirkt, aber zu ihr passte es perfekt. Ebenso wenig, wie ich mir hätte ausmalen können, sie auf die Straße spucken zu sehen, konnte ich mir vorstellen, dass sie eine Zigarettenpackung mit Gesundheitswarnungen und grauenvollen Fotos mit sich herumträgt.

«Könnten Sie ...» Sie ließ die Frage in der Luft hängen. Ich griff nach meinem Feuerzeug. Echte Raucher, die sich die Mühe machten, Zigaretten zu kaufen, vergaßen nie, ihr Feuerzeug mitzunehmen, wenn sie ausgingen. Es gehörte zur Vorstellung, das war mir klar. Trotzdem zitterten meine Hände, als ich ihr Feuer geben wollte, und die Flamme verlosch.

«Ist Ihnen kalt, Nathan?»

«Ja», log ich.

Um die Flamme besser vor dem Wind zu schützen, legte sie ihre Hände um meine, und einen kurzen Moment berührten sich fast unsere Gesichter. Dann wich sie zurück und atmete ganz langsam aus, während sich der Rauch in der Nachtluft kringelte.

«*Che gelida manina*», sagte sie, und wir lächelten beide über den Witz.

Wir standen schweigend da, rauchten und blickten über die *piazza*. Dann ließ sie ihre Zigarette auf den gefliesten Boden der Arkade fallen und trat sie aus.

«Kommen Sie, Nathan, wir haben viel zu besprechen.» Sie hakte sich bei mir ein, und gemeinsam betraten wir das eleganteste Café der Stadt.

Es waren nur noch wenige Gäste da, und der Chefkellner kam mit ausgebreiteten Armen und einem entschuldigenden Lächeln auf uns zu, als wollte er signalisieren, dass das Café gleich schließt. Dann erkannte er meine Begleiterin, und sein Gesichtsausdruck wandelte sich.

«*Signora* Baldan, es ist uns wie immer ein Vergnügen, Sie zu sehen.»

Sie nickte lächelnd. «Freut mich auch, Giorgio. Ist jemand in der *Sala Orientale*?» Der Mann warf einen Blick über die Schulter und schüttelte den Kopf. «Wunderbar, wir trinken dort einen Kaffee. Falls sonst noch jemand kommt, Giorgio, könntest du ihn bitte irgendwo anders platzieren? Wir brauchen etwas Privatsphäre.»

«Selbstverständlich, *signora* Baldan.»

Wir gingen weiter und nahmen Platz. Ich hatte natürlich schon Fotos von dem Raum gesehen, aber so richtig vorbereitet war ich auf die Realität nicht. Gemälde von Damen in spärlich bekleidetem Zustand zierten die Wände und spiegelten sich in goldgerahmten Spiegeln, während die mit geometrischen Goldmustern geschmückte Decke ihren Teil zu einem beinah kaleidoskopischen Effekt beitrug. Die Sitzplätze waren mit rotem Plüschsamt bezogen. Insgesamt hatte das Ganze eine leicht erotische Wirkung.

«Hier ist es besser. Nicht so leicht von außen einsehbar. Auf neugierige Blicke kann ich verzichten.» Einen kurzen Moment wirkte sie niedergeschlagen, und ich bemerkte eine Schramme über ihrem rechten Auge, die mir in der Dunkelheit draußen nicht aufgefallen war. Gerade als ich sie danach fragen wollte, erschien Giorgio wieder auf der Bildfläche, und sie setzte augenblicklich ein Lächeln auf, das von sämtlichen Spiegeln im Raum zurückstrahlte.

«*Caffè corretto* bitte, Giorgio.» Er nickte kaum merklich. «Mr. Sutherland, was hätten Sie gerne?» Mr. Sutherland diesmal, nun gut. Vor dem Personal war es natürlich nötig, gewisse Formalitäten zu wahren.

«Für mich dasselbe, bitte.»

Wieder dieses kaum wahrnehmbare Nicken. Er strich sich langsam über seinen Oberlippenbart. «*Corretto con grappa*?»

«Gern», antwortete ich.

Isotta nickte. «Mit dem *Nonino Pirus*.»

Ich gab mir Mühe, nicht laut nach Luft zu schnappen. Vom *Pirus* hatte ich schon gehört und wusste, dass die Flasche ungefähr fünfzig Euro kostete. Zu Hause hatte ich eine halbe Flasche Grappa aus dem Supermarkt im Kühlschrank, und das, dachte ich, war schon eine ziemliche Steigerung zu dem Zeug, das die armen Kerle tranken, die in Ladeneingängen nächtigten. Und Isotta hatte vor, einen Schuss Nonino Pirus in eine Tasse Kaffee zu kippen und Zucker dazuzutun. Ich versuchte, mir ins Gedächtnis zu rufen, wie viel Geld noch in meinem Portemonnaie war, und hoffte inständig, dass das auf ihre Rechnung ging.

Giorgio kam mit einem Silbertablett zurück, nahm zwei feine Porzellantassen mit Kaffee herunter und stellte sie auf den Tisch. Dann entfernte er mit angemessener Ehrfurcht den Korken aus der Grappaflasche, roch vorsichtig daran und füllte, die eine Hand hinter dem Rücken, unsere Tassen damit auf. Er neigte sich zu einer steifen, fast militärisch wirkenden Verbeugung und schien sich irgendwie beherrschen zu müssen, nicht die Hacken zusammenzuschlagen. Da fiel sein Blick auf die Blüte in seinem Knopfloch, und ein verärgerter Ausdruck huschte über sein Gesicht. Sorgfältig brachte er sie wieder in die korrekte Position und nickte, offenbar zufrieden darüber, dass selbst zwanzig Minuten vor Mitternacht alles seine perfekte Ordnung hatte. Er machte einen weiteren steifen Diener und zog sich zurück. Proust, dachte ich, hätte das zweifelsohne gefallen.

Ich trank einen winzig kleinen Schluck von dem Kaffee. Selbst wenn ich nicht zahlen würde, sollte er möglichst lange reichen. Außerdem befand ich mich in der Begleitung einer außergewöhnlich schönen Frau in einem der elegantesten Cafés des europäischen Kontinents. Dies war höchstwahrscheinlich die erlesenste Tasse Kaffee mit einem der edelsten Grappas Italiens, serviert in feinstem Porzellan, die mir jemals irgendwer spendieren würde. Das würde ich auf jeden Fall gebührlich genießen.

Es schmeckte ziemlich wie Kaffee.

Isotta saß mir gegenüber. Ungeschminkt, aber selbst um diese Uhrzeit parfümiert.

«Darf ich fragen», sagte ich, «ob Sie immer zum Kaffeetrinken zur Piazza San Marco gehen?»

«Öfters. Nicht immer. Aber es gefällt mir. Es erinnert mich daran, wie die Stadt in früheren Zeiten einmal war. Gefallen Ihnen die Gemälde?»

Sie entsprachen nicht wirklich meinem Geschmack, aber ich hielt es für das Beste, höflich zu sein. «Sehr», antwortete ich.

«Giacomo Casa. Er hat auch die apollonischen Säle im Fenice ausgestattet. Sie wurden allerdings alle zerstört. Bei dem Brand 1996. Jetzt existiert nur noch eine Kopie. Schön, aber nachgemacht. Diese hier sind allerdings echt. Ich genieße es, hier zu sitzen. Es ist wie eine Verbindung zur Vergangenheit.»

Ich trank noch einen Minischluck Kaffee und konnte es mir nicht verkneifen, einen kurzen Blick auf meine Armbanduhr zu werfen.

«Tut mir leid, langweile ich Sie?» Sie schien nicht verärgert. «Oder müssen Sie morgen früh raus?»

«Nun ja, das muss ich. Und nein, Sie langweilen mich nicht.» Sie lächelte. «Ich finde es sehr kurzweilig. Mich würde bloß interessieren, warum Ihnen danach war, mich kurz vor Mitternacht zu einem Kaffee einzuladen?»

«Ach, das wissen Sie nicht? Kurz vor Ladenschluss gibt es hier Rabatt.»

Ich lachte. «Und jetzt machen Sie sich über mich lustig.»

«Touché.» Nur zwei Silben. Aber wunderschön, wenn sie sie aussprach. «Ganz einfach. Ich musste darüber nachdenken, was Sie gesagt haben. Darüber, dass ich Ihnen im Fenice das Herz gebrochen habe, als ich nicht aufgetreten bin. Ich habe gehofft, ich könnte es wiedergutmachen.»

«Ach, das», antwortete ich, als hätte ich es völlig vergessen. «Machen Sie sich deswegen keine Gedanken. Das Abendessen war mehr als genug Wiedergutmachung.»

Sie schüttelte den Kopf. «Das sehe ich nicht so.» Sie öffnete ihre Handtasche. Kein teures Label. Mit Labels gab Isotta Baldan sich nicht ab. Sie nahm drei weiße Karten mit Goldprägung heraus. «Die sind für den Maskenball im Casino übermorgen.»

«Wie nett», sagte ich und versuchte, möglichst neutral zu

klingen. Eintrittskarten für den großen Maskenball des Casinos waren schwer zu bekommen. Und sie waren nicht billig. Trotzdem gab es weitaus glamourösere Veranstaltungen, auf denen man gesehen werden konnte. Veranstaltungen, die so etwas Gewöhnliches wie Werbung nicht nötig hatten. Solche, die besser zu einem Paar wie Isotta Baldan und Thomas Lockwood passten.

Sie blinzelte ein wenig. «Denken Sie vielleicht, Mr. Sutherland, das ist eigentlich nicht ganz mein Ding?»

Ich errötete. «Tut mir leid. War das so offensichtlich?»

«Ja. Aber Sie haben recht.» Ihr Gesichtsausdruck wurde ernst. «Die Karten waren allerdings ein Geschenk.»

«Ein ziemlich großzügiges. Auch wenn es nicht ganz Ihr Ding ist.»

«Sie waren nicht für mich. Sie waren für Thomas. Er hat offenbar einen stillen Verehrer.» Sie zog einen Umschlag aus ihrer Handtasche. Schlicht, eher billig. «Sehen Sie es sich an.»

Ich prüfte den Poststempel. Aufgegeben am Vortag in Venedig. Er war an Maestro Thomas Joshua Lockwood adressiert, c/o La Fenice. Ich konnte etwas im Inneren ertasten und sah Isotta an.

«Darf ich?» Sie nickte.

Ich öffnete ihn, zog eine weiße Postkarte heraus und hielt sie etwas von mir weg, um den Text darauf lesen zu können. *Chi professa Virtù non speri mai di posseder richezza, o gloria alcuna, se protetto non è dalla Fortuna.*

«Wissen Sie», sagte ich, «in einem Film oder Groschenroman hätte jemand die Wörter aus einer Zeitung ausgeschnitten und hier aufgeklebt.»

«Und dann würden wir herausfinden, aus welcher Zeitung, und das würde uns einen Hinweis liefern.» Sie lächelte.

«Genau. In diesem Fall aber schwierig. Das ist Italienisch aus dem siebzehnten Jahrhundert. Vielleicht sogar älter. Selbst der *Gazzettino* hat sich inzwischen ein bisschen weiterentwickelt.»

«Sie erkennen den Text?»

«Er stammt aus *Poppea*, stimmt's? ‹Wer die Tugend hochhält, darf niemals auf Reichtümer und Ruhm hoffen, solange Fortuna ihn nicht schützt.› Nun ja, Sie sind doch eine tugendhafte Frau, Isotta, oder?»

Sie lachte und hob mahnend den Finger. «Es gibt Leute, die sind da anderer Meinung. Mein Ex zum Beispiel.»

«Ihr Ex?» Ich schloss die Augen und versuchte, mich zu erinnern. «Ein Tenor, richtig? Unten aus dem Süden. Salvatore …»

«Bonfiglio. Kein passender Name. Absolut nicht.»

«Ich erinnere mich, einmal gelesen zu haben …» In dem Moment fiel mir wieder ein, was genau ich gelesen hatte, und ich verstummte betroffen.

Sie nickte. «Ja. Ich bin sicher, dass Sie sich erinnern.» Es herrschte einen Moment betretenes Schweigen, dann streckte sie die Hand aus und rieb mir über den Arm. «Schon gut. Jetzt ist alles wunderbar.»

«Da bin ich aber froh.» Dankbar, das Thema wechseln zu können, wandte ich mich wieder dem Satz auf der Karte zu. «‹Reichtümer oder Ruhm› also. Ruhm bringt eine verschollene Monteverdi-Oper sicher jede Menge. Was ist mit Reichtum?»

Sie wechselte den Gesichtsausdruck und schüttelte den Kopf. «Um Geld geht es Tom nicht. Um Geld ging es nie, Nathan.»

«Ich verstehe. Wirklich, ich verstehe das.» Wir schwiegen, während ich den Rest meines Kaffees austrank. «Dann ist das also eine Herausforderung? Ruhm und Reichtum für den Tugendhaften, solange er das Glück auf seiner Seite hat. Im Casino, heißt das.»

«Wir gehen natürlich hin.»

«Halten Sie das wirklich für eine gute Idee?»

Plötzlich stiegen ihr Tränen in die Augen. «Nicht hinzugehen, kommt für Tom nicht infrage. Deshalb dachte ich ... Sie könnten vielleicht auch kommen? Würden Sie das tun?»

Ich zögerte, aber nur einen kurzen Moment. «Natürlich komme ich.» Als hätte ich irgendeine Wahl.

«Danke.» Als ich ihr die Einladung aus der Hand nahm, berührten sich unsere Finger kurz. «Das ist sehr freundlich von Ihnen. Wirklich, sehr freundlich.» Ich wendete die Karte hin und her und betrachtete sie näher.

«Die Einladung gilt nur für eine Person?», fragte ich. Isotta antwortete nichts, sah mich jedoch an, als verstünde sie mich nicht richtig. «Federica», fuhr ich fort. «Ohne sie kann ich auf keinen Fall kommen.»

Einen kurzen Moment schien sich ihr Gesichtsausdruck zu verdunkeln, aber dann schlug sie sich peinlich berührt die Hand vor den Mund. «Tut mir schrecklich leid. Natürlich muss sie auch kommen.» Sie zog eine weitere Eintrittskarte aus ihrer Tasche und gab sie mir. Es hatte also die ganze Zeit schon zwei überzählige Karten gegeben. Das Ganze war eine Art Test gewesen.

Ich steckte die Eintrittskarten in mein Portemonnaie. Giorgio, bemerkte ich, war wieder erschienen und drückte sich in seiner seltsam proustianischen Art an der Tür herum. Ich sah wieder auf meine Uhr. Fünf Minuten vor Mitternacht. Nicht einmal für Isotta Baldan blieb das Caffè Florian nach Geschäftsschluss noch offen.

«Wir sollten gehen.» Sie nickte, und ich zog meinen Mantel an. Wieder fiel mir die schmale rote Linie über ihrer Augenbraue auf. «Sie haben sich geschnitten», sagte ich und zeichnete ihren Verlauf über meiner eigenen Braue nach.

«Ach, das?» Sie strich sich mit den Fingern darüber. «Ich Tollpatsch.» Sie hielt die linke Hand hoch und drehte den dicken Ring an ihrem Ringfinger herum. «Der ist einfach zu klobig, aber er war ein Geschenk von *Mamma.*» Sie wartete, bis ich aufgestanden war, um dann wieder meinen Arm zu nehmen.

«Dann zahle ich mal.» Inständig hoffend, dass sie mich daran hindern würde, griff ich nach meinem Portemonnaie.

«Ach, Unsinn. Ich lade Sie ein. Das ist schon erledigt.»

«Wirklich?»

«Wirklich.»

Wir traten hinaus in die kalte Februarluft, feucht und neblig inzwischen. Im Halbdunkel waren noch ein paar Gestalten zu erkennen. Nachtarbeiter auf dem Heimweg, die vielleicht die Nachtlinie auf dem Canal Grande zur Piazzale Roma nahmen und dann weiter aufs Festland fuhren; und ein paar maskierte Feiernde auf der zunehmend aussichtslosen Suche nach einer noch geöffneten Bar.

Und noch jemand. Eingerahmt von einem der Bögen der *Procuratie Vecchie*. Er war kaum zu erkennen, aber ich war mir ganz sicher, dass er mich anstarrte. Ich zuckte zusammen, und Isotta umfasste meinen Arm fester.

«Was ist denn?»

«Da drüben.» Mit der freien Hand deutete ich in die Richtung, und genau in dem Moment wich die Gestalt aus dem Bogengang zurück und eilte entschlossenen Schrittes auf den großen Torbogen unter dem *Torre dell'Orologio* zu, hinter dem sie nach links Richtung Rialto abbog und rasch in der Dunkelheit verschwand.

«Ich habe nichts gesehen. Oder vielleicht doch. Sicher nur ein nächtlicher Tourist.» Sie blickte sich um. «Wunderbar, nicht? Wenn es so still ist. So friedvoll.»

Ich konnte nur zustimmen. Es gab Tage, da glich die Überquerung des Markusplatzes einem Kontaktsport. Viele Venezianer mieden die Gegend rund um die *piazza*. Und dennoch:

In einer Winternacht, in der der Vollmond hinter den Wolken ein sanftes, verschwommenes Licht vergoss und die Konturen der Basilika klarer und formvollendeter wirkten als jemals bei Tag, fiel es schwer, sich einen schöneren öffentlichen Platz in Italien vorzustellen.

Ich wollte etwas sagen, wurde jedoch vom klagenden Heulton der *aqua-alta*-Sirene, gefolgt von einem einzelnen *Ping,* davon abgehalten. Eine Warnung, dass die niedrigste Hochwasserstufe erwartet wurde. Der größte Teil der Stadt würde davon nicht betroffen sein, aber der Markusplatz – der niedrigste Punkt Venedigs – würde innerhalb weniger Stunden überflutet werden.

«Es war ein schöner Abend», sagte ich, als die Sirene verstummt war, «und vielen Dank hierfür.» Ich klopfte auf meine Jackentasche. «Bis morgen dann.»

«Müssen Sie wirklich schon gehen? Das Hochwasser kommt erst in ein paar Stunden.»

«Ich weiß. Aber was ich über meinen Kater gesagt habe, war mein Ernst.»

Sie lächelte, und wieder war ich überrascht, wie viel hübscher sie ohne Make-up aussah. «Ich verstehe. Vermutlich. Es ist nicht wirklich wegen Ihres Katers, stimmt's?»

Ich wurde rot. «Nein. Nicht wirklich.»

«Also, auf mich wartet Thomas zu Hause. Und ich werde erst ziemlich spät zurück sein. Fünf Minuten haben Sie aber doch sicher noch für mich.»

Damit hakte sie sich bei mir ein und steuerte mich in Richtung der *passarelle* vor der Basilika. «Bleiben Sie da stehen. Wissen Sie noch, was Sie gesagt haben, als wir uns zum ersten Mal begegnet sind?» Sie sprang auf einen der hölzernen Laufstege und blickte, die Basilika im Rücken, hinaus auf den Platz. Dann holte sie ihr Handy heraus, tippte etwas darauf und legte es ab.

Plötzlich begriff ich, was sie vorhatte, und mir blieb fast das Herz stehen.

Sie trällerte *mezza voce* ein paar Tonleitern rauf und runter, dann nickte sie zufrieden. Ich warf einen Blick über den Platz. Die wenigen Menschen, die ihn gerade überquerten, hatten sich umgewandt und sahen sie an. Selbst mit einer Zuschauerzahl im einstelligen Bereich war es Isotta Baldan wichtig, professionell zu wirken.

Und dann begann sie.

In der Kindheit frühen Tagen
Hört ich oft von Engeln sagen

Wagner.

«Der Engel» aus den *Wesendonck-Liedern*. Ein Stück, das sie nie auf der Bühne gesungen hatte, und auch niemals dort singen würde. Ihre Aussprache war nicht perfekt, und das Lied harmonierte nicht ganz mit ihrer Stimme.

Aber das spielte keine Rolle. Ich verdrückte trotzdem eine Träne, während Isotta Baldan um Mitternacht auf der Piazza San Marco Wagner für mich sang.

- 29 -

Der ganze Mittwochmorgen lag vor mir und würde von keiner Sprechstunde unterbrochen werden. Ich könnte zur Marciana gehen und mir noch einmal Thomas Rowlansons Briefe zu Gemüte führen, dachte ich, oder nachsehen, ob der gute Doktor Schnabel mir noch ein Foto hinterlassen hatte. Andererseits wartete noch einiges an trockener Übersetzungsarbeit für die Architekturbiennale auf mich, und mein Brotjob erschien mir langsam wichtig zu sein. Er würde mich ein paar Stunden beschäftigen, und dann konnte ich mich auf den Weg machen, um Fede abzuholen.

Eins musste ich aber vorher noch erledigen. Ich wählte die Nummer der *Questura*.

«*Pronto.*»

«Vanni. Hier Nathan. Ich habe einen Stalker.»

Einen Moment lang Stille. «Was du nicht sagst.»

«Neulich abends ist er mir aus Mestre gefolgt und hat, na ja, die ganze Strecke bis nach Hause in der Straßenbahn in meiner Nähe gesessen. Aber so stalkermäßig, verstehst du?» Vannis Schweigen sagte mir, dass er ganz und gar nicht verstand. «Und außerdem waren da Fotos – von mir und Federica – so platziert, dass ich sie finde», fuhr ich fort. «Dann habe ich ihn gestern Abend auf der Piazza San Marco gesehen.» Meine Worte überschlugen sich fast, als ich anschließend meine Geschichte von verschollenen Monteverdi-Handschriften, aufregenden Sopranistinnen – *angsteinflößenden* Sopranistinnen, verbesserte ich mich – und untersetzten Dirigenten zu erklären versuchte.

Vanni ließ mich weiterfaseln, bis mir die Worte ausgingen.

«In Ordnung, Nathan. Ich verstehe. Kannst du ihn beschreiben?»

«Er – oder sie – ist wie ein Pestdoktor gekleidet.»

Zuerst Stille in der Leitung, dann ein trockenes Lachen von Vanni. «Das grenzt die Sache nicht gerade ein.»

«Das ist alles, was ich habe, Vanni.»

Er sagte einen Moment nichts. «Nathan, es wird ziemlich schwierig werden, damit etwas auszurichten, verstehst du? Ich kann bestenfalls einen Vermerk machen, dass du es gemeldet hast.»

«Würde das etwas bringen?»

«Na ja, falls wir irgendwann deinen leblosen Körper aus dem Kanal fischen, würde es uns helfen …»

«Schon gut», fiel ich ihm ins Wort. «Alles klar. Ich dachte nur, ich lasse es dich wissen.»

«Nathan.» Seine Stimme klang jetzt ernst. «Ich nehme es zu den Akten, wenn du willst.»

«Nein. Klingt, als wäre es Zeitverschwendung, und es macht dir nur unnötig Arbeit, Vanni.»

«Bist du sicher?»

«Bin ich.»

«Na gut, aber sei auf jeden Fall vorsichtig da draußen.»

«Geht klar. Wahrscheinlich gibt's zurzeit bloß ungefähr zehntausend Pestdoktoren in der Stadt. Sollte kein Problem sein, denen aus dem Weg zu gehen.»

«Deine Chancen stehen nicht schlecht, Nathan. Die meisten von ihnen sind ausgesprochen nette Menschen. Lass uns in Kontakt bleiben, ja? *Ci sentiamo*.»

Ich legte auf. Im Grunde hatte ich nicht mehr erwartet. Mit einem Seufzen ging ich in die Küche, um mir einen Kaffee zu kochen. Dann checkte ich wie jeden Morgen meine E-Mails, um den Zeitpunkt, an dem ich anfing zu arbeiten, möglichst weit hinauszuschieben. Im Postfach war eine Nachricht von Gianandrea mit seinem Begleittext für die Klaviersonaten von Baldassare Galuppi, der darauf wartete, übersetzt zu werden. Ich schob sie in den Ordner mit den laufenden Projekten. Darin befanden sich schon gut zwanzig Texte für die Architekturbiennale und eine Anleitung für Terrassenmöbel zum Selbstaufbauen. Die alle hätten Vorrang haben müssen, aber *signor* Galuppi war mit Sicherheit viel interessanter. Ich ging zum CD-Regal und fuhr mit dem Finger über «G». Gluck, Glass, Gesualdo. Kein Galuppi. Schade, das hätte mich in die richtige Stimmung versetzt. Egal. Ich öffnete Gians Dokument, lockerte die Finger und wollte loslegen.

Da vermeldete ein *Pling* meines Computers das Eintreffen einer weiteren E-Mail, dieses Mal von Isotta. Kein Betreff. Die Nachricht war kurz. *Danke, lieber Nathan. Ich hoffe, das gefällt Ihnen. A domani, Isotta xx.*

Ich klickte auf den Anhang. «Der Engel». Live auf der Piazza San Marco. Eine Erinnerung an meine ganz persönliche Privatvorstellung. Ich schloss die Augen und lauschte. Überwältigend. Wunderschön. Ich hörte es mir noch einmal an.

Meine Hand schwebte über der Computermaus, kurz davor, Isotta eine Antwort zu schreiben. Doch dann dachte ich, es wäre vielleicht doch besser, es bleiben zu lassen.

Die Haustürklingel unterbrach meine Gedanken. Ich ging zur Türsprechanlage.

«Hallo?»

«Mr. Sutherland. Nathan. Tom Lockwood hier. Darf ich raufkommen?» Kaum hatte ich den Türöffner betätigt, hörte ich ihn schon die Treppe heraufpoltern. Ich ließ ihn herein. Er war rotgesichtig und gestresst, seine weißen Locken regenfeucht. Er schüttelte seinen nassen Mantel aus, wobei die umherfliegenden Wassertropfen Gramsci unters Sofa vertrieben, und hängte ihn an den Haken hinter der Tür.

«Setzen Sie sich, Nathan.» Eigentlich hätte ich das zu ihm sagen müssen, aber ich erwiderte nichts.

«Sicher. Espresso?»

Er rieb sich die Stirn. «Ich brauche in der Tat einen Espresso. Gott, brauche ich einen Espresso. Diese ganzen Geschichten über Sängerinnen und divenhaftes Benehmen. Ein bisschen Wahrheit ist da dran, wissen Sie.» Er stieß ein freudloses kleines Lachen aus. «Oh ja, sogar mehr als ein bisschen.»

Wahrscheinlich nicht nur, was Sängerinnen anbetraf. Ich sah zu ihm hinüber. Mit seinen weißen Kringellöckchen und dem Kugelbauch wirkte er wie ein gutmütiger Lieblingsonkel. Dachte man sich einen Bart dazu, hätte er wie der Weihnachtsmann ausgesehen. Das war nicht immer so gewesen. Ich erinnerte mich noch an seine schlanke Erscheinung auf den ersten Plattenhüllen. Und an die Geschichten von Sängerinnen, die er durch seine herrische Art zum Weinen gebracht hatte. Wahrscheinlich gaben er und Isotta ein ziemlich gutes Paar ab.

«Hören Sie, Thomas, vor ein paar Tagen habe ich zu ihr gesagt, sie hätte mir das Herz gebrochen, weil sie die *Poppea* abgesagt hat. Das war ein dummer Witz, mehr nicht. Und sie sagte, sie wollte es wiedergutmachen. Und dann hat sie mir zwei Karten für den Maskenball geschenkt. Das war alles.»

Er schüttelte den Kopf und ließ noch mehr Tropfen fliegen. Offensichtlich war er in Eile aufgebrochen, unter Verzicht auf Hut, *tabarro* und Riesenköter. «Ich verstehe nicht.»

«Oh, tut mir leid. Ich dachte, nun ja, Kaffee, Florian und … Sie wissen schon …» Ich verstummte.

Er sah mich ungläubig an. «Das ist ja absurd. Machen Sie sich nicht lächerlich.»

«Tut mir leid», wiederholte ich. «Missverständnis.»

«Offensichtlich.» Er taxierte mich von oben bis unten, und einen Moment lang erinnerte er mich an den jüngeren Thomas Joshua Lockwood, für den die kleinen Leute bestenfalls eine Belästigung darstellten. «Absurd!», blaffte er noch einmal.

Ich war versucht zurückzublaffen, doch dann fiel mir wieder ein, was Maitland gesagt hatte. Darüber, dass das alles eine Qual für ihn sein musste. Abgesehen davon, wen hatte ich da eigentlich vor mir? Einen der berühmtesten Dirigenten der Welt, der außerdem ein fetter alter Mann war und eine Partnerin hatte, die dreißig, vierzig Jahre jünger war als er selbst. Bleib ruhig, Nathan, es ist nicht alles seine Schuld.

«Hören Sie, Thomas, wir machen jetzt Folgendes. Ich koche uns zwei Tassen Espresso. Normalen für mich, und Ihnen würde ich zu koffeinfreiem raten, und dann besprechen wir alles, anstatt uns anzuschreien.»

Er lief wieder rot an, dann nickte er. «In Ordnung. Tut mir leid.» Er zog ein Taschentuch aus seiner Jacketttasche und fing an, seine Brille zu putzen, so heftig, dass ich befürchtete, er könnte sie zerbrechen.

Ich hätte die Kapselmaschine benutzen können, aber Espresso in der Küche von Hand zuzubereiten, würde der Sache ein bisschen Zeit zum Abkühlen geben. Ich machte mir selbst einen doppelten und trank schon mal einen Schluck, während ich Lockwoods koffeinfreien hochkochen ließ.

Dann trug ich ihn ins Büro hinüber. Gramsci, dem Karajans Abwesenheit nicht entgangen war, saß auf Lockwoods Schoß und schnurrte.

«Sie mögen keine Katzen, oder?»

Er schüttelte den Kopf.

«Schubsen Sie ihn einfach runter.»

«Ich kann nicht.»

Ich sah genauer hin. Gramsci schnurrte munter vor sich hin,

während er dabei die Krallen in Lockwoods Oberschenkel grub. Hoffentlich war es nicht seine beste Hose.

«Lassen Sie mich mal.» Vorsichtig löste ich zuerst eine Pfote aus der Hose des berühmten Dirigenten und wandte mich dann der anderen zu. «Okay, ich glaube, wir haben es.» Ich hob Gramsci hoch und setzte ihn auf die Fensterbank. «Na also. Braver Kater. Da draußen sind Menschen. Die kannst du böse anstarren und außer dir sein, ja?» Ich setzte mich. Lockwood wischte sich Katzenhaare von der Hose. «Tut mir leid. Er spürt es, verstehen Sie? Wenn jemand keine Katzen mag.»

Lockwood trank seinen Espresso mit einem Zug aus. «Noch einen?», fragte ich.

Er schüttelte den Kopf. «Nein, nein. Wir verschwenden Zeit. Außerdem kommt er», er nickte Richtung Gramsci, «womöglich zurück. Heute früh ist etwas passiert, Sutherland.» Mir war bereits aufgefallen, dass er dazu überging, mich beim Nachnamen zu nennen, wenn er angespannt war. Seine Stimme bebte. «Und ich habe Angst. Wirklich große Angst.»

«Sprechen Sie weiter.»

«Der Maskenball morgen. Sobald man auch nur ein bisschen berühmt ist, bekommt man manchmal ziemlich merkwürdige E-Mails, wissen Sie. Also habe ich anfangs versucht, mir einzureden, es sei nur eine geheimnisvolle Einladung.»

«Und jetzt?»

Statt zu antworten, nahm er seine Aktentasche, legte sie auf den Schreibtisch und ließ sie aufschnappen. Er zog einen kleinen beigefarbenen Umschlag heraus. «Haben Sie einen Lappen, eine alte Zeitung oder irgendwas in der Art?»

«Sicher.» Ich nahm ein Bündel Brexit-Überlebenstipps und reichte sie ihm. Er warf einen kurzen Blick auf den Text, zog die Augenbrauen hoch und legte die Blätter mit der Schriftseite nach unten auf die Tischplatte.

Dann öffnete er den Briefumschlag und kippte den Inhalt aus. Der bildete ein hübsches kleines Häufchen feiner schwarzer Asche.

«Nanu!» Ich sprang auf und zuckte vom Schreibtisch zurück, wobei ich versehentlich mit dem Knie dagegenschlug und die Asche sich bis an den Rand ihrer papiernen Unterlage verteilte. «Was zum Teufel ist das, Tom?»

«Nur ein Häufchen Asche. Verbranntes Papier. Das ist alles, was es momentan ist.»

«Es könnte giftig sein, nach allem, was wir wissen.»

«Es ist Papier, Sutherland.» Seine Stimme war jetzt ganz ruhig. «Verbranntes Papier. Und ich kann Ihnen ganz genau sagen, was es noch ist. Es ist eine Drohung.»

«Was denn für eine Drohung? Warum sind Sie sich da so sicher?»

«Darum.» Er stupste vorsichtig einen kleinen Streifen vergilbtes Papier aus der Mitte des Aschehäufchens heraus. Dann holte er mit genervtem Blick sein Taschentuch aus der Hosentasche, befeuchtete es mit der Zunge und wischte sich den Ruß von der Fingerspitze.

Ich zog den Schnipsel zu mir herüber. Es stand etwas darauf, und ich drehte ihn herum, um es besser lesen zu können. Wieder konnte ich ein leichtes Zusammenzucken nicht verhindern. Nur zwei Worte. Eine Unterschrift, aber eine, die ich schon zigmal abgebildet gesehen hatte.

Claudio Monteverdi.

– 30 –

Ich wusste, was das hieß. Und Lockwood wusste es mit Sicherheit auch. Ich suchte noch nach Worten, als er mir zu Hilfe kam.

«Die Eintrittskarten für den Maskenball. Das ist gar keine Einladung, stimmt's? Es ist eine Drohung. Seien Sie da, oder …» Ihm versagte die Stimme.

«Oder wir schicken Ihnen die Handschrift. Seite für Seite. Als Häufchen Asche.»

Er nickte und rieb sich übers Gesicht.

«Diese Gestalt in der Oper. An dem Abend, als Zambon ermordet wurde. Sie hat Ihnen mit etwas zugewunken. Das war die Partitur, stimmt's?»

«Ich bin mir nicht sicher. Es war schwer zu erkennen. Vielleicht hat sie auch nur das Programmheft geschwenkt. *Bravo maestro*, so was in der Richtung.» Er schnäuzte sich. «Zumindest habe ich mir das eingeredet.»

«Und was werden Sie jetzt tun?»

«Sie meinen, was werden wir jetzt tun?»

Ich nickte. «Wenn Sie wollen.»

«Es waren vier Eintrittskarten. Ich nehme an, zwei sind für Isotta und mich. Eine der beiden anderen könnte wohl für Sie sein, angesichts der Tatsache, dass Zambon Kontakt zu Ihnen aufnehmen wollte. Die vierte ist vielleicht für Maitland gedacht. Er ist Experte auf diesem Gebiet.» Er ließ die unausgesprochene Frage in der Luft hängen.

Ich schüttelte den Kopf. «Ohne Federica komme ich nicht.»

Er seufzte. «Wie Sie wünschen.»

«Was, glauben Sie, wird passieren?»

«Keine Ahnung. Vielleicht wird irgendeine Forderung gestellt.»

«Und was dann?»

«Dann gebe ich denen natürlich, was sie wollen.»

«Im Ernst?»

«Was immer sie wollen. Egal, wie hoch der Preis ist.» Er rieb sich die Augen, und ich merkte, dass er den Tränen nahe war. «Ich habe Geld, wissen Sie», murmelte er.

«Thomas, wenn wir richtig vermuten, handelt es sich hier um Erpressung. Ich sollte es sofort der Polizei melden.»

«Nein!» Sein Arm schnellte über den Tisch, und er packte überraschend fest meine Hand. «Bitte, Nathan, das können Sie nicht tun. Das dürfen Sie nicht!»

«Es ist Erpressung, Thomas», wiederholte ich leise. «Wir könnten es mit einigen sehr unangenehmen Leuten zu tun bekommen. Sie setzen Ihr Geld aufs Spiel. Ganz abgesehen von Ihrer Sicherheit.» Und unserer, dachte ich.

«Wir können nicht hundertprozentig sicher sein. Bitte, wir müssen erst noch mehr herausfinden. Wenn Polizisten vor Ort sind, vermasseln sie die Sache vielleicht. Wir könnten alles verlieren. *Proserpina rapita*, das ganze Werk. Wissen Sie, wie bedeutend das ist?»

«Ich weiß, Thomas. Aber ...»

«Nichts aber.» Jetzt flossen die Tränen wirklich, und sein Griff wurde schmerzhaft. «Ich bitte Sie, Nathan. Ich flehe Sie auf Knien an, wenn Sie wollen. Bitte, um Himmels willen, tun Sie das nicht.» Er sank auf seinem Stuhl zurück und schluchzte.

Ich ließ ihn einen Moment weinen.

«Tom. Hören Sie mir zu», sagte ich dann. «Haben Sie etwas erhalten – irgendetwas, das als Geldforderung betrachtet werden könnte?» Er schüttelte den Kopf. «Sind Sie absolut sicher, Tom? Weil es dann etwas ganz anderes ist.» Wieder schüttelte er den Kopf.

Ich seufzte leise über mich selbst. Ich wusste genau, was ich tun würde, und ich war nicht glücklich darüber. «Na schön. Alles, was wir haben, sind also vier unerwünschte Einladungen und ein Umschlag voll Asche. Dann werde ich nichts sagen. Nicht heute jedenfalls.»

Er schnäuzte sich. «Danke, Nathan. Danke.» Er erhob sich, ein wenig wackelig. «Schauen Sie mich an, Nathan, ich bin wirklich in einem erbärmlichen Zustand.» Er zwang sich ein verheultes Lächeln ins Gesicht.

«Ich weiß, dass Ihnen das viel bedeutet», sagte ich.

«Sie versuchen, nett zu sein. Vielen Dank. Aber ich glaube nicht, dass Sie das wirklich verstehen können. Mein Leben gehört schon immer der Musik. Es bedeutet mir nicht viel. Es bedeutet mir alles. Absolut alles.»

Ich nickte, und er kam um den Schreibtisch herum und schlang mir die Arme um den Hals. Wir umarmten uns unbeholfen, und ich spürte seine noch tränenfeuchte Wange an meiner.

Dann richtete er sich auf und atmete ein paar Mal tief durch. «Nochmals danke.» Er griff in sein Jackett und holte einen Umschlag hervor. «Das ist für Sie. Es war mein Ernst, als ich sagte, ich würde Sie für Ihren Zeitaufwand entschädigen.»

Ich nahm den Umschlag. «Danke.» Wir standen schweigend beisammen, bis mir klar wurde, dass er darauf wartete, dass ich ihn öffnete. Ich versuchte, ihn geschickt mit dem Fingernagel aufzuschlitzen, scheiterte jedoch und riss ihn stattdessen auf. Ich nahm den Scheck heraus, warf einen Blick auf die Summe, die da stand, und pfiff durch die Zähne. «Sehr großzügig von Ihnen.»

«Jeden einzelnen Euro wert, da bin ich mir sicher.»

«*Grazie, maestro.*» Ich zögerte kurz. «Das ist nicht der Grund, warum ich das tue, verstehen Sie?»

«Verstehe. Und dafür bin ich Ihnen dankbar. Wir sehen uns dann morgen Abend. Können Sie mir derweil vielleicht einen guten Floristen in der Nähe empfehlen?»

«Fantin. Am Campo San Salvador. Die sind hervorragend. Ich sollte selber öfter hingehen.»

«Gut. Gut.» Er lächelte wieder. «Auf mich wartet eine ziemlich aufgebrachte Sopranistin, die ich besänftigen muss.»

Ich erwiderte sein Lächeln. Dann fiel mir etwas ein. «Das ist eine ziemlich üble Schramme über ihrem Auge», sagte ich und versuchte, so locker wie möglich zu klingen.

Er mühte sich gerade in seinen Mantel und erstarrte abrupt. Misstrauisch sah er mich an und fragte sich wohl, worauf ich hinauswollte.

«Sie hat mir gestern Abend davon erzählt», fuhr ich fort, «dass sie sich an ihrem großen Ring gekratzt hat.»

«Ach ja, richtig.» Seine Haltung entspannte sich. «Ich sage ihr dauernd, sie soll aufpassen. Tollpatschig, wie sie manchmal ist.» Er nickte, irgendwie abwesend. «*A dopo.*» Wir schüttelten uns die Hände, und er verließ die Wohnung.

Ich ging zum Fenster und beugte mich über Gramsci. Lockwood sah zu uns herauf und winkte verhalten. Unsicher, welchen Weg er einschlagen sollte, schaute er nach rechts und nach links. Ich deutete grob in Richtung Campo San Salvador. Und er setzte sich lächelnd in Bewegung.

«Also schön, fetter Kater», murmelte ich und kraulte Gramsci hinter den Ohren. «Was hältst denn du von *Maestro* Thomas Joshua Lockwood?»

Gramsci zwackte mich in den Finger, war aber anscheinend nicht richtig bei der Sache. Dann drehte er sich um und blickte wieder aus dem Fenster. Genau wie ich hatte er offenbar viel, worüber er nachdenken musste.

- 31 -

«Danke fürs Abholen», sagte Fede. «Das wäre nicht nötig gewesen.»

«Ach, ich glaube doch.»

«Und vielen Dank für die Blumen. Die sind hübsch.» Sie zog ihren Mantel aus und ließ sich aufs Sofa plumpsen. «Also, schieß los. Erzähl mir, was du angestellt hast.»

«Soll ich uns vielleicht zuerst einen Spritz machen?»

«Es ist noch etwas früh, findest du nicht? Selbst für uns.»

«Ach, irgendwo im großen British Empire steht die Sonne sicher schon über der Rah.» Sie verengte die Augen. «Glaub mir, es ist eine gute Idee.»

Auf dem Weg zur Küche sah ich, wie Gramsci auf die Lehne des Sessels hinter Federicas Kopf sprang. Er sah mich an. «Nicht. Ein. Wort», flüsterte ich mit erhobenem Zeigefinger.

«Wie bitte, Nathan, was hast du gesagt?»

«Ich spreche nur mit dem Kater, *cara mia*.»

Irgendwie hatte ich das Gefühl, den besten Spritz meines Lebens mixen zu müssen.

Wir saßen auf den entgegengesetzten Enden des Sofas, während der Mittelteil als entmilitarisierte Zone fungierte. Fede nickte langsam, während sie über alles nachdachte, was ich ihr zu sagen gehabt hatte, trank einen Schluck von ihrem Spritz und stellte das Glas auf den Tisch. «Also, wollen wir mal sehen, ob ich alles richtig verstanden habe. Ich bin weniger als achtundvierzig Stunden weg gewesen, richtig?»

«Korrekt, lass es eine Stunde mehr oder weniger gewesen sein.»

«Und in dieser Zeit hattest du ein Date mit einer schönen Berühmtheit.»

«Na ja, Date würde ich es nicht nennen, eher …»

«Bitte sei still. Außerdem hast du es geschafft, dir einen Stalker zuzulegen.»

«Ja.»

«Und besser noch, du hast mir – was bin ich doch für ein Glückspilz – gleich einen mit beschafft.»

Ich antwortete nichts.

«War's das? Oder habe ich etwas vergessen?»

Ich räusperte mich. «Na ja, das Positive ist immerhin, dass ich uns Karten für den Maskenball im Casino besorgt habe. Außerdem habe ich dir Blumen gekauft.»

«Blumen, die gekauft wurden, um einen Streit zu vermeiden, zählen nicht als Blumen, Nathan.»

«Und ich habe versprochen, dein Lieblingsabendessen zu kochen.»

«Das wird das beste Abendessen aller Zeiten werden müssen.»

«Oh, das wird es. Das wird es.»

Sie stand auf, streckte sich und gähnte. «Na schön. Ich gehe auspacken.»

«Kann ich dir helfen?»

«Nein. Koch du Abendessen. Das beste Abendessen aller Zeiten.»

Ich merkte, dass sie hinter mich trat, hielt es jedoch für das Beste, mich nicht umzudrehen. Oder irgendetwas zu sagen. Stattdessen hielt ich die Luft an.

Ich spürte, wie sie mir den Arm um den Hals schlang, atmete den Duft ihrer Haare ein, als sie ihren Kopf auf meinen legte, und unterdrückte ein erleichtertes Seufzen. In dem Moment krümmte sie ihren Ellbogen und erhöhte sanft, aber erbarmungslos den Druck auf meine Kehle. Sie schob ihren Kopf tiefer, bis ihr Mund dicht neben meinem Ohr war, und flüsterte:

«Mach. Das. Nie. Wieder.»

Gramsci hockte auf dem Küchentisch und sah zu, während ich eine schlichte Béchamelsoße zubereitete, ein Salbeiblatt hineingab und sie auf niedriger Hitze köcheln ließ. Dann knackte ich ein Dutzend Walnüsse – wie immer kein angenehmer Job – und pulte die Einzelteile der Kerne heraus. Ich gab sie in eine kleine Pfanne und röstete sie ein paar Minuten. Diesen Teil ließ ich gewöhnlich aus, aber weil es Fedes Lieblingsessen war und ich dringend ein paar Punkte sammeln musste, würde ich alles ordnungsgemäß durchführen.

Ich nahm eine ofenfeste Form aus dem Schrank und begann zu schichten. Eine Lage Pasta, eine Schicht Béchamel und ein paar Walnüsse. Anschließend zerpflückte ich eine Kugel Mozzarella und erfreute mich an der weichen Konsistenz des Käses zwischen meinen Fingern und dem frischen milchigen Geruch. Ich mischte ihn mit ein paar Würfeln Asiago und verteilte die Käsemischung auf der Soße.

Das tröstliche Zubereiten von Lasagne. Es hatte etwas Friedvolles. Alles erschien so logisch, das Schichten einer Lage auf die andere. Den Abschluss bildete eine dicke Parmesandecke. Nach einer halben Stunde im Ofen würde sie goldbraun geschmolzen sein und Blasen werfen.

Federica schob ihren Teller weg und füllte unsere Gläser auf.

«Denkst du nicht manchmal, als Übersetzer ist dein Talent vielleicht vergeudet?»

«Ständig. Das Problem ist nur, ich sehe keine richtige Alternative.»

Sie nickte in Richtung ihres leeren Tellers. «Du könntest kochen.»

«Könnte ich, aber da gibt es ein paar Haken.»

«Zum Beispiel?»

«Viele Überstunden. Harte Arbeit. Die Gefahr, ein ungesundes Verhältnis zu Alkohol und Tabak zu entwickeln.» Sie zog die Brauen hoch. «Okay, die Gefahr, ein noch ungesünderes Verhältnis zu Alkohol zu entwickeln. Wir würden uns kaum noch sehen ...»

«Aber was sind die wirklichen Nachteile, *caro*?»

«... und es hieße, du müsstest dich die meiste Zeit um Gramsci kümmern.»

«Ah.»

«Ach, und da wäre noch das vermutlich unüberwindbare Problem, die Italiener vom Lachen abzuhalten, wenn du sie fragst, ob sie Interesse an einem englischen Koch hätten.»

«Hmm, vielleicht hast du recht. War nur so eine Idee.» Sie wandte sich um und sah auf die Lautsprecher. «Was hören wir da gerade?»

«Ich glaube, wir sind beim dritten Madrigalbuch. Nicht zu schwermütig, hoffe ich?»

«Nicht zu schwermütig. Dann hören wir also nur noch Monteverdi, bis wir die verschollene Oper gefunden haben?»

«Das war mein Plan. Aber nur wenn du nichts dagegen hast. Es gibt immer noch Jethro Tull.»

«Monteverdi ist prima. Also, erzähl mir von gestern Abend. Vom Florian. Ich war da noch nie.»

«Wirklich?»

«Warum sollte ich? Kaffee bekommt man auch anderswo. Onkel Giacomo war einmal dort. Am 17. April 1989.»

«Du erinnerst dich an das Datum?»

«Es hat ihn schwer beeindruckt.»

«Positiv?»

Sie hielt kurz inne. «Es hat ihn schwer beeindruckt.»

«Ich fand es jedenfalls sehr nett», sagte ich. «Teuer, könnte man sagen.»

«Und Isotta?»

«Auch sehr nett.» Ich zögerte einen Moment. «Aber irgendetwas stimmt mit ihr nicht. Als wir uns vor Kurzem zum ersten Mal trafen, ist etwas Merkwürdiges passiert. Ein Mann wollte uns Rosen verkaufen, und sie ist völlig durchgedreht.»

«Diese Rosenverkäufer können einen aber auch nerven.»

«Schon, aber man wird nicht gleich total rassistisch deswegen.»

«Hmm. Was glaubst du, warum sie dich sehen wollte?»

«Na ja, wegen meines guten Aussehens und meines Charmes vermutlich.» Das Kissen, das angeflogen kam, prallte an meinem Kopf ab, aber immerhin war ich darauf vorbereitet gewesen. «Zu früh, um darüber zu scherzen?»

«Viel zu früh. Die Option, auf dem Sofa zu übernachten, steht noch. Sprich weiter.»

«Na ja, wie ich schon sagte, sie wollte uns nur diese Karten für den Maskenball geben.»

«Und das musste um Mitternacht auf der Piazza San Marco passieren?»

«Scheint so.»

«Wo du deinen – oder sollte ich sagen, *unseren* – Stalker gesehen hast?»

«Das ist richtig. Also, zumindest glaube ich, dass er es war.»

«Nathan.» Sie hielt kurz inne. «Bist du beunruhigt?»

Ich breitete die Arme aus und legte so viel Heiterkeit wie möglich in meine Stimme. «Ach, ich glaube nicht …»

Sie schnitt mir das Wort ab. «Nein, spiel jetzt nicht den lustigen alten Nathan, der locker-flockig durchs Leben spaziert. Dem traue ich nämlich nicht. Sei ehrlich.»

Ich seufzte. «Na ja, die Tür zu unserer Wohnung ist eine *porta blindata*. Durch die kommt niemand so schnell. Und wir befinden uns in Venedig, mitten im *Carnevale*. Die Straßen sind voller Menschen. Das alles macht es ziemlich schwierig für jemanden, etwas zu …», ich suchte nach dem richtigen Wort, «etwas zu … *unternehmen*.»

Wir schwiegen beide einen Moment. «Also?»

«Also …» Ich sah ihr in die Augen. Es hatte keinen Sinn zu lügen. «Also ja, ich bin ein klein wenig beunruhigt.»

Sie nickte. «Danke.»

«Was ist mit dir?»

«Ja. Ein klein wenig.» Sie wiegte den Kopf, als versuchte sie, eine Entscheidung zu treffen. «Na schön. Zeit fürs Bett.»

Ich nickte traurig Richtung Schlafzimmertür und dann Richtung Sofa.

«Übertreib es nicht», sagte sie.

«Das Abendessen war aber ziemlich gut, oder?»

«Ja, das war es. Aber nicht das beste Abendessen aller Zeiten.»

«Ach.» Ich machte ein betrübtes Gesicht.

«Du bekommst morgen noch eine Chance. Gute Nacht, *tesoro*.»

- 32 -

«Ich habe nichts zum Anziehen.»

«Ich auch nicht.»

«Das ist etwas anderes. An dir sieht alles gut aus. Ich sehe bloß aus wie ein Sack Kartoffeln.»

Fede zog ihren Mantel über, ging zum Tisch und nahm die Karten für den großen Maskenball zur Hand. «Na schön, das Motto ist also ‹Oper›. Das ist einfach.»

«Soll ich etwa eine Augenklappe tragen und einen Speer in der Hand halten? Woher kriege ich denn einen Speer?»

«Viel einfacher. Du besitzt doch ein Frackhemd, stimmt's?»

«Ja, ich brauchte mal eins für eine Hochzeit vor ein paar Jahren.»

«Hat es ordentlich Rüschen?»

«Viel zu viele Rüschen.»

«Nichts hat zu viele Rüschen. Jedenfalls nicht heute Abend. Wie viel Geld hast du noch?»

Ich sah in meinem Portemonnaie nach. «Siebzig Euro.»

«Gib sie mir bitte.»

«Was?»

«Komm schon. Gib sie mir. Ich kümmere mich um die Sache.»

«Das ist ganz schön happig, findest du nicht?»

«Nicht für den großen Maskenball. Das gleichen wir locker in Form von *cicheti* und Prosecco wieder aus.»

Vor mich hin grummelnd reichte ich ihr das Geld. Sie gab mir ein Küsschen auf die Wange. «Keine Sorge, *caro*, ich regele das. Bis heute Nachmittag.»

«Und was ziehst du …», begann ich, doch die Tür fiel schon ins Schloss, und weg war sie.

Ich begutachtete die Kleidungsstücke, die Federica auf dem Bett ausgebreitet hatte. Zuerst fiel mein Blick auf mein altes Frackhemd, das völlig zerknittert war und dringend gebügelt werden musste. Ich legte mir einen Moment die Hand auf den Bauch. Wie viele Jahre waren vergangen, seit ich es das letzte Mal anhatte? Ach, es würde wohl noch passen. Vielleicht wäre ein Kummerbund nicht schlecht. Bloß dass ich mich nicht erinnern konnte, je einen besessen zu haben. Trug man die eigentlich heutzutage noch? Ich tätschelte noch einmal meinen Bauch. Es würde schon irgendwie werden.

Als Nächstes betrachtete ich die anderen Sachen. Ein schwarzer Dreispitz aus Filz, mit einer schnittig geschwungenen leuchtend roten Feder geschmückt, lag auf einem schwarzen zusammengefalteten Stück schweren Stoffs. Ich legte den Hut beiseite, nahm das Bündel, wendete es hin und her und wog sein Gewicht in den Händen.

«Ist es das, was ich denke, dass es ist?»

Sie nickte. «Ein *tabarro, sì*.»

«Nicht übel.» Ich faltete den dunklen Umhang auf und warf ihn mir über die Schultern. «Donnerwetter», kommentierte ich nach einem Blick in den Spiegel. «Das gefällt mir. Das gefällt mir außerordentlich.»

Federica nickte anerkennend. «Gut. Sehr gut. Fehlt nur noch der Hut, dann ist es perfekt.» Ich setzte den Dreispitz auf. Sie trat einen Schritt zurück und legte den Kopf zur Seite. «Nicht ganz.» Sie schob die Kopfbedeckung vielleicht einen Zentimeter nach links. «So ist es besser. Ein kleines bisschen verwegener.»

«Ist verwegen gut?»

«Verwegen ist gut. Auf jeden Fall.»

Ich bewunderte mein Spiegelbild und stemmte die Hand in die Hüfte. Die Pose der Macht. Einen Augenblick lang wünschte ich, ich hätte einen Bart zum Zwirbeln. «Oh ja, das ist wirklich gut. Sehr gut sogar. Eine Frage nur.» Ich zögerte kurz. «Wen soll ich eigentlich darstellen?»

«Don Giovanni, *tesoro*.»

«Aha. Das ist ja großartig. Ziemlich genial.»

Sie lächelte. «Ich dachte mir, dass es dir gefallen würde.»

«Gefallen? Ich bin hin und weg! Ich wollte schon immer einen *tabarro* haben. Aber wie um alles in der Welt hast du für siebzig Euro einen auftreiben können?»

«Na ja, das ist der Haken. Ich musste ihn borgen. Von Onkel Giacomo.»

«Ach.» Ich machte ein betrübtes Gesicht.

«Tut mir leid, *caro*. Die sind ziemlich teuer. Und er wird ihn leider zurückhaben wollen. Er braucht ihn für den Gran Liston im Dezember.» Sie lächelte wieder. «Aber den Hut kannst du behalten.»

Ich nahm den Dreispitz vom Kopf. Es war ein hochwertiges Stück, zweifelsohne. Ich schaute hinein. Auf dem Label stand der Name eines vornehmen Geschäfts in San Polo. Plötzlich überkam mich ein Verdacht.

«Moment mal. Willst du damit sagen, du hast ihn gekauft?» Sie nickte. «Darf ich fragen, was er gekostet hat?»

«Achtzig Euro. Ist schon gut, du brauchst mir die fehlenden zehn Euro nicht zu geben. Betrachte sie als Geschenk.»

«Achtzig Euro! Für einen Dreispitz?» Sie nickte. «Für einen Dreispitz, den ich genau einmal tragen werde?»

Sie nickte. «Es ist der große Maskenball. Da musst du schließlich gut aussehen.»

«Hättest du mir nicht einen an, keine Ahnung, an einem Souvenirstand kaufen können?»

«Das hätte ich. Aber du musst gut aussehen. Don Giovanni würde keinen Hut vom Souvenirstand tragen.»

«Aber ich werde ihn danach nie wieder aufziehen. Damit kann ich nicht in der Stadt herumlaufen. Der Honorarkonsul in Venedig im Adam-&-the-Ants-Napoleon-Wegelagerer-Look, oder was?»

Sie zuckte mit den Schultern. «Es ist ein Stück fürs Leben. Du kannst ihn jedes Mal zum Karneval tragen. Wer weiß, vielleicht wird es zur Gewohnheit.»

«Dann soll ich also den Rest meines Lebens als Don Giovanni gehen?»

«Vielleicht. Du siehst jedenfalls sehr schneidig so aus. Ausgesprochen gut.»

«Wirklich?»

Sie lächelte. «Wirklich.»

«Hach. Aber ich bin mir nicht sicher, ob ich tatsächlich einen guten Don Giovanni abgebe.»

Sie zog eine Augenbraue hoch. «Nicht?» Gramsci kam hereingetrottet, sprang aufs Bett und starrte mich an. «So oder so, schau dir jedenfalls an, was ich mir besorgt habe.»

Sie ging aus dem Zimmer. Gramsci starrte mich weiter an. «Ich bin kein Don Giovanni, klar?», zischte ich ihm zu.

«Was war das, *tesoro*?»

«Ich spreche nur mit dem Kater, *cara mia*.»

Sie kam wieder herein. Das Umziehen hatte nicht lange gedauert. Ein schlichtes hellblaues Kleid, an den Säumen verblichen und ausgefranst. Sie hatte es seit Jahren nicht getragen. Nur ein verschlissenes blaues Kleid und doch ...

«Was meinst du?»

Ein Lächeln breitete sich über mein Gesicht. «Mimi?»

«Aus *La Bohème*. Natürlich. Gefällt es dir?»

Ich schüttelte nachdenklich den Kopf. «Eigentlich passt

das nicht. An jeder anderen würde es nicht aussehen. Aber an dir …» Ich konnte mir ein albernes Grinsen nicht verkneifen, schlang ihr den Arm um die Taille und beugte sie nach hinten, um sie nach hoffentlich angemessener Don-Giovanni-Manier zu küssen, eine Geste, die allerdings dadurch ruiniert wurde, dass ich das Gleichgewicht verlor. Wir taumelten aufs Bett, von dem ein erschrockener Gramsci jaulend auf den Boden flüchtete.

Ich sah Federica immer noch grinsend an. «Es passt perfekt. Du siehst wunderbar aus.» Ich legte ihr die Hand auf die Wange und schob ihr die Haare aus dem Gesicht. «Wirklich entzückend.»

Sie gab mir einen Kuss auf die Stirn. «Und du siehst äußerst stattlich aus, *tesoro*.» Dann setzte sie sich auf und tätschelte mir beinahe geistesabwesend den Bauch.

«Ich frage mich, ob Onkel Giacomo wohl einen Kummerbund hat.»

– 33 –

An *Carnevale* schaut keiner zweimal hin, wenn er einen Mann im *tabarro* sieht. Trotzdem nahm ich aus Sorge, meine Verwegenheit könnte andere Fahrgäste womöglich verschrecken, auf dem *vaporetto* Richtung San Marcuola meinen Hut ab. Federica legte sich einen dicken Mantel um die Schultern, um sich vor der Kälte des Winterabends zu schützen.

Nachdem die Büroangestellten sich auf den Heimweg gemacht hatten, war der Pendlerverkehr inzwischen abgeebbt. Die nächste Welle würde in den späten Abendstunden folgen, wenn die Mitarbeiter von Restaurants und Bars sich auf den Weg zur Piazzale Roma und den Bussen nach Mestre und darüber hinaus begaben.

Trotzdem war die Kabine vollgepackt mit Fahrgästen. Um diese Jahreszeit war es immer voll. Wir gingen hinein, vorbei an Napoleon Bonaparte, der eisern draußen stehen blieb und auf das dunkle Wasser des Canal Grande blickte, jeder Zentimeter der «Mann des Schicksals». Ich fragte mich, ob es *der* Napoleon Bonaparte war. Oder sahen für mich langsam sämtliche Bonapartes gleich aus?

«Sollen wir nach hinten zu den Plätzen im Freien durchgehen?»

Fede schüttelte den Kopf. «Zu kalt.»

«Bist du sicher? Schließlich sollst du an der Schwindsucht sterben, weißt du noch? Es könnte dir helfen, dich in deine Rolle zu finden. Du darfst dich auch unter meinen *tabarro* kuscheln.»

Sie verdrehte die Augen. «Du hast ja offenbar schon perfekt in deine Rolle gefunden. Ach, meinetwegen.»

Ungefähr die Hälfte der Fahrgäste war kostümiert, unterschiedlich gut gelungen. Eine aus vier japanischen Touristen bestehende Familie gesellte sich draußen zu uns. Zwei kleine Mädchen und ihre Mutter in billigen glitzernden Halbmasken, vermutlich an einem Kiosk erstanden, unterhielten sich aufgeregt, während Dad mit einem Plastik-Dreispitz auf dem Kopf fortwährend etwas auf seinem Handy tippte. Ich blickte auf meinen eigenen Hut, wog ihn in den Händen und fuhr mit dem Daumen über die Filzoberfläche. Ich lächelte Fede an, dankbar dieses Mal.

«Du hattest recht. Mag sein, dass ich ihn nur einmal trage, aber es ist ein schöner Hut.»

«Natürlich hatte ich recht. Schließlich musst du glaubhaft wirken.»

Ich wandte mich wieder zu den japanischen Touristen. Gleich würden wir unter der Rialtobrücke durchfahren, die im hellen Mondlicht strahlte, und Dad lehnte sich in dem Versuch, sie zu filmen, so weit er konnte, aus dem Boot. Mum hob die beiden kleinen Mädchen auf ihren Sitz und stellte sie hin, damit sie besser sehen konnten. Sie waren um die halbe Welt gereist, um vielleicht zwei Tage in Venedig zu verbringen, und trugen billige Karnevalsmasken, die wahrscheinlich in China hergestellt worden waren. Und dennoch hatten sie unzweifelhaft ihren Spaß. Es war einfach, allzu einfach, sich über Karneval zu mokieren, sich darüber aufzuregen, dass er sich von einem Fest der Venezianer in eine absurde Profitmaschinerie verwandelt hatte. Für diejenigen, die ihn zum ersten und vielleicht sogar zum einzigen Mal erlebten, besaß er dennoch seinen Charme. Nein, mehr noch als das: Er hatte etwas Magisches.

Federica bemerkte den Ausdruck in meinem Gesicht. «Besser?», fragte sie.

Ich nickte. «Das wird leicht vergessen, stimmt's? In spätestens einer Woche sind sie wieder zu Hause in Tokio oder wo auch immer und zeigen ihren Freunden Hunderte von Fotos. Und alle werden feststellen, wie schön es hier doch ist und wie froh die Leute doch sein können, an einem Ort wie diesem zu leben.» Ich seufzte. «Das vergessen wir manchmal.»

Die Touristen knipsten eifrig weiter, jetzt das Haus von Benedetto Marcello. Ich konnte nicht verstehen, was sie sagten, aber offensichtlich nahmen sie an, die Gedenktafel an der Wand deute darauf hin, dass es jemandem von Bedeutung gehört hatte. Was auch stimmte. Es war das Zuhause des Mannes gewesen, nach dem das *conservatorio* am Campo Santo Stefano benannt war; ein Mann, der die ersten fünfzig Psalmen vertont hatte. Die musikalische Umsetzung hatte mir ziemlich gut gefallen, und ich fand es schade, dass er nicht mehr dazu gekommen war, dasselbe mit den restlichen hundert zu tun.

Die Aufregung stieg, als wir am Casino selbst vorbeikamen, wo durch das Wassertor, das in den Garten führte, maskierte Gestalten zu sehen waren und sich leise klassische Musik zwischen das Motorengeräusch des *vaporettos* mischte. Das war mehr als genug, um die Aufmerksamkeit der Touristen von der Gedenktafel für Richard Wagner abzulenken, der hier am 13. Februar 1883 sein Leben ausgehaucht hatte. Was würde das alte Scheusal wohl zu alldem sagen?

Das Boot legte an der Haltestelle San Marcuola an, wo am *campo* die gleichnamige Kirche emporragte. Das Gebäude war den Heiligen Hermagoras und Fortunatus gewidmet, die durch einen Trick des venezianischen Dialekts in der nicht existenten Gestalt des San Marcoula eins geworden waren. Die Marmorfassade auf der Außenseite war nicht vollendet und würde es wohl auch nie mehr werden, denn die rotbraunen Simse und Löcher, die den Marmor tragen sollten, dienten inzwischen Tauben als Nist- und Ruheplätze. Die Kirche wirkte heruntergekommen und vernachlässigt, obwohl die hiesige Kirchengemeinde sich bemühte, sie offen zu halten, weil durch ein *Letztes Abendmahl* Tintorettos Besucher angezogen wurden.

Ich nickte den japanischen Touristen lächelnd zu, als wir ausstiegen. Wir gingen durch die *calle* rechts der Kirche, wo in Erwartung von Hochwasser *passarelle* aufgebaut worden waren. Federica nahm ihren Mantel von den Schultern und legte ihn sich über den Arm. Sie zitterte.

«Frierst du denn nicht?», fragte ich sie.

«Natürlich. Aber wir sollten doch unseren Rollen gemäß eintreffen, findest du nicht? Komm, zieh deinen Hut auf.»

«Bist du sicher?»

«Logisch. Ohne den Hut bist du nur irgendein Mann mit Umhang, und von denen gibt's hier Hunderte. Mit dem Hut bist du der berühmt-berüchtigte Don Giovanni.»

Ich tat wie geheißen. Und ich musste zugeben, dass ich doch ein klein wenig erhobeneren Hauptes daherstolzierte.

Wir setzten unseren Weg bis zum Eingangstor des Casinos fort, wo uns bullige, mit Pistolen ausgestattete Männer erwarteten. Fede zuckte bei so etwas nicht mal mit der Wimper, aber ich würde mich wohl nie an den Anblick bewaffneten Sicherheitspersonals gewöhnen. Unwillkürlich wollte ich, dass sie einen guten Eindruck von mir hatten. Ich lächelte, so liebenswürdig ich nur konnte, und griff – betont langsam – unter meinen *tabarro*, um unsere Eintrittskarten hervorzuholen. Einer der Wachmänner nickte kaum merklich seinem Kollegen zu, dann traten beide mit versteinerter Miene beiseite und ließen uns durch. Ich lächelte sie noch einmal an, und mir war bewusst, dass ich ein ziemlich unsouveräner Don Giovanni war.

Wir gingen durch den Garten zum Haupteingang, wo uns eine gertenschlanke junge Frau mit schwarzem Bubikopf anhielt.

«Wir möchten zum Maskenball», sagte ich und setzte mein strahlendstes Lächeln auf; ein dermaßen charmantes Giovanni-Lächeln, dass es die Herzen von Donna Anna, Donna Elvira oder Zerlina sofort zum Dahinschmelzen gebracht hätte.

Wenn ich hier jedoch eine entsprechende Reaktion erwartet hatte, sollte ich enttäuscht werden. «Der Empfang im Obergeschoss ist bereits eröffnet. Oder falls Sie das vorziehen, können Sie gerne ein Glas Prosecco im Garten zu sich nehmen.»

«Ach.» Ich legte Federica die Hand auf die nackte Schulter, die, genau wie ihr «eiskaltes Händchen», eisig kalt war. «Es ist ziemlich kalt, wissen Sie», sagte ich. «Und meine Begleitung stirbt sowieso schon an der Schwindsucht», fügte ich mit einem, so hoffte ich, noch gewinnenderen Lächeln hinzu.

Ich hoffte auf ein Lächeln als Erwiderung, doch das Herz der jungen Frau blieb eisern ungeschmolzen. «Draußen sind Heizpilze aufgestellt, Sir.»

«Trotzdem, ich denke, wir gehen lieber nach oben, Gnädigste.» Ich machte eine schwungvolle Verbeugung. Ihr Blick verengte sich kaum merklich. Vielleicht doch etwas zu viel Don Giovanni?

Fede nahm meinen Arm und zog mich sanft fort. «Sehr gut, *caro*. Das war ziemlich galant.»

«Wirklich?»

«Aber ja. Es ist schließlich nicht deine Schuld, dass sie für Don Giovannis Charme nicht empfänglich ist.» Plötzlich festigte sich ihr Griff um meinen Arm. «Ich glaube, ich sehe da jemanden, bei dem das anders sein könnte.» Eingerahmt vom Bogengang am oberen Ende der Treppe, die zum *piano nobile* führte, stand da Isotta. Ihre Haare waren stark toupiert, während leuchtend roter Lippenstift und dick aufgetragene schwarze Wimperntusche ihre Haut noch blasser denn je erscheinen ließen. Sie trug ein schlichtes, tief dekolletiertes schwarzes Kleid, das vermutlich gar nicht so schlicht war, und ein kunstvoll verziertes goldenes Stirnband, das gerade so die Schramme über ihrem Auge verdeckte. Ihre Aufmachung verriet nicht auf den ersten Blick, wen sie darstellen wollte, aber ich konnte es mir denken.

«Isotta.» Ich lächelte. «Oder nennen wir Sie heute Abend besser ...?»

«Königin der Nacht?», beendete Federica meinen Satz.

Isotta strahlte. «Sie haben es erraten?»

«Natürlich.»

«Und Sie geben einen großartigen Don Giovanni ab, Nathan.»

«Sie haben es erraten?»

«Aber natürlich», antwortete sie und kicherte. Dann wandte sie sich an Federica. «*Cara* Federica ... oder wie sollte ich Sie heute Abend nennen?» Sie wirkte etwas ratlos. Absichtlich, nahm ich an.

«*Mi chiamano Mimì, il perchè non so*», antwortete Fede lächelnd.

«Natürlich. Natürlich.» Sie berührte Fedes Schulter. «Sie frieren ja. Kommen Sie herein und wärmen Sie sich auf.»

Sie führte uns in die *Sala Palma*, einen der drei Räume, die den Restaurantbereich bildeten, benannt nach den Gemälden von Jacopo Palma dem Jüngeren, welche die Wände schmückten. Sie waren wie immer braun. Tische und Stühle hatte man weggeräumt, und am hinteren Ende des Saales spielte ein Streichquartett. Vivaldi, Die vier Jahreszeiten. Was sonst.

Als ich auf die freie Fläche blickte, wo Gäste und Kellner umherliefen, kam mir plötzlich ein schrecklicher Gedanke.

«Wie ich sehe, hat man die Tische weggeräumt. Das heißt doch nicht etwa, dass getanzt wird?»

«Aber selbstverständlich», antwortete Isotta.

Ich schüttelte den Kopf. «Nathan Sutherland tanzt nicht.»

Sie lächelte. «Don Giovanni aber doch sicher.»

Ein Kellner in weißem Anzug erschien wie aus dem Nichts neben meiner Schulter. Er trug ein Tablett mit drei Champagnerflöten, die mit einer hellrosa Flüssigkeit gefüllt waren. Bellini. Mir wurde noch mulmiger. Prosecco hielt man wahrscheinlich für zu fantasielos für eine solche Gelegenheit, und den einfachen Spritz für viel zu vulgär. Bellini, Püree aus weißen Pfirsichen mit Prosecco, erachtete man wohl als eleganter. Selbst wenn er mit ziemlicher Sicherheit nicht frisch gemixt war, sondern aus der Flasche kam. Mir war er schon seit jeher deutlich zu süß.

Wie auch immer. Wir stießen jedenfalls an, und ich schaute mich näher um. Ich war längst nicht der einzige Don Giovanni, aber den Wotans waren wir zahlenmäßig noch deutlich unterlegen. Etliche der anderen Herren trugen ein einfaches Fellwams mit Schwert an der Seite. Alles Siegfrieds wahrscheinlich. Oder waren es vielleicht sogar Parzifals? Das war schwer zu sagen. Wagner wäre jedenfalls stolz gewesen.

Es gab auch noch weitere Königinnen der Nacht, die jedoch von keinem groß beachtet wurden. Sie hingegen starrten, ohne ihren Neid zu verbergen, Isotta an.

«Wo ist denn Thomas?», erkundigte ich mich.

«Kommen Sie mit.» Isotta nahm uns beide am Arm und führte uns in den angrenzenden Raum, die *Sala Rossa*, so benannt wegen der üppigen roten Samtvorhänge, die überall hingen, und anschließend in die *Sala Gialla*, so benannt, obwohl sie nicht besonders gelb war.

Isotta deutete Richtung Balkon. Er war im Schein der hellen

Leuchter nicht leicht auszumachen, aber ich erkannte die Silhouette seiner korpulenten Gestalt, die sich vor dem Fenster abzeichnete, und die Dunstwolke der Zigarette in seiner Hand.

«Ich wusste gar nicht, dass er raucht», sagte ich.

Isotta schüttelte den Kopf. «Tut er normalerweise auch nicht», antwortete sie. «Er ist nervös.»

«Ich weiß.»

Als hätte er uns gehört, wandte Lockwood sich um. Jetzt sah ich ihn deutlicher. Weißer Kittel mit schwarzen Knöpfen. Das Gesicht kreideweiß mit rot aufgemaltem Lächeln.

«Vesti la giubba e la faccia infarina», murmelte ich. «Hüll dich in Tand nur, und schminke dein Antlitz. Auch wenn das Herz dir bricht.»

Isotta nickte. «Canio. Der traurige Clown. Aus Leoncavallos *I Pagliacci.*»

Der Teufelsdirigent. Der Mann, der hartgesottene Berufsmusiker zum Weinen bringen konnte. Erschien nun als Leoncavallos unglückseliger Narr. Der gehörnte kleine Clown.

Isotta schüttelte traurig den Kopf. «Gehen Sie zu ihm und reden Sie mit ihm, Nathan. Bitte.» Ich sah Fede an. «Die dottoressa und ich plaudern derweil ein bisschen.» Sie nahm Federica am Arm. «Kommen Sie, wir holen uns noch einen Bellini, *cara* Federica.» Dann wandte sie sich wieder an mich. «Er spricht im Moment nicht mit mir. Bitte, Nathan. Reden Sie mit meinem traurigen Clown.»

Als ich mich Lockwood näherte, nickte er mir zu und versuchte, seine Zigarette hinaus in den Canal zu werfen. Es reichte allerdings nicht ganz, und ich sah den Stummel unten auf dem Anlegesteg glimmen. Genau wie Isottas Wutausbruch ein paar Tage zuvor, passte das so ganz und gar nicht zu ihm, dass ich es kaum mit der eleganten Erscheinung auf dem Cover so vieler Platten in Einklang bringen konnte. Mit zitternder Hand griff er nach einer neuen Zigarette. Er versuchte immer wieder das billige Feuerzeug anzuschnipsen, das im Windzug, der vom Canal hinaufwehte, nicht anbleiben wollte.

«Erlauben Sie», sagte ich. «Hier, nehmen Sie die.» Ich zündete mir eine Zigarette an und reichte sie ihm, damit er daran seine eigene anzünden konnte. Dabei hielt ich seine Hand ruhig, und er zuckte angesichts der unerwarteten Vertraulichkeit ein wenig zusammen. Er sog den Rauch ein und hustete. Trotz der kühlen Luft verlief die Schminke auf seiner Stirn schon langsam.

«Tom, Sie rauchen doch gar nicht.»

«Nicht mehr. Hatte angefangen, als ich meine erste Frau heiratete. Hab's aufgegeben, als meine zweite mich verließ. Eigentlich fehlt es mir nicht.»

«Außer?»

«Außer ich brauche verdammt noch mal eine, so wie heute Abend.»

«Verstehe.»

«Ach ja, Sutherland? Tun Sie das?»

«Tom, mag sein, dass ich noch nie eine verschollene Monteverdi-Oper entdeckt habe, aber ich weiß, was Verlust ist. Ich weiß, was es heißt, unglücklich zu sein. Das wissen die Meisten.»

Ich befürchtete, ihn verärgert zu haben, aber er lächelte, was unter seinem aufgemalten Grinsen leicht grotesk wirkte. Er tätschelte mir den Arm.

«Ich habe Sie nie als Canio gesehen, Tom. In meiner Vorstellung hatten Sie stets die Gestalt eines Wotan.»

Er lächelte wieder. «Als ich jünger war vielleicht. Der Göttervater. Der von der Walhalla zur Regenbogenbrücke blickt, Herr der Welt. Nur dass er das natürlich nicht ist. Das gibt er selbst zu. Er ist der Erbärmlichste von allen. Das habe ich als junger Mann nicht begriffen.» Er schwang den Arm im Halbkreis und spreizte dabei die Finger, als könnte er den ganzen Saal und die Menschen darin mit der Hand umfassen. «Sehen Sie sie an – vier, fünf, sechs Wotans? Ich kann sie nicht einmal zählen. Allesamt noch junge Männer. Sie verstehen es noch nicht. Wotan besitzt sämtliche Insignien der Macht, aber hat in Wirklichkeit keine. Sie sehen nur die Äußerlichkeiten. Das hat etwas mit Stolz zu tun. Das hatte es zumindest bei mir.»

Ich pfiff durch die Zähne. «Ganz schön tiefgründig. Tom. Ich habe es schlicht für ein einfaches Kostüm gehalten. Umhang, Augenklappe, Speer. Fertig ist der Lack.»

Er schmunzelte. «Kann gut sein, Nathan. Vielleicht interpretiere ich zu viel hinein. Also, dann erzählen Sie mir mal, warum Sie Don Giovanni sind.»

«Meine Freundin hat einen Onkel mit *tabarro*.»

«Wie schön.» Er beäugte mich näher. «Ist das alles?»

«Das ist alles.»

Er zögerte einen Moment. «Isotta findet Sie sehr charmant, wissen Sie.»

«Ich fühle mich geschmeichelt. Aber ich verstehe gar nicht warum.»

«Ihre Partnerin ...»

«Federica.»

«Wie haben Sie sich kennengelernt?»

«Durch einen Tizian. Und durch einen Bellini.»

«Reizend. Sie scheint mir auch bezaubernd zu sein. Wie lange ...» Er ließ die Frage in der Luft hängen.

«Drei Jahre inzwischen.» Er nickte zufrieden. Langsam wurde mir die Unterhaltung unangenehm, also versuchte ich das Thema zu wechseln. «Und warum Canio?»

Nun ja, wahrscheinlich ist nach der Überheblichkeit Wotans ein bisschen Demut angebracht, könnte ich jetzt sagen. Und was könnte demütiger sein als ein trauriger Clown? Ein armer kleiner Hahnrei.» Hatte er gerade einen kurzen Moment innegehalten? «Aber das wäre zu viel hineininterpretiert. Die Wahrheit ist prosaischer.» Er klopfte sich breit grinsend auf den Bauch. «Als Canio findet man viel leichter ein vorteilhaftes Kostüm.»

Ich lachte. «Es gibt immer noch Falstaff.»

«Gibt es. Aber mit Falstaff fühle ich mich nicht sonderlich verbunden. Mit diesem polternden, prahlenden alten Aufschneider. Nein, ich denke nicht, dass ich das Leben so in vollen Zügen genieße wie der gute Sir John. Canio ist auf seine eigene bescheidene Art ein Mann des Theaters. Und das bin viel eher ich.»

«Das ist eine gute Antwort.»

«Eine ehrliche.»

«Na schön.» Ich hielt einen Moment inne. «Noch eine Frage. Welche Monteverdi-Figur sind Sie?»

«Nun ja. Was erwarten Sie, antworte ich darauf?»

«Seneca. Hauptsächlich, weil er so überaus weise ist.»

«Vielen Dank. Aber da liegen Sie völlig daneben. Es ist natürlich Orpheus.»

Ich zog eine Augenbraue hoch. «Damit hatte ich nicht gerechnet.»

«Nein? Warum nicht?»

«Na ja, hinab in die Unterwelt zu steigen und seine große Liebe zu retten; er ist eine romantische Figur.»

«Bin ich das etwa nicht?» Ich biss mir auf die Zunge. Natürlich hatte ich an seine zwei Ex-Frauen gedacht. Er bemerkte meine Verlegenheit und beeilte sich, weiterzusprechen. «Sie haben ja recht. Das bin ich ganz und gar nicht. Aber Sie irren sich auch. Orpheus ist keineswegs eine romantische Figur. Er steigt nicht etwa in die Unterwelt hinab, um Eurydike zu holen. Er ist dort, um die Musik zu retten.»

Ich nickte. «Verstehe. Und dasselbe tun Sie.»

«Ganz genau.» Diesmal gab es kein «auf meine eigene bescheidene Art» hinzuzufügen. Thomas Joshua Lockwood hatte tatsächlich keinen Zweifel daran, dass er die Musik rettete.

«Ist es das, was wir hier heute Abend machen?» Ein Kellner kam am Fenster vorbei, und Lockwood signalisierte mir, still zu sein. Er langte hinein, nahm sich einen Bellini vom Tablett und ließ den rosa Inhalt im Glas kreisen. Der Kellner neigte den Kopf in meine Richtung.

Ich lehnte ab. «Im Moment nicht.» Mein Glas war noch halb voll, und der klebrig-süße Inhalt wurde langsam warm. Ein Martini wäre schön gewesen. Ein Negroni noch besser. Ich würde mich für einen Prosecco entscheiden. Das würde aber offenbar noch ein bisschen warten müssen.

«Wir retten die Musik?», wiederholte ich, als der Kellner seines Weges ging.

«Ja, genau das tun wir, Sutherland. Genau das.» Er sprach mit gedämpfter Stimme. Ich schaute ihn an. Er hatte sich plötzlich verändert. Obwohl unsere Unterhaltung von eben nicht einfach gewesen war, so war sie doch von einer gewissen Leichtigkeit geprägt gewesen. Jetzt sah ich, wie er quasi vor meinen Augen ein anderer wurde, wie seine Besessenheit zurückkehrte. Er legte mir die Hand auf den Arm und nickte in Richtung der Menschen in der *Sala Gialla*. «Sehen Sie sie sich an, Mr. Sutherland. Einer von denen hat sie. Einer von denen ist ein billiger Ganove.»

«Thomas, ich habe Ihnen doch gesagt, ich hätte zur Polizei gehen sollen.»

«Das werden Sie nicht tun», zischte er. Dieses Mal war es keine Bitte. Sein Griff um meinen Arm festigte sich.

«Und was, schlagen Sie vor, sollen wir tun, *maestro*?»

«Wir warten. Wir warten einfach ab und sehen, was passiert.»

Ich nickte. «Na schön. Verstehe. Sollen wir zu den anderen gehen?»

«Ich denke schon. Wir werden sowieso gerade aufgefordert hinüberzukommen.»

In der *sala* schien sich tatsächlich etwas zu tun. Wir gesellten uns zu Federica und Isotta.

«Sie haben eine ganz reizende Freundin, Nathan.»

«Ich weiß. Ich bin ein Glückspilz. Das sagt sie mir täglich.»

Wir lachten und stießen an, während das Servicepersonal uns höflich an die Seiten des Saales dirigierte. Insgesamt waren wir sicher über hundert Personen. Und einer von uns war, wie Lockwood sagte, ein billiger Ganove.

Ein billiger Ganove, der aus einem Opernlibretto des 17. Jahrhunderts zitieren konnte. Irgendetwas an dieser Tatsache störte mich.

- 34 -

«*Care signore, cari signori*. Willkommen im *Casinò di Venezia.*» Bei der Rednerin handelte es sich um die kurzhaarige Frau von unten, die jetzt freundlich lächelte. Genau wie alle anderen, musste auch sie natürlich in ihre Rolle schlüpfen. «Wenn Ihre Gläser gefüllt sind, dann lassen Sie sie uns auf den Geist des *Carnevale* erheben.»

«Auf den Geist des *Carnevale*», wiederholten wir und stießen miteinander an.

«Und damit, meine Damen und Herren, soll das Spektakel beginnen.» Sie verbeugte sich kurz und trat beim Fanfarenklang einer vierköpfigen Musikergruppe zur Seite.

Eine Gestalt kam hereingelaufen. Ganz in Schwarz gekleidet und Stirn und Nase von einer schwarzen Dreiviertelmaske verdeckt. Sie trug einen schwarzen Filzhut und ein langes dunkles Gewand.

Ich erkannte ihn sofort, und ein kalter Schauer lief mir über den Rücken.

Il Dottore.

«Mein Gott», murmelte ich leise.

«Was ist denn?», fragte Federica.

Bevor ich etwas antworten konnte, ertönte wieder eine Fanfare, und zwei weitere Figuren kamen herein. Eine davon eine hübsche junge Frau in einem ausgeblichenen, leicht verschlissenen weißen Kleid. Sie hatte ein Tamburin in der Hand und wirbelte Pirouetten drehend durch alle vier Ecken des Saales, bevor sie vor Federica stehen blieb. Dort legte sie den Kopf zur

Seite und den Zeigefinger auf die Lippen, als wäre sie erstaunt, jemand so einfach Gekleideten unter so vielen vornehmen Damen und Herren zu sehen. Dann lächelte sie, zuckte mit den Schultern und tanzte ihr Tamburin rüttelnd wieder davon. Colombina.

«*Commedia dell'arte*», flüsterte ich.

«Und?»

«Das heißt auf jeden Fall eins: Zuschauerbeteiligung.»

«Ach, Unsinn. Vermeide einfach den Blickkontakt. Es wird schon gut gehen.»

«Wird es nicht. Diese Leute sind wie Haie. Die riechen Angst.»

Wie durch meine Worte ermuntert kam Colombina zu mir herübergetanzt und schlug mir den Hut vom Kopf. Hastig griff ich danach, doch da tanzte sie schon mit ihm in der Hand davon. Sie setzte sich im Schneidersitz auf den Boden, drehte ihn in den Händen und nickte anerkennend.

Das Publikum schaute geschlossen zu mir und lachte. Ich zwang mir ein Lächeln ins Gesicht und überlegte, was Don Giovanni jetzt wohl tun würde? Sollte ich versuchen, mir meine Kopfbedeckung auf möglichst verwegene Weise wieder zurückzuholen? Die Entscheidung wurde mir abgenommen, als Arlecchino, in seiner typischen bunt karierten Kluft, in den Saal getänzelt kam. Unter viel Aufhebens versuchte Colombina, den Hut vor ihm zu verbergen, indem sie ihn flink hinter ihrem Rücken an jemanden aus dem Publikum weiterreichte. Er wanderte von Wotan zu Brunhilde und schließlich zu Falstaff, der schallend lachte und ihn wieder ihr zuwarf.

Ein paar der Anwesenden schlüpften offenbar allzu tief in ihre Rollen.

Harlekin schien von etwas auf der anderen Seite des Saales abgelenkt zu sein, was Colombina ausnutze, um zu mir zu tanzen und mir den Hut wieder aufzusetzen. Dann nahm sie meinen Kopf zwischen die Hände, zog mich erstaunlich kraftvoll zu sich und küsste mich mitten auf den Mund.

Aus dem Publikum war deutliches Nach-Luft-Schnappen zu hören, woraufhin sie sich mit gespieltem Entsetzen die Hände vor die Wangen schlug.

Harlekin hatte sich umgewandt und sah mich jetzt direkt an.

Colombina tanzte von mir weg.

Wir sahen uns weiter an. Ich zuckte mit den Schultern und breitete als Geste des Friedens die Arme aus. Kleines Missverständnis. Nichts für ungut.

Er nahm seine Narrenpritsche, den *bataccio*, und schlug sich damit gleichförmig auf die offene Handfläche, während er sich in Bewegung setzte und langsam, aber zielstrebig in meine Richtung kam.

Ich zwang mich, die Augen aufzulassen. «Bitte, mach, dass es aufhört», murmelte ich hinter meinem starren Lächeln. Fede rieb mir über den Rücken, aber auch sie lachte jetzt gemeinsam mit dem Rest des Publikums. Dann – was für eine verräterische kleine Schneiderin – entfernte sie sich von mir. Ich sah nach rechts. Isotta und Lockwood hatten dasselbe getan.

Harlekin kam weiter auf mich zu und klopfte die ganze Zeit mit seiner Pritsche, während die Musiker ein zartes kleines Menuett spielten. Ein Ennio-Morricone-Soundtrack aus einem Spaghetti-Western wäre wahrscheinlich passender gewesen.

Vielleicht einen halben Meter von mir entfernt blieb er stehen und schien mich von oben bis unten zu taxieren. Er drehte sich zu Colombina um und deutete auf mich. Sie schüttelte den Kopf. Er sah wieder mich an. Dann steckte er sich seine Narrenpritsche wieder in den Gürtel, stemmte die Hände in die Hüften und fing schallend an zu lachen. Er packte mich an den Schultern und schüttelte mich. Dabei lachte er weiter. Und ich fiel mit ein.

Bestimmt ist es gleich vorbei, dachte ich. Bitte, lass es gleich vorbei sein. Wir lachten weiter. Ich stemmte ebenfalls die Hände in die Hüften. Vielleicht würde es etwas bringen, seine Rolle anzunehmen?

Plötzlich hörte er auf zu lachen und sah mich mit einem strengen Blick an, auf den Gramsci stolz gewesen wäre. Er deutete auf meinen Hut. Ich zeigte ebenfalls darauf. Ich nahm ihn ab und hielt ihn ihm hin. «Den?» Er nickte wieder. Ich gab ihm den Hut.

Einen kurzen Moment Schweigen, dann fing er wieder an zu lachen. Er setzte sich den Hut auf und drehte sich zu Colombina um. Gefalle ich dir so, meine Liebste? Sie klatschte lächelnd in die Hände.

Plötzlich wurde er ernst. Er nahm den Hut ab – meinen Hut, rief ich mir in Erinnerung, obwohl es mir inzwischen egal war und ich langsam meinen Lebenswillen verlor – und schüttelte den Kopf. Dann lächelte er wieder, wirbelte ein paar Mal herum und setzte ihn Lockwood auf. Er trat einen Schritt zurück, um sein Werk zu bewundern, und blickte abwechselnd von einem zum anderen von uns. Daraufhin lachte er mir ins Gesicht und warf die Arme in Richtung Lockwood. Siehst du, schien er zu sagen, dem traurigen Clown steht der Dreispitz besser als dir. Er lief lockeren Fußes zu Colombina, nahm sie in den Arm und wirbelte sie herum.

Lockwood wirkte ein wenig verlegen. Der Rest des Publikums, einschließlich meiner treulosen Mimi, brach in Gelächter aus. Ich stand hutlos da und wünschte mir einen schnellen Tod.

Das Gelächter wurde durch den Auftritt Pierrots unterbrochen. Harlekin und Colombina lösten sich aus ihrer Umarmung und tanzten in entgegengesetzte Richtungen davon. Pierrot schaute den beiden nach und schüttelte traurig den Kopf. Er ging zu Lockwood und stellte sich vor ihn. Er sah ihm in die Augen und neigte den Kopf erst zur einen, dann zur anderen Seite, und es hatte den Anschein, als erwartete er, dass sich auch Lockwoods Gesicht spiegelbildlich hin und her bewegte. Dann nahm er ihm den Hut ab und schüttelte langsam den Kopf, bevor er ihn mir zurückgab. Das ist ein Hut für feine Herren, schien er sagen zu wollen, nicht für traurige Clowns. Und dann, mit einem letzten verzagten Blick zu Harlekin und Colombina, war er verschwunden.

Ich schloss die Augen und holte tief Luft. Es war vorbei. Und eines Tages vielleicht würde ich das Ganze vergessen können.

Da tippte mir jemand sanft auf die Schulter. Colombina stand freundlich lächelnd da und bot mir ein Glas Bellini an. Mit zitternder Hand nahm ich es. Sie wirbelte wieder zu Harlekin hinüber, und beide applaudierten mir und forderten das Publikum auf, sich ihnen anzuschließen. Ich lächelte matt und erhob mein Glas.

Der Bellini war ratzfatz geleert.

Fede umarmte mich. «Du warst fantastisch, *caro.*»

«Das waren Sie wirklich, Nathan. Sie sollten auch auf der Bühne stehen», sagte Isotta.

Lockwood klopfte mir auf die Schulter. «Danke, Nathan. Irgendwen trifft's immer. Ich bin nur froh, dass ich es nicht war.» Er zögerte einen Moment. «Ich muss allerdings sagen, dass die Vorführung als *commedia dell'arte* nicht sonderlich authentisch gewesen ist.»

«Das mag sein. Wobei die Authentizität des Stückes nicht direkt mein Problem war.» Ich schauderte, und als ich, in der Hoffnung, es würde sich auf wundersame Weise wieder füllen, die Überreste meines Bellinis im Glas schwenkte, zitterten mir die Hände.

Fede umarmte mich noch einmal. «Du warst trotzdem großartig.»

«Vielleicht eher ein Leporello als ein Don Giovanni?», meinte Lockwood.

Langsam entspannte ich mich wieder. Na schön, Nathan, du hast dich zum Affen gemacht. Und die Leute haben sich offenbar köstlich amüsiert. Sogar Lockwood schien besser gelaunt. Meine persönliche Erniedrigung hatte ihn offenbar von den Gedanken an das Opernmanuskript abgelenkt, wenn auch nur kurz.

«Ich glaube, du brauchst einen Martini», sagte Federica.

«Stimmt», antwortete ich. Dann überlegte ich noch einmal kurz. «Woher weißt du das?»

«Ich weiß, dass du keinen Bellini magst. Für einen Spritz oder Prosecco ist es nicht wirklich der Abend. Nathan Sutherland hätte vielleicht gerne einen Negroni, aber Don Giovanni würde sich ganz sicher für einen Martini entscheiden. Außerdem befinden wir uns in einem Casino. Ein Martini passt besser zu James Bond.»

Ich umarmte sie. «Du bist genial, weißt du das?»

«Ich weiß. Also, einer der Kellner wird bestimmt einen Martini haben. Ich besorge dir einen. Organisier du mir ein paar *cicheti*, wenn irgendwas vorbeikommt.» Sie verschwand durch die Menschenmenge, die sich nun auf der Tanzfläche drängte. Das Streichquartett war von einem nichtssagenden DJ und einem Mix aus Europop abgelöst worden.

«Wollen Sie vielleicht tanzen?», fragte Isotta.

«Im Ernst?»

«Was das Tanzen betrifft, scherze ich nie.»

«Sie haben mich noch nicht tanzen gesehen.»

«Egal. Kommen Sie schon.» Sie küsste ihre Finger und berührte Lockwoods Wange, was ihre Fingerspitzen leicht weiß färbte. «Ich bin nicht lange fort, Liebling. Wie die reizende Federica schon sagte, organisier du mir ein paar *cicheti*, wenn welche vorbeikommen.» Dann nahm sie meinen Arm und führte mich sanft, aber entschieden auf das, was als Tanzfläche durchging.

Die Musik kam mir bekannt vor. Während der Sommermonate hatte ich sie häufig aus sämtlichen Beschallungsanlagen auf dem Lido dröhnen gehört. Sie war nicht wirklich mein Ding. Als ich einen Blick um mich herum auf meine Mittänzer und -tänzerinnen warf, konnte ich auch nicht glauben, dass es ihres war. Trotzdem schienen sich alle prächtig zu amüsieren. Die Wotans hatten sich, ohne Rücksicht auf die möglichen Konsequenzen, ihrer Speere entledigt, und die Falstaffs waren alle gleichermaßen guter Stimmung.

Isotta lächelte und fing an zu kichern.

«Was ist so lustig?»

«Nichts. Es ist nur ...»

«Nur was?»

«Es ist nur, dass Sie wie ein Engländer tanzen.»

«Und Sie – nun ja – Sie nicht», antwortete ich. «Aber Sie sollten eigentlich mit Tom auf der Tanzfläche sein.»

«Thomas tanzt eigentlich nicht.»

«Und ich ganz bestimmt nicht.» Ich zögerte einen Moment. «Wird er nicht eifersüchtig werden?»

Sie legte die Hand vor den Mund und kicherte. «Du liebe Güte, nein. Nicht im Geringsten.» Dann hielt sie einen Moment inne und sah mir direkt in die Augen. «Er *erwartet* nichts, verstehen Sie?»

Das hätte ich nun wirklich nicht zu wissen brauchen.

«Und was ist mit Ihrer entzückenden Federica?», fuhr sie

fort. «Wird sie nicht eifersüchtig sein, wenn sie zurückkommt und uns tanzen sieht?»

«Aber nein. Natürlich nicht. Wir tanzen schließlich nur, oder?» Mir war bewusst, dass ich log. Ich wünschte wirklich, Fede würde sich beeilen und von der Bar zurückkehren. In der Hoffnung, sie zu erspähen, blickte ich über Isottas Schulter zur Treppe.

Und da war er.

Die wohlbekannte Gestalt des Pestdoktors, die nicht treppaufwärts in Richtung der Spielsalons und der Bars ging, sondern die Treppe herunterkam.

Isotta bemerkte meinen Blick. «Was ist denn?»

Ich wollte nicht auf ihn deuten oder rufen, also wirbelte ich sie herum, sodass sie in dieselbe Richtung schaute wie ich vorher. Ich zog sie näher zu mir, um nicht die Stimme erheben zu müssen. «Da!», flüsterte ich. «Sehen Sie ihn?»

«Sehe ich wen, Nathan?» Sie ließ mich los, trat einen Schritt zurück und zog ihr Kleid glatt. Dabei sah sie mich halb kokett, halb verärgert an.

Ich beugte mich zu ihr. «Den Pestdoktor. Er trägt kein Opernkostüm. Das muss er sein. Derjenige, den wir hier treffen sollen.»

Einen Moment schien sie erschrocken, dann fasste sie sich wieder und legte mir die Hand auf die Brust. Sie holte tief Luft. «Also gut. Wo ist Thomas?»

Ich drehte mich um und überflog den Saal. Keine Spur von ihm. «Himmel, wo ist er denn hin?»

«Bestimmt hat er ihn vor Ihnen gesehen.»

«Dieser Dummkopf, er lässt sich noch umbringen. Kommen Sie.» Ich packte sie am Arm und zog sie mit mir durch das Gedränge der Opernfiguren. Ein Siegfried protestierte lautstark, aber ich beachtete ihn nicht.

«Nathan? Was ist los?» Federica stand mit zwei Martinis oben auf der Treppe.

«Keine Ahnung. Ich versuche Lockwood davon abzuhalten, etwas Dummes zu tun. Stell einfach die Gläser irgendwo ab und komm mit.» Ich wartete nicht, bis ich sah, was sie tat. Und Isotta in ihren hochhackigen Schuhen hielt mich nur auf, also ließ ich sie los und fing an zu rennen.

Am unteren Treppenabsatz war ein Sicherheitsmann postiert, der ab und zu etwas in ein Funkgerät sprach.

«Haben Sie ihn gesehen?»

«Was? Wen?»

«Hier ist jemand heruntergekommen, vor einer Minute vielleicht. Der Pestdoktor.»

Er schüttelte den Kopf.

Das konnte nur eins bedeuten. Er war ins Zwischengeschoss gegangen. In die Wagnerräume. Ich wandte mich nach links. Der Zugang dort war mit einem Samtseil und einem überaus deutlich erkennbaren «Kein Zutritt» abgesperrt.

Verdammt.

Ich sprang über das Seil und rannte in den dahinter liegenden Korridor. Nirgendwo brannte Licht, und ich hatte Mühe, etwas zu erkennen. Wo entlang? Hinter mir hörte ich den Wachmann nach Verstärkung rufen. Plötzlich wurde mir deutlich bewusst, dass ich in einen Raum voller unersetzbarer musikalischer Artefakte rannte und von Männern mit Waffen verfolgt wurde. Das könnte eventuell zu einem ziemlich unschönen Missverständnis führen.

Irgendwo ganz in der Nähe hörte ich Glas bersten. Aus dem Raum links von mir drang ein schwacher Lichtschein, und ich rannte darauf zu.

Selbst im Halbdunkel erkannte ich es: Wagners Musikzimmer, gesäumt von Vitrinen mit Memorabilien aus seiner Zeit in

Venedig und dann, am hinteren Ende des Raumes, ein Flügel. Der Flügel des Meisters, vor dem Fenster platziert, mit Blick auf einen kleinen Garten und den Canal Grande.

Wieder splitterndes Glas, als die Fensterscheibe zersprang. Das Licht, das von draußen hereindrang, beleuchtete zwei Gestalten, die ich sofort erkannte. Die kleine, untersetzte Gestalt Lockwoods, die mit der größeren, maskierten des Pestdoktors rang.

«Mistkerl. Her damit, du Mistkerl! Gib sie mir.» Trotz der Flüche war Lockwood offenbar den Tränen nahe. Sein Widersacher umklammerte ein zusammengerolltes Bündel Blätter. Lockwood stürzte sich auf ihn, aber Doktor Schnabel machte sich über ihn lustig, indem er die Rolle gerade außerhalb seiner Reichweite aus dem Fenster hielt und so tat, als würde er sie gleich fallen lassen.

Der Anblick, wie sich der alte Mann in seinem Clownskostüm immer wieder vergeblich auf seinen größeren und stärkeren Widersacher stürzte, hatte etwas Bemitleidenswertes, ja Tragisches. Und etwas unsagbar Grausames.

Plötzlich packte Doktor Schnabel Lockwood an seinem Clownskittel und zog ihn zu sich. Dann stieß er ihn abrupt wieder zurück, sodass er gegen Wagners Flügel stolperte und zu Boden stürzte.

Ich eilte ihm zu Hilfe, doch er schob mich weg und versuchte, sich alleine hochzurappeln; behindert durch sein unförmiges Kostüm. Der Pestdoktor nickte, als hätte er gerade gemerkt, dass er einen Augenblick Zeit gewonnen hatte, und griff in seinen Mantel. Er trat einen Schritt auf uns zu, in der einen Hand die Blätter schwenkend, und in der anderen ... Zuerst hatte ich Mühe, es zu erkennen, doch dann fiel der Groschen.

Ein Feuerzeug.

Er schnipste ein-, zweimal damit und näherte sich damit

den Blättern. Dann hielt er inne und wartete auf unsere Reaktion.

«Guter Gott, nein!»

Er schnipste noch einmal, ließ die Flamme brennen und näherte sich damit immer weiter den Blättern.

«Hören Sie.» Lockwood schaffte es kaum, seine Stimme ruhig zu halten. «Bitte hören Sie. Was Sie da vorhaben, lässt sich nicht mehr rückgängig machen. Wenn Sie das tun, wird der Welt etwas von unschätzbarem Wert für immer verloren gehen. Für immer. Verstehen Sie das?»

Der Pestarzt zögerte. Die Flamme brannte weiter, aber er brachte sie nicht näher an das Papier.

«Bitte. Legen Sie einfach alles hin. Wenn Sie Geld wollen, ich habe Geld. So viel Sie wollen. Ich verspreche es Ihnen.» Er griff in seinen Kittel und holte einen gepolsterten Umschlag hervor. Mit zitternder Hand streckte er ihn der Gestalt entgegen. «Es ist alles hier drin. Bis auf den letzten Cent. Wie versprochen. Und jetzt geben Sie mir das Manuskript.»

Doktor Schnabel ließ das Feuerzeug verlöschen und nahm den Umschlag. Er wog ihn in der Hand, bevor er ihn in seinen Mantel steckte. Dann neigte er einen Moment den Kopf zur Seite, als würde er über das Angebot nachdenken. Kurz darauf jedoch schüttelte er ihn, knipste das Feuerzeug wieder an und führte die Flamme langsam, aber entschieden an die Blätter.

«Nein!»

Ich versuchte, an Lockwood vorbeizukommen, doch erneut schob er mich zur Seite. Ein lautes Ratsch war zu hören, während er sich mit zerreißendem Kostüm alleine hochrappelte, um sich mit aller Kraft auf seinen Peiniger zu stürzen. Die restlichen Glasfelder brachen aus dem Fensterrahmen. Von draußen waren Schreie und Rufe zu hören.

Doktor Schnabel gab sich alle Mühe, ihn abzuwehren,

wurde jedoch dadurch behindert, dass er mit einer Hand das brennende Opernmanuskript festhielt, während Wut und Entsetzen Lockwood Kraft verliehen. Irgendwie schaffte es der alte Mann, den Pestarzt immer weiter Richtung Fenster zu drängen. Ein kleines Stückchen weiter noch, und sie würden beide in den Garten stürzen. Ich packte Lockwood um die Taille und zog ihn mit aller Macht zurück. Plötzlich konnte er den Doktor nicht länger halten. Er ließ los, und wir landeten rücklings auf dem Boden.

Sein Widersacher wischte sich ein paar Glasscherben vom Mantel und blickte von oben auf uns herab. Von Lockwoods Gewicht zu Boden gedrückt, konnte ich lediglich den einen Arm bewegen. Dann sah der Pestdoktor genüsslich zu, wie das Bündel Blätter verbrannte. Zwar konnte ich hinter der Maske mit ihren undurchdringlichen Augenlinsen nichts erkennen, aber ich stellte mir vor, wie er grinste.

Er ließ die brennenden Blätter auf uns fallen und erwischte dabei gerade noch den Saum meines *tabarro*. Ich schlug mit der Hand darauf und versuchte verzweifelt, die Flammen zu ersticken.

Eine Truppe Sicherheitsmänner stürmte in den Raum, dicht gefolgt von Federica und Isotta. Der erste blieb nur einen kurzen Moment stehen, aber das reichte. Bevor er nach seiner Waffe greifen konnte, rannte die maskierte Gestalt auf ihn zu und rempelte ihn um, sodass er in die hinter ihm Stehenden stürzte und sie mit sich riss. Bis sie sich alle wieder hochgerappelt hatten, war Doktor Schnabel verschwunden.

Es gelang mir, mich unter Lockwood herauszuwälzen und aufzustehen, um die Überreste verkohlten Papiers von meinem *tabarro* zu wischen. Ich hielt ihm die Hand hin, doch er schlug sie weg. Er stand alleine auf und kniete sich vor das Häufchen zerknitterten, verkohlten Papiers. Er glättete, was von den

Blättern noch übrig war, und zeichnete kopfschüttelnd mit den Fingern Muster in die Asche.

«Tom», sagte ich leise und hockte mich neben ihn. «Es tut mir schrecklich leid, Tom.» Er sah mich an. Sein Gesicht zierten inzwischen bizarre Streifen, wo Schweiß und Tränen durch die Schminke gelaufen waren. «Tom, ich musste das tun. Sie hätten ihn umbringen können. Sie hätten beide sterben können.»

Er antwortete nichts, zog nur ein weißes Taschentuch aus seinem Kittel hervor, mit dem er sich langsam Puder, Schweiß und schwarze Asche aus dem Gesicht wischte.

«Gehen Sie mir aus den Augen, Sutherland», sagte er schließlich mit ruhiger Stimme. «Ich habe Ihnen nichts zu sagen. Weder jetzt. Noch sonst jemals wieder.»

Ich wollte protestieren, doch da spürte ich eine Hand auf meiner Schulter. Federica. Sie schüttelte den Kopf. Dann sah sie zu Isotta hinüber. «Ich glaube, wir sollten jetzt gehen.»

Isotta nickte, aber ich konnte ihrem Gesichtsausdruck nichts entnehmen. «Das wäre vielleicht besser. Sprechen Sie mit dem Sicherheitsdienst. Es wird sicher Ärger wegen der Sache geben, aber immerhin wurde niemand verletzt und nichts von Wert zerstört. Ich kümmere mich darum. Aber es wäre sicher das Beste, Sie würden jetzt gehen.»

Lockwood malte immer noch Muster in die Asche und stieß auf winzige verkohlte Papierfetzen, die er hin und her wendete, in der Hoffnung – oder mit der Befürchtung –, etwas zu finden. Dann entdeckte er ein etwas größeres Eckstück, das noch nicht ganz verbrannt war. Keine Noten, nur zwei dahingekritzelte Worte. Eine Unterschrift.

Ich ließ mir von Federica aufhelfen. Mehr brauchte ich nicht zu sehen. Ich wusste, wessen es war.

– 35 –

«Du meinst also, Nathan», sagte Vanni, «die Sache hätte besser laufen können?»

Ich kratzte mich im Nacken. «Ja. Irgendwie schon. Alles in allem.» Ich begann, an den Fingern abzuzählen: «Fragmente einer verschollenen Monteverdi-Oper zu Asche verbrannt. Eine Schlägerei samt Sachbeschädigung auf einer hochkarätigen Privatveranstaltung. Kaum eine Chance, wenn überhaupt, dass Lockwood und Baldan jemals wieder mit mir sprechen. Und ich muss Onkel Giacomo erklären, dass ich es geschafft habe, seinen *tabarro* in Brand zu setzen. Ja, ich würde sagen, die Sache hätte besser laufen können. Richard Wagners Flügel zu zertrümmern, ist uns zwar nicht gelungen, am fehlenden Willen lag es aber nicht.»

Vanni schmunzelte. Er sah immer noch müde aus, doch mein Unbehagen schien ihn aufzuheitern. «Ach, Nathan, du sorgst dich zu viel. Ich bin sicher, *zio* Giacomo wird es verstehen.» Ich schüttelte den Kopf. «Nicht? Mach dich trotzdem nicht verrückt.» Er sah auf seine Notizen. «Eine Menge hiervon ist tatsächlich ziemlich nützlich.»

«Ach, gut. Das ist wenigstens etwas, oder?»

«Stimmt. Jetzt wird das Ganze langsam klarer. Eindeutig Erpressung. Liefern Sie uns eine Geldsumme, oder wir zünden Ihre wertvolle Handschrift an, eine Seite nach der anderen. Bis auf die Tatsache, dass …»

«Dass?»

«Keine schriftliche Lösegeldforderung. Also, ich weiß nicht, ob man eine Partitur freikaufen kann, aber nennen wir es Lösegeldforderung. Wir haben keine. Und das verkompliziert die Sache.»

«Warum?»

«Hätten wir eine, wäre es uns möglich, aktiv zu werden. Zunächst einmal könnten wir *signora* Baldans Bankkonto sperren.»

Ich zuckte leicht zusammen. «Das könnt ihr?»

Er nickte. «Natürlich. Das ist das Erste, was wir in einem solchen Fall machen. Verhindern, dass der Erpresser tatsächlich bezahlt wird. Sobald die Leute erst mal kapieren, dass man auf diese Weise nicht an Geld kommt, hören sie auf, solche Taten zu begehen. So die Theorie.»

«Aha. Und, funktioniert es?»

Er lachte. «Natürlich nicht. Aber es hält die Leute davon ab, die Polizei einzuschalten.»

«In diesem Fall würde es sowieso nichts bringen. Ich vermute, das Geld kommt von Lockwood.»

«Warum denkst du das?»

«Er ist ein reicher Mann, und es geht um seine Leidenschaft.»

«Verstehe. Mr. Lockwood ist natürlich britischer Staatsbürger, und daher steht es uns nicht zu, sein Konto einzufrieren, selbst wenn es eine Lösegeldforderung gäbe. Außerdem ist da noch etwas anderes ...» Er hielt inne.

«Das wäre?»

«Das Manuskript. Hast du es wirklich gesehen?»

Ich nickte. «Zumindest ein paar Seiten.»

«Und was dachtest du, was es ist?»

Ich zuckte mit den Schultern. «Keine Ahnung. Ein paar Seiten des Librettos. Ein Teil der Partitur. Es wirkte echt auf mich, aber ich bin kein Fachmann.»

«Und Mr. Lockwood, was hält er davon?»

«Er ist fest überzeugt. Er hegt nicht den geringsten Zweifel an der Sache.»

«Hm.» Vanni klopfte mit dem Bleistift auf den Tisch. «Du hast erwähnt, dass da noch jemand bei diesem Abendessen war. Auf Torcello.»

«Maitland?»

«Und er ist ebenfalls Experte, was solche Dinge anbetrifft?»

«Meines Wissens schon. Ich weiß nicht viel über ihn. Er ist keine Berühmtheit wie Lockwood, nur ein Musiklehrer an einer staatlichen Schule.»

«Hmm. Na schön. Kannst du mir einen Gefallen tun, Nathan?»

«Klar.»

«Unterhalte dich doch noch mal für mich mit Mr. Maitland. Es könnte nützlich sein, eine weitere Meinung zu der Sache zu kennen. Wie die Dinge stehen, haben wir nämlich einen Erpressungsfall, ohne dass eine schriftliche Forderung gestellt wurde und ohne einen Beweis, dass der Gegenstand, der ausgelöst werden soll, überhaupt existiert.»

«Da waren aber diese Blätter gestern Abend. Monteverdis Signatur habe ich selbst gesehen.»

«Schon klar. Das war das Einzige, was übrig war. Praktisch, nicht?» Er schaute auf die Uhr. «Na schön. In einer halben Stunde muss ich mich von meinen Vorgesetzten zur Schnecke machen lassen. Also haben wir noch Zeit für einen Spritz und ein *panino* in der Filovia Bar. Könntest du vielleicht darüber nachdenken, mir diesen Gefallen zu tun?»

«Lädst du mich ein?» Er nickte lächelnd. «Dann denk ich drüber nach.» Und anschließend, dachte ich, sind da noch ein paar weitere Leute, mit denen ich ein Wörtchen reden muss.

Der Guidecca-Kanal lag im böigen Februarwind, und ich kauerte bis zum letzten Moment in der Kabine, bevor ich bei Spirito Santo ausstieg. Wie schon so oft spannte ich einen Fünf-Euro-Schirm zum Schutz vor dem Regen auf, und es dauerte knapp fünf Sekunden, bis der Wind ihn umgestülpt hatte. Fluchend versuchte ich, ihn wieder in Form zu biegen, aber die Speichen waren so krumm und schief, dass sie sich nicht mehr richten ließen. Ich warf ihn in einen Mülleimer und suchte unter dem Vordach der Kirche Schutz, wo ich Lockwoods Visitenkarte hervorholte, um mich noch einmal wegen seiner Adresse zu vergewissern. Corte Tramezina, nur ein paar Minuten zu Fuß. Ich klappte meinen Kragen hoch, um den Regen abzuhalten, und stiefelte los.

Neben der Tür hing kein Namensschild. Lockwood und Baldan betrachteten die Wohnung wohl nur als Übergangslösung, bis das Haus auf Torcello fertig war. Ich hob den Daumen über den Klingelknopf, ließ ihn jedoch dort verharren. Von innen waren Stimmen zu hören. Zornige Stimmen, ein Mann und eine Frau.

Ich seufzte. Offensichtlich gerade kein günstiger Zeitpunkt für einen Besuch, aber ich hatte keine Lust, noch einmal wiederzukommen, vor allem, wenn das Wetter so blieb. Also drückte ich auf die Klingel und wartete.

Die Stimmen verstummten, aber nur einen Moment. Ich betätigte den Klingelknopf noch einmal. Als daraufhin noch immer keiner reagierte, lehnte ich mich dagegen, bis ich jemanden kommen hörte.

Baldan riss die Tür auf und sah mich ausdruckslos an.

«Isotta.»

Sie sagte nichts.

«Isotta. Ich muss mit Tom sprechen. Es ist wichtig.»

Sie schüttelte den Kopf. «Er ist nicht hier.»

«Sicher? Ich dachte, ich hätte ...»

«Ich sagte, er ist nicht hier. Was wollen Sie, Nathan?»

Seufzend versuchte ich, meinen Mantel fester um mich zu ziehen. «Hören Sie, ich werde hier draußen nass. Könnte ich nicht vielleicht reinkommen?»

Sie sah mich nur mit kaltem Blick an. «Was wollen Sie?», fragte sie wieder.

«Na schön, wir sind also keine Freunde mehr. Wie Sie wünschen. Ich möchte Tom fragen, warum er mich angelogen hat.»

«Was soll das heißen?»

«Ich habe Tom einen Gefallen getan, und er hat mich angelogen. Ich hätte zur Polizei gehen sollen, als mir klar wurde, dass er erpresst wird. Aber er hat mir versichert, dass es keine Geldforderung gab.»

«Gab es auch nicht. Nicht zu dem Zeitpunkt, an dem Sie miteinander gesprochen haben. Erst am Morgen vor dem Maskenball. Ein Anruf.»

«Ach, ein Anruf. Wie praktisch. Und Sie haben einfach vergessen, mir davon zu erzählen. Ich glaube Ihnen nicht.»

«Es interessiert mich nicht, ob Sie mir glauben.» Sie wollte die Tür zuschlagen, doch ich war schneller und stellte den Fuß in den Spalt.

«Wie viel, Isotta?»

«Ich gebe Ihnen fünf Sekunden, dann fange ich an zu schreien.»

«Wie viel?» Sie antwortete nicht. Von innen hörte ich das unverständliche Murmeln einer männlichen Stimme. «Hören Sie», sagte ich leise. Ist da jemand bei Ihnen? Bitte sagen Sie es mir. Ich kann Ihnen helfen.»

Sie holte tief Luft, offenbar bereit, einen ohrenbetäubenden Schrei auszustoßen, und ich zog hastig den Fuß aus der Tür, die sofort ungefähr einen Millimeter vor meiner Nase zuschlug.

Während mir der Knall noch in den Ohren klingelte, war ich mir sicher, dass die Stimme in der Wohnung nicht Lockwoods gewesen war.

Ich blickte mich um. Nirgendwo ein Platz, wo ich einfach etwas trinken und ein Auge auf Isottas Tür haben konnte. Es regnete immer noch, stetig statt wolkenbruchartig, aber ohne meinen Wegwerfschirm würde ich ordentlich nass werden.

Egal. Wenn nötig, würde ich den ganzen Nachmittag warten. Ich suchte unter einem nahe gelegenen *sotoportego* Schutz und zündete mir eine Zigarette an. Dann noch eine. Die dritte wollte, wie um mir eine Botschaft zu senden, in der feuchten Luft nicht angehen.

An der Mauer am Ende des *sotoportego* war ein hölzerner Schrein in Form eines Altars angebracht. Die Madonna mit dem Christuskind im Arm. Beide mit Kronen auf dem Kopf und in Kleidern des achtzehnten Jahrhunderts. Trotz Kälte und Regen musste ich lächeln. In dieser Stadt konnte man ja so viel verpassen, bloß weil man versäumte, den Blick zu heben.

In der nächsten halben Stunde hatte ich reichlich Zeit, das Werk zu betrachten. Dreißig Minuten, in denen ich lächelnd den gelegentlich Vorbeigehenden zunickte und so tat, als würde ich fotografieren und mir Notizen zum *capitello* machen. Dann endlich ging die Haustür auf. Ich nahm mein Handy, zoomte ihn heran und machte ein Foto. Ich wartete nicht einmal mehr ab, um festzustellen, ob er mich gesehen hatte, sondern wandte mich um und hastete halb rennend, halb quatschend zur *vaporetto*-Haltestelle zurück.

«Du warst also unterwegs, um Isotta Baldan nachzuspionieren?», fragte Fede.

«Nicht Isotta. Nur demjenigen, der mit ihr in der Wohnung

gewesen ist. Und wer immer das war, es war todsicher nicht Lockwood.»

«Es steht ihr durchaus zu, noch andere Freunde zu haben, weißt du.»

«Ich weiß. Aber sie war heute irgendwie anders. Sie wirkte so *verändert*. Furchtbar kalt, furchtbar abweisend.»

«Ist sie etwa nicht auf deine männlichen Reize angesprungen?»

«Nein. So schwer vorstellbar das auch ist.» Während meine Socken auf dem Heizkörper dampften, tapste ich barfuß ins Büro. «Werfen wir doch mal einen näheren Blick hier drauf.» Ich öffnete das Foto auf dem Computerbildschirm. «Komm, sag mir, was du davon hältst.»

Fede beugte sich von hinten über mich und legte mir die Arme um den Hals, dann zuckte sie zurück. «Meine Güte. Du bist ja eiskalt. Und klatschnass. Du musst dich umziehen.»

«Gleich.» Ich vergrößerte das Bild, so weit ich konnte. «Also, was haben wir denn da?»

Ich hatte ihn seitlich erwischt, als er gerade die Tür zuzog. Er war vielleicht Anfang fünfzig, grau melierte Haare, die er zu einem Pferdeschwanz gebunden trug. Seine Wangenknochen waren markant, wie alle Knochen in seinem Gesicht. Nicht auf die herkömmliche Art gut aussehend, keineswegs, aber seine Züge hatten etwas.

«Was denkst du?»

«Na ja, erstens sollte kein Mann in diesem Alter Pferdeschwanz tragen.»

«Da sind wir uns einig.»

«Zweitens, guter Knochenbau. Sein Gesicht scheint komplett aus Kanten zu bestehen.»

«Erkennst du ihn?»

«Nein. Was ist mit dir?»

«Nein.» Ich stutzte. «Nein, das stimmt nicht ganz. Irgendwas an ihm kommt mir bekannt vor. Frag mich nicht, wo. Aber ich habe ihn schon mal gesehen.»

– 36 –

29. Juni 1632. Schweren Herzens bringe ich diese Zeilen zu Papier, denn aus Paris hat mich die Nachricht erreicht, dass der gute Sir Isaac tot ist. Ein großartiger Diener Gottes und seines Königs und ein besserer, klügerer Herr, als sich ein Mensch nur wünschen kann. Nunmehr ruhen seine sterblichen Überreste wohl schon in englischem Boden, Gott hab ihn selig.

Ich drückte das geöffnete Buch so flach wie möglich auseinander und fuhr mit dem Finger an der Falz entlang. Man spürte, wo die Seiten herausgetrennt worden waren.

25. September 1632. Es war Freude und Schmerz zugleich, erneut in Gesellschaft Sig. Monteverdis zu sein. Als ich ihm vom Tode Sir Isaacs erzählte, weinten wir gemeinsam. Er wurde kürzlich zum Kirchendiakon ernannt, und, so bekennt er, es fällt ihm zunehmend schwerer, in seinem fortgeschrittenen Alter noch zu komponieren. Ich wünschte ihm alles Gute und verabschiedete mich in der Hoffnung, dass es nicht allzu lange dauern würde, bis wir uns das nächste Mal träfen.

Ich las weiter, bis ich ans Ende von Thomas Rowlansons Lebenserinnerungen kam. Nach Wakes Tod war er in Venedig geblieben, wurde jedoch 1634 offiziell nach England zurückbeordert. 1636 verließ er die Stadt zum letzten Mal und verschwand anschließend aus der Geschichte. Über ein Jahrzehnt hatte er, Zelig-gleich, an der Seite eines der angesehensten Mitglieder

der venezianischen Gesellschaft gestanden, und eines Tages war plötzlich ein Brief aus Turin eingetroffen, in dem ihm mitgeteilt wurde, dass seine Zeit nun um sei. Das versetzte mich in eine schwermütige Stimmung. Ich klopfte Maitland auf die Schulter und nickte Richtung Ausgang.

«Irgendetwas ist in diesen drei Monaten passiert. Auf den fehlenden Seiten muss etwas stehen, das uns verrät, was mit dem Manuskript geschehen ist.»

«Das grenzt die Sache ein, oder?»

«Was meinen Sie?», fragte ich. «Besteht die Möglichkeit, dass noch irgendwo anders eine Ausgabe von Rowlansons Tagebuch existiert?»

Er seufzte. «Wer weiß? Das Problem ist, dass Rowlanson nur ein unbedeutender kleiner Bürokrat war. Nichts für ungut.»

«Schon klar.»

«Und deshalb glaube ich nicht, dass jemand Interesse daran gehabt haben könnte, eine Kopie zu erstellen. Was ist mit den staatlichen Archiven hier vor Ort?»

Ich schüttelte den Kopf. «Unwahrscheinlich. Ich meine, ich kann es überprüfen, aber alles, was sie haben, ist aus venezianischer Perspektive verfasst. Falls sie irgendetwas bezüglich des britischen Botschafters besitzen, dann wahrscheinlich eher Berichte darüber, wie er ausspioniert wurde, als etwas aus seiner eigenen Feder.»

«Verstehe. Trotzdem, vielleicht lohnt es sich, mal nachzuschauen.»

Ich nickte.

«Als Zweites können wir im Isaac-Wake-Archiv nachfragen», fuhr Maitland fort.

«Sagten Sie nicht, das dauert ewig?»

«Schon. Aber inzwischen ist die Sache konkreter. Jetzt beziehen sich die Einträge direkt vor und nach den fehlenden Seiten auf Wake, stimmt's? Also – und das ist, gebe ich zu, vielleicht eine etwas gewagte Annahme – können wir davon ausgehen, dass die fehlenden Seiten auch mit ihm zu tun haben. Oder nicht?»

Ich lächelte. «Also überprüfen wir, was immer Wake in, sagen wir, den letzten Monaten seines Lebens an Korrespondenz verfasst hat; und vor allem alles, was zu Rowlanson in Bezug steht.»

«Genau.»

«Können Sie das übernehmen?»

«Kann ich. Ich kenne ein paar Leute in den National Archives. Alte Studienfreunde, wissen Sie. Das sollte die Sache etwas beschleunigen. Und ich habe eine Anfrage beim Monteverdi-Institut in Cremona eingereicht, um zu erfahren, ob sie irgendetwas von einem Textauszug wissen, der *Proserpina* zugeordnet wird.»

«Tut mir leid. Sieht aus, als bekämen Sie den größten Teil der Arbeit aufgehalst.»

«Ist schon recht so. Es lenkt mich ein bisschen von diesen Schuljungen ab. Spendieren Sie mir einen von diesen Drinks mit Oliven drin, dann sind wir quitt.»

Auf der Suche nach einem Mittagessen überquerten wir die Piazza San Marco. «Drüben Richtung San Moisè gibt es ein nettes kleines Lokal. *Signora* Baldan hat mich gestern dorthin eingeladen.»

Ich blieb wie angewurzelt stehen. «Sie waren mit Isotta zu Abend essen?»

«Ja, ich glaube, es war eine Art Friedensangebot von ihr. Sie war ja auf Torcello ziemlich barsch, wie Sie wissen, und ich denke, sie wollte die Sache wiedergutmachen. Eigentlich ist sie durchaus reizend, wenn man sie kennt.»

Ich biss mir auf die Lippe. «Und worüber wollte sie reden?»

«Mir schien, sie brauchte nach dem Vorfall im Casino so etwas wie eine Schulter zum Ausweinen. Thomas hat das ganz schön mitgenommen, wie Sie sich sicher denken können.»

«Eine Schulter zum Ausweinen, was?» Ich versuchte, möglichst gelassen zu klingen.

«Ja. Und wir haben natürlich über *Proserpina* gesprochen. Und darüber, was wir als Nächstes tun könnten.»

«Wie schön. Ich freue mich, dass Sie alles wieder in Ordnung bringen konnten.»

Wir setzten unseren Weg in Richtung San Moisè fort. Du bist nicht eifersüchtig, Nathan, sagte ich mir.

Das staatliche Archiv befand sich im ehemaligen Kloster der Frari-Kirche. Für Gelegenheitsbesucher hatte es selten geöffnet, und um Zugang zu den dortigen Akten zu bekommen, musste man eine frustrierende Menge an Formularen ausfüllen. Als ich nach zwei Stunden wieder herauskam, hatten sich meine Erwartungen bestätigt, nämlich dass sie keine Schriftstücke besaßen, die einmal Thomas Rowlanson, ehemals Hauptsekretär des englischen Botschafters, gehört hatten.

Egal. Große Hoffnungen hatte ich mir sowieso nicht gemacht. Ich würde einfach nach Hause gehen und mir langsam Gedanken darüber machen, was ich zum Abendessen kochen wollte. Und morgen könnte ich mich wieder mit Maitland treffen und mit ihm was für Nachforschungen auch immer fortführen. Ich fragte mich ohnehin, warum ich mir überhaupt so viele Gedanken machte. Lockwood sprach nicht mehr mit mir. Baldan hielt es nicht mal für nötig, höflich zu sein. Eigentlich sollte ich ihnen den Rücken kehren und sie sich alleine mit dem Schlamassel herumschlagen lassen, in den sie sich selbst gebracht haben. Aber da war natürlich noch das Geld, mit dem

Lockwood mich bezahlt hatte. Irgendwie fühlte ich mich verpflichtet, zu tun, was ich konnte. Außerdem bestand immer noch die Möglichkeit - wie winzig auch immer -, dass irgendwo eine verschollene Partitur von Monteverdi darauf wartete, entdeckt zu werden. Allein schon das war Grund genug, nicht aufzugeben.

Ich machte mich auf den Heimweg, lief über den Campo dei Frari Richtung San Pantalon. Vor dem Schaufenster von Tonolo blieb ich kurz stehen und warf einen Blick hinein. Es war zwar voll, aber immerhin stand die Schlange nicht bis zur Tür hinaus. Ich könnte ein paar *frittelle* für uns mitnehmen. Warum nicht? Das wäre doch nett.

Ich ging hinein. Wie immer kam ich mir vor, als wäre ich von einer dicken, samtweichen Wolke Köstlichkeiten umhüllt. Um bei Tonolo bedient zu werden, kam es darauf an, das richtige Maß an Selbstsicherheit auszustrahlen. Große Männer mit Hüten waren offenbar immer im Vorteil. Engländer zu sein, war eindeutig ein Nachteil. Ich brauchte ungefähr eine Viertelstunde, um mich nach vorne zu kämpfen. Fünfzehn Minuten lang «nein, bitte, nach Ihnen» und «ja, ich bin mir ziemlich sicher, dass ich vor Ihnen dran war».

Frittelle alla Veneziana waren zweifellos die besten. Ich verließ die *pasticceria* mit zweien davon. Dazu zwei mit *crema* und zwei mit *zabaione*. Und zwei mit *cioccolato*. Und zwei mit Apfel. Am besten, es ist von allem etwas dabei, dachte ich.

Ich setzte meinen Weg durch Dorsoduro und über die Accademia-Brücke fort. Einen Moment blieb ich stehen, um hinaus auf die Salute-Kirche und über das *bacino* von San Marco zu blicken. Carnevale war anstrengend, fand ich. Aber es war immer noch Venedig.

Während ich da stand, begann der Regen heftiger zu prasseln. Ein Ramschverkäufer sah mich erwartungsvoll an, während er seine Einmal-und-nie-wieder-Wegwerfschirme feilbot. Ich schüttelte den Kopf. In fünf Minuten wäre ich zu Hause. Ich lief die Brücke hinunter, an der Kirche von San Vidal vorbei, über den Campo Santo Stefano bis hinüber zum Campo Sant'Angelo. Der Regen trieb die Menschen in Geschäfte, Bars und Restaurants, sodass es auf dem *campo* selbst ganz ruhig war.

Zuerst hielt ich die Gestalt am Zeitungsstand für einen weiteren maskierten Touristen, der den wenigen Schutz vor dem Regen ausnutzte, den er ihm bot. Doch als ich näher kam, erkannte ich ihn.

Doktor Schnabel.

Ich geriet kurz aus dem Tritt und ging dann weiter, so dicht an ihm vorbei, wie mir gerade noch wohl dabei war. Unmöglich zu sagen, ob er mich durch diese dunklen Linsen ansah. Ich blieb sofort wieder stehen und wartete auf seine Reaktion.

Bis auf das Prasseln des Regens auf dem Pflaster war nichts zu hören. Er hatte sich nicht gerührt.

«Kann ich Ihnen helfen?», fragte ich, nachdem ich mich umgewandt hatte. «Sie sehen aus, als hätten Sie sich verlaufen.»

Keine Antwort. Hörte er unter der Maske vielleicht nichts oder war es wieder ein Versuch, Psychospielchen mit mir zu treiben? Oder, und das war wahrscheinlicher, handelte es sich nur um einen x-beliebigen von vielen Pestdoktoren in einer Stadt voller Pestdoktoren?

Kopfschüttelnd sah ich ihn an. Mal sehen, ob ich ihn testen konnte. Statt meinen Weg direkt durch die Calle della Mandola fortzusetzen, wandte ich mich nach links und steuerte die Calle dei Avvocati an. Auf dem Campiello Michiel blieb ich stehen und drehte mich um. Doktor Schnabel war da, hielt konstant Abstand zu mir.

Ich bog nach rechts in die Calle Pesaro ab. Die Straße war verlassen, doch ganz in der Nähe waren beruhigenderweise

Stimmen zu hören. Als Nächstes bog ich links in die Calle Benzon ab, lief sie ein Stück entlang und bemerkte dann, dass ich einen Fehler gemacht hatte. Man kam aus der Gasse, die direkt zum Canal Grande führte, nicht mehr heraus.

Als ich Schritte hinter mir hörte, wirbelte ich herum. Da stand er – Doktor Schnabel, nur ein paar Meter von mir entfernt. Er starrte mich an, sonst nichts. Es wäre, um ehrlich zu sein, auch schwer zu erkennen gewesen, hätte er sonst noch etwas getan.

Seufzend fuhr ich mir mit der Hand durch die nassen Haare.

«Langsam werde ich die Sache leid, wissen Sie.»

Schweigen.

«Ich bin es leid», sagte ich lauter. «Ich habe es satt, dass Sie mir nachlaufen. Wenn Sie mir etwas zu sagen haben, dann sagen Sie es.»

Er kam ein Stück auf mich zu, und ich musste mich beherrschen, um nicht zusammenzuzucken. Er könnte, rief ich mir ins Bewusstsein, ein Messer haben.

«Es ist fünf Uhr, an einem Samstagnachmittag, mitten im Carnevale. Was glauben Sie, wie lange es dauert, bis eine Horde Touristen hier vorbeikommt? Wenn Sie also etwas zu sagen haben, sagen Sie es jetzt. Und geben Sie sich Mühe. Oder ich reiße Ihnen auf der Stelle diese verdammte Maske vom Gesicht. Verstanden?»

Ich rechnete damit, dass er sich rührte, vielleicht sogar etwas zurückwich. Stattdessen ballte er die Faust und boxte mich ins Gesicht.

Von der Wucht des Schlages überrumpelt, stürzte ich zu Boden, und mein Karton *frittelle* flog in hohem Bogen durch die Luft. Der Kerl trug weiche Lederhandschuhe, aber der Fausthieb war so fest gewesen, dass ich annahm, es müsse sich ein Metallgewicht darin verbergen. Während mir der Kopf brummte, musste ich verrückterweise an Charlie Chaplin denken, wie er ein Hufeisen in seinem Boxhandschuh versteckte.

Ich wollte mich verteidigen, doch er ließ mir keine Zeit, sondern packte mich am Revers meines Mantels und knallte mich gegen die Mauer. Der Schnabel an seiner Maske verhinderte, dass er mir mit dem Gesicht allzu nah kam, aber sein mit einem leichten italienischen Akzent versetztes Englisch war unmissverständlich. «Jetzt hör mir gut zu, du Dreckstück. Das nächste Mal befindet sich ein Messer in dieser Hand.»

Ich war noch ganz benommen von dem Schlag.

«Nicke, wenn du mich verstehst.»

Ich nickte.

«Gut.» Er löste seinen Griff, änderte kurz darauf offenbar jedoch seine Meinung, zog mich zu sich und stieß mich wieder gegen die Wand. Wieder schwirrte mir der Kopf, als er an das Mauerwerk prallte. «Eins noch.» Er fuhr fort, mich gegen die Mauer zu stoßen, bis mir die Luft wegblieb. «Halt. Dich. Von. Isotta. Baldan. Fern. Verstanden?»

Er ließ mich los, und ich sank nach Atem ringend zu Boden und sah nur noch Sterne.

«Verstanden?» Er hob die hohle Hand hinters Ohr. «Tut mir leid, Mr. Sutherland, aber ich höre nichts.» Als er den Fuß nach hinten zog, fürchtete ich einen Moment, er würde mich ins Gesicht treten.

«Verstanden», keuchte ich.

«Sehr schön. Jetzt geh nach Hause zu deiner netten Freundin und pass gut auf sie auf.»

Sein Fuß war noch halb erhoben, und in der Hoffnung, ich könnte den Kerl vielleicht aus dem Gleichgewicht bringen, versuchte ich ihn zu packen. Falsche Entscheidung. Er verpasste mir einen Tritt in die Brust, sodass mir wieder die Luft wegblieb. «Keine gute Idee, Engländer. Keine gute Idee.»

Ich hörte Stimmen am Ende der *calle*. Gleich würden Menschen hier sein, es war nur eine Frage von Sekunden. Offensichtlich dämmerte ihm das ebenfalls. «Denken Sie daran, was ich gesagt habe, Mr. Sutherland», sagte er, bevor er sich umdrehte und davonschlenderte, als wäre er nur ein maskierter Tourist auf seiner abendlichen *passegiata*.

Die Stimmen kamen näher, und jemand fing an zu rennen.

«He, alles okay mit Ihnen?» Noch nie war ich so dankbar, einen amerikanischen Akzent zu hören. Als ich nach oben blickte, sah ich die besorgten Gesichter zweier junger Männer zu mir herunterschauen. «Können Sie sich bewegen?» Ich nickte. «Kommen Sie, ich helfe Ihnen auf.» Einer der beiden schob mir die Arme unter die Schultern und half mir auf die Beine.

«Danke. Das ist sehr freundlich von Ihnen.»

«Sind Sie gestürzt? Sie bluten.»

Ich fasste mir an die Lippe. Eingerissen und ein bisschen blutig, aber nichts allzu Schlimmes. Dann rieb ich mir den Hinterkopf, wo sich langsam eine Beule bildete. Aber kein Blut.

«Es geht mir gut. Bloß ein paar Kratzer.»

«Sind Sie gestürzt?», fragte einer von ihnen wieder.

Ich schüttelte den Kopf und wünschte sofort, ich hätte es nicht getan. «Nein. Jemand hat versucht, mich auszurauben. Haben Sie ihn vielleicht gesehen? Ein Mann, ungefähr meine Größe, wie ein Pestdoktor gekleidet.»

«So ein langer Kerl? Mit einer von diesen gruseligen Schnabelmasken? Der ist gerade an uns vorbeigelaufen. Tut mir leid, das wussten wir nicht.»

«Kommen Sie.» Ohne ihre Reaktion abzuwarten, schleppte ich mich zum Ende der *calle* und schaute nach rechts und nach links. Niemand zu sehen. Wieder schüttelte ich den Kopf und wünschte, ich hätte es gelassen. Ich zuckte zusammen, krümmte mich und stützte mich Halt suchend auf den Knien ab.

«Haben Sie alle Ihre Sachen? Sollen wir einen Krankenwagen rufen, oder was immer die hier haben? Die Polizei?»

«Nein, ist schon gut. Er hat mir nichts stehlen können. Ich muss bloß wieder zu Atem kommen, das ist alles.»

«Gleich um die Ecke ist eine Bar. Kommen Sie mit, wir besorgen Ihnen einen Kaffee.»

«Sehr freundlich, danke. Aber mir geht es gut. Wirklich. Und ich wohne hier ganz in der Nähe.»

Der eine wirkte eher skeptisch, aber der andere lächelte. «Sie wohnen hier? Wie geil ist das denn!» Dann schien er etwas verlegen. «Ich meine …»

«Ich weiß, was Sie meinen», antwortete ich lächelnd. «Stimmt, es ist geil. Meistens jedenfalls. Dann mache ich mich mal auf den Heimweg. Und vielen Dank noch mal.»

«Sind Sie sich sicher?»

«Aber ja, ganz sicher.» Ich klopfte ihm auf die Schulter. «Genießen Sie den restlichen Abend.» Ich lief durch die *calle* zurück auf den *campo* und steuerte in Richtung der Straße der Mörder.

Gott schütze Amerika, dachte ich.

– 37 –

Federica saß auf einem Barhocker und wirbelte herum, als sie Eduardos Gesichtsausdruck sah.

«Nathan! Um Gottes willen, was ist passiert? Geht es dir gut?»

«Ciao, *cara*. 'n Abend, Ed. Alles bestens, danke.»

«So siehst du aber nicht aus.» Sie berührte meine Lippe. «Du blutest ja.»

«Bloß ein bisschen. Ist nichts Ernstes.»

«Und dein Mantel!» Sie klopfte mir ein bisschen Ziegelstaub vom Rücken. «*Che casino!*»

«Mir geht's gut. Wirklich. Ich war nur gerade in eine Prügelei mit einem Pestdoktor verwickelt, das ist alles.»

«Wir sollten zum *Pronto Soccorso*.»

«Nein. Wir sollten hierbleiben und einen Negroni trinken.»

Ed schien skeptisch. Federica sah mich an, dann seufzte sie und nickte. «Dann wenigstens mit reichlich Eis», sagte sie. «Das lindert die Schwellung. Na dann, erzähl uns alles.»

«Die Möglichkeit, dass du einfach zur Polizei gehst und eine *denuncia* machst, besteht vermutlich nicht, oder?, fragte Fede, nachdem ich fertig war.

«Ziemlich sinnlos, sich anzustellen, um in einer Stadt voller maskierter Unbekannter eine Anzeige gegen einen maskierten Unbekannten zu erstatten», antwortete ich. Dann sah ich ihren Gesichtsausdruck. Dieses Mal meinte sie es ernst. «Meinetwegen, ich rufe Vanni noch mal an. Er wird nichts unternehmen können, ich spreche mit ihm.» Ich trank einen Schluck von meinem Negroni und zuckte leicht zusammen, weil der Alkohol an meiner aufgerissenen Lippe brannte.

«Versprochen?»

«Versprochen.»

Ihre Schultern entspannten sich merklich. «Danke. Er kennt deinen Namen, er kennt deine Adresse, und ich bin nicht begeistert, dass er auch weiß, wer ich bin. Und jetzt kommt auch noch Gewalt ins Spiel.»

Ich nahm sie in den Arm. «Das wird schon werden.»

«Da bin ich mir sicher. Trotzdem bin ich nicht begeistert. Dir ist wahrscheinlich heute Abend nicht nach Kochen?»

«Es hätte *frittelle* geben sollen. Die liegen jetzt in der Calle Benzon und werden gerade von Tauben gefressen. Und sie waren sogar von Tonolo.»

Fede strich mir über die Wange. «Das war lieb von dir. Mach dir keine Gedanken deswegen.»

«Na ja, ich denke, ich habe etwas draus gelernt. Hauptsächlich, nie einem Mann zu drohen, wenn du eine Schachtel Gebäck in der Hand hältst.»

«Das nächste Mal weißt du Bescheid. Jedenfalls koche ich heute Abend. Zum Trost.»

«Wirklich? Sollen wir dann noch einen Negroni trinken?»

«Lieber nicht, *caro*. Betrunken kochen ist eher dein Ding.» Sie griff in ihre Handtasche und holte ihr Portemonnaie heraus. «Ich übernehme das.»

Ich leerte mein Glas und schob es über die Theke. «Dann bis morgen, Ed.»

Er grinste. «Bist du dir sicher?»

«Keine gute Antwort!»

Als ich die Haustür aufschließen wollte, legte Fede mir die Hand auf den Arm. «Eine Zigarette wäre jetzt nett.»

«Ich dachte, du hast aufgehört?»

«Habe ich. Heute Abend mach ich mal eine Ausnahme.»

Ich nahm die Packung aus meiner Jacke und reichte ihr eine. Nachdem ich ihr Feuer gegeben hatte, zündete ich mir selbst eine an. «Du bist wirklich beunruhigt wegen der Sache, stimmt's?»

Sie zuckte mit den Schultern. «Ja. Ein bisschen schon. Du nicht?»

«Mehr als ein bisschen.»

Wir rauchten eine Weile schweigend und beobachteten die maskierten Nachtschwärmer, die vorbeikamen. Dann zertrat sie ihren Zigarettenstummel auf dem Boden. «Na schön, du darfst heute Abend die Musik aussuchen. Schenk uns ein bisschen Wein ein. In ungefähr einer Viertelstunde bin ich zurück.»

«Hast du nicht gesagt, du wolltest kochen?»

«Ich hole Pizza. Für mich ist das Kochen.»

«Du bist ein Genie.»

«Ich tue mein Bestes. Es ist nicht immer leicht, einen Unglücksraben als Freund zu haben.»

«Ich weiß. Also gut, der Wein schenkt sich nicht von selbst ein. Bis gleich.» Ich küsste sie auf die Wangen und stieg die Treppe hinauf.

Gramsci empfing mich und strich mir um die Beine. Es ist nicht einfach, ein Schnurren von sich zu geben, das unterschwellig drohend klingt, aber über die Jahre hatte er diese Technik perfektioniert.

«Futter, was, Grams?», fragte ich und ging hinüber in die Küche. Aber nein, wie immer um diese Zeit war sein Napf noch gut gefüllt. Wäre ja auch sinnlos, irgendetwas aufzufressen, bis es nicht mindestens eine Stunde vor meiner Aufstehzeit war. «Was ist es denn dann?»

Er sprang auf den Wohnzimmertisch und schlug mit der Pfote den Schaumstoffball, der darauf lag, quer durchs Zimmer.

«Oje, du willst wohl spielen?» Er maunzte. «Hör zu, ich hatte einen anstrengenden Tag.» Ich deutete auf meine Lippe. «Man hat mich zusammengeschlagen. Ich könnte wirklich ein Nickerchen brauchen.» Er fixierte mich mit strengem Blick und maunzte wieder, eine Oktave tiefer dieses Mal.

Ich seufzte. «Hm. Wie wär's, wenn ich dich die Musik aussuchen lasse?» Dieses Mal war das Maunzen ein kaum noch wahrnehmbares Knurren in *basso profondo*, aber ich entschied mich, das als Ja zu nehmen.

Ich ging zum CD-Regal. Hawkwind, *Choose Your Masques*. Das schien mir passend. Jethro Tull, *A Passion Play*. Angemessen theatralisch. Goblin, *Suspiria*. Ausreichend bösartig.

Ich wendete die Cover hin und her. Fede würde allerdings nichts davon gefallen. Obwohl sie sich bereit erklärt hatte zu kochen, wenn auch auf ihre spezielle Art, durfte ich die Musik aussuchen.

Ich rieb mir den Hinterkopf und zuckte zusammen. Nein, das wäre nicht fair. Sie sollte wenigstens die Chance bekommen, etwas zu hören, das sie vielleicht nicht völlig schrecklich fand. Ich schaute meine Opernaufnahmen durch und entschied, dass ich mal eine Pause von Monteverdi brauchte. Mozart dann? *Die Zauberflöte*? Auch sie passte zum *Carnevale*. Welche Aufzeichnung? Ich lächelte vor mich hin. Lockwood und Baldan selbstverständlich. Ich nahm die CD aus dem Regal und setzte mich aufs Sofa.

«Also gut, fetter Kater, die Sache ist die», sagte ich. «Du triffst die Wahl. Du weißt, was zu tun ist.»

Ich reihte die CDs von links nach rechts auf den Tisch.

Gramsci sah zuerst mich an und dann auf die CDs. Er verpasste der *Zauberflöte* einen Stups und schob sie Richtung

Tischkante. Dann wandte er sich *A Passion Play* zu, blickte kurz darauf herab und wischte die Scheibe mit einer einzigen sauberen Pfotenbewegung vom Tisch.

Ich hob sie vom Boden auf. Ein Tull-Abend würde es heute also nicht werden.

Gramsci machte mit *Suspiria* weiter und schlug die CD, ohne auch nur noch einmal hinzusehen, weg. Wahrscheinlich war es besser so. Ich hatte Fede, kurz nachdem wir uns kennengelernt hatten, dazu überredet, den Film mit mir anzuschauen, und hatte zu dem Schluss kommen müssen, dass Dario Argento trotz all seiner offenkundigen Begabungen als Regisseur keine Filme für romantische Abende machte.

Hawkwind oder Mozart. Hawkwind oder Mozart. Wie oft schon hatte ich vor dieser Wahl gestanden? Gramsci schob *Die Zauberflöte* immer weiter Richtung Tischkante. Noch ein letzter kleiner Stups, und sie würde herunterfallen. Dann verlor er plötzlich das Interesse, wandte sich wieder *Choose Your Masques* zu und stieß sie mit der Nase an. Bei der Mozart-Aufnahme handelte es sich um eine Doppel-CD, die mit einem befriedigenderen Krachen auf den Boden prallen würde. Und die Hawkwind-Scheibe hatte das bessere Cover, aber ob das allein reichte? Eigentlich gab's da nicht wirklich etwas zu entscheiden, fand ich.

Gramsci wandte sich ab, als würde ihn das Spiel nun langweilen, schmetterte jedoch in letzter Sekunde mit dem Schwanz noch Hawks Meisterwerk von 1982 auf den Boden.

Mozart sollte es also sein. Ich schob die CD in den Player.

- 38 -

«Ach, das ist schön», sagte Fede. «Ich hatte mit etwas Grässlichem gerechnet.» Schnell schob ich die *Suspiria*-CD ins Regal zurück. Nicht schnell genug. «Ah. Es sollte also doch etwas Grässliches werden.»

«Gramsci hat gewählt», sagte ich.

Sie zeigte sich unbeeindruckt. Inzwischen wusste sie, wie das bei uns lief. Sie nahm die Hülle von *Die Zauberflöte* zur Hand und zog mit den Fingernägeln das Libretto heraus. «Mit niemand Geringerem als Mr. Lockwood und *signora* Baldan.»

«Ja, das ist die einzige Aufnahme der *Zauberflöte*, die ich besitze. Kann mich nicht erinnern, wann ich die das letzte Mal aufgelegt habe. Sie gehörte, ehrlich gesagt, noch nie zu meinen Lieblingswerken.»

Vorsichtig darauf bedacht, nicht meine Beule zu berühren, rieb sie mir über den Kopf. «Spiel ruhig diesen grässlichen italienischen Prog, wenn du magst.»

«Nein, nein. Es macht mir wirklich nichts aus. Ist ganz schön, mal wieder Mozart zu hören.» Der Duft von Pizza zog durch die Wohnung, und mein Magen fing an zu knurren. «Was hast du Leckeres mitgebracht?»

«Pizza Margherita und Pizza Margherita.»

«Zwei Margheritas?»

Sie zuckte mit den Schultern. «Die einfachsten sind die besten.»

«Das stimmt. Teller oder Karton?»

«Karton. Spart das Abwaschen. Im Kühlschrank ist doch noch ein Bier, oder?»

«Bier für dich. Ein bisschen einfacher Rotwein für mich.»

«Ich glaube, ich werd dich nie verstehen. All die Zeit in Italien, und du hast immer noch nicht die Sache mit *pizza e birra* verstanden.»

«Das werde ich wohl auch nicht. Ist so was typisch Britisches. Für uns ist Pizza immer noch ein bisschen exotisch. Also erfordert sie Rotwein. Und nicht mal einen besonders guten. Irgendwas aus einer Plastikflasche oder einem Krug reicht aus.»

«Briten.» Sie verdrehte die Augen und ging in die Küche, wo ich kurz darauf den Kronkorken eines Peroni zischen hörte. Sie kam mit der Bierflasche, einer halb vollen Flasche Rotwein für mich und einem Glas wieder zurück. «Wenn du auch ein Bier nehmen würdest, hätten wir gar keinen Abwasch», sagte sie. «Jetzt müssen wir ein lästiges Glas spülen.»

«Tut mir leid. Das übernehme ich. Versprochen.»

Wir aßen schweigend und lauschten der Ouvertüre, während ich in regelmäßigen Abständen Gramsci von meinem Pizzakarton wegstieß.

«Warum interessiert er sich wohl so für Pizza?», fragte Fede.

«Als italienischem Kater ist ihm das angeboren. Aber hauptsächlich sieht er darin, glaube ich, noch etwas Weiteres, das sich von der Tischkante stoßen lässt.»

«Was singt sie denn auf dieser CD? Deine Freundin Isotta, meine ich.»

«Die Königin der Nacht.»

«Sehr passend. Ist noch irgendwer drauf, den ich kennen sollte?»

«Ihr Ex-Mann, Salvatore Bonfiglio. Ich hatte ihn ganz vergessen, bis sie ihn neulich Abend erwähnte.»

«Ach. Brauchte sie eine Schulter zum Ausweinen?»

«Nicht *so*. Sie hat bloß von ihm als ihrem früheren Ehemann gesprochen. Man munkelte so einiges, während sie verheiratet waren. Kein besonders netter Typ offenbar. Unverbesserliche Ansichten über häusliche Gewalt.»

«Mistkerl. Was singt er bei der Aufnahme?»

«Monostatos. Nicht gerade eine große Rolle, seine Stimme zu der Zeit schon hinüber. Ein ziemlich großer Teil wird gesprochen.»

Wir verputzten unsere Pizzen, und ich ging in die Küche, um Fede noch ein Bier zu holen. Dann machten wir es uns auf dem Sofa gemütlich und lauschten. Es war eine hervorragende Aufnahme, Lockwood definitiv genauso souverän mit Mozart wie mit Monteverdi. Als Fede gähnte, zauste ich ihr zärtlich die Haare.

«Müde?»

«Ja. Macht es dir etwas aus, wenn ich mir den Rest nicht mit anhöre? Ich glaube, ich würde gern früh ins Bett.»

«Nur noch fünf Minuten. Gleich kommt die beste Stelle.»

Monostatos setzte zu seiner Arie an. «Alles fühlt der Liebe Freude». Perfekt vorgetragen, und doch hörte man, dass er als Sänger über seine besten Jahre hinaus war. Aber egal, der Höhepunkt kam dann.

Die Königin der Nacht mit der Arie *Der Hölle Rache*. «Der Hölle Rache kocht in meinem Herzen.» Teuflisch schwer zu singen. Es gab bis heute nicht viele Sängerinnen, die ihr gerecht werden konnten.

Fede setzte sich auf und beugte sich näher zu den Lautsprechern.

Ich lächelte. «Das ist schon etwas Besonderes, oder?» Konzentriert signalisierte sie mir, still zu sein.

Schließlich hielt sie die Aufnahme an und nickte. «Ja. Man kann den ganzen Wirbel verstehen, der darum gemacht wurde, nicht wahr?» Sie blätterte das CD-Booklet durch, bis sie zu Isottas Foto kam. «Und man muss zugeben, dass sie eine gute Figur abgibt», sagte sie lächelnd. «Genau wie gestern Abend.» Sie gähnte wieder. «Muss ich mir noch mehr anhören, oder kann ich jetzt ins Bett?»

«Gleich kommt noch eine andere interessante Stelle mit Monostatos. Nur gesprochener Dialog diesmal. Wie werden die beiden sich wohl gefühlt haben, als sie die Aufnahme machten?»

«Wie meinst du das?»

«Na ja, Isotta auf dem Zenit ihres Könnens, singt eine der schwierigsten Arien ihres Repertoires. Und fast gleich danach kommt Bonfiglio, dessen Part aus kaum mehr als einer Statistenrolle besteht. Sie müssen zu dem Zeitpunkt sicher gewusst haben, dass sich ihre Karrieren in unterschiedliche Richtungen entwickeln würden.» Ich griff nach der Fernbedienung und drückte auf Wiedergabe.

Meiner Meinung nach war es eine scheußliche Szene, denn Monostatos versucht darin – nicht zum ersten Mal – sich Pamina aufzudrängen. Es war ein problematisches Stück, und die Tatsache, dass Monostatos eindeutig als Schwarzer charakterisiert wird, machte es nicht einfacher. Meistens übersprang ich es einfach. Jetzt allerdings verspürte ich eine gewisse Neugier, was Bonfiglio wohl daraus machen würde. Er fing an, mit tiefer Tenorstimme zu sprechen …

«Ach du Scheiße!» Ich ließ die Fernbedienung fallen und tastete sofort hektisch nach ihr, um den CD-Player anzuhalten.

«Was ist denn?»

«Diese Stimme.» Ich hämmerte auf die Fernbedienung. «Lass mich noch mal hören.»

«Ich verstehe nicht …» Jetzt war ich es, der mit einem Handzeichen um Ruhe bat.

«Hör zu. Hör einfach zu.» Diese Stimme. Ein bisschen rau, als würde der Sprecher zu viel rauchen.

Ich hörte mir die ganze Szene an und ließ sie dann noch einmal laufen.

«Die Stimme», sagte ich. «Das ist er! Das ist der Mann, der mich vor ein paar Stunden angegriffen hat.»

«Ist das dein Ernst?»

«Absolut.» Sie warf einen Blick auf die restliche Menge Wein in der Flasche und zog eine Braue nach oben. «Es ist mein voller Ernst, okay?»

«Wie kannst du dir so sicher sein? Du hast ihn gerade einmal, wie lange, dreißig Sekunden lang sprechen gehört? Er hat vielleicht zwanzig Worte zu dir gesagt. Und er hat eine Maske getragen.»

«Ich hab ihn ganz aus der Nähe gehört, jedes einzelne Wort, und irgendwas war mit der Stimme. Er klang, als müsste er Sänger sein, verstehst du?»

Sie schüttelte den Kopf. «Du bist müde, *tesoro*. Du solltest ins Bett gehen.» In ihrer Stimme lag Sorge.

«Stimmt, ich bin müde.» Ich rieb mir den Kopf und zuckte zusammen, als ich wieder versehentlich meine Beule berührte. «Aber trotzdem, überleg doch mal. Es ergibt absolut Sinn. Wer immer das Opernmanuskript hat, kennt seinen Wert. Nicht bloß irgendein billiger Schurke oder Erpresser, das hier ist jemand, der aus *L'incoronazione di Poppea* zitieren kann. Jemand, der einen Groll gegen Lockwood und Baldan hat. Und jemand mit einer gewalttätigen Vergangenheit.»

Fede schwieg einen Moment, dann nickte sie langsam. «Na schön. Das ergibt irgendwie Sinn. Es könnte sein. Aber dafür gibt es keinerlei Beweis.»

«Ich weiß. Halt, gib mal her.» Ich schnappte mir das Booklet von ihr und blätterte es durch. «Salvatore Bonfiglio. Sieh nur.»

Ich hielt ihr das Foto vor die Nase. Dieselbe hagere Gestalt, wenn auch ohne den unvorteilhaften Pferdeschwanz. «Das ist er, oder? Der Mann, den ich gestern vor Isottas Wohnung gesehen habe.»

Sie nickte. «Also spioniert er uns nach und bedroht sie. Reizender Bursche. Aber reicht das wirklich, um damit zu Vanni zu gehen?»

«Nein. Ich habe eine bessere Idee.»

«Die da wäre?»

«Wir müssen eine Verbindung zwischen Bonfiglio und Zambon finden. Das bringt uns vielleicht weiter.» Ich sah auf meine Armbanduhr. Es war noch früh. «Also, ich verzieh mich jetzt ins Bett und schlafe mich ordentlich aus. Und morgen werde ich mich dann wohl mal mit Dario unterhalten müssen.»

– 39 –

Federica war auch am folgenden Morgen noch nicht ganz überzeugt. Wenn ich ehrlich war, ich auch nicht. Sie gab mir einen Kuss zum Abschied und machte sich auf den Weg zur Arbeit, während ich zurückblieb und immer wieder die Aufnahme abspielte. Was mir noch am vorigen Abend glasklar erschienen war, wirkte bei Licht betrachtet deutlich weniger überzeugend. Trotzdem gab es keinen Zweifel, dass der Mann, den ich vor Isottas Wohnung gesehen hatte, ihr unliebsamer Ex-Ehemann gewesen war.

Und so stand ich eine Stunde später, einen *macchiatone* in der Hand, im Kaffeehaus des Todes, einem umfunktionierten Leichenhaus am Campo Santa Maria Formosa, und wartete auf Dario. Gerade als ich den Schaum am Boden der Tasse umrührte und überlegte, ob es wohl möglich wäre, ihn auszutrinken, ohne sich unelegant so weit zurückzulehnen, dass man an die Decke starrte, während einem die letzten Reste in den Mund tröpfelten und einen weißen Schaumklecks auf der Nase hinterließen, traf er ein.

«Nathan. Tut mir leid, Kumpel. Ich bin gekommen, so schnell ich konnte.» Verdutzt sah er mir ins Gesicht. «Warst du in eine Schlägerei verwickelt?»

«Bin mir nicht sicher, ob es etwas so Ehrenvolles wie eine Schlägerei war. Eher ein Stoßen und Schubsen. Und ein einzelner Faustschlag.» Ich informierte ihn über die Ereignisse des Vorabends. Er brauchte eine Weile, bis er aufhörte zu lachen.

«Du wurdest von einem abgehalfterten Opernsänger zusammengeschlagen?»

«Ich wurde nicht zusammengeschlagen. Ich habe eine blutige Lippe, das ist alles.»

«Klar, aber trotzdem. Ein alter Mann.»

«Er ist nicht alt. Er hat aus gesundheitlichen Gründen aufgehört zu singen.»

«Na schön, du wurdest also von einem Kranken zusammengeschlagen.»

Ich strich mir über die Lippe. «Das hört sich schlimmer an, als es ist. Was ist, hilfst du mir jetzt oder nicht?»

«Klar, *vecio*, wobei auch immer. Soll ich dir vielleicht über die Brücke helfen?» Ich sah ihn böse an. «Tut mir leid, tut mir leid. Komm schon, lass hören.»

«Ich hab ihn im Telefonbuch nachgeschlagen. Er wohnt hier ganz in der Nähe. Corte dei Orbi.»

Er schüttelte den Kopf. «Kenne ich nicht.»

«Es liegt fast am Weg zum Aqua Alta. Du weißt schon, die verrückte Buchhandlung.»

«Ach ja, die kenne ich. Netter Typ, der Boss. Lagert Bücher in Gondeln. Hält sich zu viele Katzen.»

Ich nickte. «Genau der.»

«Als Valentina da mal ein Kochbuch gekauft hat, hat er sie gefragt, ob sie ihn heiraten will.»

«Was du nicht sagst. Sie muss ihn schwer beeindruckt haben. Komm, wir gehen.» Ich legte ein paar Euro auf die Theke, und wir steuerten nach draußen.

«Also. Was wollen wir unternehmen?»

«Wir unterhalten uns nur ein bisschen mit ihm.»

«Das ist alles?»

Ich zuckte mit den Schultern und zündete mir eine Zigarette an. «Alles, was mir eingefallen ist.»

«Bist du sicher, dass er es ist? Hundertpro?»

«Absolut sicher.»

«Es ist bloß, als der Kerl mit dir gesprochen hat, trug er eine Maske. Und du hast seine Stimme auf einer, was, Opernaufzeichnung wiedererkannt?»

«Yep. Genau so ist es. Und ich bin mir fast sicher, dass er auch der Mann ist, den ich gestern aus Isottas Wohnung kommen gesehen habe.»

«Na schön, wäre auf jeden Fall gut, wenn du recht hättest. Sonst wird es ziemlich peinlich.»

«Dario, wir wollen uns nur ein bisschen unterhalten. Wir haben nicht vor, alles zu demolieren. Ich habe eine aufgeplatzte Lippe, das ist alles. Wir brauchen es nicht zu übertreiben.»

«Nur reden also?»

«Nur reden.»

«Okay. Und warum soll ich dann mitkommen?»

«Für den Fall, dass er nicht nur reden will.»

Wir überquerten den Campo Santa Maria Formosa und bogen kurz vor der Libreria Aqua Alta rechts ab. Eine schmale Gasse, zu schmal, um nebeneinander herlaufen zu können. Wir schwenkten noch einmal nach rechts und erreichten einen kleinen Innenhof.

In der Mitte stand eine verwitterte, mit grünen Moosflecken übersäte *vera da pozzo*. Der ganze Platz wirkte irgendwie modrig und feucht. Von den unteren Stockwerken der Häuser war schon lange der Putz abgebröckelt, und die Pflastersteine auf dem Boden waren mit einer dicken, glitschigen Moosschicht bedeckt. Die Höhe der Gebäude sorgte dafür, dass der Hof nur wenige Stunden am Tag Sonnenlicht sah. Die einzige Ausnahme von all dem Grau und Grün ringsum bildete eine leuchtend rote Fußmatte vor der Tür einer billigen Pension.

Ich fand das Haus, nach dem wir suchten, und überflog die

Namen auf den Klingelschildern. S. Bonfiglio. Oberstes Stockwerk. Ich blickte nach oben. Von den Fenstern im zweiten und dritten Stock waren viele zugemauert, die im oberen Stockwerk jedoch waren kleiner, modern und ohne die üblichen schweren grünen Fensterläden. Auf dem Dach des Hauses sah ich eine *altana*, umgeben von einem weiß gestrichenen Geländer. Trotz des heruntergekommenen Äußeren war dies kein schlechter Ort zum Wohnen.

Meine Hand wanderte Richtung Klingel, doch ich zog sie rasch wieder zurück, als plötzlich eine ältere Frau die Haustür öffnete und mit ihrem Einkaufstrolley herauskam. Sie schnaubte missbilligend, als ich meine Zigarette auf dem Boden austrat. Ich hielt die Tür auf und winkte Dario durch. Die Frau beäugte uns misstrauisch, doch ich lächelte ihr freundlich zu und ließ die Tür hinter uns ins Schloss fallen. Nicht zu klingeln, verschaffte uns ein zusätzliches Überraschungsmoment.

Wir stiegen bis zum oberen Stockwerk hinauf, und ich pochte an die Tür.

«*Chi è?*», kam es von drinnen.

«ENI», log ich. Die Gaswerke. Dario trat beiseite.

«Einen Augenblick.» Der Schlüssel drehte sich im Schloss, und die Tür ging einen Spaltbreit auf. Bonfiglio, nur mit T-Shirt und Schlafanzughose bekleidet, traute seinen Augen nicht, als er mich sah. Er versuchte, die Tür zuzuknallen, aber Dario war schneller und lehnte sich mit seinem ganzen Gewicht dagegen.

«Signor Bonfiglio», sagte ich. «Wir würden gerne mit Ihnen reden.»

Er stemmte sich weiter gegen die Tür, erkannte dann aber, dass es sinnlos war, und trat einen Schritt zurück. «Sie kommen besser herein», sagte er.

Auf dem Weg ins Wohnzimmer taxierten wir einander. Das Foto in dem CD-Booklet, dachte ich, wurde nicht erst gestern aufgenommen. Dennoch war ich mir sicher, dass es dieselbe Person war, die ich zwei Tage zuvor in natura gesehen hatte. Dario betrachtete Bonfiglios schmächtige Gestalt und sah mich an. «Nicht ein Wort», flüsterte ich ihm zu, und er gab sich große Mühe, nicht zu grinsen.

Vor einem Notenpult stand ein billiges elektronisches Keyboard auf einem Metallständer, während die gegenüberliegende Wand von einem Zweisitzer-Schlafsofa eingenommen wurde. An den übrigen Wandflächen verteilten sich Regale mit Hunderten, wenn nicht Tausenden Schallplatten. Tatsächlich war das einzige luxuriöse Zugeständnis im ganzen Raum ein teuer aussehender Plattenspieler, der mit zwei riesigen schwarzen Lautsprecherboxen verbunden war, die für eine optimale Klangerzeugung auf Spikes standen.

«Was wollen Sie, Mr. ...?»

«Sutherland. Ich glaube, das wissen Sie schon. Wir wollen nur reden.» Ich strich mir über die Lippe. «Hierüber. Und noch über ein paar andere Dinge. Aber zuerst wäre Kaffee nett.»

«Wie bitte?»

«Kaffee», wiederholte Dario, «wäre nett.»

Er sah uns von oben bis unten an, dann nickte er und verschwand in der Küche.

Dario sah zum Plattenspieler hinüber. «Großartig», sagte er.

«Nicht wahr?»

«Klasse Teil. Hast du jemals dran gedacht, wieder auf Vinyl umzusteigen?»

«Manchmal. Mir fehlt aber der Platz.» Ich warf einen Blick auf die Plattensammlung. Hauptsächlich Klassik mit ein bisschen Modern Jazz dazwischen. Eine der Schallplatten war auf einem kleinen Holzständer auf dem Schreibtisch platziert worden. Ich sah näher hin. *Vespro della Beata Vergine* stand in fetter gotischer Schrift darauf. Ich kannte das Cover. Die Jungfrau

Maria im Himmel zwischen Christus und Gottvater thronend. Schöne gedämpfte Farbgebung. El Greco vielleicht? Bei mir zu Hause stand auch ein Exemplar, zwischen den Opern und dem Madrigalbuch. Claudio Monteverdis Marienvesper. Unter dem Titel war die Hülle signiert worden. *Für Salvatore, herzlichst. Nikolaus Harnoncourt.* Harnoncourt, der große *maestro*, fast auf den Tag vor einem Jahr gestorben. Ich strich mit den Daumen über die Konturen seines Namenszugs.

«Seien Sie vorsichtig damit!», ertönte Bonfiglios Stimme. Er stand, ein Tablett mit Espressokanne und drei Tassen in der Tür, die zur Küche führte. Hastig setzte er das Tablett auf dem Beistelltisch ab, eilte zu mir und streckte die Hand aus. Als ich ihm die Schallplatte reichte, riss er sie mir fast aus den Fingern. Er wischte mit dem Ärmel darüber, wie um sämtliche Spuren meiner entweihenden Berührung zu tilgen, und stellte sie wieder auf den Ständer zurück. Dann deutete er auf das Sofa. «Sie sollten sich wohl besser setzen.»

«Sie kannten Harnoncourt?», fragte ich. Er sah mich an, als wäre ich etwas beschränkt. «Ich wünschte, ich wäre ihm mal begegnet. Obwohl ich zugeben muss, dass das hier nicht unbedingt meine Lieblingsaufnahme ist.»

«Sie hätten dort sein müssen», antwortete er trocken.

«Vielleicht. Ich finde, in der Aufnahme ist der Chor nicht gut zu verstehen.»

«Tut mir leid, dass Sie diesen Eindruck haben.» Er hielt kurz inne. «Ich habe in dem Chor gesungen. Damals war ich fünfundzwanzig, und es war mein erstes Engagement.»

«Ach.» Ich füllte die drei Espressotassen und löffelte etwas Zucker in meine. Wir saßen einen Augenblick schweigend beisammen.

«Also, was soll das Ganze?», fragte Bonfiglio.

«Ich glaube, Sie wissen, worum es geht, *signor* Bonfiglio. Ich würde gerne wissen, warum Sie gestern Abend auf mich losgegangen sind.»

«Ich habe keine Ahnung, wovon Sie reden.»

«Das glaube ich doch. Sie sind mir schon tagelang gefolgt. Raus nach Mestre zum Beispiel. Haben mir im Caffè Florian nachspioniert. Und in der Calle Benzon haben Sie dann beschlossen zuzuschlagen.»

«Sie ticken nicht richtig.» Seine Hände zitterten jetzt kaum merklich.

«Das sehe ich anders. Sie haben mich erkannt, als Sie die Tür aufgemacht haben.»

«Ich dachte, Sie wären vom Gaswerk.»

«Nein, das dachten Sie nicht. Und jetzt will ich wissen, worum es hier geht. Warum soll ich mich von Isotta Baldan fernhalten?»

Er sprang auf. «Ich weiß nicht, wer Sie sind. Irgendein Irrer wahrscheinlich. Sie und Ihr Freund. Verschwinden Sie aus meiner Wohnung, bevor ich die Polizei rufe.»

«Rufen Sie ruhig die Polizei. Denen erzähle ich, dass Sie mich überfallen und zusammengeschlagen haben.»

«Irgendwelche Beweise?» Jetzt wurde es heikel. Seine Stimme auf einer Opernaufzeichnung wiedererkannt zu haben, würde vor Gericht zugegebenermaßen wohl nicht ausreichen. «Haben Sie irgendeinen Beweis?», fuhr er fort. «Nein?» Jetzt lächelte er. «Dann verschwinden Sie verdammt noch mal aus meiner Wohnung. Und nehmen Sie Ihr schweigsames Kraftpaket gleich mit.»

Dario stand auf. «Er hat recht, Nat. Ich glaube, wir haben einen großen Fehler gemacht.»

«Was?»

Er signalisierte mir, nichts weiter zu sagen. «Sieh dich doch mal hier um.» Er breitete die Arme weit aus. «All diese Dinge. *Signor* Bonfiglio ist ein gebildeter Mann. Und nicht irgendein

Irrer, der in dunklen Gassen Leuten auflauert. Wir haben uns geirrt.» Ich wusste, was als Nächstes passieren würde, und gab mir Mühe, nicht zu grinsen.

Zustimmend nickend deutete Bonfiglio auf Dario. «Sie sollten besser auf Ihren Freund hören.»

Ich erhob mich. «Na schön, ich denke, Sie haben recht. Das Ganze war ein schrecklicher Fehler. Tut mir wirklich sehr leid.»

«Gut. Dann kein Wort mehr darüber?» Er streckte mir die Hand hin, und ich schüttelte sie.

Dario hatte in der Zwischenzeit eine von Bonfiglios Schallplatten aus dem Regal gezogen. Ich erkannte das Cover. Glenn Gould. *Die Goldberg-Variationen*. «He, Nat, die hast du doch auch, oder?» Ich nickte und versuchte, möglichst nicht zusammenzuzucken. Ich wusste, was jetzt kam. «Ich steh ja auf Vinyl», fuhr er fort, während er das Album in der einen Hand hielt und mit der anderen gestikulierte. «Man hat diesen warmen Klang, stimmt's? Ganz anders als bei CDs. Und damals gab's noch ordentliche Plattenhüllen.» Er hielt die Schallplatte auf Armeslänge von sich, um das Coverfoto besser betrachten zu können. Gould, die rechte Hand seitlich an die Stirn gelegt, während seine linke lässig über einer Stuhllehne hängt. Plötzlich, so blitzschnell, dass die Bewegung kaum zu sehen war, beugte Dario die Handgelenke, und ein leises Knacksen drang aus dem Inneren der Hülle.

Bonfiglio sprang auf. «Idiot!»

«Ach herrje, das tut mir leid, das tut mir so was von leid!» Dario legte die Schallplatte weg und zog eine weitere heraus. «Das ist der Haken an Vinyl, wissen Sie? Es ist so zerbrechlich. Ich weiß gar nicht, wie viele ich über die Jahre geschrottet habe.» Er ging zum nächsten Regal und zog ein Album halb heraus. Berlioz. *Symphonie fantastique*. Colin Davis.

«Tun Sie die zurück. Fassen Sie sie nicht an!»

Dario sah ihn über die Schulter hinweg an. Er wirkte leicht gekränkt. «Gewiss doch.» Er schob die Platte wieder ganz hinein, aber erst nachdem er ihr eine abrupte, heftige Drehung verpasst hatte. Die Schallplatten auf beiden Seiten wirkten wie ein Schraubstock, und wieder drang ein dumpfer Knacks aus dem Inneren der Hülle. Dario tat, als wäre nichts gewesen, und ging zum Schreibtisch.

Stille hing in der Luft, während er seelenruhig mit den Fingerspitzen über die Harnoncourt-Hülle strich.

«Wagen Sie es nicht», stammelte Bonfiglio. Er nahm seinen ganzen Mut zusammen und zeigte mit dem Finger auf mich. «Er ist doch Diplomat. Mister English Konsul. Sie wissen, was passiert, wenn ich Anzeige erstatte? Wenn ich die Bullen rufe? Er verliert seinen Job, oder?»

Ich warf die Hände in die Höhe und hastete zu Dario. Vorsichtig nahm ich seine Finger von der Schallplatte und klopfte ihm auf die Schulter. «Er hat recht, Kumpel, das weißt du. Ich bin der Honorarkonsul. Bei so etwas kann ich nicht mitmachen.» Er sah mich an, und seine Augenwinkel kräuselten sich kaum merklich.

«Außerdem habe ich gleich Sprechstunde», fuhr ich fort. «Ich muss los. Wir sehen uns dann später, ja, auf ein Bier vielleicht?»

«Klar, Nathan, bis dann.»

Ich knöpfte meinen Mantel zu und ging zur Tür. Erst nachdem ich sie geöffnet hatte und schon fast draußen war, begriff Bonfiglio, was vor sich ging. «Nein, halt, stopp!», rief er.

Ich schloss die Tür wieder. «Entschuldigung, habe ich etwas vergessen?»

«Hören Sie. Setzen Sie sich doch bitte. Vielleicht sollten wir reden.»

Ich lächelte. «Das sollten wir.»

- 40 -

«Also, *signor* Bonfiglio, warum sind Sie mir in den letzten Tagen quer durch die Stadt gefolgt?»

«Ich will, dass Sie sich von meiner Frau fernhalten.»

«Ihrer Frau?»

Er nickte. «Wir sind immer noch verheiratet.»

«Aha.»

«Sich in diesem Land scheiden zu lassen, dauert, wissen Sie. Es dauert und wird schnell unschön. Also schien es uns einfacher, verheiratet zu bleiben. Und ich dachte immer, solange wir noch verheiratet sind, kommen wir vielleicht ...» Er ließ den Satz unbeendet.

«Das ist alles? Sie haben mir nachspioniert und sind auf mich losgegangen, weil Sie eifersüchtig sind?»

«Das ist ziemlich opernhaft, Nat», murmelte Dario.

«Ich liebe sie immer noch, verstehen Sie.» Bonfiglio saß vornübergebeugt auf seinem Stuhl und starrte auf seine Schuhe.

«Tut mir leid, aber das ergibt keinen Sinn. Sie folgen mir raus nach Torcello, Sie schleichen um Mitternacht auf der Piazza San Marco herum, Sie überfallen mich nur fünf Minuten von meiner Wohnung entfernt, weil Sie eifersüchtig sind?» Er nickte. «Das ist verrückt. Isotta ist nur eine Freundin. Nicht mal das eigentlich, sie ist nicht mehr als eine Bekannte. Weil jemand, der für sie arbeitet, meine Dienste als Übersetzer nutzen wollte.»

«Tut mir leid. Aber den Gedanken, dass sie mit jemand anderem zusammen ist, ertrage ich einfach nicht.»

«Wenn Sie mit jemandem zusammen ist, dann garantiert

nicht mit mir. Sie ist inzwischen mit Lockwood ‹zusammen›. Aber das wissen Sie natürlich. Schließlich waren Sie am Freitagnachmittag in seiner Wohnung. Wären Sie also vielleicht so freundlich, mir zu erklären, warum Isotta so außer sich war, als sie mir die Tür aufgemacht hat? Sie kennen nicht rein zufällig den Grund?»

«Für wen halten Sie mich denn?»

«Ich halte Sie für jemanden, der gerne Frauen wehtut.»

«Hat sie Ihnen das gesagt?»

«Dass Sie sie früher verprügelt haben?», fragte ich. «Ist das nicht allgemein bekannt?»

«Luder!»

«Das ist nicht hilfreich, Salvatore.»

«Lügnerin. Miststück. *Porca troia*.»

«Das ebenso wenig.» Er wollte nach der Espressokanne greifen, aber Dario streckte die Hand aus und hielt ihn sanft, aber entschieden davon ab.

«Ich glaube, Sie sollten im Moment auf Koffein verzichten, Salvatore», sagte ich. «Also, wann fing die Sache an schiefzulaufen?»

Er zuckte mit den Schultern. «Ungefähr vor zehn Jahren. Sie wurde langsam berühmt. Wirklich berühmt, meine ich. Und für mich», er klopfte sich auf die Brust, «lief die Sache langsam, na ja, nicht mehr so toll. Das Rauchen, wissen Sie. Mein Stimme war nicht mehr das, was sie mal gewesen war. Unsere Karrieren haben sich in verschiedene Richtungen entwickelt, und eines Tages kommt sie zu dem Schluss, dass der gute alte Toto sie womöglich aufhält.»

«Da begann sie eine Beziehung mit Lockwood?» Er nickte. «Und warum hatten Sie es dann auf mich abgesehen?»

«Ich habe Sie beide dauernd zusammen gesehen. Und ich weiß, dass sie den Alten nicht liebt. Sie will nur sein Geld.»

«Auch das ergibt keinen Sinn. Sie muss ziemlich vermögend sein.»

«Nicht vermögend genug. Können Sie sich vorstellen, dass sie hier wohnt?»

Ich blickte mich noch einmal um. Das Apartment war eher klein und das Äußere des Hauses renovierungsbedürftig, aber das war keine Seltenheit in Venedig. «Warum nicht? Es ist doch eine hübsche Wohnung.»

Er gab ein hohles Lachen von sich. «Mit ‹hübsch› gibt Isotta Baldan sich nicht ab. ‹Hübsch› war ihr noch nie genug.»

«Und was ist mit ihrer Karriere? Sie ist gerade mal vierzig. Vor ihr liegen noch Jahre.»

«Sie befindet sich ‹auf dem Zenit ihres Könnens›, meinen Sie?» Er lachte und schüttelte den Kopf.

Ich war verwirrt. «Ja, ich denke schon.»

«Wussten Sie, dass sie sich vor zwei Jahren einer Operation unterziehen musste? Wegen einer Stimmbandblutung?» Ich erinnerte mich vage, etwas darüber gelesen zu haben, und nickte. «Haben Sie auch von der Operation voriges Jahr gehört? Aus demselben Grund?»

«Nein.»

Er lächelte. «Wieder dasselbe Problem. Wieder in Ordnung gebracht, aber für wie lange wohl? Zwölf Monate? Zwei Jahre?»

Ich trank etwas von meinem Espresso, um mir Zeit zum Nachdenken zu verschaffen. «Wie viele Leute wissen das, Salvatore?»

«Sie und Mr. Muskelprotz hier eingeschlossen?» Ich nickte. «Wir sind zu viert. Bis jetzt bezahlen die Leute noch dafür, Isotta Baldan singen zu hören. Aber lange wird das nicht mehr so sein. Was glauben Sie, warum sie so viel absagt? Sie bewahrt sich das, was von ihrer Stimme noch übrig ist, so lange sie kann.»

Eines Tages also – vielleicht nicht gleich morgen, vielleicht nicht nächsten Monat, aber irgendwann – würde sie versuchen, das hohe C in *Der Hölle Rache* zu erreichen, es würde ihr nicht gelingen. Ich versuchte mir vorzustellen, wie sie sich dann wohl fühlen würde.

«Das tut mir leid.»

Er antwortete mit einem freudlosen Lächeln.

«Eines Tages werden wir also vielleicht beide hier enden. Und die Nachbarn werden über die beiden aus dem oberen Stock tratschen, die früher einmal Opernsänger waren.»

«Warum sollte sie zurückkommen?», fragte Dario. «Oder werden Sie ihr versprechen – ich meine wirklich versprechen –, nicht wieder zuzuschlagen?»

Er versuchte Bonfiglio zu reizen. Genug, um ihn wütend zu machen. Vielleicht genug, um ihm einen Vorwand zu liefern, ihm eine zu verpassen. Doch Bonfiglio schüttelte nur traurig den Kopf. «Vielleicht weil ich derjenige bin, der sie versteht.»

Ich erhob mich und nickte Dario zu. Viel mehr gab es nicht zu sagen. «Na schön, kann ich davon ausgehen, mich ab jetzt in Venedig frei bewegen zu können, ohne Sie auf den Fersen zu haben?» Er sah uns an, als versuchte er, uns niederzustarren. Doch dann senkte er den Blick und nickte kurz. «Das nehme ich als Ja. Komm, Dario.»

Wir gingen zur Tür. Kurz bevor ich sie öffnete, drehte ich mich noch einmal um. «Wenn Sie mich fragen, Salvatore. Ich glaube, Sie irren sich.»

«Mich irren?»

«Ich glaube, sie wird Lockwood heiraten.»

«Ach? Glauben Sie das?» Er lachte, dann fing er an, einen langen grollenden Raucherhusten auszustoßen. Dario sah mich kopfschüttelnd an, und wir verließen die Wohnung.

– 41 –

Wir gingen zurück zum Kaffeehaus des Todes, dieses Mal auf einen Spritz.

«Was denkst du?», fragte Dario.

«Ich glaube, er lügt.»

«Das glaube ich auch. Aber warum?»

«Weil er irgendwie an das *Proserpina*-Manuskript gekommen ist und es jetzt benutzt, um Lockwood und Baldan so viel Leid zuzufügen, wie er kann.»

«Und um Geld zu erpressen.»

«Das auch. Aber ich glaube, das ist nicht das Wichtigste an der Sache. Es geht ihm hauptsächlich darum, die beiden zu verletzen. Lockwood wird ein gebrochener Mann sein, wenn das Manuskript verloren geht. Das reicht wahrscheinlich, um sie auseinanderzubringen.»

Dario trommelte mit dem Finger gegen sein Glas. «Aber glaubst du auch, er würde jemanden umbringen, Nat?»

«Keine Ahnung. Er ist ein boshafter kleiner Mistkerl. Wir wissen, dass er gewalttätig sein kann. Aber jemanden umbringen …»

«Und was machen wir jetzt?»

«Zambon hat zuerst Isotta kontaktiert. Nicht Lockwood. Bonfiglio ist ihr Noch-Ehemann. Und ich weiß, dass er vor zwei Tagen bei ihr in der Wohnung war. Also gibt es da eine Verbindung. Aber ich frage mich, ob es auch eine direkte Verbindung zwischen Bonfiglio und Zambon gibt. Das müssen wir als Nächstes herausfinden.»

Dario nickte und leerte seinen Spritz. «Darf ich dich was fragen?»

«Sicher.»

«Stell dir vor, jemand findet ein unveröffentlichtes Hawkwind-Album. Stell dir vor, Robert Calvert und Huw Lloyd-Langton sind mit drauf.»

«Okay. Ich stell es mir vor. Die beiden waren allerdings nie zur selben Zeit in der Band.»

«Deshalb ist es etwas ganz Besonderes. Was würdest du dafür bezahlen?»

«Keine Ahnung. Das ist im Grunde unbezahlbar, oder?»

Er lächelte. «Aber würdest du irgendwen umbringen oder jemanden erpressen, um es zu kriegen?»

«Wozu? Früher oder später würde es sowieso auf dem Schwarzmarkt auftauchen.»

«Ich dachte mir, dass du das sagst. Ist eine andere Welt, diese Klassikmusik, was?»

«Ganz bestimmt.» Ich nahm mein Portemonnaie heraus. «Die Drinks gehen auf mich. Du hast noch was gut bei mir.»

«Gerne doch.» Er sah auf seine Uhr. «Also, ich muss los. Ich ruf dich an, ja?»

«Klar. Und ihr solltet alle bald mal vorbeikommen. Wie schon gesagt.»

«Was hast du denn jetzt vor?»

Ich lächelte. «Jetzt, Dario, werde ich mich mit den Kommunisten über große Oper unterhalten.»

Es war an der Zeit, hinüber zur Giudecca zu fahren und mit Sergio zu sprechen. Ich wusste nicht, ob Vanni schon jemanden vorbeigeschickt hatte, um mit ihm zu reden, auf jeden Fall stand eine unangenehme Unterhaltung an. Ich ging zur *vaporetto*-Haltestelle bei San Zaccaria, während die Riva degli Schiavoni schon von Touristen überlaufen war, die über die Ponte della Paglia drängten, um ein Selfie vor der Seufzerbrücke zu machen.

Ich nahm das nächste Boot zur Haltestelle Palanca auf der Giudecca und schlenderte zur kommunistischen Bar hinunter. Mittlerweile betrachtete ich sie als eine Art linksgerichtete Ausgabe von Conan Doyles Diogenes Club. Natürlich waren die beiden Männer da.

«*Ciao, compagno!*», begrüßte Lorenzo mich freudig.

Sergio grummelte.

«Ähm, darf ich mich vielleicht setzen?»

Beide nickten.

«Rotwein?»

Sie nickten wieder.

Ich gab dem Barkeeper ein Zeichen.

Schweigen.

«Vielleicht sollten wir mal über etwas reden?»

Wieder grummelte Sergio.

«Tut mir leid», sagte ich. «Es war ein Versehen. Ich hatte mich gerade mit Vanni unterhalten, und ... na ja ... ich hab nicht nachgedacht.»

Der Barmann kam mit einem Krug Rotem, und Sergio schenkte drei Gläser voll ein. «Natürlich, du quatschst mit den Bullen, und das kommt dabei raus.»

«Ist alles in Ordnung?

«Klar ist alles in Ordnung. Zwei *sbirri* sind hier aufgekreuzt. Wir haben uns unterhalten, sie sind wieder abgerauscht. Gibt hier nichts zu finden für sie. Nicht dass sie das je fernhalten würde.»

Lorenzo hüstelte. «Um ehrlich zu sein, Sergio, kann man doch erst dann richtig Teil des Klassenkampfes sein, wenn man mal Ärger mit der Polizei gehabt hat.»

Sergio hob den Blick von seinem Glas und sah uns beide an.

Ein leichtes Grinsen zuckte über sein Gesicht. «Na schön, du lässt mich dich beim *scopa* fertigmachen, und ich vergesse es, ja?»

Ich nickte lächelnd.

Es vergingen drei Stunden, in denen ich zweimal den nahe gelegenen Geldautomaten aufsuchen musste.

Sergio ließ grinsend mein Geld in seinem Portemonnaie verschwinden. «Also schön, *compagno*. Unterhalten wir uns.»

Ich warf einen Blick in mein eigenes Portemonnaie und war freudig überrascht, keine Motten herausflattern zu sehen. Kopfschüttelnd steckte ich es wieder in mein Jackett.

«Weißt du Sergio, für einen Kommunisten bist du ziemlich gut im Kapitalanhäufen.»

«Ich bring das System eben von innen heraus zum Einsturz, *investigatore*.» Er grinste und winkte dem Barmann. «Mehr Wein. Diesmal auf meine Rechnung. Oder auf deine, sollte ich wohl sagen.» Beide lachten.

«Also. Ich weiß, dass du Matteo Zambons Miete bezahlt hast.» Sergio sah Lorenzo streng an. Lorenzo zuckte entschuldigend mit den Schultern. Ich hob die Hände. «Wir müssen aber nicht noch mal *scopa* spielen, oder?»

Sergio schüttelte den Kopf. «Na gut, *pentito*, vielleicht nicht dieses Mal. Was willst du wissen?»

«Wie hast du seine Miete bezahlt? Banküberweisung oder bar?»

«Mit Bargeld konnte ich ihm nicht trauen. Und dem Internet traue ich auch nicht. Das benutzt die Regierung, um dich zu überwachen. Also hab ich den Scheck direkt seinem Vermieter gegeben. Er hat eine Wohnung im selben Haus.»

«Was hast du gemacht? Ihn mit der Post geschickt?»

Sergio gab ein hohles Lachen von sich.

«Lass mich raten, der Poststelle traust du auch nicht?» Er schüttelte den Kopf. «Dann bist du also zu seinem Haus gegangen?»

«Ja, aber ich hab nie mit dem Mistkerl gesprochen.»

«Schon klar. Aber hast du mal irgendwelche Leute gesehen, kommen oder gehen, du weißt schon?»

Er zuckte mit den Schultern. «Sicher. Jede Menge Leute.»

«Irgendwelche, die du kanntest?»

«Ein paar. Ich glaube, er hatte noch einige Freunde vom *conservatorio*. Und dann waren da noch andere ...» Er zögerte.

«Andere?»

«Spieler. Kleinkriminelle. Nach einer Weile erkennst du die Typen.»

«Na schön.» Ich zog das Booklet von der *Zauberflöte* aus der Tasche und blätterte bis zu den Fotos der Darsteller. Ich legte es aufgeschlagen auf den Tisch. «Kennst du irgendwen von diesen Leuten?»

Er betrachtete das erste Foto, ein vor Jahren aufgenommenes Schwarz-Weiß-Bild von Lockwood, auf dem er die Arme vor der Brust verschränkt mit dem Taktstock in der Rechten zu sehen war.

«Nein.» Er leckte sich am Finger, blätterte zur nächsten Seite, schüttelte den Kopf und blätterte weiter. Als er zu Isottas Foto kam, das sie mit schwarzen Haaren und schwarzem Eyeliner zeigte, lächelte er und schüttelte wieder den Kopf. «Nein», sagte er, «an sie würde ich mich erinnern.» Er schob das kleine Heftchen zu Lorenzo hinüber.

«Ah, Isotta Baldan», sagte er. «Ich hab sie mal erlebt. Großartige Sängerin. Und sehr schön, wie ich höre.»

Sergio grummelte und blätterte zur nächsten Seite. Er tippte auf das Foto von Salvatore Bonfiglio. «Den erkenne ich wieder.»

«Bist du dir sicher?»

«Natürlich bin ich mir sicher. Der ist öfters dagewesen.»

«Weißt du noch wann?»

«Während der letzten sechs Monate. Gefühlt jedes Mal, wenn ich hingekommen bin, war er auch da. Kam oder ging gerade.»

«Hast du mal gehört, wie sie miteinander gesprochen haben?»

«Ich hab mich nie lange aufgehalten. Meistens haben sie anscheinend zusammen Musik gehört.» Er bemerkte meinen Gesichtsausdruck. «Frag mich nicht, was es war. Klassische Musik eben, damit kenne ich mich nicht aus. Lorenzo hätte es gekannt.»

«Du könntest es ja mit Nachsummen versuchen», sagte Lorenzo schmunzelnd und erntete dafür von Sergio einen vernichtenden Blick. «Aber mal ernsthaft, Nathan», fuhr Lorenzo fort. «*Signor* Zambon hat im *conservatorio* gearbeitet. Es wäre nichts Ungewöhnliches gewesen, wenn jemand zu Besuch gekommen wäre, um einfach mit ihm zusammen Musik zu hören.»

«Stimmt. Du hast recht. Trotzdem stimmt an der Sache etwas nicht.» Ich leerte mein Glas und erhob mich. «Danke, Sergio. Das war sehr hilfreich.»

«Gern geschehen, *compagno*. Bist du sicher, dass das drei Stunden *scopa* wert war?»

«Das denke ich schon. Und, na ja, wie ich schon sagte, tut mir leid.»

Sergio grinste, griff in seine Tasche, holte sein prall gefülltes Portemonnaie heraus und inspizierte den Inhalt. «Und, wie ich schon sagte, gern geschehen.»

Kaum hatten Fede und ich es uns nach dem Abwaschen auf dem Sofa gemütlich gemacht, klingelte das Telefon.

«Nathan? Hier Christopher. Können Sie sprechen? Es ist ziemlich wichtig.»

«Schießen Sie los.»

«Was wissen Sie über das Teatro San Moisè?»

«Es wurde vor fast zweihundert Jahren geschlossen. Ich glaube, es wurde größtenteils abgerissen. Auf jeden Fall ist nichts mehr davon übrig, worin man herumlaufen könnte.»

«Das macht nichts. Was ich brauche, ist so etwas wie eine Aufführungsliste. So ausführlich wie möglich. *Proserpina* wurde in den Vierzigerjahren des 17. Jahrhunderts dort aufgeführt. Alles, was Sie finden können, das uns vielleicht hilft, die Spur der Partitur über die Jahre nachzuverfolgen.» Seine Worte überschlugen sich fast vor Aufregung, während seine Stimme noch ein bisschen höher klang als sonst. Ich hielt das Telefon weiter vom Ohr weg.

«In Ordnung. Sieht aus, als würde ich morgen wieder zur Marciana gehen. Das klingt, als hätten Sie etwas herausgefunden?»

«Ich glaube, das habe ich. Ja, das habe ich wohl in der Tat!»

«Verraten Sie mir, was es ist?»

«Das werden Sie schon erfahren. Gehen Sie morgen gleich als Erstes hin. Finden Sie, was immer möglich, über San Moisè heraus. Und dann reden wir.»

Er legte auf.

Fede sah mich an. «Mr. Maitland?»

«Genau der.»

«Er klang ziemlich aufgeregt. Das war sogar hier zu hören. Er glaubt also, er hat des Rätsels Lösung?»

«Ja. Was immer das ‹etwas› ist, das er herausgefunden hat. Ich habe wohl noch nie jemanden erlebt, der sich am Telefon so in die Brust geworfen hat.»

Sie seufzte. «Und er konnte dir nicht einfach alles erzählen?»

«Wahrscheinlich braucht er seine Spielchen. Er ist ein bisschen unsicher. Lockwood ist der große, berühmte Dirigent. Isotta war gemein zu ihm. Er will, dass ihm jemand sagt, wie clever er ist.»

«Dann forschst du morgen früh weiter an der Sache?»

«Sieht so aus. Immerhin bedeutet das nur, in die Bibliothek zu gehen. Und vor *signor* Bonfiglio dürften wir jetzt wohl unsere Ruhe haben.» Sie nickte, wirkte aber nicht überzeugt. «Hör mal, wenn du willst, rufe ich Maitland zurück und sage ihm, ich mache es nicht.»

«Wirklich?»

«Natürlich.»

«Das ist lieb von dir. Aber nein. Es ist immerhin eine verschollene Monteverdi-Oper, über die wir hier reden. Die Ravagnan-Sutherland-Fassung, erinnerst du dich?»

«Wie könnte ich das vergessen?»

«Dann geben wir der Sache doch noch ein paar Tage.»

«Danke.» Ich gähnte. «Schlafenszeit. Ich bin froh, wenn das alles vorbei ist, weißt du. Ich vermisse mein altes, nicht opernhaftes Leben.»

– 42 –

Pünktlich zur Öffnungszeit um acht stand ich vor der Marciana und wartete ungeduldig darauf, dass ein Mitarbeiter die Tür aufschloss. Ich verstaute Mantel und Schal im Schließfach und ließ mich abseits von Petrarcas missbilligendem Blick an einem Computerarbeitsplatz nieder. Auf der Suche nach allem, was über das Teatro Moisè archiviert worden war, tippte ich auf der Tastatur drauflos.

Wie vermutet war das Gebäude schon vor langer Zeit entkernt worden. Jetzt befanden sich ein Geschäft und Wohnungen darin. Einige Schwarz-Weiß-Abbildungen vermittelten einen Eindruck von seinem früheren Aussehen. Fast zweihundert Jahre hatte es als eins von Venedigs zahlreichen *opera-lirica*-Theatern gedient. Und nach einer Aufführung von Rossinis *Cenerentola* hatten sich seine Türen 1818 für immer geschlossen. Kurzzeitig wurde es als Teatro Minerva, ein Marionettentheater, wiedereröffnet. Und eine Gedenktafel an der Hauswand im Corte del Teatro San Moisè erinnerte daran, dass 1896 in dem Gebäude die erste öffentliche Kinovorführung der Gebrüder Lumière in Venedig stattgefunden hatte.

Seine Jahre als Opernhaus waren genau dokumentiert. Akribisch genau. Einhundertneunundsiebzig Bände verzeichneten jede einzelne Inszenierung von 1640 bis 1818. Jedes Jahr hatte seinen eigenen Band mit ausführlichen Beschreibungen von Aufführungen, Mitwirkenden und den dazugehörigen Kosten. Monteverdis *L'Arianna* war die erste Oper, die 1640, unter Leitung des Komponisten selbst, in dem Haus auf die Bühne gebracht wurde. Eine Neuaufführung eines seiner frühen Werke, und, wie sich herausstellen sollte, auch die letzte. Bald darauf verschwand die Partitur und galt für immer als verschollen. Das Teatro San Moisè hatte Monteverdi offenbar kein Glück gebracht. Er lag bereits ein Jahr unter der Erde, als 1644 *Proserpina rapita* dort wiederaufgenommen wurde.

Ich schrieb die bibliografischen Angaben des benötigten Bandes auf einen der gelben Bestellzettel, gab ihn dem Bibliothekar, ging in den Lesesaal und wartete.

Ich gähnte und wünschte, ich hätte mir Zeit genommen, zu frühstücken oder zumindest einen Espresso zu trinken. Warum hatten sie hier nicht wenigstens einen Kaffeeautomaten im Vorraum? Während ich mich noch mit geschlossenen Augen streckte, hüstelte der Bibliothekar taktvoll leise neben mir und legte den bestellten Band vor mich hin. Mit einem entschuldigenden Lächeln dankte ich ihm und machte mich an die Arbeit.

Das Buch hatte kein Inhaltsverzeichnis, also begann ich mit der allerersten Seite. 1. Januar 1644. Eine Wiederaufnahme von Francesco Cavallis *L'amore innamorato*. Etwa noch ein verschollenes Werk? Ich konnte mich nicht daran erinnern. Nach und nach arbeitete ich mich durch die Aufzeichnungen, begegnete bekannteren Namen und solchen, die ich noch nie gehört hatte, Komponisten, die, außer von passionierten Musikwissenschaftlern, von allen vergessen worden waren. Ich stieß auf Listen von Sängern und Sängerinnen, deren Stimmen wir niemals hören würden und deren Ruhm schon vor langer Zeit verblasst war. Fand Kostenaufstellungen und Abrechnungen.

Es dauerte nicht lange, bis ich gefunden hatte, wonach ich suchte. Eine Wiederaufführung von *Proserpina rapita,* die seit vierzehn Jahren zum ersten Mal wieder gespielt wurde. Als ich auf das Datum blickte, musste ich lächeln. Der 18. Februar. Mein Geburtstag; und der Yoko Onos.

Ich las weiter. Der Zustand des Buches – ganz mit Stockflecken übersät – erschwerte die Lektüre. Trotzdem stellte ich fest, dass es eine Seite gab, die sich der Aufführungsfassung von Partitur und Libretto widmete. Doch sosehr ich mich auch bemühte, ich konnte sie nicht entziffern. Ich blinzelte und sah ein zweites Mal hin, aber der Text blieb unscharf und verschwamm mir vor den Augen.

Die Zeit war gekommen. Ich musste zugeben, dass ich eine Brille brauchte.

Ich sah mich im Lesesaal um. Noch immer war ich der Einzige hier. Der Bibliothekar saß am anderen Ende des Saales hinter einem Schreibtisch. Mit einem verlegenen Winken bat ich ihn zu mir.

«Sind Sie fertig mit dem Buch, *signore*?»

«Nein. Leider habe ich nur meine Brille nicht dabei. Ob Sie wohl so freundlich sein könnten, mir diese Seite vorzulesen?» Ich fügte die Worte «falls es nicht zu viel Mühe macht» hinzu, um besonders britisch-höflich zu klingen.

Er warf einen Blick auf die aufgeschlagene Seite und rückte seine eigene Brille zurecht. «Es ist schwer zu erkennen, ziemlich unleserlich.»

«Ich weiß. Aber bekommen Sie es hin?»

«Das ist *Veneziano*, *signore*. *Veneziano* des siebzehnten Jahrhunderts.»

«Du meine Güte. Damit bin ich ja völlig überfordert. Könnten Sie es für mich übersetzen?»

«Englisch oder Italienisch?»

«Italienisch ist in Ordnung.»

«Also gut.» Er rückte noch einmal seine Brille zurecht. «*Proserpina rapita*, *signor* Claudio Monteverdis Werk, wird in der Originalfassung von 1630 aufgeführt. Das Libretto stammt von Giulio Strozzi, der hier unter dem Namen Luigi Zorzisto schreibt. Bei der Partitur handelt es sich um jene, die der Komponist einst dem britischen Botschafter Sir Isaac Wake schenkte und die ihm als Bestandteil von Sir Isaacs Nachlass im Jahr 1632 zurückübereignet wurde.» Er nahm die Brille ab. «Ich übersetze, so gut ich kann, es entspricht zumindest grob dem, was da in modernem Italienisch stehen würde.»

«Das ist großartig. Genial.» Ich sprang auf, und das laute Schrammen meines Stuhls hallte durch den leeren Saal. Hastig kritzelte ich meine Unterschrift auf den gelben Leihschein. «Jetzt bin ich fertig damit. Vielen Dank.»

Nachdem ich meinen Mantel übergezogen hatte, holte ich meinen Personalausweis ab und eilte beinah im Laufschritt nach draußen in die kühle Vormittagsluft. Zu früh fürs Mittagessen, fast schon zu spät, um zu frühstücken. Kaffee wäre gut, aber ein Café war zu öffentlich für einen solchen Anruf. Ich setzte mich auf eine *passarella* und zündete mir eine Zigarette an, während ich Maitlands Nummer wählte.

«Guten Morgen, Nathan.» Seine Stimme klang heiter und gut gelaunt. Er schaffte es, selbst mit diesen wenigen Worten, unglaublich selbstzufrieden zu klingen.

«Ich komme gerade aus der Bibliothek», sagte ich.

«Ein ertragreicher Arbeitsvormittag, hoffe ich?»

«Auf jeden Fall. Lockwoods Exemplar des Librettos wurde von Zorzisto signiert, nicht von Strozzi. Das heißt, es war fast mit Sicherheit dasselbe, das 1644 im Teatro di San Moisè verwendet wurde.»

«Ja, das dachte ich mir. Sonst noch etwas?»

«Bei der Partitur handelte es sich um die, die Monteverdi Isaac Wake geschenkt hatte. Wake hat sie ihm offensichtlich als Teil seines Nachlasses zurückgegeben.»

«Auch das hatte ich vermutet. Aber danke fürs Nachprüfen. Es fügt sich alles wunderbar zusammen.»

«Hören Sie, ich friere mir hier auf einer *passarella* den Arsch ab und habe noch nicht gefrühstückt. Könnten Sie mir jetzt bitte sagen, was Sache ist, damit ich meine Zigarette zu Ende rauchen kann und aus der Kälte komme? Dann bestätige ich Ihnen auch, wie clever Sie sind.»

«Lassen Sie uns zusammen frühstücken, Nathan. Ich lade Sie ein. Der Kirchen-Pub war doch ganz nett, oder? Wir treffen uns dort.»

Er legte auf, und ich starrte aufs Display und schüttelte fassungslos das Handy.

Ich sprang bei San Zaccaria aufs nächste *vaporetto* und verwünschte das Boot wegen seiner Langsamkeit und Maitland wegen seiner Bauernschläue.

Der Kirchen-Pub war leer, bis auf Alessandro hinter der Bar, der mir lächelnd zuwinkte. Ich erwiderte seinen Gruß etwas verhalten. «*Salve*. Ich war vor Kurzem schon mal hier. Ich weiß nicht, ob Sie sich noch erinnern?»

«*Sì*, ich erinnere mich. Sie sind ein Freund vom *padre*.»

«Richtig.» Ich blickte mich um, aber ich war der einzige Gast.

«Espresso? Cappuccino? Etwas zu essen?»

«Äh, ja. Das wäre gut, danke. *Macchiato* und ein *brioche*.»

«*Subito.*» Er deutete auf die Vitrine auf der Theke. «Bitte bedienen Sie sich.»

Während die Kaffeemaschine zischte und dampfte, verspeiste ich ein ziemlich gutes *brioche integrale*, das ich noch für die gesündeste Option hielt. Lächelnd schob Alessandro mir meinen Kaffee über die Theke. Ich kippte ein Beutelchen braunen Zucker hinein und rührte ihn, nach alter Gewohnheit, zehnmal im Uhrzeigersinn um. Dann trank ich einen Schluck und genoss es, wie die Wärme durch meinen Körper strömte.

Kurz darauf ging die Tür auf, und ich spürte einen kalten

Luftzug. In der Erwartung, Maitland zu erblicken, drehte ich mich um.

Es war Lockwood. Wir starrten uns an wie Gramsci und Karajan.

«Guten Morgen, *maestro*», sagte ich, in der Annahme, dass wir inzwischen nicht mehr per Du waren.

«Sutherland. Guten Morgen.» Er schaute sich um.

«Erwarten Sie jemanden?»

«Maitland. Ich bin mit ihm zum Frühstück verabredet.»

«Ach. Ich auch.» Lockwood fuhr fort, mich anzustarren. «Wahrscheinlich will er uns etwas mitteilen, was meinen Sie? Aus diesem Grund hat er Sie wohl auch herbestellt?»

Er nickte.

«Darf ich Sie zu einem Kaffee einladen?», fragte ich. «Kommen Sie schon. Es tut mir leid, was neulich Abend passiert ist. Lassen Sie uns zusammen frühstücken und auf Maitland warten, und dann können wir alles besprechen.»

Er seufzte. «Na schön. Danke, Sutherland.» Er gab Alessandro ein Zeichen. *«Cappuccino, per favore.»*

Alessandro nickte und wandte sich der Kaffeemaschine zu. «Ist Mr. Maitland der Mann, der neulich mit Ihnen und dem *padre* hier war?», fragte er über die Schulter.

«Ja, richtig.»

«Also, der war schon auf einen Espresso hier. Sagte, er ginge kurz rüber in Ihre Kirche. Er müsse etwas ausdrucken.» Er warf einen Blick auf seine Armbanduhr. «Ist vielleicht eine Viertelstunde her.»

«Etwas ausdrucken?», fragte Lockwood.

«Das hatte er letztens schon vor», erklärte ich. «Es ging um irgendwelche Noten. Vielleicht hat es etwas mit dem zu tun, was er herausgefunden hat?»

Wir tranken schweigend unseren Kaffee. Ich sah noch einmal auf die Uhr. Schon zwanzig Minuten inzwischen. Da nahm ich fünf Euro aus meinem Portemonnaie und legte sie auf die Theke. «Ich zahle», sagte ich zu Lockwood. «Kommen Sie, wir gehen.»

«Gehen? Wohin denn?»

«Zur Kirche. Der *padre* hat mir erzählt, dass dort nichts richtig funktioniert. Womöglich braucht er Stunden, um den Drucker zum Laufen zu kriegen.»

Wir liefen wieder die *calle* zurück, bis wir zum Seiteneingang der Kirche kamen. Etwas so Nützliches wie einen Türklopfer gab es nicht, von einer Klingel ganz zu schweigen, also pochte ich, so fest ich konnte, gegen den Briefkasten.

Keine Reaktion. Ich holte mein Handy hervor und wählte Maitlands Nummer. Es klingelte vier-, fünfmal, dann brach die Verbindung ab. Ich wählte noch einmal, und jetzt klingelte es durch.

«Irgendetwas stimmt da nicht.»

Ich klopfte noch einmal gegen den Briefkasten. Und noch einmal. Dann fing ich an, gegen die Tür zu hämmern und zu treten. Lockwood zog mich zurück.

«Was, in Gottes Namen, machen Sie da?»

«Haben Sie einen Schlüssel?»

«Was?»

«Einen Schlüssel zu der verdammten Kirche. Haben Sie einen Schlüssel?»

«Natürlich nicht. Wieso sollte ich?»

Ich fing wieder an, gegen die Tür zu treten und Maitlands Namen zu rufen. Passanten blieben stehen und starrten uns an. Erneut zog Lockwood mich zurück.

«Rufen Sie den Priester an, Sutherland. Er wohnt doch nicht weit von hier, oder? Bitten Sie ihn herzukommen.»

Ich atmete tief durch. «Ja, gut. Das macht Sinn. Versuchen

Sie es noch mal bei Maitland.» Ich suchte Michael Rayners Nummer heraus und rief ihn an.

«Kaplansbüro?»

«*Padre*, hier ist Nathan. Nathan Sutherland.»

«Nathan. Was verschafft mir diese Ehre? Die Bibelstunde beginnt erst heute Nachmittag um drei, falls Sie interessiert sind.»

«Padre. Es ist ernst. Ich bin an der Kirche. Ich muss da rein. Sie müssen herkommen, sofort.»

«Sagen Sie nicht, Sie hatten eine Erscheinung.» Rayners Tonfall klang immer noch scherzhaft.

«Ich mein's ernst. Sofort. Bitte.»

«Na schön, Nathan. Ich bin unterwegs.»

Ich wandte mich wieder Lockwood zu. «Irgendwas erreicht?»

Er schüttelte den Kopf. «Er reagiert nicht.»

«Verflucht.» Ich warf mich mit der Schulter gegen die Tür, doch trotz ihres verwitterten Aussehens zeigte sie kein Anzeichen von Bewegung. Ich versuchte es ein zweites Mal und ein drittes Mal. Dann gab ich auf, rieb mir die Schulter und wünschte, Dario wäre bei uns.

Zu viele Leute waren für meinen Geschmack inzwischen stehen geblieben und starrten uns an. Und weil die *calle* so eng war, kam kaum noch jemand durch.

«Kommen Sie, Tom, wir versuchen es mal am Haupteingang, für alle Fälle.» Ich rannte zurück zum Campo San Vio, ohne darauf zu achten, ob er mir folgte. In der Hoffnung, sie könnte von innen nur zugeschoben und nicht abgeschlossen sein, legte ich die Hände auf die Bronzetür und drückte. Keine Chance. Nichts rührte sich, und wahrscheinlich würde auch nichts sie je bewegen können.

Ich holte ein Päckchen Zigaretten hervor und bot Lockwood

eine an, der jedoch den Kopf schüttelte. «Hat er Ihnen erzählt, worum es geht, Tom?», fragte ich.

«Nicht wirklich. Er sagte nur, er hätte etwas herausgefunden und Sie gebeten, das in der Marciana zu überprüfen. Weiter nichts.» Er schüttelte den Kopf. «Verflixter Maitland. So ist er schon immer, wissen Sie. Lässt nie eine Gelegenheit aus, damit anzugeben, wie clever er doch ist.» Er holte tief Luft, dann hämmerte er mit den Fäusten gegen die Bronzetür.

«Lassen Sie es gut sein, Tom. Wenn er uns durch die Seitentür nicht hört, dann hört er uns durch die hier erst recht nicht.»

Wir schwiegen, während ich rauchte und Lockwood mit den Füßen scharrte und die Hände rang. Die betretene Stimmung wurde durch die Ankunft Father Rayners unterbrochen, der uns anlächelte, bevor er mir die Zigarette aus dem Mund zog und sie auf dem Boden zertrat.

«Schreckliche Angewohnheit, Nathan. Guten Morgen, Gentlemen, was kann ich für Sie tun?»

«Lassen Sie uns bitte in die Kirche, *padre*. Jetzt gleich.»

Schulterzuckend holte er einen Schlüsselbund aus der Hosentasche. «In Ordnung, folgen Sie mir.» Er führte uns zurück in die *calle* zum Seiteneingang. «Es dauert einen Moment, tut mir leid. Fünf Drehungen im oberen Schloss, fünf unten.» Kein Wunder, dass es mir nicht gelungen war, die Tür irgendwie zu beeindrucken. Pater Rayner schob sie ruckelnd und schrammend auf, zog den Kopf ein und zwängte sich hindurch.

«Mist!»

«Was ist denn?»

«Das verdammte Licht brennt. Ich hoffe, das waren nicht Mr. Maitland & Co. Und hoffentlich ist es nicht die ganze Nacht angeblieben, das kostet unser aller Geld. So oder so, kommen Sie rein, kommen Sie rein.»

Obwohl es in der winzigen Sakristei mit uns dreien proppenvoll war, drängte ich mich an den anderen vorbei durch die Schwingtür in die Kirche selbst. Ich spürte sofort, dass etwas nicht stimmte.

Der Boden war mit Papieren übersät, die so weit verstreut lagen, dass sie eigentlich nur von der Orgelempore heruntergeflogen sein konnten. Ich hockte mich hin, um sie mir näher anzusehen. Musiknoten. Charles Villiers Stanford. Teile des für morgen geplanten Konzerts. Und da war noch etwas. Sie waren allesamt mit Blut bespritzt, von dem eine Spur bis in den Mittelgang führte, wo Christopher Maitland langgestreckt auf den Stufen zum Altarraum lag; die Arme weit ausgebreitet und ein Bein unter sich angewinkelt.

«Gott», hauchte Lockwood. Rayner hastete zu Maitland und kniete sich neben ihn. «Fassen Sie ihn nicht an, fassen Sie ihn um Himmels willen nicht an.»

«Ich sehe nicht zum ersten Mal einen Toten, Mr. Lockwood», murmelte Rayner. Er berührte mit zwei Fingern Maitlands Hals und bekreuzigte sich. Anschließend legte er ihm die Hand auf die Stirn und schloss leise betend seine Lider. Dann stand er auf und legte Lockwood die Hand auf die Schulter. «Tut mir wirklich leid.»

«Oh, Christopher.» Lockwoods Stimme klang leise, beherrscht. Er schob Rayner beiseite und kniete sich neben seinen toten Freund. «Du dummer Kerl. Musstest wie immer versuchen, allen eine Nasenlänge voraus zu sein, stimmt's?»

«Mr. Lockwood, bitte.» Rayner zog ihn sanft, aber bestimmt auf die Beine. «Wir können nichts mehr tun.» Er wandte sich zu mir. «Sie wissen, wie das läuft, Nathan?»

Ich nickte und holte mein Handy hervor. «Ich rufe die Polizei.»

«Nein!» Das war wieder Lockwood. «Keine Polizei. Noch nicht. Was immer er gefunden hat, könnte vielleicht noch irgendwo hier sein.» Er wich von Rayner zurück, rannte in den hinteren Teil der Kirche und sank zu Boden, wo er anfing, hektisch die Blätter durchzuwühlen und diejenigen zusammenzuknüllen und wegzuschleudern, die sich als uninteressant erwiesen. «Irgendwo hier.»

Ich lief rasch zu ihm. «Tom, das ist jetzt ein Tatort. Hören Sie auf.» Ohne mir irgendwelche Beachtung zu schenken, stöberte er weiter die verstreuten Notenblätter durch. Ich legte ihm die Hand auf die Schulter. «Tom», sagte ich noch einmal. Er schüttelte meine Hand ab, stand aber auf. Mit einem kaum wahrnehmbaren Lächeln taxierte er mich. Derselbe verachtungsvolle Gesichtsausdruck wie in Cardiff vor zwanzig Jahren. Kaum jemand kam ihm je in die Quere. Er drehte sich um und lief ans Ende des Mittelganges, wo er sich über Maitlands Leiche beugte und anfing, seine Taschen zu durchsuchen.

Rayner sah mich kopfschüttelnd an und versuchte, ihn zurückzuziehen. Lockwood stieß ihn weg, weniger im Zorn als darüber verärgert, dass es jemand wagte, ihn zu unterbrechen. Ich rannte zu den beiden, packte seinen einen Arm, während Rayner den anderen ergriff. Gemeinsam gelang es uns, ihn zurückzuziehen und auf eine Kirchenbank zu setzen.

Ich beugte mich vor und legte die Hände auf die Knie. «Tom. Sie kontaminieren Beweismittel. Das muss ich der Polizei sagen, verstehen Sie?»

Er sah mich weiter mit diesem vernichtenden Blick an. Der sich plötzlich in einen hasserfüllten verwandelte. Seine Hand schoss nach vorn, und er schlug mich mitten ins Gesicht. Kein heftiger Hieb, aber der Schreck ließ mich dennoch zurücktaumeln.

Ich hob die Hand an die Wange. Langsam hatte ich genug hiervon. Genug von ihm.

«Isotta behandeln Sie auch so, stimmt's?»

«Was?»

«Sie erbärmlicher, arroganter kleiner Scheißkerl. Maitland hatte recht. Außer Ihrer Musik haben Sie nichts. Ohne die sind Sie nur noch ein langweiliger, fanatischer Winzling.»

«Arschloch!» Lockwood stürzte sich auf mich und drückte mir den Hals zu. Rayner warf sich zwischen uns und drängte ihn zurück. Ich rang nach Luft und sah Lockwood wütend an.

Bevor ich etwas sagen konnte, hob Rayner die Hand. «Seien Sie still, Nathan, bitte.»

«Ich ...»

«Sagen Sie nichts. Er steht unter Schock, sehen Sie das nicht?» Lockwood stolperte beim Versuch, sich hinzusetzen, aber Rayner fing ihn auf und half ihm auf seinen Platz. «Rufen Sie die Polizei, ja? Und warum machen Sie uns dann nicht allen eine Tasse Kaffee?»

Ich wollte protestieren, doch sein Gesichtsausdruck sagte mir, das das womöglich keine gute Idee war. Also drehte ich mich um und marschierte beleidigt zurück in die Sakristei.

Ich wählte den Notruf, erklärte die Lage und hinterließ meine Kontaktdaten. Die Polizisten sollten zum Seiteneingang kommen, gab ich noch durch. Ich zitterte. Eine Zigarette hätte gut getan, aber ich konnte mich nicht überwinden, in der Sakristei zu rauchen. Ebenso wenig wollte ich die Tür öffnen und in der *calle* stehend Aufmerksamkeit erregen. Ich fand drei nicht zusammenpassende Tassen und gab in jede davon einen Teelöffel löslichen Kaffee. Dann füllte ich den Wasserkocher und stellte ihn an.

Sofort gingen sämtliche Lichter aus. Eine Salve bildreicher Flüche drang aus der Kirche herüber.

Ich öffnete die Sakristeitür und streckte den Kopf hinaus. Lockwood saß immer noch reglos da. Rayner wandte sich zu mir.

«Wasserkocher?»

«Tut mir leid.»

«Schrottteil. Der Sicherungskasten ist im Schrank neben der Tür.»

«Alles klar.» In dem Kasten gab es ungefähr zwanzig verschiedene Schalter, wobei der wichtigste vermutlich der mit dem großen roten Lämpchen war. Ich schob ihn nach oben. Das Licht ging wieder an, und ich hörte den Kühlschrank brummend anspringen.

Und nicht nur den Kühlschrank. Mit einem leisen Summen begann der Drucker daneben sich aufzuwärmen. Rayner hatte ihn tatsächlich auf den kleinen Elektroherd gestellt. Auf der anderen Seite blinkten die Kontrollleuchten am WLAN-Router grün. Der Drucker setzte sich ratternd in Bewegung.

Kurz darauf kam die erste bedruckte Seite heraus und fiel mir in die Hand. Dann eine zweite. Ich legte sie auf die Arbeitsfläche und überflog sie. Die erste war eine E-Mail aus dem National Archive in London. Die zweite eine von der Monteverdi-Stiftung in Cremona.

Maitland hatte recht gehabt. Er hatte die Antwort gefunden.

Ich machte drei Tassen scheußlichen Kaffee und trug zwei davon in die Kirche, wo ich sie vor Rayner und Lockwood abstellte. Ich beugte mich über Maitlands Leiche, konnte mich aber gerade noch bremsen. Was ich zu Lockwood gesagte hatte, galt natürlich auch für mich.

«Tom», sagte ich.

Er blickte nicht einmal hoch.

«Tom», wiederholte ich. «Das ist jetzt wichtig. Hat Maitland irgendetwas bei sich? Schlüssel, Portemonnaie?»

Er schüttelte den Kopf.

«Was ist mit seinem Handy?»

Wieder Kopfschütteln.

«Gut. Verstehe. Danke. Michael, die Polizei wird in ein paar Minuten hier sein.»

Rayner nickte. Er hatte die Augen geschlossen und bewegte in stillem Gebet die Lippen. Ich zwang mich, auf Maitland hinunterzuschauen. Sein Hemd war leuchtend rot getränkt und sein Mund blutverschmiert. Ich überwand mich, noch genauer hinzusehen. Dann fuhr ich erschrocken zurück. Die Schneidezähne waren ihm ausgeschlagen worden.

Von draußen war der Klang einer Sirene zu hören, und kurz darauf wurde an die Seitentür gehämmert. Die Polizei war eingetroffen. Ich ging zurück in die Sakristei, um sie einzulassen. Und schloss dabei einen Moment lang die Augen, während ich versuchte, das Bild von Maitlands Gesicht wieder aus dem Kopf zu bekommen.

– 43 –

«War das erste Mal, dass ich in dieser Kirche gewesen bin, weißt du?», sagte Vanni. «Da verbringe ich schon mein ganzes Leben in Venedig und habe sie noch nie gesehen.»

«Schade, dass es unter solchen Umständen sein musste», antwortete ich. «Erzählst du mir, was mit ihm passiert ist?»

«Das darf ich nicht.» Er zögerte kurz, dann lächelte er kaum merklich.

«Er wurde erstochen – das hast du sicher selbst schon festgestellt. Höchstwahrscheinlich mit derselben Waffe, mit der *signor* Zambon ermordet wurde. Kein Messer. Könnte ein angespitzter Schraubenzieher gewesen sein, irgendwas in der Art.»

«Du lieber Himmel.» Ich schauderte.

«Wir haben Blutspuren auf der Brüstung der Orgelempore gefunden.» Er verzog das Gesicht. «Und noch etwas.»

Ich zuckte zusammen. «Zähne?»

«Ja. Wer immer es war, hat Maitland mehrfach mit dem Gesicht gegen das Geländer geschlagen. Anschließend hat er ihn die Treppe hinuntergestoßen und ihm dann vor dem Altarraum den Rest gegeben.»

Ich schüttelte den Kopf. «Das versteh ich nicht. Vom Fuß der Treppe hätte er in die Sakristei und zur Seitentür kommen können. Warum ist er zum Altar gerannt? Er muss gewusst haben, dass es da keinen Ausgang gibt.»

«Ich bezweifle, dass er überhaupt wusste, wo er war. Oder wer er war. Nicht nach dem, was auf der Empore mit ihm angestellt wurde.» Er zündete sich einen Zigarillo an. «Er war ein alter Mann.» Kopfschüttelnd fluchte er leise. Dann tippte er auf die zwei Ausdrucke auf seinem Schreibtisch. «Die hast du natürlich gelesen?»

«Natürlich.»

«Kontaminierung von Beweismitteln?» Er hielt die Stimme weiterhin gesenkt.

«Ich wollte sie nicht auf den Boden fallen lassen, damit deine Leute drübertrampeln, wenn sie eintreffen, Vanni.»

«Stimmt auch wieder, Nathan. Also, wieso erzählst du mir nicht, warum Mr. Maitland umgebracht wurde?»

«Ich denke, du weißt, warum.»

Er breitete die Arme aus. «Hilf mir etwas auf die Sprünge.»

«Maitland ist sich selbst zum Verhängnis geworden. Er wollte sich hervortun, uns allen zeigen, wie schlau er doch ist. Nur ein kleiner Musiklehrer vielleicht, aber gewiefter als der große Thomas Joshua Lockwood. Er hatte etwas über die Monteverdi-Partitur herausgefunden. Und er wollte, dass wir uns alle versammeln, um uns davon zu berichten. Um uns mitzuteilen, dass sie nicht mehr existiert.»

«Und das hat jemand mitbekommen und ihn vorher umgebracht?»

«So muss es gewesen sein. Maitland ging zur Kirche, um den Drucker zu benutzen. Er versuchte, diese beiden E-Mails auszudrucken, aber das verdammte Ding funktionierte nicht. Bis ich es versehentlich aus- und wieder angeschaltet habe. Darum hat der Mörder alles, was er bei sich hatte, mitgenommen. Er konnte nicht wissen, dass diese beiden Dokumente noch in der Druckwarteschlange hingen.»

Vanni paffte seinen Zigarillo. «Ich glaube, du weißt, wer es war, Nathan.»

«Salvatore Bonfiglio. Isotta Baldans Fast-Ex-Ehemann.»

«Okay. Erzähl mir, warum.»

«Er hat eine gewalttätige Vergangenheit. Er hat einen Groll auf Lockwood und Baldan. Seine Karriere ist am Ende, und er braucht das Geld. Er kannte Zambon und hat sich mehrmals mit ihm getroffen. Und ich glaube, dass er kürzlich bei Baldan gewesen ist, um sie einzuschüchtern.»

Vanni machte sich eifrig Notizen, bevor er sich auf seinem Stuhl zurücklehnte, an seinem Zigarillo zog und dicke Wolken giftigen Rauchs in die rauchfreie Umgebung der *Questura* blies. «Ergibt Sinn.»

«Klar tut es das.»

«Ich denke, wir knöpfen ihn uns mal vor. Danke, Nathan, ich weiß deine Hilfe zu schätzen.»

«War's das?»

Er schüttelte seufzend den Kopf. «Nicht ganz. Mr. Lockwood ist auf eine kleine Unterhaltung hier vorbeigekommen.»

«Er wollte plaudern?»

«Ich sagte ‹Unterhaltung›. Das heißt, er ist hier aufgetaucht, um mich anzubrüllen. Auf so etwas kann ich verzichten, Nathan. Es gibt reichlich andere Leute, die das machen.»

«Was wollte er?»

«Über sämtliche Hinweise informiert werden, auf die wir stoßen, die zum Auffinden dieser elenden Oper führen könnten, von der er besessen ist. ‹Selbstverständlich, Mr. Lockwood›, habe ich zu ihm gesagt. ‹Sollte die italienische Polizei im Verlauf ihrer Ermittlungen in einem Mordfall auf derartige Hinweise stoßen, sind Sie der Erste, der es erfährt.›»

«Wie hat er es aufgenommen?»

«Nicht gut.» Wieder deutete er auf die beiden Blätter auf dem Tisch vor sich. «Hiervon habe ich ihm nichts erzählt. Ich dachte, es ist nicht meine Aufgabe. Allerdings habe ich mich gefragt ...»

«Ob ich das nicht übernehme?»

«Ach, Nathan.» Er schmunzelte. «Du nimmst mir das Wort aus dem Mund. Außerdem ist es doch sicher Konsulatssache.»

«Das ist aber eine extrem weite Auslegung des Begriffs, Vanni.» Ich seufzte. «Aber meinetwegen, ich mach's.»

«Nett von dir.»

«Es wird ihm das Herz brechen.»

«Umso besser, wenn es dann von dir kommt. Du hast sicher eine Kopie von den E-Mails?»

Ich antwortete mit einem matten Lächeln. «Ich habe sie abfotografiert. Nur für den Fall, dass du nicht willst, dass ich sie sehe.»

«Unerhört.» Er fing an, in seinen Unterlagen zu kramen. «Ich denke, das war's. Wir hören voneinander.» Er stand auf und schüttelte mir die Hand. «Danke, Nathan. *Ci sentiamo.*»

Federica fand mich zu Hause an der Wand lehnend und Bälle für einen mürrischen Gramsci werfend vor, als wollten wir Steve McQueens Rolle als der Bunker-König in *Gesprengte Ketten* nachstellen.

Wortlos ging sie in die Küche und kam mit zwei Flaschen Bier zurück. Sie setzte sich neben mich auf den Boden, und wir stießen an.

«Alles in Ordnung?»

«Ich trank einen Schluck und schüttelte den Kopf. «Nicht wirklich.»

«Willst du mir dein Herz ausschütten?»

«Ich glaube, du weißt inzwischen alles.»

«Tut mir leid wegen Mr. Maitland.»

«Mir auch. Netter Kerl. Hat sich allerdings für ein bisschen zu schlau gehalten. Kein angenehmer Tod.»

«Dann erzähl mal. Was hat das alles zu bedeuten? Diese E-Mails?»

Ich nahm den ersten Ausdruck zur Hand. «Die hier stammt vom National Archive in London. Es ist ein Auszug aus Wakes Testament. Gib mir mal deine Brille, bist du so nett?» Sie nahm sie von der Nase und reichte sie mir.

Ich setzte sie auf und begann vorzulesen: «*Daher ist es mein Wunsch, dass Noten und Text von* Proserpina *an meine geliebte Serenissima und meinen lieben Freund Sig. Claudio Monteverdi zurückübereignet werden. Ich bitte darum, Kopien von* Come dolce hoggi *und* Quanto nel chiaro mondo *für meinen treuen Sekretär, den guten Thomas Rowlanson, anzufertigen, in der Hoffnung, er möge in zukünftigen Jahren seine Freude daran haben.*»

«Kopien also. Deshalb ist es nicht Monteverdis Handschrift.»

«Und die fehlenden Seiten in Rowlansons Tagebuch?»

Ich zuckte mit den Schultern. «Das werden wir wohl nie erfahren. Wenn man die Daten betrachtet, könnte es sich um eine Danksagung handeln, die er verfasst hat, nachdem er Sir Isaacs Geschenk erhalten hatte. Irgendetwas, dem zu entnehmen gewesen wäre, dass er nie eine komplette Partitur besaß.»

«Aber wir wissen, dass Zambon ein Libretto und zwei Auszüge hatte. Wie ist er daran gekommen?»

Ich schwenkte den zweiten Ausdruck. «Das hier stammt von der Monteverdi-Stiftung in Cremona. Vor zehn Jahren wurden zwei Stücke auf einer Auktion in London an einen privaten Käufer versteigert. Eine von Monteverdi signierte Abschrift des Librettos von *Proserpina*. Ohne weitere Angaben. Und eine Abschrift der Arie *Come dolce hoggi l'auretta* aus dem siebzehnten Jahrhundert. Außerdem ‹diverse Fragmente›. Fragmente. Mehr nicht.» Ich gab ihr ihre Brille zurück. «Ein gewisser *signor* Zambon aus Venedig war der Käufer.»

«Dann wurde *Quanto nel chiaro mondo* einfach, was, irgendwo falsch abgelegt?»

«Könnte sein. Schließlich ist es weder in Monteverdis Handschrift geschrieben noch von ihm signiert. Erst wird es nach Rowlansons Tod von Generation zu Generation weitervererbt. Und dann verkauft und wieder verkauft, bis keiner mehr so richtig weiß, um was es sich handelt. Dann ersteht Zambon es für», ich sah noch einmal nach, «eine recht bescheidene Geldsumme. Ihm wird klar, was er da hat. Und bald schon sind diese Kopien das Letzte, was ihm noch zum Verkaufen bleibt.»

«Er kann die Klappe nicht halten und erzählt Bonfiglio davon, der ihm sagt, sie könnten richtig Geld damit machen, wenn er sie Lockwood anbietet. Also verkauft Zambon Lockwood das Libretto, die Arie und – das ist der Clou – den letzten Tanz. Das ist die Einstiegsdroge. Für noch mehr Geld, lässt er Isotta wissen, könne er die ganze Partitur beschaffen.»

«Aber wie konnten die beiden das behaupten, obwohl sie wussten, dass die gar nicht existiert?»

«Das war gar nicht nötig. Sie mussten Lockwood und Baldan nur glauben machen, dass es so wäre und dass sie sich in den Händen einiger sehr gefährlicher Leute befände. Und nachdem sie so viel Geld wie möglich aus ihnen herausgepresst haben würden, hätten sie einfach behauptet, das Geld sei futsch und sie könnten das Risiko nicht eingehen, weiter in die Sache verwickelt zu werden.

Das Problem ist nur, dass Zambon anfängt, die Geschichte der Manuskripte zu recherchieren, um ihre Herkunft nachzuweisen. Er verfolgt sie bis zu Thomas Rowlanson zurück. Er braucht einen Übersetzer, und Sergio und Lorenzo geben ihm meine Visitenkarte. Und dann erzählt er Bonfiglio, was er getan hat.

Falls dieser Engländer herausfindet, dass die Partitur nicht mehr existiert, so viel ist Bonfiglio klar, drehen *signora* Isotta und Mr. Lockwood den Geldhahn zu. Aber er wittert auch eine Chance. Er sagt Zambon, sie müssten die Geschichte überzeugender wirken lassen. Sie würden eine Loge in der Oper reservieren und kurz vor der Pause etwas vor Lockwoods Augen schwenken, das eine Partitur sein könnte. Zu dem Zeitpunkt würde ihm das noch nichts sagen, später aber schon. Dann nämlich, wenn die ersten Geldforderungen bei ihm eingingen.

Und genau so machen sie es. Allerdings verlässt nur einer die Loge wieder lebend. Zambon hat nicht geahnt, dass er eine so große Rolle dabei spielen würde, die Geschichte glaubhaft wirken zu lassen.

Anschließend benutzt Bonfiglio Zambons Benutzerausweis, um in die Marciana zu gelangen. Es ist verdammt riskant, aber inzwischen geht es um sehr viel Geld. Sein Englisch ist gut, aber die Sache wird trotzdem nicht einfach werden. Er braucht eine Weile, doch irgendwann findet er die Seiten in Rowlansons Tagebuch, die verraten, dass er diese Partitur nie besaß. In einem unbeobachteten Moment entfernt er sie. Er fügt die Seite mit den Fotos von mir ein und fängt an, mich quer durch die Stadt zu verfolgen. Und von da an glauben wir beide, es gäbe diese Partitur und jemand wäre bereit, dafür zu töten.»

Fede nickte. «Dann schickt er Lockwood ein Häufchen Asche und lädt ihn zum Maskenball ein und verbrennt dort – was?»

«Irgendwas. Hätte der *Corriere dello Sport* sein können. Es musste nur alt genug aussehen, damit die Unterschrift vom guten alten Claudio in der rechten Ecke stehen konnte. Und mittlerweile hat er Lockwood dermaßen heiß gemacht, dass der so gut wie alles dafür zahlen würde.

Dann hat Bonfiglio irgendwie spitzgekriegt, dass Maitland die Wahrheit herausgefunden hat. Vielleicht hat er mitbekommen, dass er mit Isotta zu Abend essen war, deshalb ist er am nächsten Tag in ihrer Wohnung aufgetaucht. Was auch dahintersteckte, Maitland war zu einer Bedrohung geworden. Also hat er ihn umgebracht.» Ich schüttelte den Kopf.

Gramsci schlug, verärgert wegen mangelnder Zuwendung, einen Ball in unsere Richtung. Fede fing ihn auf und gab ihn mir. «Und was jetzt?»

«Nichts. Fall gelöst. Ich habe auch genug von grantigen Dirigenten, furchteinflößenden Sopranistinnen und mordenden Tenören. Sollen die Gerichte sich darum kümmern.»

«Gut.» Sie legte mir den Arm auf die Schulter. «Obwohl es ein schöner Traum war. Selbst wir haben daran geglaubt.»

Ich strich ihr übers Haar. «*Proserpina rapita* von Claudio Monteverdi. Die Ravagnan-Sutherland-Fassung.»

«Oder Sutherland-Ravagnan.»

«Nein, du solltest an erster Stelle stehen. Allein schon dem Alphabet nach.»

Fede lachte und erhob sich. «Na schön, was gibt's zum Abendessen? Hast du Lust zu kochen, oder soll ich wieder Pizza holen?»

Ich schüttelte den Kopf. «Nein, ich glaube, Kochen wird mir guttun. Wenn ich öfter als einmal die Woche Pizza esse, habe ich außerdem das Gefühl, mein Leben gerät wieder aus den Fugen.» Ich drückte ihre Hand. «Erinnert mich an mein Single-Dasein, weißt du?»

Sie lächelte. «Gut, was essen wir?»

«Ich habe noch einen halben Kürbis. Und im Kühlschrank sind noch frische Nudeln. Kürbislasagne? Ist etwas zeitaufwendig, aber es lohnt sich.»

«Klingt großartig. Dann arbeite ich derweil noch ein bisschen.»

«Eine Sache ist da allerdings noch ...»

Sie sah mich mit gerunzelter Stirn über ihren Brillenrand hinweg an. «Die wäre?»

«Jemand muss – am besten früher als später – Lockwood sagen, dass sein kostbares Manuskript nicht existiert.» Ich holte tief Luft. «Mir wäre ja lieber gewesen, Vanni hätte es gemacht, aber ...»

«Wird das nicht etwas schwierig für dich werden, wo Lockwood nicht mehr mit dir spricht?»

«Er zwar nicht, aber Isotta vielleicht. Auf jeden Fall muss ich wohl morgen hingehen und dem Mann das Herz brechen.»

- 44 -

Ich stand vor Lockwoods Wohnung und ging im Geist noch einmal durch, was ich sagen wollte.

Tut mir leid, Mr. Lockwood, aber das Objekt Ihrer Begierde existiert nicht. Wenn Sie Glück haben, kann die Polizei wenigstens Ihr Geld wiederbeschaffen.

Ein bisschen besser sollte ich es schon hinbekommen. Vermutlich hätte ich auch einfach anrufen können. Ich hätte sogar nur eine Nachricht hinterlassen können, aber das erschien mir feige. Immerhin war er einmal mein Idol gewesen. Einen Versuch wollte ich noch unternehmen, die Sache mit ihm ins Reine zu bringen.

Ich klingelte.

Die Tür öffnete sich nur ein paar Zentimeter, und Isottas Gesicht, bleich und mit geröteten Augen, erschien in dem Spalt. Sie sagte nichts, schien noch nicht einmal meine Anwesenheit richtig wahrzunehmen.

«Isotta. Darf ich reinkommen? Es geht um Thomas», sagte ich.

Sie antwortete nicht, und wir verharrten einen Moment schweigend. Dann nickte sie kurz und trat von der Tür zurück, um mich einzulassen.

«Isotta. Wir müssen reden. Darüber, was gestern passiert ist. Über das Monteverdi-Manuskript. Hat jemand von Thomas Geld verlangt?»

Sie sah zu der offenen Tür hinter mir und signalisierte mir, sie zu schließen. Ich drehte mich um und schob sie zu.

«Sie hätten nicht kommen sollen», sagte sie mit kaum mehr als einem Flüstern.

«Sie müssen ihn dazu bringen, mir zuzuhören», sagte ich. «Wenn das nächste Mal jemand Geld von Ihnen will, müssen Sie zur Polizei gehen. Wenn Sie Angst haben, rufen Sie mich an. Aber sorgen Sie dafür, dass er es versteht. Es existiert keine *Proserpina rapita*. Es gibt ...»

«Es gibt keine verschollene Partitur. Ich glaube, das haben wir inzwischen alle verstanden. Bis auf den armen Mr. Lockwood.» Bonfiglio trat mit einer Pistole in der Hand am Ende des Flurs aus dem Schatten. Ich warf unauffällig einen Blick hinter mich. Die Tür war knapp außer Reichweite. Bonfiglio schüttelte den Kopf. «Kommen Sie doch bitte herein.» Er trat beiseite und winkte uns beide ins Wohnzimmer durch.

«Alles in Ordnung mit Ihnen?», fragte ich. «Hat er Ihnen wehgetan?»

Isotta antwortete nicht. Ich blickte mich im Zimmer um. Ein leuchtend bunter Muranoglas-Kronleuchter an der Decke bildete einen krassen Kontrast zu der nüchternen dunklen Holzvertäfelung der Wände und dem Boden aus *terrazzo*. Bodentiefe Fenster führten in einen kleinen *cortile*. Beherrscht wurde der Raum von einem riesigen Flügel. Ich sah genauer hin. Fazioli.

«Nicht schlecht», sagte ich und deutete auf das Instrument.

«Er gehört Thomas», erklärte Isotta mit leiser Stimme.

«Der Mann hat Geschmack. So einen hätte ich auch gerne. Natürlich bräuchte ich dann eine größere Wohnung. Und müsste Klavier spielen können.»

«Klappe», sagte Bonfiglio.

«Sorry, lediglich ein Versuch, die Stimmung zu heben.»

Statt zu antworten, grinste er nur. Dann verpasste er mir einen Hieb ins Gesicht. Ich verlor das Gleichgewicht und stürzte zu Boden, wobei ich mir größte Mühe gab, dem Flügel auszuweichen. Ich stand wieder auf. Bonfiglio hielt immer noch die Pistole auf mich gerichtet.

Isotta hatte sich nicht gerührt. «Sie könnten die Polizei rufen, wissen Sie?», wandte ich mich an sie, während ich mir das Kinn rieb. «Oder anfangen zu schreien. Wenn Sie sich nützlich machen wollen.»

Fast lautlos bewegten sich ihre Lippen. «Es tut mir leid», war alles, was ich verstehen konnte.

«Warten Sie etwa auf Lockwood, Salvatore?»

«So was Ähnliches.»

«Sie können wohl sonst nirgendwohin? In Ihrer Wohnung war die Polizei sicher schon. Was meinen Sie, wie lange es dauert, bis sie hier sind?»

«Lange genug.»

«Und Sie brauchen Isotta, um dem alten Mann besser drohen zu können?»

Er schüttelte den Kopf. «Glauben Sie das wirklich?»

Mein Blick wanderte zu Isotta. «Meinen Sie, Tom hätte etwas dagegen, wenn ich rauche?» Sie antwortete nicht, also griff ich, bewusst langsam, in meine Jackentasche. Bonfiglio schwenkte die Pistole. «Ich hole nur meine Kippen raus, Salvatore. Ich bin Honorarkonsul. Wir tragen keine Waffen.»

Ich zündete mir eine an. «Wie alt sind Sie, Salvatore? Mitte fünfzig, schätze ich. Habe ich recht?»

Er sagte nichts.

«Habe ich recht?»

Er nickte.

«Ist bestimmt schwierig, oder? Ex-Opernsänger. Bald schon Ex-Ehemann. Und in Kürze auch noch ehemals freier Bürger.» Ich zog an meiner Zigarette. Etwas anderes, als weiterzureden, fiel mir nicht ein. Zu versuchen, möglichst viel Zeit zu gewinnen. «Verraten Sie mir, Salvatore, was hat ihr», ich nickte Richtung Isotta, «überhaupt jemals an Ihnen gefallen? Charme und gutes Aussehen etwa?» Ich schüttelte den Kopf. «Wohl kaum. Geld? Vielleicht. Vermutlich hatten Sie recht mit dem, was Sie neulich sagten. Ich glaube, Geld liebt *signora* Baldan mehr als Menschen. Sie hat Sie wahrscheinlich niemals geliebt. Sie hat Sie nur ausgepresst. Und dann hat sie sich einem anderen zugewandt.»

Salvatore zeigte keine Reaktion, also redete ich weiter. «Eigentlich hatte ich Sie ja nur für ein frauenfeindliches Schwein gehalten, aber wahrscheinlich ist es nicht nur das. Ich glaube, Sie sind generell zu dumm, um ein Problem anders als mit Gewalt zu lösen.»

«Schnauze!» Er schlug mich wieder, und ich hielt dem Schlag stand, taumelte nur ein bisschen nach hinten.

«Das bestätigt meine Aussage irgendwie, Salvatore. Ein Mann, der auf sämtlichen Ebenen Schiffbruch erlitten hat und nicht mehr weiß, was er auf der Welt anderes tun soll, als zuzuschlagen, zuzutreten, zuzustechen …

Ich kenne die Geschichten darüber, wie Sie Isotta behandelt haben. Also frage ich gar nicht erst, woher die Verletzung über der Braue stammt. Es interessiert mich nicht. Wissen Sie, was ich denke? Ich denke, dass letztendlich sie es war, die Sie benutzt hat, nicht umgekehrt. Sie war diejenige, die alles unter Kontrolle hatte. Sie waren nur der nützliche Idiot. Und eines Morgens ist sie aufgewacht und hat entschieden, dass Sie nur noch ein einfacher Idiot sind.»

Ich hielt inne. Ich sah Isotta an, die nur reglos dastand und den Kopf schüttelte. Dann wanderte mein Blick wieder zu Salvatore. Ich rechnete damit, dass er noch einmal zuschlagen würde, aber er rührte sich nicht.

«Keine Ahnung, ob Isotta und Thomas gemeinsam alt werden. Angesichts der Tatsache, dass sie zusammengenommen drei gescheiterte Ehen hinter sich haben – nichts für ungut, Isotta –, stehen die Chancen nicht so gut. Aber eins weiß ich: Sie wird nie wieder zu Ihnen zurückkehren. Sie können erpressen, einschüchtern und morden, so viel Sie wollen, früher oder später finden Sie sich in einer Gefängniszelle wieder. Während Ihre brillante und schöne Ex-Frau im Fenice auf der Bühne steht.»

Er sagte nichts, sah aber jetzt Isotta an und nicht mich. Einen Moment dachte ich, ich könnte mir die Pistole schnappen, entschied mich jedoch dagegen. Selbst wenn es mir gelänge, dann würde er bloß wieder auf Schlägertyp schalten. Ich wollte, dass er nachdenkt.

«Habe ich nicht recht, Salvatore? Sie kommt nie wieder zu Ihnen zurück. Lieber teilt sie das Bett mit einem, der älter ist als ihr Vater. Das wissen Sie. Stimmt's?»

«Ja.» Das Wort war ein tiefer, lang gezogener Seufzer.

Ich spürte, wie meine Schultern sich langsam entspannten, während er die Pistole hob, auf mich zukam und sie mir direkt an die Stirn presste. Dort hielt er sie sekundenlang und sah mir in die Augen, während ich mir die größte Mühe gab, nicht zu blinzeln.

«Drehen Sie sich um. Langsam.» Seine Stimme klang jetzt rauer, sein Akzent stärker.

Ich drehte mich um und hörte, wie er einen Schritt zurücktrat.

«Nein, Toto, bitte tu das nicht!» Isottas Stimme, beinah hysterisch.

Ich hörte, wie er etwas auf den Flügel legte, wagte es jedoch nicht, mich zu rühren. Und dann begann die Musik.

In der Kindheit frühen Tagen.

«Der Engel». Aus den *Wesendonck-Liedern.*

Hört ich oft von Engeln sagen.

Die des Himmels hehre Wonne

tauschen mit der Erdensonne.

Isotta Baldan sang Wagner.

Ich hörte, wie die Pistole entsichert wurde. Und dann die letzte Strophe.

Ja, es stieg auch mir ein Engel nieder,

und auf leuchtendem Gefieder

«Toto, bitte», flehte Isotta.

Führt er, ferne jedem Schmerz,

Eine Zeile noch. Eine letzte Zeile. Tu es jetzt, Nathan, bevor die Gelegenheit vorbei ist. Tu etwas. Irgendwas.

Meinen Geist nun himmelwärts!

Plötzlich Bewegung hinter mir und ein schriller disharmonischer Ton vom Flügel. «*Puttana*», Hure!, brüllte Salvatore. Dann Kampfgeräusche, ein Schlag und immer wieder Isottas Schreie. Dann ertönte ein Schuss, ohrenbetäubend laut in dem beengten Zimmer. Dann hörte ich sie trotz des Klingelns in den Ohren jämmerlich weinen, wie vor Schmerz.

Ich wirbelte herum. Sie saß zusammengesackt auf dem Boden, die Arme fest um sich geschlungen, Gesicht und Haare voller Blut. Salvatores Blut. Seine Leiche lag vor Lockwoods wertvollem Fazioli, dessen Tasten jetzt rot gesprenkelt waren.

Isotta sah mich mit entsetztem Blick an. «Ich konnte ihn nicht aufhalten», flüsterte sie. Dann warf sie sich auf seinen toten Körper und begann hemmungslos zu schluchzen.

– 45 –

«*Salute* Nathan», sagte Vanni, und wir stießen an. Er wirkte müde, aber zufrieden. Wir standen an der Ecke der Fondamenta Santa Chiara, vor der Filovia Bar. Zu beiden Seiten offen, hatte sie weder ein richtiges Innen noch ein richtiges Außen. Vanni rauchte ungestört, in dem Bewusstsein, dass durch die eigentümliche Bauweise des Lokals sicher alles im Einklang mit Artikel 51 der Rauchverordnung stand.

«Hast du gut gemacht», sagte er.

«Das Gefühl habe ich nicht», erwiderte ich. «Wirklich nicht.»

«Ich meine es ernst. Du hast die Sache äußerst zufriedenstellend abgewickelt. Wir hatten erst ein Verbrechen, dann einen Verdächtigen und dann einen Täter. Einen toten Täter noch dazu. Keine Gerichtsverhandlung nötig.»

Ich schüttelte den Kopf. «Das ist ein furchtbares Geschäft, Vanni. Ein ganz schlimmes, schmutziges Geschäft.»

«Da hast du recht. Habgier. Erpressung. So was ist nie angenehm, weißt du.»

«Er war ein Schwein, zugegeben. Aber ich habe das Gefühl, ich habe ihn erst dazu gebracht, sich umzubringen. Er wusste, dass das Spiel aus war. Dass die Polizei ihn früher oder später schnappen würde. Und er wollte einen großen theatralischen Abgang. Nicht bloß mir Angst machen. Um mich ging es nicht. Er wollte Isotta mit einem letzten, schauerlichen Bild zurücklassen. Indem er sich vor ihren Augen das Leben nimmt.»

«Seine größte Vorstellung vielleicht? Glaubst du, *signor* Monteverdi hätte es gefallen?»

«Nein, nicht Monteverdi. Das hatte eher etwas von Puccini, denke ich. Wie sie sich am Ende auf den Toten geworfen hat.» Ich schüttelte den Kopf und versuchte, die Bilder aus meinen Gedanken zu vertreiben. Wie ich versucht hatte, Isotta von Salvatore wegzuziehen. Wie sie geschrien und mich mit ihren blutverschmierten Händen weggestoßen hatte. «Es kursierten diese ganzen Gerüchte, weißt du? Darüber, wie er sie behandelt hat. Und trotzdem hing sie noch irgendwie an ihm. Ich glaube, das werde ich nie verstehen.» Ich hielt inne. «Wie geht es ihr?»

«Steht noch unter Schock. Und der Mistkerl hat sie mitten ins Gesicht geschlagen, als sie versucht hat, ihm die Waffe abzunehmen. Aber das wird schon wieder.»

«Sie hat nächste Woche ein Konzert im Fenice. Vermute, sie wird es wieder absagen. Zumindest wird es dieses Mal jeder verstehen.»

«Bemühst du dich nicht um Restkarten, Nathan? Nur für den Fall?»

Ich verzog das Gesicht. «Dieses Mal nicht. Es gibt noch einiges wegen Maitlands Rückführung zu tun. Keine direkten Verwandten in England, soweit ich feststellen konnte. Er schien tatsächlich mit seiner Schule verheiratet gewesen zu sein. Das erleichtert mir die Sache wenigstens ein bisschen. Aber es gibt noch einen ganzen Haufen Formalitäten mit der Botschaft zu regeln. Pressemitteilung und so. Das ist nie angenehm.»

Vanni ließ seinen Zigarillo fallen und zertrat ihn auf dem Boden. Ich trank meinen Spritz aus. «Okay, Vanni. Ich bin erledigt. Ich gehe nach Hause und schlafe ungefähr einen Tag lang.»

Er grinste. «Ich auch.»

Wir stellten unsere Gläser auf die Theke. Als ich nach meinem Portemonnaie griff, winkte Vanni ab. «Nein, nein, Nathan. Ich zahle.»

«Gehst du zu Fuß?»

«Denke schon. Das wird mir guttun. Ich war die ganze letzte Woche an diesen elenden Schreibtisch gekettet. Eine Gelegenheit, mal die Beine auszustrecken, kommt mir gerade recht.»

Ich warf einen Blick auf die Menschenschlange vor der Linie 2. Es war inzwischen schon spät am Tag, trotzdem standen die Leute bis auf die *fondamenta* hinaus an. Ich seufzte. Ich hatte keine Lust, nach Hause zu laufen, aber die Fahrt mit dem *vaporetto* versprach auch nicht besonders angenehm zu werden. Wenigstens, so tröstete ich mich, war nirgends ein Pestdoktor zu sehen.

«Bis bald, Vanni. Mach's gut.»

«Du auch, Nathan. Danke noch mal.» Er zögerte kurz. «Weißt du was», sagte er dann. «Vielleicht hätte ich dir doch eine Dienstmarke geben sollen.»

Ich lachte matt und machte mich auf, um mich am Ende der Schlange anzustellen. Er tippte sich an den Hut, wandte sich um und verschwand Richtung Piazzale Roma, wo er die Brücke überqueren würde, die nach Dorsoduro führte.

Als ich nach Hause kam, war Fede auf dem Sofa fest eingeschlafen. Gramsci hatte es sich auf ihren Füßen gemütlich gemacht. Als ich das Zimmer betrat, blickte er hoch.

Ich kraulte ihn hinter den Ohren. «Das ist ja ganz neu, fetter Kater. Willst du mich etwa eifersüchtig machen?» Er maunzte. «Verstehe. Nathan ist nicht mehr die einzige Alternative, was?»

Ich ging in die Küche und machte zwei Spritz à la Nathan. Ich trug sie ins Wohnzimmer und stellte sie auf dem Beistelltisch ab. Dann setzte ich mich auf die Armlehne und küsste Fede auf die Stirn. Sie schlug verschlafen ein Auge auf.

«Wie geht's dir?», fragte ich.

«Gut.» Als sie sich gähnend streckte, verscheuchte die plötzliche Bewegung Gramsci von ihren Füßen.

«Zumindest bis du mich geweckt hast.» Sie lächelte. «Und wie geht es dir?»

«Ganz gut. Es gibt einiges zu tun. Was die Rückführung des armen Maitland betrifft, meine ich. Aber das hat Zeit bis morgen. Spritz?»

Sie reckte den Kopf, um an mir vorbeizuschauen, und streckte die Hand aus. Als sie nicht ganz an das Glas herankam, reichte ich es ihr. «Danke, *caro*.»

«Abendessen?»

«Nichts geplant.» Ich sah mich im Zimmer um. «Ehrlich gesagt, ist mir heute nicht wirklich nach Kochen. Was hältst du davon, wenn wir einfach runter zu Ed gehen und schauen, was er so dahat?»

«Negroni, *panino*, Bett?»

«In der Reihenfolge?»

«Würde ich sagen.»

«Ganz meiner Meinung.»

Ich wurde vom Klingeln meines Handys geweckt. Ich sah zuerst auf die Uhr – schon nach Mitternacht – und dann auf die Nummer. Isotta. So leise wie möglich stand ich auf und schlich mich ins Wohnzimmer.

Ich nahm ab, sagte aber nichts und wartete darauf, dass sie sprach.

«Nathan?»

«Hallo.» Wieder wartete ich ab, ob sie etwas sagte. «Es ist ziemlich spät. Alles in Ordnung?»

«Ich kann nicht schlafen.»

«Verstehe. Nach alldem.»

«Das glaube ich nicht. Aber trotzdem danke, dass Sie das sagen.» Erneut zögerte sie. «Er war kein guter Mensch, das weiß ich. Aber er war mein Mann.» Wieder Innehalten. «Ich wollte mich bedanken.»

«Kann ich irgendetwas tun, Isotta?»

«Sie haben natürlich recht. Es existiert kein Manuskript, oder? Keine *Proserpina rapita*?»

Ich seufzte. «Alles, was ich weiß, ist, dass Zambon nur diese beiden Fragmente besaß. Das komplette Werk hatte er nie. Seit 1644 hat niemand mehr etwas davon gehört. Mag sein, dass es da draußen irgendwo ist. In Cremona oder Mantua oder Venedig. Im Safe irgendeines Oligarchen vielleicht. Oder aber es ist für immer verschollen.»

«Ich glaube nicht, dass Thomas die Sache aufgibt.» Ihre Stimme klang brüchig.

«Das tut mir leid.»

«Er glaubt, die Polizei wird es jetzt finden. Vielleicht in Salvatores Wohnung, vielleicht sonst irgendwo.»

«Aber Sie wissen, dass das nicht passieren wird.»

«Ich weiß es. Aber er nicht. Lassen Sie es mich ihm sagen. Bitte.»

«Natürlich. Ich verstehe Sie. Wirklich. Was werden Sie jetzt tun?»

«Thomas und ich haben nächste Woche ein Konzert im La Fenice. Unvergessliche Arien.» Sie klang schrecklich müde. «The show must go on, wie Sie im Englischen sagen.»

«*Vesti la giubba …*»

«*E la faccia infarina.*» Sie hielt inne. «Wir werden uns wohl nicht mehr sehen, Nathan.»

«Nein, ich glaube nicht. Gute Nacht, Isotta.»

«Gute Nacht, Nathan.»

Sie legte auf. Ich blickte noch eine Weile auf das dunkle Display, dann ging ich zurück ins Bett.

– 46 –

Ich saß in der hinteren Bankreihe in St. George's und fühlte mich unwohl.

Ich hatte das Gefühl, dort sein zu müssen. Um Christopher Maitland die letzte Ehre zu erweisen. Eine Woche war vergangen, und seine sterblichen Überreste befanden sich inzwischen in einer kleinen Gemeindekirche in der Nähe von Shrewsbury in Großbritannien. Rayner hielt es für angebracht, einen Gedenkgottesdienst für ihn abzuhalten.

Ich sang bei den Kirchenliedern mit. Schon seit über dreißig Jahren hatte ich nicht mehr gesungen, und ich gab mir Mühe, mich daran zu erinnern, wann man stehen, knien oder sitzen sollte. Bei den Gebeten schloss ich fest die Augen und hoffte, Maitland wäre jetzt an einem besseren Ort und fachsimpelte mit Monteverdi. Vielleicht saßen sie ja gerade gemeinsam über der *Proserpina*-Partitur, und der alte Claudio lächelte, während Maitland aus dem Staunen nicht mehr herauskam. Wer weiß?

Nachher wartete ich noch auf dem *campo*, bis der Lange Priester seinen Smalltalk beendet hatte, und ging dann wieder hinein, als er gerade die große Bronzetür verriegeln wollte.

«Nathan.»

«Father Michael.» Diese respektvolle Anrede hatte ich noch nie benutzt, und er lächelte mich verschmitzt an.

«Danke fürs Kommen.»

«Das war das Mindeste, was ich tun konnte.» Ich zögerte kurz. «Haben Sie vielleicht Lust auf einen Drink?»

«Kirchen-Pub?»

«Genau.»

«Großartig. Wenn das geholfen hat, Sie in die Herde meiner Schäfchen zurückzuholen. Unergründliche Wege, in der Tat.»

«Ich bin nicht zurück in irgendeiner Herde.»

Er klopfte mir nur lächelnd auf die Schulter. «Kommen Sie, lassen Sie uns gehen.»

Nachdem er sich durch die Seitentür gezwängt und abgeschlossen hatte, liefen wir bis ans Ende der *calle*. Alessandro begrüßte uns mit einem Lächeln, als wir die Bar betraten.

«*Il solito?*»

Rayner hob zwei Finger in die Höhe. «*Il solito.*» Dann drängte er sich durch die Menge der Gäste vor der Theke und warf rasch einen Blick ins Hinterzimmer. Er schüttelte den Kopf. «Zu viele meiner Schäfchen da hinten. Ist wahrscheinlich besser, sich nicht zu ihnen zu gesellen. Ich habe das Gefühl, Sie möchten reden, hab ich recht?»

«Ja.»

Alessandro reichte dem Langen Priester über die Köpfe der Thekenkunden hinweg zwei Spritz. Wir stießen an, und ich schwieg einen Moment verlegen.

«Also, ich habe mich gefragt», sagte ich dann, «ob Sie gewisse Dinge erledigen müssen. Nach dem, was vor Kurzem in Ihrer Kirche passiert ist.»

«Dinge?» Er zog eine Augenbraue hoch.

«Nun ja. Es wurde jemand ermordet. An einer heiligen Stätte. Diese Art Dinge.»

«Ah, diese Art Dinge.» Er trank einen Schluck. «Ja, da gibt es ein paar Sachen zu tun. Aber ich glaube nicht, dass das der Grund ist, warum Sie hier sind.»

«Da haben Sie recht. Ist es nicht.»

«Und ich glaube auch nicht, dass Sie heute Morgen gekommen sind, um für Mr. Maitland zu beten.» Ich wollte etwas antworten, doch er schüttelte den Kopf. «Nein, nein, ich bin sehr dankbar, was immer der Grund gewesen ist.»

«Sie haben recht. Auch damit. Es ist nur ... irgendwas stimmt nicht.»

«Hmm. Erzählen Sie mir mehr.»

«Es sieht so aus, als wäre Bonfiglio einfach so mit Mord davongekommen. Zwei Menschen sind tot. Und er ist einfach so davongekommen. Er wurde nicht zur Verantwortung gezogen. In seinen letzten Minuten hat er Isottas Aufnahme der *Wesendonck-Lieder* gehört. Während sie vor ihm stand, weinend vor Furcht und Schmerz. Noch ein letztes Aufblitzen und dann ewiges Vergessen. Das ist einfach ...»

«Nicht fair?»

«Nicht fair.» Ich trank etwas von meinem Spritz, die Eiswürfel schlugen mir klirrend gegen die Zähne, und ich genoss den bitteren Geschmack im Mund.

Eine Art tiefer Brummlaut kam aus Rayners Brust, als würde er leise in sich hineinlachen. «Wissen Sie, Nathan, wenn man so lange in diesem Job ist wie ich, dann begreift man irgendwann, dass ‹fair› dabei keine große Rolle spielt.»

«Nicht?»

«Nein. Tut mir leid, hatten Sie sich mehr erhofft?»

«Ich hatte gehofft, Sie könnten mir eine Erklärung liefern.»

«Jeder will, dass ich ihm eine Erklärung liefere. Das Dumme ist nur, wenn ich das könnte, wäre es ziemlich sinnlos, dass wir jeden Sonntagmorgen hier zusammenkommen. Und wenn ich sagen soll, dass ihn für seine Verbrechen göttliche Gerechtigkeit erwartet, nun ja, auch das kann ich Ihnen nicht versprechen. Ich würde Ihnen zwar gern versichern, dass *signor* Bonfiglio ein einsamer trauriger Mann war, der sich selbst das Leben auf der Erde zur Hölle gemacht hat, wenn Sie sich dann besser fühlen würden, aber ...»

«Sie können es nicht.»

Rayner lächelte. «Nein. Ich weiß es wirklich nicht, Nathan. Das Schreckliche ist, dass es ihn womöglich glücklich gemacht hat, ein böser, gewalttätiger und gefühlloser Mensch zu sein. Ich hoffe es nicht, aber ich kann es nicht wissen.»

«Was sind Sie nur für ein Priester?»

«Ein brutal ehrlicher. Ihm gefällt das, glaube ich.» Er verdrehte die Augen Richtung Himmel. «Hoffe ich jedenfalls. Sonst komme ich ganz schön in die Bredouille. Wie auch immer, haben Sie heute Morgen den *Gazzettino* gelesen?»

Ich schüttelte den Kopf.

«Ihre Freunde sind auf der Titelseite. Das Konzert im La Fenice heute Abend. Es gibt offenbar keine einzige Karte mehr. *Isottas bravouröse Rückkehr auf die Bühne*. Ziemlich viel in der Art.»

«Und ich dachte, sie sagt wieder ab», sagte ich schulterzuckend. «Man hätte ihr keinen Vorwurf daraus machen können.» Ich trank meinen Spritz aus. «Also schön. Jetzt nehme ich, glaube ich, einen von diesen Negronis, die mit der Pipette zubereitet werden.»

Rayner schüttelte den Kopf «Nehmen Sie nicht.»

«Nein?»

«Nein. Erstens muss ich heute Nachmittag noch arbeiten, und ich lasse Sie nicht alleine trinken. Zweitens war das ein Witz, als ich kürzlich sagte, Sie sollten der Versuchung nachgeben.»

«Wir reden hier nur von einer Bar.»

«Ach, Nathan. Sagen Sie nie, es ginge nur um eine Bar.» Er glitt von seinem Hocker und setzte sich den Hut auf, wobei er mit den Fingerknöcheln am Deckenbalken entlangschrammte. «Blödes Ding. Ich werd mich nie daran gewöhnen.» Er wandte sich zu mir. «Bis nächste Woche dann.»

«Rechnen Sie lieber nicht mit mir.»

«Wir treffen uns nächste Woche. Auf einen Drink. Das ist alles.» Er grinste. «Für das andere haben wir noch genug Zeit.» Er blickte auf seine aufgerissenen Fingerknöchel. «Die *Wesendonck-Lieder*, was? Keine schlechte Wahl. Ich persönlich würde mich für irgendwas von Tallis oder Vaughan Williams entscheiden, aber insgesamt keine schlechte Wahl. Ich wusste gar nicht, dass sie die aufgenommen hat.» Er klopfte mir auf die Schulter. «Bis die Tage, Nathan.»

Ich wartete, bis ich sicher sein konnte, dass er weg war. Dann wandte ich mich an Alessandro. «Es macht Ihnen doch wahrscheinlich nichts aus, mir einen von diesen Negronis zu mixen?»

Mit einem konspirativen Zwinkern ging er zum Fenster, um auch ganz sicherzugehen, dass der Lange Priester wirklich außer Sichtweite war, bevor er sich ans Werk machte. Er gab ein paar Eiswürfel in ein Becherglas und schwenkte sie, um es zu kühlen. Dann goss er, den Arm auf Kopfhöhe, einen Teil Gin hinein, während er mit der freien Hand die Campariflasche aufschraubte. Er stellte den Gin ab und wiederholte den Vorgang mit dem Campari, bevor er mit Wermut weitermachte. Keine exakten Mengenvorgaben. Nicht ein Tropfen verschüttet. Mit einer fast tänzerischen Bewegung schob er die beiden Flaschen zur Seite und holte eine Pipette und ein Fläschchen Angosturabitter hervor. Er ging in die Hocke, um auf Augenhöhe mit dem Getränk zu sein, und presste fünf Tropfen davon in das Glas. Mit prüfendem Blick legte er den Kopf zur Seite. Dann nickte er, rührte einmal um und schob mir den Negroni über die Theke.

Ich nahm das Glas und deutete ein «Prost» an. Dann hielt ich es hoch und erfreute mich an dem Farbenspiel, das das Licht erzeugte.

Eduardo brauchte es ja nicht zu erfahren.

Ich hob das Glas an die Lippen.

Dann hielt ich inne. «Mein Gott», flüsterte ich.

Ich wusste gar nicht, dass sie die aufgenommen hat.

«Stimmt etwas nicht, *signore*? Alessandro wirkte besorgt und ein kleines bisschen beleidigt.

«Keine Ahnung. Alles vielleicht.» Ich schob ihm zehn Euro über die Theke. «Tut mir leid, aber ich muss los. Das nächste Mal, ja?»

Ich drehte mich um und rannte aus der Bar, während Alessandros «Ihr Wechselgeld, *signore*!» mir die Gasse entlang folgte.

– 47 –

Von der schieren Anzahl Touristen auf der Accademia-Brücke gebremst, kämpfte ich mich weiter wie Omar Sharif, als er in *Doktor Schiwago* versucht, zu Julie Christie zu gelangen. Wenigstens verschaffte mir das Zeit, zu Atem zu kommen und meine Gedanken zu ordnen.

Warum hatte Maitland Bonfiglio in die Kirche gelassen? Wieso hatte er nicht versucht zu flüchten, als er noch konnte? Und woher hatte Bonfiglio diesen Auszug der *Wesendonck-Lieder*, eines Werkes, das Isotta nie aufgenommen hatte?

Lockwood. Maitland. Bonfiglio. Und ich selbst.

In der Mitte der Brücke beugte ich mich übers Geländer und schloss die Augen, um mir alles noch einmal in Erinnerung zu rufen.

Bonfiglio, wie er zu den letzten Klängen von «Der Engel» die Pistole hebt …

Wie sein Finger sich fester um den Abzug legt …

Und dann Isotta – größer als er, jünger als er, stärker als er –, wie sie nach der Waffe greift. Aber nicht, um ihn daran zu hindern, sich umzubringen. Er hatte die Pistole nie auf seinen eigenen Kopf gerichtet.

Nützliche Idioten. Wir allesamt.

Ich schlug die Augen wieder auf und drängte mich, so gut ich konnte, durch die Menschenmassen.

Auf der anderen Seite der Brücke angekommen, konnte ich anfangen zu rennen, über den Campo Santo Stefano auf den Campo Sant'Angelo und in die Calle Caotorta, wo mich wieder

Touristenmassen aufhielten. Schließlich war ich nach reichlich Fluchen und Schimpfen über die letzte Brücke in der Calle de la Fenice angelangt, und kurz darauf lag das Opernhaus rechts von mir.

Ich sah auf die Uhr. Wenn ich mich nicht täuschte, waren sie noch bei der Probe. Ich blickte zum Eingang hinauf und ging im Geist die Entfernungen durch. Wie viele Leute wären um diese Tageszeit wohl an den Eingangstüren postiert? Mir blieb nichts anderes übrig, als es zu riskieren. Und was, wenn da ein Polizist stand? Ein bewaffneter Polizist? Ein bewaffneter Polizist, der einen durchgeknallten Typen sehen würde, der sich unbedingt Zugang zum Zuschauerraum verschaffen will? Ich schüttelte den Kopf. Ich musste möglichst gut bluffen.

Noch ein paar Mal tief durchatmen, dann fasste ich mich und ging die Treppe hinauf ins Foyer. Ein junger Mann kam auf mich zu, aber ich war zu schnell für ihn und schon auf dem Weg zum Zuschauerraum, bevor er sich mir in den Weg stellen konnte.

«*Signore. Signore!* Einen Moment bitte.»

Lächelnd wandte ich mich um. «Ich gehöre zum Chor», sagte ich und deutete mit dem Daumen Richtung Theaterraum, wo Baldan sich gerade einsang. «Hören Sie das?», fragte ich. «Gleich fängt es an.»

«Aber der Musikereingang ist um die Ecke, mein Herr.»

«Ach ja? Bitte verzeihen Sie, ich bin zum ersten Mal hier.»

«Tut mir leid», er runzelte inzwischen die Stirn, während es ihm gleichzeitig unangenehm zu sein schien. «Aber darf ich Sie um Ihren Passierschein bitten?»

«Natürlich. Natürlich.» Ich nahm mein Portemonnaie heraus und sah es durch. «Sie werden es nicht glauben, aber es sieht so aus, als hätte ich ihn im Hotel vergessen. Wissen Sie was, gleich nach der Probe fahre ich rasch zurück und hole ihn, ja? Damit Sie auch alles ordnungsgemäß überprüfen können. Vielen Dank, dass Sie so aufmerksam sind.»

Er legte mir sanft, aber entschieden die Hand auf den Arm. «Tut mir wirklich leid, *signore*. Aber ich muss Ihren Passierschein sehen.»

«Ach, nicht unbedingt, oder? Hören Sie, ich darf nicht zu spät kommen. Es ist mein erster Tag. Ich gehöre wirklich zum Chor.» Ich stimmte den ersten Vers von *La donna è mobile* an.

Betretenes Schweigen.

«So schlecht?»

Er nickte.

«Na schön. Mir ist klar, dass Sie nur Ihren Job machen. Deshalb tut mir das jetzt wirklich sehr leid.» Ich wollte ihn nicht schlagen, also legte ich ihm meine Hände auf die Brust, schlang mein Bein um seinen rechten Unterschenkel und stieß ihn, so fest ich konnte, nach hinten. Er landete rücklings auf dem Boden. Daraufhin drehte ich mich um und rannte mitten durchs Foyer, die Treppe hinauf und in den Zuschauerraum.

Baldan und Lockwood bemerkten mich nicht einmal, als ich durch den Mittelgang hastete. Sie kniete in Jeans und weißer Bluse auf der Bühne und sang gerade die letzten Noten von *non più s'interporrà noia o dimora* aus *L'incoronazione di Poppea*, während Lockwood sie mit Neros Stimmlinie auf dem Klavier begleitete.

Ich blieb stehen und klatschte langsam Beifall. Baldan sah mich von der Bühne aus an, und Lockwood sprang auf.

«Nathan, *caro*.» Sie lächelte, aber selbst aus dieser Entfernung sah ich, dass es gezwungen war.

«Sutherland, was machen Sie denn hier?» Lockwood klang unfreundlich.

Ich ging weiter durch den Mittelgang, bis ich zum Bühnenrand kam. «Tut mir leid, Thomas. Aber wir müssen reden.»

- 48 -

«Ich habe Ihnen nichts zu sagen, Sutherland.»

«Tut mir leid, Tom. Wenn es eine andere Möglichkeit gäbe, würde ich sie bevorzugen.»

Der Opernmitarbeiter kam durch den hinteren Eingang gestürmt. Er wollte etwas sagen, doch Lockwood tat seine Entschuldigung mit einer Handbewegung ab. «Rufen Sie die Polizei», sagte er.

«Ach ja, bitte tun Sie das», stimmte ich zu. «Je mehr Polizisten kommen, umso besser.» Offensichtlich verwirrt, zögerte der Mann einen Moment. «Na los, rufen Sie sie.» Mit dem Handy in der Hand rannte er aus dem Saal.

Ich hievte mich auf die Bühne. Lockwood und Baldan wichen in entgegengesetzten Richtungen vor mir zurück.

Ich sprach mit ihm, sah dabei jedoch sie an. «Maitland ist tot, Thomas.»

Er schüttelte den Kopf. «Das weiß ich.»

«Maitland ist tot. Zambon ist tot. Und Bonfiglio ebenfalls.» Ich hielt inne, damit meine Worte sich setzen konnten. «Isotta hat sie umgebracht. Alle.»

«Nathan, *caro*. Ich verstehe nicht.» Diese ach so schöne Stimme, mit einem schrägen Unterton diesmal.

«Oh doch, das tun Sie, Isotta, das tun Sie», antwortete ich matt. «Ich dachte tatsächlich, ich hätte Salvatore dazu gebracht, sich umzubringen. Aber das war natürlich nicht so. Er wollte mir wirklich von hinten eine Kugel in den Kopf jagen. Doch dann ist Ihnen klar geworden, dass keiner Sie mehr belasten könnte, wenn Sie ihn loswerden würden. Und obendrein bekämen Sie auch noch das ganze Geld. Salvatore Bonfiglio, Mörder und Erpresser, nimmt sich vor den Augen seiner getrennt lebenden Frau das Leben. Wie wunderbar opernhaft.

Sie haben ihm die Pistole aus der Hand gerissen. Damit hatte er nicht gerechnet. Und nachdem Sie ihn erschossen hatten, haben Sie sich auf seine Leiche geworfen, nicht etwa, weil Sie noch ein letztes bisschen Liebe empfanden, sondern um die Waffe loszuwerden, um sie neben ihn zu legen.

Eins haben Sie aber vergessen, Isotta. Die Aufnahme, die er mit seinem Handy vorgespielt hat. Die Aufnahme aus jener Nacht, als Sie für mich die *Wesendonck-Lieder* gesungen haben. Sie schicken niemandem Aufnahmen von sich, mit dem Sie zerstritten sind. Sie waren beide an der Sache beteiligt. Was haben Sie zu ihm gesagt? *Toto, Liebster, erledige doch nur noch diese Sache für mich, dann können wir wieder zusammen sein?*»

«Sutherland, ich habe gesagt, ich will Sie nie wiedersehen, und das war mein Ernst. Jetzt verschwinden Sie verdammt noch mal von dieser Bühne, dann tue ich vielleicht so, als wäre das alles nie passiert. Und wenn Sie Glück haben, reiche ich nicht einmal eine formelle Beschwerde beim Botschafter ein.»

«Tom. Sagen Sie mir nur eins. Maitland hat Sie doch an dem Tag, als er ermordet wurde, angerufen. Haben Sie irgendwem davon erzählt?»

«Natürlich nicht.»

«Niemandem?» Ich wartete kurz. «Auch nicht Isotta?»

«Isotta habe ich es selbstverständlich gesagt. Ich ...» Er verstummte.

«Maitland hätte Bonfiglio nie in die Kirche gelassen, oder? Er kannte ihn schließlich gar nicht. Aber Isotta – die schöne, reizende Isotta, die zwei Tage zuvor beim Abendessen so nett zu ihm gewesen war –, die hätte er hineingelassen.»

«Lügner!», zischte sie.

«Er hat Sie hereingelassen, stimmt's, Isotta? Und anschließend haben Sie Salvatore die Tür geöffnet. Maitland ging am Stock, er konnte bestimmt nicht schnell laufen. Was haben Sie gemacht? Ihn auf die Empore gejagt? Um ihm noch mehr Angst zu machen? Und dann hat Salvatore ihn gefoltert und zusammengeschlagen. Ich habe mich gefragt, warum er nicht versucht hat, durch die Sakristei zu entkommen, nachdem er die Treppe hinuntergestoßen wurde. Er konnte nicht, weil Sie zu zweit waren. Sie standen unten und haben ihm den Weg abgeschnitten. Und dann? Was ist dann passiert? Hat Salvatore ihn festgehalten, während Sie zugestochen haben?»

«Lügner», wiederholte Isotta kopfschüttelnd, während ihre Stimme kaum noch zu verstehen war.

«Bin ich das?» Ich wandte mich zu Lockwood. «Hat sie Ihnen erzählt, dass *Proserpina* nicht existiert?»

«Wie meinen Sie das?»

«Sie rief mich zufällig vor einer Woche an. Sie meinte, es sei am besten, wenn Sie es von ihr erfahren. Anscheinend ist sie noch nicht dazu gekommen, mit Ihnen zu sprechen?»

Er schüttelte den Kopf. Dann sah er Isotta an.

«Das Manuskript ist weg, Tom. Vor fast vierhundert Jahren verschwunden. Alles, was noch davon übrig ist, sind zwei Fragmente.» Ich wandte mich an Isotta. «Aber was, wenn Sie diese beiden Bruchstücke hätten? Was, wenn Sie den großen Thomas Joshua Lockwood davon überzeugen könnten, dass ein paar üble Gauner das ganze Werk besäßen und bereit wären, es zu verkaufen? Einen Mann, der *Proserpina rapita* so unbedingt finden will, dass es fast den Anschein hat, als könnte er sie nur mit seinem Willen zwingen, sich vor seinen Augen zu materialisieren. Wie viel würde er wohl zahlen?»

Lockwood schüttelte den Kopf, doch er war jetzt kreidebleich. «Wir hatten Teile der Partitur. Sie haben sie auch gesehen.»

«Eine Arie, deren Existenz schon bekannt war, und eine Abschrift des letzten Tanzes. Das ist in der Tat großartig. Sie haben ein lange verschollenes Lied von Monteverdi entdeckt – Gratulation. Nur eben nicht die ganze Oper. Warum reicht Ihnen das bloß nicht, Tom? Die komplette Partitur ist jedenfalls für immer verschwunden. Sie müssen sich damit abfinden.»

«Der Mann. Dieser Mann im Casino. Der die Seiten verbrannt hat. Den haben Sie doch auch gesehen.» Er schrie jetzt fast, und gleichzeitig versagte ihm die Stimme.

«Eine verbrannte Seite mit Monteverdis Signatur, die sich praktischerweise in der unteren Ecke befand. Wir wissen nicht einmal, ob sie echt war. Warum hätte sie das sein sollen? Und der Mann war natürlich Bonfiglio, im Kostüm eines Pestdoktors.»

«Thomas, mein Liebster, hör nicht auf ihn.»

«Ach, und beinah hätte ich noch Matteo Zambon vergessen.» Ich drehte mich wieder zu Isotta. «Nicht Bonfiglio hat ihn umgebracht. Das waren Sie. Sie kennen schließlich das Fenice. Sie wussten, wann der Flur unbeobachtet sein würde. Sie brauchten nur noch vorzugeben, krank zu sein. Wen würde das schon wundern? Was das betrifft, haben Sie immerhin einen gewissen Ruf, oder?»

«Thomas, Liebling, er lügt.»

«Ach, tut er das?» Lockwoods Stimme klang rau. Als er sich zu ihr wandte, sah man ihm plötzlich deutlich sein Alter an. Nicht mehr der Teufelsdirigent seiner Jugend, nicht mehr der onkelhafte Typ seiner mittleren Jahre. Nur noch ein trauriger alter Mann, der seine ganz persönliche *Götterdämmerung* erlebte.

«Du weißt, dass er lügt, mein Schatz. Du weißt es.» Isotta sah ihn an, und ihre hübsche Stimme klang flehend, beschwörend. Sie war schon immer eine ebenso gute Schauspielerin wie Sängerin gewesen.

«Sie verliert ihre Stimme, Thomas. Die besten Jahre liegen hinter ihr. Die Met ruft schon lange nicht mehr an. Genau wie die Scala. Und eines Tages, in gar nicht allzu weiter Ferne, wird auch der *sovrintendente* des Fenice zu dem Schluss kommen, dass Isotta Baldan es nicht mehr draufhat. Aber das wissen Sie, nicht wahr? Genau wie Sie wissen, dass *Proserpina* für immer verschollen ist.» Mir war bewusst, dass ich ihn verletzte, aber ich sah keinen anderen Weg, also sprach ich weiter. Und hasste mich dafür. «Genau wie Sie tief in Ihrem Inneren wissen, dass Isotta Sie nie geliebt hat. Für sie sind Sie nicht Tristan. Sie sind auch nicht Siegfried. Sie sind Canio. Sie sind *Il Pagliaccio*, der traurige Clown.»

Keine Ahnung, was ich erwartet hatte. Dass er anfangen würde zu schreien vielleicht. Dass er sich auf mich oder Isotta stürzen würde. Doch er sah sie nur an, als erkennte er sie zum ersten Mal richtig, und schüttelte den Kopf. «Nein», sagte er, während die Tränen liefen. Er sank auf die Knie. «Ach, meine Liebste, was hast du getan?»

Ich hockte mich neben ihn und legte ihm die Hand auf die Schulter. «Thomas, es tut mir so leid.»

Plötzlich durchzuckte ein Schmerz meinen Kopf, und ich stürzte rücklings hin. Ich versuchte, mich hochzurappeln, doch bevor ich es schaffte, hatte Isotta mich ein zweites Mal ins Gesicht getreten. «Dafür bringe ich dich um, du englischer Dreckskerl.» Sie zog einen silbernen Kamm aus ihrer Bluse. Ich hob die Hände, um mich zu schützen, und spürte einen brennenden Schmerz in den Handflächen, als sie diese mit dem Griff des Kammes aufschlitzte. Angespitzt. Dann trat sie wieder auf mich ein, und so verzweifelt ich mich auch bemühte, keiner meiner Körperteile tat wie geheißen.

Plötzlich war Lockwood über ihr, er packte sie und zog sie zurück. Sie drehte sich um und stieß ihm den Ellbogen ins Gesicht. Sie war stärker als er, und während er rückwärts taumelte, schlug sie erneut zu.

«Armer Thomas.» Sie stach mit dem Kamm auf ihn ein. «Armer Canio.» Noch ein Hieb, und das Blut spritzte über die Bühne. «Armer kleiner Clown.» Sie hob den Arm zu einem finalen Stoß. «Nein!» Ich konnte Lockwood kaum hören. Seine Stimme klang, als käme sie vom Grund einer Mine, und mir schwirrte der Kopf. «Nein, Isotta. Nein, mein Liebling.» In der Sekunde, als ihr Arm herabfuhr, packte er ihn, und von irgendwoher nahm er die Kraft, ihn nach hinten zu drücken, während er sie gleichzeitig mit seiner freien Hand an sich zog. Zwei Gestalten, für einen kurzen Moment ineinander verschlungen wie tanzende Liebende, bevor sie sich wieder trennten.

Isotta hob die Hände vor das totenbleiche Gesicht. Sie starrte sie an, blutbedeckt, dann fasste sie sich an die Brust, wo sich das Blut jetzt über ihre weiße Bluse verteilte. Ungläubig sah sie Lockwood an, der in der rechten Hand ihren blutverschmierten Kamm hielt. Sie kippte auf den Bühnenboden und verstummte für immer.

Langsam lichtete sich mein Blick, und ich erkannte zwei Polizeibeamte im hinteren Bereich des Theaters.

Lockwood erhob sich wortlos und stellte sich zu Isottas leblosem Körper. Als einer der Polizisten seine Waffe zog, winkte er ab und schüttelte den Kopf. Er ließ den Kamm auf die Bühne fallen.

«La commedia è finita», war alles, was er sagte.

- 49 -

«Und was passiert jetzt?», fragte Eduardo.

Ich schwenkte die Eiswürfel auf dem Boden meines Glases. «Keine Ahnung, Vanni rückt nicht mit der Sprache raus.»

«Aber Lockwood – er hat doch in Notwehr gehandelt, oder?»

Ich seufzte. «Wahrscheinlich schon. Höchstwahrscheinlich.»

«Du bist dir nicht sicher?»

«Nein, nicht zu hundert Prozent.» Ich trank das Eiswasser aus, das nach einer Spur Campari schmeckte, und schaute zu Federica und Dario. «Dasselbe noch mal, oder?»

Fede schob Ed lächelnd ihr Glas über die Theke. Dario schüttelte den Kopf. «Ich koche heute Abend.»

«Du kochst? Du kochst doch nie, Dario.»

«Ich weiß. Valentina meint, es wird Zeit, dass ich damit anfange.»

«Du machst Witze. Wieso denn?»

«Ich verbringe zu viel Zeit in Venedig. Entweder ich arbeite, oder ich versuche zu verhindern, dass du in Schwierigkeiten gerätst. Wenn ich koche, muss ich früher zu Hause sein.»

«Aha, dann bin ich also schuld?»

«Yep.» Er schlang sich seinen Schal um den Hals und zog seinen Mantel an. «Aber ich soll dir sagen, sie ist sehr froh, dass ich dich dieses Mal nicht retten musste.»

Ich lachte.

«Ach komm, Dario. Bleib wenigstens noch auf einen kleinen», sagte Fede.

Er sah auf seine Uhr. «Ich würde ja gerne. Aber beim ersten Mal will ich etwas Nettes machen.»

«Da kann sich Valentina aber glücklich schätzen. Was kochst du denn?»

«Gefüllte Nudeln.»

«Anspruchsvoll. Mit was denn gefüllt?»

«Keine Ahnung. Hab nicht so genau drauf geachtet, was auf der Packung stand.» Wir verstummten. «Hört mal, ich muss das Schritt für Schritt lernen, klar?»

Fede lachte. «Hast du eigentlich schon mal darüber nachgedacht, wieder nach Venedig zu ziehen, Dario?»

Er schien verdutzt. «Warum sollte ich das?»

«Weniger Fahrtzeit. Mehr Zeit zu Hause.»

«Und abgesehen davon», fügte ich hinzu, «braucht Venedig mehr Einwohner. Das haben wir doch neulich erst festgestellt. Kurz bevor wir gesehen haben, dass die Einwohnerzahl um einen gestiegen war.»

«Ja, und inzwischen sind es wieder drei weniger geworden.»

«Genau. Wenn du mit Valentina und Emily also wieder herziehst, gleicht es sich aus, selbst wenn Lockwood ins Gefängnis wandert.»

«Außerdem», sagte Fede, «kann Nathan vorbeikommen und das Kochen übernehmen, falls du mal einen Abend freihaben willst.»

«Das wäre eine Überlegung wert, oder?» Er nickte lächelnd. «Ja, definitiv. Ich denke drüber nach.» Er gab Federica ein Küsschen auf die Wange und umarmte mich kurz. «Bis bald dann. *Ciao vecio.*»

Eduardo schob zwei Negronis über die Theke. Fede winkte Dario, als er draußen am Fenster vorbeiging. «Glaubst du, es kommt wirklich dazu?»

«Vielleicht. Es wäre jedenfalls schön. Würde unsere Treffen

deutlich erleichtern. Und wir beide könnten sogar ab und zu auf Emily aufpassen.»

Sie boxte mich in den Arm. «Nicht Dario. Lockwood. Glaubst du wirklich, dass er ins Gefängnis muss?»

Ich nippte an meinem Drink. «Keine Ahnung. Wenn ich auf etwas tippen sollte, würde ich nein sagen. Also, wahrscheinlich nicht.»

«Wir wissen doch, dass es Notwehr war. Sie hat dich verletzt und danach auf ihn eingestochen.»

«Ich weiß, aber Vanni sagt, er verteidigt sich nicht. Alles, was er sagt, ist, dass er sie geliebt hat und sie umgebracht hat.»

«Äußerst opernhaft.»

«Zu opernhaft. Er könnte in ziemlich große Schwierigkeiten geraten. Und ich bin natürlich ein Zeuge.»

«Genau. Du hast doch gesehen, was passiert ist.»

Ich schüttelte den Kopf. «Nicht alles. Sie hat mir gegen den Kopf getreten, eine Weile hat sich alles bloß gedreht. Da konnte ich erst mal nichts mehr richtig erkennen. Und am Schluss, als die beiden ineinander verhakt waren, keine Ahnung – vielleicht war es ein Unfall. Oder er hat vielleicht absichtlich das spitze Ende des Kamms gegen sie gerichtet. Ich bin mir nicht sicher.»

Wir genossen eine Weile schweigend unsere Negronis. Dann meldete Ed sich zögerlich zu Wort. «Spielt das eine Rolle?»

Ich seufzte und trank noch einen Schluck. «Weißt du, Ed, das habe ich mich auch schon gefragt.»

«Und?»

«Ich weiß nicht. Bin mir nicht sicher. Aber vielleicht tut es das doch. Klar, ich könnte Vanni sagen, dass Isotta versucht hat, uns beide zu töten ...»

«Was zutrifft.»

«Was zutrifft. Ich könnte ihm auch sagen, dass sie ausgerutscht ist, während sie mit ihm gerungen hat, und sich selbst den tödlichen Stich zufügte, weil der Kamm noch in seiner Hand war. Aber ...»

«Aber?»

«Es wäre nicht die Wahrheit, oder? Keine Ahnung. Nicht mit Sicherheit jedenfalls.»

Fede legte ihren Kopf auf meine Schulter und drückte meinen Arm. «Ich bin stolz auf dich, *caro.*»

Ich seufzte. «Dabei habe ich sein Leben zerstört, wisst ihr. Wäre ich nicht gewesen, wäre Isotta nicht tot, sie wären noch zusammen, und sie wären immer noch *Proserpina rapita* auf der Spur.»

«Aber es wäre alles eine Lüge. Sie hat ihn nie geliebt, und die Oper existiert nicht.»

«Ich weiß. Und ich glaube, tief in seinem Inneren weiß auch er, dass es eine Lüge war. Aber er kriegt das ‹*Was wäre, wenn?*› nicht ganz aus dem Kopf.»

«Im Grunde», sagte Fede, «hast du ihm das Herz gebrochen.»

«So sieht's aus.»

«Aber du hattest doch keine Wahl? Es geht ja nicht nur um Thomas Joshua Lockwood. Menschen sind gestorben. Und womöglich hätte es noch weitere getroffen.»

«Das stimmt.» Ich leerte mein Glas. «Weißt du was, ich habe heute Abend keine Lust zu kochen.»

«Und ich habe grundsätzlich keine Lust zu kochen. Also, was machen wir? Pizza?»

Ich schüttelte den Kopf. «Pizza ist gut, aber ohne Dario ist es, ehrlich gesagt, einfach nicht dasselbe.»

«Vielleicht hätte ich doch nicht vorschlagen sollen, dass er wieder nach Venedig zieht. Am Ende verlässt du mich noch für ihn.»

«Was für ein Unsinn, *cara*. Du weißt, es gibt immer nur dich.

Für Dario würde ich dich ebenso wenig verlassen wie für eine wunderschöne weltberühmte Sopranistin.»

Sie lächelte. Und wenn Isotta Baldan ein Eine-Million-Euro-Lächeln besessen hatte, stellte ich fest, dann war Federica Ravagnans Lächeln noch um einige Euros wertvoller. «Du meinst wohl eine todbringende weltberühmte Sopranistin.»

«Sagte ich das nicht?», fragte ich unschuldig. «Also, was machen wir nun? Ich glaube, heute Abend spielen sie *Il barbiere di Siviglia*. Wir könnten versuchen, Karten an der Abendkasse zu bekommen, und vorher vielleicht im Al Teatro essen?»

Sie verzog das Gesicht. «Ach, weißt du, für die Oper bin ich nicht so in Stimmung.»

«Ich auch nicht. Wir lachten. «Paradiso Perduto?»

«Was steht heute auf dem Programm?»

«Weiß nicht mehr genau. Ich glaube, eine Blues-Coverband.»

«Ausgezeichnet.»

«Im Ernst?»

«Im Ernst. Frittierter Fisch und eine Blues-Coverband. Und ein Bier zu viel. Genial.» Sie stand auf und zog ihren Mantel an. «Gute Nacht, Ed.»

Während sie auf dem Weg zur Tür war, grinste Ed mich an. «Du bist ein Glückspilz, Nathan.»

«Ich weiß.» Ich knöpfte meinen Mantel zu und folgte ihr zur Tür hinaus. «Der größte Glückspilz der Welt.»

Später an diesem Abend, während mir die Ohren noch von der lauten Bluesmusik klingelten, ich viel zu viel frittierten Fisch im Bauch hatte und Federica leise neben mir schnarchte, nahm ich mein Handy zur Hand.

Eine E-Mail von Botschafter Maxwell, in der er mich bat, ihn baldmöglichst anzurufen. Ich seufzte. Damit hatte ich gerechnet. Mir stand eine schwierige Unterhaltung bevor, das war's aber auch. Botschafter kamen und gingen. Honorarkonsuln überdauerten sie stets.

Isotta und Lockwood waren noch immer auf den Titelseiten. Die Entdeckung eines verschollenen Werks von Monteverdi war auch nicht unbemerkt geblieben. *Diapason*, *Gramophone* und die *Neue Musikzeitung* spekulierten alle, wer wohl der Erste sein würde, der es aufnahm. Armer Lockwood. Hätte er es doch nur dabei belassen können.

Es blieb nur noch eins zu tun.

Ich öffnete den Musikordner. Da war sie. Die Aufnahme vom vergangenen Montag. Dem Tag, an dem Isotta Baldan um Mitternacht auf der Piazza San Marco Wagner für mich vorgetragen hatte.

«Der Engel» aus den *Wesendonck-Liedern*.

Die einzige bekannte Aufnahme, auf der Isotta Baldan Wagner singt.

Fede murmelte etwas Unverständliches im Schlaf und drehte sich auf die andere Seite. Lächelnd strich ich ihr über die Haare. Dann sah ich wieder auf mein Handy.

Die einzige bekannte Aufnahme, auf der Isotta Baldan Wagner singt.

Mein Daumen schwebte zögernd über der Tastatur, aber nur einen kurzen Moment. *Wollen Sie die Datei wirklich löschen?*, leuchtete es auf dem Display auf. Ich nickte.

Natürlich will ich das.

Ich tippte auf *OK*.

- 50 -

Federica und ich standen auf dem oberen Absatz der Treppe, die zur Handschriftenabteilung der Biblioteca Marciana führte, und blickten auf den Lesesaal hinunter. Petrarca sah mit schwermütig blindem Blick zu uns hinauf.

«Sie könnte tatsächlich hier sein, weißt du?», sagte ich.

«Oder in Mantua. Oder Cremona. Oder vielleicht in Rom. Vielleicht gibt es ja auch eine Ganovenfamilie, die sie von Generation zu Generation weitervererbt.»

«Glaubst du wirklich?»

Sie schüttelte den Kopf. «Nein.»

«Für immer verschollen also?»

«Das habe ich nicht gesagt. Vielleicht ist sie irgendwo. Aber wie sollen wir sie jemals finden? Irgendwer hat sie vor vierhundert Jahren falsch einsortiert, und jetzt ist sie aus sämtlichen Bibliotheken und Archiven der Welt verschwunden.» Sie deutete mit beiden Händen nach rechts und links auf die vielen Regale, die sich auf beiden Seiten hinter den Glastüren reihten. «Sieh dir das an. Wann haben die hier wohl die letzte Revision gemacht? Ich meine, wann haben sie zuletzt jeden einzelnen Band in die Hand genommen? Eine Nadel im Heuhaufen ist nichts dagegen.»

Wir blickten schweigend auf die unzähligen Bände in den Regalreihen. Irgendwo dazwischen wartete womöglich Monteverdis verschollene Oper auf jemanden, der sie wieder aufschlug und der Welt vorsang.

Fede brach das Schweigen. «Praktisch unmöglich», sagte sie.

Ich nickte. «Praktisch unmöglich.»

«Nur dass wir natürlich ...»

Ich grinste. «Nur dass wir zu zweit sind?»

Sie sah mich lächelnd an. Ein Eine-Million-Euro-plus-x-Lächeln. «Genau.» Sie sah auf ihre Uhr. «Jetzt ist es vier. Wir treffen uns in zwei Stunden. Negroni-Zeit. Und danach Zeit, um etwas zu essen.»

«Ich übernehme links.»

«Dann nehme ich die rechte Seite.» Sie küsste mich auf die Wange. «Bis später.»

Durch getrennte Türen betraten wir die Sammlung und begaben uns zu den Regalen.

– HISTORISCHE ANMERKUNGEN –

Der Dichter Giulio Strozzi arbeitete 1627 zum ersten Mal mit Claudio Monteverdi zusammen, als der das Libretto für die Oper *La finta pazza Licori* schrieb, die heute verschollen ist. Obwohl Strozzi gelegentlich das Pseudonym Luigi Zorzisto benutzte, wurde sein Libretto für *Proserpina rapita* – das sich in der Biblioteca Marciana befindet – unter seinem eigenen Namen verfasst.

Wir wissen, dass Sir Isaac Wake zu Monteverdis privaten Gönnern in Venedig gehörte, und wir dürfen annehmen, dass der Komponist auch Thomas Rowlanson begegnet sein könnte. Allerdings gibt es keinen Beweis für die Schenkung einer Partitur an einen von beiden.

Proserpina wurde am 16. April 1630 im Palazzo Mocenigo zum ersten Mal aufgeführt. Die Oper könnte 1644 auch im Teatro San Moisè gespielt worden sein, allerdings gibt es widersprüchliche Berichte, die nahelegen, dass das Opernhaus zu der Zeit geschlossen war. Was wir mit Sicherheit sagen können, ist, dass lediglich die Arie *Come dolce hoggi l'auretta* noch existiert. Der letzte Tanz *Quanto nel chiaro mondo* gilt als verschollen, genau wie der Rest der Oper. Wie sehr wünschte ich, es wäre anders!

Und zu guter Letzt: In den Richard-Wagner-Räumen des Casinos von Venedig befinden sich viele faszinierende Erinnerungsstücke, aber der Flügel, der dort steht, hat ihm leider nie gehört.

– GLOSSAR –

a dopo: bis später

al banco: etwas im Stehen an der Bar trinken, ohne für den Bedienservice zu bezahlen

al bitter: mit Campari, z.B. ein Spritz al bitter

aqua alta: Hochwasser in Venedig, bei dem der Wasserspiegel mehr als 90 Zentimeter über den Normalstand ansteigt

altana: typisch venezianische Dachterrasse

bacino: Becken, hier das Becken von San Marco, bezieht sich auf den Bereich vor der Piazza San Marco, wo der Canal Grande und der Giudecca-Kanal ineinanderfließen

barista: Barkeeper, Barkeeperin

Borsalino: der klassische italienische Fedora-Hut, der durch Humphrey Bogart, Jean-Paul Belmondo und Marcello Mastroianni weltberühmt wurde

brioche integrale: Vollkorncroissant

caffè corretto: Kaffee mit Schuss

calle/calli: enge Gasse/Gassen

cappellano: Geistlicher, Kaplan

carabinieri: Polizei, Polizisten

carnevale: der berühmte Karneval in Venedig

cara: meine Liebe

caro: mein Lieber

casino: Bordell oder Etablissement mit schlechtem Ruf; Durcheinander (umgangssprachlich)

casinò: Casino. Man beachte die unterschiedliche Aussprache

cellulare: Handy

centro storico: der historische Stadtkern
che carino: wie nett, wie reizend
ci sentiamo/vediamo: wir sehen uns später
ciccheti: kleine Häppchen, die aus lokalen Spezialitäten zubereitet und in und rund um Venedig serviert werden
che gelida manina: «Welch eiskaltes Händchen» – Zitat aus *La Bohème*
chiesa: Kirche
compagno: Genosse, Kamerad
conservatorio: Konservatorium, Musikhochschule
cortile: Innenhof
cronaca nera: die Kriminalberichterstattung der Zeitung
farmacia: Apotheke
La Fenice: *Il Gran Teatro La Fenice* – die Oper in Venedig
fondamenta: befestigter Uferstreifen
frittelle/frittole: eine Art venezianischer Krapfen, wird (zum Glück) nur während der Karnevalszeit gegessen
giallo: Kriminalromane, nach ihren gelben, meist Taschenbuchcovern giallo genannt
Il Gazzettino: eine italienische Regionalzeitung, erscheint in Venetien und Friaul-Julisch-Venetien
Gran Liston: Der *Gran Liston in tabarro* ist eine winterliche Veranstaltung mit einem Umzug von der Piazza San Marco zum Haus Carlo Goldonis, bei der die Teilnehmer *tabarri* tragen und traditionelle Lieder singen.
grazie al cielo: dem Himmel sei Dank
Il Manifesto: kommunistische italienische Tageszeitung
magari!: von wegen!
il miglior fabbro: «der bessere Handwerker». T. S. Eliots Widmung an Ezra Pound in *Das wüste Land*
il solito: das Übliche
ombra: wörtlich Schatten. Hier bezieht sich *un'ombra* jedoch

auf ein kleines Glas Wein. Die Bezeichnung stammt aus der Zeit, als die Weinhändler auf der Piazza mit der Sonne ihren Standort änderten, damit der Wein immer kühl blieb.

panino: belegtes Brötchen

Paradiso Perduto: eine bekannte Musikkneipe in Venedig

passegiata: Spaziergang

passerelle: hölzerne Stege, die bei *aqua alta* aufgebaut werden

pentito: Informant

piacere: hocherfreut

porta blindata: gepanzerte Tür

pronto: Hallo (wenn sich jemand am Telefon meldet)

pronto soccorso: Notaufnahme

Questura: Polizeipräsidium

salve: Hallo

scopa: italienisches Kartenspiel (Vorsicht bei der Verwendung dieses Wortes, es kann auch etwas sehr Unhöfliches bedeuten)

scuola superiore: weiterführende Schule, Gymnasium

sestiere: eines der sechs historischen Stadtviertel Venedigs

sopressa: eine venezianische Salami

sotoportego: in der Regel überdachter Häuserdurchgang

sotto voce: im Flüsterton

straniero: Fremder, Ausländer

subito!: sofort!

tabarro: klassischer venezianischer Umhang, aus einem Stoffstück hergestellt

telefonino: Handy

tesoro: Schatz

tessera: Ausweiskarte

traghetto: Gondel, die nur zum Übersetzen über den Canal Grande dient

tramezzino: belegte/gefüllte Weißbrotscheiben

vaffa!: Verpiss dich!/Verschwinde!

vera da pozzo: Brunneneinfassung, in der Regel reich verziert und auf vielen *campi* Venedigs zu finden

vino sfuso: abgefüllter Wein aus dem Fass oder Kunststoffbehälter

– DANK –

Mein ganz besonderer Dank gilt den Mitarbeiterinnen und Mitarbeitern der Biblioteca Marciana an der Piazza San Marco für ihre freundliche Unterstützung und der Fondazione Querini Stampalia, wo ich einen so angenehmen Platz zum Schreiben fand.

Bedanken möchte ich mich auch beim Pfarramt und der Kirchengemeinde der St. George's Anglican Church in Venedig für die im Laufe der Jahre entstandene Freundschaft und bei Father Malcolm Bradshaw, der bemerkenswert gelassen schien, als ich ihn nach den genauen Abläufen nach einem gewaltsamen Tod im Gebäude der anglikanischen Kirche fragte – «Kommen Sie uns in Venedig besuchen. Meines Wissens wurde hier noch nie jemand auf schreckliche Weise ermordet.»

Herzlichen Dank Alessandro, Virginia und allen im Corner Pub für ein paar hervorragende Mittagessen und den wahrscheinlich besten Spritz in Venedig.

Danke meinen großartigen Schülerinnen Elena und Vera sowie meinem Schüler Sebastiano vom Liceo Benedetti, die den Einfall einer imaginären Begegnung zwischen Nathan und einem zeitreisenden Giovanni Bellini auf der Piazza San Marco hatten, eine so geniale Idee, dass ich sie wirklich klauen sollte! Eines Tages vielleicht …

Mein herzlicher Dank an Dinah Fischer und alle bei Rowohlt und an meine wunderbare Übersetzerin Birgit Salzmann.

Zum Schluss wie immer mein Dank an meinen Agenten John Beaton, meinen Lektor Colin Murray, Krystyna, Rebecca,

Jess, Andy und alle bei Little, Brown; und natürlich an meine wundervolle Frau Caroline, für nichts im Besonderen und alles im Allgemeinen.